BLENDING AND REGENERATION
The "Grand narrative" in Chinese novels in the 1990s

融合与再生
20世纪90年代中国长篇小说中的"宏大叙事"

房 伟 ◎著

图书在版编目(CIP)数据

融合与再生:20世纪90年代中国长篇小说中的"宏大叙事"/房伟著.—北京:北京大学出版社,2023.1
ISBN 978-7-301-29339-3

Ⅰ.①融… Ⅱ.①房… Ⅲ.①长篇小说—小说研究—中国—当代 Ⅳ.①I207.425

中国版本图书馆CIP数据核字(2022)第067181号

书　　名	融合与再生——20世纪90年代中国长篇小说中的"宏大叙事" RONGHE YU ZAISHENG——20SHIJI 90NIANDAI ZHONGGUO CHANGPIAN XIAOSHUO ZHONG DE "HONGDA XUSHI"
著作责任者	房　伟　著
责任编辑	魏冬峰
标准书号	ISBN 978-7-301-29339-3
出版发行	北京大学出版社
地　　址	北京市海淀区成府路205号　100871
网　　址	http://www.pup.cn　新浪微博:@北京大学出版社
电子信箱	weidf02@sina.com
电　　话	邮购部 010-62752015　发行部 010-62750672 编辑部 010-62750673
印　刷　者	大厂回族自治县彩虹印刷有限公司
经　销　者	新华书店
	965毫米×1300毫米　16开本　22印张　272千字 2023年1月第1版　2023年1月第1次印刷
定　　价	86.00元

未经许可,不得以任何方式复制或抄袭本书之部分或全部内容。
版权所有,侵权必究
举报电话:010-62752024　电子信箱:fd@pup.pku.edu.cn
图书如有印装质量问题,请与出版部联系,电话:010-62756370

本书系国家社科基金一般项目《二十世纪九十年代长篇小说宏大叙事研究》(批准号:14BZW123),山东省社科基金一般项目《1990年代以来中国小说的宏大叙事性研究》(批准号:11DWXJ03)的结项成果。

目 录

1	绪论　终结或重构：中国文学的历史境遇

上编　90年代中国长篇小说宏大叙事综论

9	第一章　现代小说的"宏大叙事"问题
9	第一节　西方语境下的"宏大叙事"争论
15	第二节　小说形态中宏大叙事的审美特质
23	第二章　90年代长篇小说宏大叙事呈现形态
24	第一节　宏大叙事的双重误读
30	第二节　宏大叙事的复杂表现形态

中编　宏大叙事思维之一：启蒙再叙事

41	第三章　反思与有限个体性：启蒙再叙事的表述
43	第一节　反思：启蒙叙事原则之一
49	第二节　有限个体性：启蒙叙事原则之二
56	第四章　"重建共识"：启蒙与革命的"关联"形态
56	第一节　"历史和解"与"意识融合"：王蒙的反思性写作

74	第二节 "反思"的逆向与"根"的再造:李锐的历史追问
101	第三节 "旧我"与"新人":张贤亮小说的共识性问题

第五章 "消解"或"共生":启蒙与世俗化思潮 — 123

- 123　第一节 "顽主"与"贫嘴工人":"世俗"审美的合法化
- 142　第二节 《废都》与《黄金时代》:另一种启蒙的可能性
- 160　第三节 "日常"的先锋与"解构"的困境:刘震云的艺术探索

下编　宏大叙事思维之二:现代民族国家叙事

第六章 新的表述:"文化复兴的现代中国" — 181

- 181　第一节 小说、现代国家民族叙事与历史
- 187　第二节 新国族标识:"文化复兴现代中国"

第七章 从"一体化"到"主旋律":现代强国梦的国家史诗 — 197

- 197　第一节 "同心圆形态":主旋律小说的构成形态
- 216　第二节 从蒋子龙到刘醒龙:"改革"叙事的延续与再生
- 238　第三节 溢出时代的努力:柳建伟的现实主义突围

第八章 文化史诗型小说的空间塑形 — 254

- 254　第一节 "城市中国":《长恨歌》的史诗空间想象

269	第二节 "边地"的抒情:《尘埃落定》的民族空间意识
281	第三节 "自然之子":张炜小说的浪漫化空间呈现
298	**第九章 文化史诗型小说的时间经验呈现**
298	第一节 传统的复活:《白鹿原》的文化时间重塑
313	第二节 帝国记忆与大国想象:二月河的通俗历史小说
325	**结语 "无法终结"的宏大叙事**
335	**参考文献**

绪论
终结或重构:中国文学的历史境遇

"宏大叙事"的终结,正在成为解读20世纪90年代以来小说的"关键性常识"。然而,这却是一个"可疑"的常识。对"宏大叙事"的理解,直接影响90年代以来文学史面貌、整体框架和内在评定标准。然而,对该概念的使用范围、内涵、局限,以及在当代中国的复杂意义生成状态,我们还缺乏清晰认识。

宏大叙事(Grand Narrative)理论,首先是西方后现代哲学家推出的术语,原义指呈现出整体性、宏大性的现代性神话。利奥塔尔将之分为启蒙解放与哲学思辨两个类型。① 启蒙解放叙事的主体是人民,目标是自由。人类从宗教和封建专制中解脱出来,标志着现代民族国家的确立。思辨叙事是一种哲学思维方式,也是知识与理性追求科学合法性的话语策略。"宏大叙事"概念,伴随现代思维解构应运而生,本义负面色彩浓厚,解读上也存在很大争议。在向文艺学、社会学等学科延伸时,后现代思维对"宏大叙事"的认识,更具一定偏颇性——特别是该理论在阐释第三世界国家文化的时候。

就中国语境而言,宏大叙事概念伴随后现代理论,于20世纪80年代中后期登陆中国,在90年代风行一时。它既有利于解读文艺界新现象,也造成多重"误读"。理论阐释和文学创作实际的脱节,更影响到文学批评导向,以及作家的创作心态。对20世纪90年代小说而言,目前我们文学史认知的一个常识性判断,就是"宏大叙事解体"。但是,宏大叙事的价值何在,20世纪90年代小说中宏大叙事是否解体并消失,以及宏大叙事如何解体、多元叙事如何确立等问题,目前学术界还缺乏有分量的研究专著。

在目前的理论前提下,宏大叙事应被看成一种人类思维方式,一种结构性因素,而不是"非此即彼"的人类本质属性。涵盖社会整体的宏大叙事权威,在20世纪90年代中国已趋于解体。然而,正如现代性发育对"后发现代中国"仍具合法性,90年代小说的"中国宏大叙事"没有终结,它在"前现代、现代与后现代"并置、"解构与建构"并存、"个体神话与集体影像"杂糅的情况下"艰难再生"。同时,这种"再生"也是启蒙、革命、民族国家意识等不同宏大叙事类型重新"整合"的过程,充满了碰撞、嫁接、拼贴与融合,展现出独异的"中国

---

① 〔法〕让·弗朗索瓦·利奥塔尔:《后现代状态:关于知识的报告》,车槿山译,北京:生活·读书·新知三联书店1997年版,第2页。

特色"。目前,关于90年代小说的相关研究论文,大约有260余篇,还有60余篇博士、硕士学位论文。相关专著有《长篇小说与艺术问题》(吴义勤)、《准个体时代的写作:20世纪90年代中国小说研究》(黄发有)、《在新意识形态的笼罩下:90年代的文化和文学分析》(王晓明)、《新颖的"NOVEL":20世纪90年代长篇小说文体论》(王素霞)、《伦理叙事与叙事伦理:90年代小说的文本实践》(张文红)、《颠覆的喜剧:20世纪80—90年代中国小说转型研究》(金文兵)等30余部。这些论文和专著,都从作家作品论、审美风格、小说与市场或传媒的关系、叙事特点、内容倾向、大致分类、整体构架、流派特色等方面进行细致阐释。对宏大叙事的研究,多集中于政治史与思想史领域,而90年代小说宏大叙事研究,只散见一些论文,如彭少健、张志忠《略论当下中国文学的宏大叙事》等,尚缺乏系统深入讨论。

研究90年代小说宏大叙事,对当代中国文学史而言,具有重大意义:一是重新梳理、确认20世纪90年代文学史的整体认知、结构组成、潮流走向;二是深入90年代小说的内部逻辑,重新认识90年代小说的审美倾向与意识形态特点,如"反腐败小说"的定位,启蒙对小说的影响等问题;三是通过对90年代小说宏大叙事研究,重新梳理中国小说内部逻辑线索,并对21世纪中国小说走向,做出关联性分析判断。

令人忧虑的是,"宏大叙事"已成为中国当代文学史"断裂"的一种强制性、功利性概念。宣称"宏大叙事"解体,诊断它的死亡,对90年代中国小说而言,正在成为不断被暗示、被强调的"文学常识"。我们常见这样的论述:"众声喧哗的背后,与整个文学大环境相一致,有一种倾向日趋明朗,那就是小说创作已经摆脱宏大叙事的长期垄断而向个人化叙事回归,使小说也回到'小说'本身"①,或"'寻根文学'、'现代派小说'、'先锋小说'、'新历史小说'、'新写实小说'以及'个人化写作'等小说潮流的出现,'宏大叙事'整体性被打破、颠覆、瓦解和变异,个人欲望、文化动因、性格命运、偶然性以及文本的美学规范代替历史的完整性和目的性,成为文学叙述的基本动力"②。然而,90年代小说是否还存在宏大叙事?如果存在,它的具体形态是什么?它的运行轨迹及文学史功能是什么?这些问题却鲜有人进行细致总结。

对"宏大叙事"的批判,构成了后现代思潮的重要理论基点。然而,用后现代术语"套用"90年代小说,无疑不准确,而据此声称"宏大叙事"在一个人口众多、未完成国家统一、地域差异大、文化发展不平衡的"后发现代国家"的"死亡",更是不负责任的"理论过度阐释"。但是,一方面,对宏大叙事解体的欢呼,似乎"歪打正着"到中国文化语境的某些痛处;另一方面,"维护宏大叙事",或"重建宏大叙事"的呼声,不但没"偃旗息鼓",反而继续占据话语制高点,并生产出大量面目可疑的"新宏大叙事"作品。一方面,解构的冲动异常强烈,似乎一切都被怀疑;另一方面,建构新宏大叙事的企图也异常强烈③,以致很多小说不惜以激烈解构来印证建构。一方面,部分"宏大叙事

---

① 刘志国:《回到"小说"本身——90年代小说叙事的个人化趋向》,《重庆三峡学院学报》2001年第1期。

② 邵燕君:《"宏大叙事"解体后如何进行"宏大的叙事"?——近年长篇创作的"史诗化"追求及其困境》,《南方文坛》2006年第6期。

③ 例如,哈金指出:"目前中国文化中缺少'伟大的中国小说'的概念。没有宏大的意识,就不会有宏大的作品。这就是为什么在现当代中国文学中长篇小说一直是个薄弱环节。伟大的中国小说应该是:一部关于中国人经验的长篇小说,其中对人物和生活的描述如此深刻、丰富、真确并富有同情心,使得每一个有感情、有文化的中国人都能在故事中找到认同感。"见哈金:《呼唤"伟大的中国小说"》,《青年文学》2005年第13期。

解体"的支持者,却成为宏大叙事的"受益者";与此相反,那些以"宏大叙事"自居的小说家,却常在文学实践中,将之变成解构性"意义拼贴"。事实上,对"宏大叙事"的矛盾心态,一直延续到今天。

一般而言,宏大叙事就是现代性叙事。20世纪90年代中国小说宏大叙事,其确切所指,应有狭义和广义区别。狭义范畴,一般指占据社会权威话语权,具有"一体化"特征(洪子诚语)的现代性宏大叙事整体模式,如"十七年"革命历史小说、五四启蒙小说等类型。广义而言,应包括启蒙、革命、民族国家意识,是一种具有"现代性"色彩,追求本质性、总体性、思辨性、历史深度的审美结构思维。由于后现代思潮过分强调理论超越性,造成了我们对宏大叙事的误读。我们或将宏大叙事完全等同于革命叙事,予以否定;或将启蒙混同于革命,作为被超越的小说内涵予以抛弃;或缺乏对宏大叙事本质和范畴的清醒认识。

研究90年代中国小说宏大叙事,首先要改变那些"几成定论"的文学史表述方式和研究方法论。例如,"纯文学、通俗文学、主流文学"三足鼎立格局,有利于文学史分类与教学工作,但不利于对文学史内在规律进行深入探讨。很多文学类型,都处于多种叙述杂糅状态,很难用三者简单框定,也很难解释诸如为何很多"主旋律小说"出现三者融合的情况,而在《上海宝贝》《雍正皇帝》等我们认为是先锋文艺、通俗文艺的作品中,却时常闪现民族国家叙事的影子。又比如,"一元/多元""现代/后现代"的概念划分,有利于理解新时期以来中国文学整体转型,但过于化约,不利于分析多种类型叙事的发展脉络和态势。即使"十七年"文学那些我们认为是"一元"的文学,也不是"铁板一块",也充满内在质素抵牾。而后现代主义虽然在中国已成为一种思想因素,但从没有像西方一样,成为席卷一切的历史合法性思潮。因此,研究90年代中国小说宏大叙事,要对诸如"宏大终结""宏大与个体对立"等概念进行反思。在方法论上,则要摆脱纯粹审美批评、传统社会学、后现代理论的制囿,立足中国文化语境,综合运用各种理论资源,从"结构"与"生成"的角度解释90年代至今中国小说宏大叙事的独特经验。

因此,20世纪90年代小说宏大叙事研究,一定要建立在两个基础上:一是作为整体性绝对权威话语的现代性宏大叙事已解体;二是对"后发现代中国"而言,宏大叙事却未死亡,依然具有表述合法性,并在小说实践中继续以"结构性要素"的形式存在。宏大叙事的"解体"和"建构"是同时进行的,甚至"杂糅"在一起。这也是解读宏大叙事问题的难点所在。无论旧有的宏大叙事解体,还是新的宏大叙事生成的可能性,对当代中国小说而言,都具有重要意义。

上 编

90 年代中国长篇小说宏大叙事综论

第一章
现代小说的"宏大叙事"问题

要弄清90年代小说宏大叙事问题,首先要回到理论原点,对该概念的产生与意义演变,有一个清楚认识。

第一节 西方语境下的"宏大叙事"争论

宏大叙事(Grand Narrative),特指以总体化为特征的主体性形而上学、认识论和历史哲学。宏大叙事概念,自从诞生之日起,就充满了争议。该名词原出于后现代主义理论,有较强的负面色彩,最早由让·弗朗索瓦·利奥塔尔在《后现代状态:关于知识的报告》中提出,哈桑、罗蒂等学者不断对此修正和完善,并引发了福柯、哈贝马斯等学者的广泛讨论。"宏大"一词的拉丁文原型是"grandis","叙事"的拉丁文原型是"narrātīvus"。对于这些语词整合,"宏大叙事"在利奥塔尔的法语表述中写作"magnifique récit",在德语中则写作"Großartig erzählend"。它常与意识形态和抽象概念联系在一起,与总体性、宏观理论、共识、普遍性具有部分相同内涵,而与解构、差异性、多元性相对立。

后现代理论者认为,"宏大叙事"是一套被普遍承认为科学的、包罗广泛的现代性理论体系,它可以成为哲学体系的知识来源,或某种社会政治理想的依据。在利奥塔尔看来,宏大叙事是人类对现代性"合法性"追求的必然结果,它就是现代性的表征,是由不断进步的科学作为物质基础,以现代民族国家的想象共同体为核心,整合启蒙思潮,并塑造人性解放神话。它由大学教育体制提供科学逻辑化动力,并用叙述知识武装科学知识,树立起一种现代性、宏大化的思维模式。在他的论述中,由于高度发达的社会分工和科技进步,导致知识专门化、大学教育的技术化与中心价值解体等趋势。这是宏大叙事遭遇危机的缘由。利奥塔尔割裂普遍性与个体性、抽象与经验、宏观与微观之间的内在思辨联系,并将个体性的主体诉求推到了一个偏执地步,并由此形成对一切宏大思维方式的怀疑。

利奥塔尔之后,哈桑的《后现代主义概念初探》《后现代转向》等专著,丰富了"宏大叙事"的内涵。他认为,宏大叙事是一种与"不确定的内向性"(indetermanence)相反的品质。他从语言学角度出发,认为现代主义小说是可供阅读的(lisible)、确定性的,而后现代主义小说是可写的(scriptible)、不确定的。现代主义小说是属于叙述性的、宏大历史的写作,后现代主义小说则是反叙述性、小叙事的写作。哈桑注意到"叙事"具有的宏大属性,无疑对我们很有启发。理查德·罗蒂则从利奥塔尔"科技导致宏大叙事解体"的立论更前进一步,否认宏大叙事的现实合理性,并将之引入"实用主义"轨迹。可以信赖的"真理""实在"根本不可知,人们只不过处于相互利益关系的网络。罗蒂指出,决定人行动的乃是人的"欲望"。"真理"等宏大观念,不过是人类欲望是否达到满意程度的"名词化"形容词。这个时代"将不存在任何称作哲学家(大写)的人,因为已经没有人能说明文化与实在的关系"①。那么,在一个失去宏大叙事规则的社会,什么才是决定力量?那就是科技的"有效性""可运作性",只有这些标准才能将"财富-效益-真实"的逻辑进程完美执行下去。罗蒂加剧了西方对宏大叙事的怀疑,推翻了西方自苏格拉底以来的理性哲学传统,并将"实用"放在了至高无上位置。同时,我们也看到,罗蒂的思想一是建立在高度发达的资本主义社会之上,二是有很强的理论假想性。因为人不是机器,所谓机器性能般的有效性与可执行性,不能解决复杂人性在当代社会的情感问题。

德里达、福柯等解构主义哲学家,将利奥塔尔的"宏大叙事"概念,又做了某种变形和延伸。德里达在《人文科学话语中的结构、符号与游戏》等著作中,从认识论向语言学转向,将"宏大叙事"进一步定义为"逻各斯"(logos),意指一种能指和所指紧密结合、完整统一,具有延续性效果的概念,比如说上帝、真理。但实际上,"逻各斯"如果不是不可阐释的"元存在",那么,所谓"结构"就是"中心消解"的。中心不复存在,结构系统原先的价值论和认识论的二元对立,就发生了颠倒。那么,什么才是观察真实世界的最准确方法呢?德里达推荐了诸如"差异""延宕"等概念,以取代宏大叙事的思维方式。福柯

---

① 〔美〕理查德·罗蒂:《后哲学文化》,黄勇译,上海:上海译文出版社1992年版,第13—15页。

倾向将宏大叙事看作"权力知识结构"。他在《规训与惩罚》《知识考古学》《性经验史》等著作中,清晰地阐释了他对"宏大叙事"的理解。在福柯看来,世界的知识经验,就是一片片层积而成的"知识的土地",其间充满话语的断裂、错位和不稳定,所谓"宏大叙事",就是一个先验假设的、具有理性逻辑能力的"权力知识主体"。该主体能将不稳定的话语片段,经过整理、增删、遗忘、强化定义与策略性地诱导,整合成一个具有连续性的、统一性外表的完整"符号体"。然而,这个主体是构成性的,本身并不具备先天的不证自明性,它不过是权力互相较量、妥协与缝合的结果。福柯反复强调:"真理并非对自由精神的回报,而不过是尘间一物(a thing of this world)。"①在此基础上,福柯形成了知识系谱学(genealogy)方法论,即不注重研究对象化的知识主体本身,而是注重该知识形成中的规则、标准、程序,以及设计的分类学、信念和习俗等。

"宏大叙事解体"论,在政治学界和史学界也风行一时。阿伦·麦吉尔的《宏大叙事与历史学科》区别了"宏大叙事"与"主叙事"(master narrative)(对一个国家或地区的叙事),并认为"宏大叙事""是无所不包的叙述,具有主题性、目的性、连贯性和统一性"②。史学家罗斯则认为,"宏大叙事(Grand Narrative)"是指"对于整个人类的叙述(the story of all humanity),有开始、中间和结尾""由于将一切人类历史视为一部历史、在连贯意义上将过去和将来统一起来,宏大叙事必然是一种神话的结构。它也必然是一种政治结构,历史的希

---

① Michel Foucault, "Truth and Power", in *Power/Knowledge*, New York, 1980, pp. 109-133. 见盛宁:《人文困惑与反思——西方后现代主义思潮批判》,北京:生活·读书·新知三联书店1997年版,第93页。

② Allan Megill, "'Grand Narrative' and the Discipline of History", p. 151. 引自程群:《宏大叙事的缺失与复归?——当代美国史学的曲折反映》,《史学理论研究》2005年第1期。

望或恐惧的投影,这使得一种可争论的世界观权威化"①。诸多"解体论"中,影响最大的,还是弗朗西斯·福山的《历史的终结及最后之人》。② 福山认为,西方民主自由制度作为现代性宏大叙事标志,在当代发展到顶峰,逐步走向终结。与利奥塔尔的研究不同,福山的出发点,是黑格尔"人性获得认可"的欲望。这种获得认可的欲望,促使战争、国家、意识形态出现,是人类历史推动力,随着人类进步,这种欲望已被满足,且欲望、理性与精神(柏拉图说的灵魂三要素)也能达到和谐。他坚持认为,历史终结意味着艺术和哲学的终结,人类不可能再创造反映时代最高精神境界的"伟大艺术",如荷马史诗。

利奥塔尔等学者解构宏大叙事的虚无主义倾向,一些理论家对此提出了反对意见。詹明信在《晚期资本主义的文化逻辑》中,多次提及宏大叙事。他将后现代作为一个新断裂的历史分期③,并将诸如"深度感消失"(depthlessness)、"历史感危机"(crisis in history)、"拼盘杂烩"(pastiche)等特征,与"宏大叙事解体"密切联系。他的理论直接影响中国学界对于宏大叙事问题的认知。詹明信试图将后现代主义与左派思维结合,他否认简单批判或赞颂"宏大叙事崩溃"。一方面,他看到了宏大叙事崩溃的语境下的人类困境;另一方面,又将之看作一个客观的历史进程。我们看到了詹明信的矛盾之处,他

---

① Dorothy Ross, "Grand Narrative in American Historical Writing: From Romance to Uncertainty", *The American Historical Review*, 100(1995), p.653. 转引自程群:《宏大叙事的缺失与复归?——当代美国史学的曲折反映》,《史学理论研究》2005年第1期。

② 〔美〕弗朗西斯·福山:《历史的终结及最后之人》,黄胜强、许铭原译,北京:中国社会科学出版社2003年版。

③ 〔美〕弗雷德里克·詹明信指出:"不论从美学观点,或从意识形态角度来看,后现代主义表现了我们跟现代主义文明彻底决裂的结果。"引自〔美〕詹明信:《晚期资本主义的文化逻辑》,陈清侨等译,北京:生活·读书·新知三联书店1997年版,第421页。

的"历史进化"思维痕迹,无处不在的解放冲动与内在的价值焦虑感,形成了鲜明的逻辑悖论。伊格尔顿的《后现代主义的幻象》认为,后现代主义是资本主义对人控制加深的一个阶段,而不是问题解决的终结方案。后现代主义对本质性、普遍性的宏大叙事的解构,既存在合理成分,又有理论上的误读。根本原因还在于,后现代主义是传统左派启蒙思想破灭的产物,是对现有制度的妥协。① 宏大叙事作为人类元叙事规则,与"个人叙事""小叙事"不应是二元对立状态,而应该是并行不悖的存在。

哈贝马斯将现代性分为社会和审美两种。对于审美现代性,他又将其分为三个阶段:启蒙主义、浪漫主义以及自波德莱尔至今的现代意识。哈贝马斯并不认为是科技革命引发宏大叙事解体。他指出,道德、艺术、科学三个不同领域,由于专门化发展导致的内部分裂,才是导致宏大叙事解体表象的原因。审美现代性的不足,导致中产阶级社会现代性的泛滥。因此,哈贝马斯提出坚守启蒙"未竟事业"的口号,并认为解决困境的希望在于所谓的主体间性"交往行为理论",即建立在尊重多元基础上的同一与整体。② 他有关宏大叙事论述最多的,还在于和利奥塔尔、罗蒂对所谓"共识"(consensus)的争论。利奥塔尔坚持认为,后现代情境下不可能存在"同一或整合"共识。哈贝马斯认为,利奥塔尔、罗蒂的观点,实际是"哲学取消论"。只有在尊重多元基础上,追求差异整合,才能既避免专制,又避免虚无主义泛滥。哈贝马斯笔下,多元化是行为主体规则,不能以"多元"

---

① 伊格尔顿称:"后现代主义除了是一场政治溃败的余波之外,什么也不是。"引自〔英〕特里·伊格尔顿:《后现代主义的幻象》,华明译,北京:商务印书馆2000年版,第30页。

② 韩红:《交往合理化与现代性的重建——哈贝马斯交往行动理论的深层解读》,北京:人民出版社2005年版,第53页。

反对"一元",以"差异"反对"同一"。人们毕竟有很多"共识",特别是人性自由"共识"。哈贝马斯这种乐观精神实际是现代启蒙的发展。从对"现代化"宏大叙事的追求,到对"人性多元发展"的宏大叙事的追求,哈贝马斯对我们讨论90年代中国小说的宏大叙事,提供了很高的理论起点和思考背景。

除以上几个学者,丹尼尔·贝尔以及卡尔·雅斯贝斯等学者对此也有过相关论述。学者们争论的焦点在于"什么是宏大叙事",以及"如何看待宏大叙事"。无论反对,还是赞成,大部分学者均认同利奥塔尔"宏大叙事即现代性宏大诉求"的基本界定,但对"解构宏大叙事"的后现代思潮,则表现得莫衷一是。不能因宏大叙事表现为总体性认知倾向,就彻底否定"宏大叙事",而应将之视为人类基本思维方式、一种结构性要素。这对目前消费主义流行、人类普遍缺乏信仰的情况,也许更具建设性意义。这也让我们跳出"宏大/个体""宏大终结/重建宏大""一元/多元"的窠臼,更理性地审视20世纪90年代中国现代化进程中小说的宏大叙事形态。

第二节 小说形态中宏大叙事的审美特质

我们还要看到宏大叙事与现代性、意识形态之间的区别与联系。三者都具本质性、整体性倾向,但认知对象不同。现代性针对人类生活的现代断裂与转型,意识形态专指特定人类社会阶层形成的"意识与现实"的想象关系,宏大叙事则更强调作为现代性表征的整体性思维方式。文学中的宏大叙事,既是认识论的思维结构因素,更是风格化审美性要素。它甚至可凭审美化风格,对社会现代性进行尖锐批判,如"牧歌小说"与"边地小说"等现代小说类型。同时,这种审美特质更表现为"小说叙事"本身的话语宏大性。

利奥塔尔的论述中,宽泛的"叙事文"作为古老的艺术,本身就具有宏大叙事性,这也是"科学"与"叙事"结盟取得宏大话语权力的秘密:"叙事是这种知识最完美的形式:首先,这些民间故事本身讲述的,就是我们所说的正面或者反面的建构,即英雄们的尝试获得成功或者遭到失败。这些成功或者失败不是建立社会体制的合法性(神话功能),就是表现既定体制(传说、神话)具有的'正反合'模式(幸福的英雄或者不幸的英雄),因此,这些叙事一方面可以规定能力标准,这是叙事讲述的时候所处的那个社会实现的或者可能实现的性能。"[1]利奥塔尔从民间语用学角度指出,"叙事"就是人类通过一个完整故事,表达自我对世界普遍性感受的文类。罗兰·巴特也说过:"任何地方都不存在没有叙事的民族。一切阶级、一切人类集团,皆有自己的叙事作品。而且,这些叙事作品常常为具有不同乃至对立的文化教养的人共同欣赏。所以,叙事作品不管是质量好的或者不好的文学,总是超越国家、历史和文化的存在,如同生活一样。"[2]

现代小说也与宏大叙事有密切关系。西方叙事文学源头是古希腊英雄史诗;中世纪西方出现以罗曼司(romance)为代表的文体,占据西方叙事文学主要阵地;18世纪和19世纪,西方长篇小说(novel)兴起,迅速成为西方叙事文学主流,也被许多西方理论家视为"真正意义上的小说"。这种现代小说改变重视情节的传统观念,将塑造人物甚至是"具有典型性格"的"典型人物"作为小说主要任务。这种改变不仅是小说技法、时空观的改变,也体现着西方对"小说与世界"

---

[1] 〔法〕让·弗朗索瓦·利奥塔尔:《后现代状态:关于知识的报告》,车槿山译,北京:生活·读书·新知三联书店1997年版,第23页。

[2] 〔法〕罗兰·巴特:《叙事的结构分析导论》,张裕禾译,见〔法〕R.巴特:《符号学美学》,董学文、王葵译,沈阳:辽宁人民出版社1987年版,第108页。

的关系、小说的本质、小说的现代性等问题认识的变化,特别是由"神"向"人"的转变。这一点鲜明体现在现代小说对性格因素的重视。保尔·利科指出:"亚里士多德让性格从属于情节,将情节视为囊括事变、性格和思想的概念。而现代小说的出现,性格概念摆脱了情节概念,继而与他竞争,甚至完全压倒了他。"① 从时间观角度而言,西方工业社会改变原来由神决定的自然时间观,而将"现代"观念加诸自然时间,形成"过去—现在—未来"的历史进步观念。这种时间观念下,情节成了"性格"表现历史。内容方面,当"性格"成为压倒"情节"的因素,"人"也代替上帝,成了"自己的主人"。雷内·韦勒克指出:"与19世纪现实主义小说紧密相关的是工业革命这样巨大的历史变迁,它带来了一种崭新的历史意识……人们更为强烈地认识到自己是生活在社会之中,而不是直面上帝的伦理存在。"② 瓦特也在《小说的兴起》中以笛福、菲尔丁等现代作家为例,多次强调现代小说观念与以"个人主义"为宗旨的现代性的密切关系。他特别指出现代小说与经济专门化、清教伦理、现代民族国家、启蒙思潮的联系,并认为现代小说的"宏大叙事"品格,对现代生活关系的描述,对人"复杂性格"的关注,正是西方现代性个人主义启蒙的思想解放、市场经济发育与现代国家民族意识等"合力"的结果。③

黑格尔将现代小说艺术与史诗、整体性、历史、民族国家等宏大观念进一步结合。他将艺术分为象征、古典与浪漫三个阶段,认为现代艺术属浪漫艺术。浪漫艺术中,黑格尔喜欢"史诗",因为"个人的

---

① 〔法〕保尔·利科:《虚构叙事中时间的塑形》(时间与叙事卷二),王文融译,北京:生活·读书·新知三联书店2003年版,第4页。
② 〔美〕R.韦勒克:《批评的诸种概念》,丁泓、余徵译,成都:四川文艺出版社1988年版,第254页。
③ 〔美〕伊恩·P.瓦特:《小说的兴起》,高原、董红钧译,北京:生活·读书·新知三联书店1992年版,第112页。

自我和全民族的精神信仰整体以及客观现实情况,以及所用的思想方式,所做的事及其结果,都还没有分裂开来"①。然而,既然审美作为"人类意识",不同于康德"无时间性""无功利"的愉悦,是具有时间性的科学发展历史②,那么,作为史诗的现代替代品,理想的"现代小说"虽存在主客观分裂,也应达到与历史规律的某种契合。就小说叙事与历史的关系而言,黑格尔认为,特定历史模式与某种叙事模式相联系,其联系纽带是二者共有的"内部活力"。对他来说,这种联系原则只能是政治层面的。

  黑格尔将历史与叙事捏合,将叙事对时间因果律的表现与外在"政治实物形态",形成一种象征对应关系。这种关系的"中介",则被黑格尔界定为"现代民族国家"。他阐释道:"我们必须假定历史叙述是与历史行为和事件同时出现的……正是国家最先描述了这样一种题材,这种题材不仅被应用于历史散文,而且在它自己的生存的发展中也会产生这类历史。"③现代民族国家兴起的历史,被黑格尔命名为"标准历史"的发端,现代民族国家史的"史前历史"被命名为野蛮不文明的"非历史"。现代小说的宏大叙事,则成为用语言组织历史的必要工具。

  这种观点深刻烙印在黑格尔艺术哲学中,并影响了如马克思的《1844年经济学哲学手稿》、卢卡契的《小说理论》《历史与阶级意识》

---

① 〔德〕黑格尔:《美学》第3卷,下册,朱光潜译,北京:商务印书馆1981年版,第109页。

② 黑格尔强调意识本身的历史性,进而推导出审美与艺术的历史化:"意识在这条道路上所经历过它一系列的形态,可以说是意识自身向科学发展的一个详细形成史。"引自〔德〕黑格尔:《精神现象学》第1卷,贺麟、王玖兴译,北京:商务印书馆1983年版,第59页。

③ 〔德〕黑格尔:《历史哲学》,王造时译,上海:上海书店出版社1999年版,第63页。

《心灵与形式》等著作。卢卡契用总体性理论来定义他所谓的"伟大小说"。特别是他的后期著作认为,只有工人阶级才能用总体性理论完整把握世界、实现阶级自觉、解放整个人类,而资产阶级所谓"自由""人性",只是片面理论。资产阶级所衍生出来的现代派小说,一个重大缺陷就是将小说变成了对世界的"描写",而并非把握世界总体规律的"叙事",进而让小说失去史诗品质。① 这些理论,很长时期成为包括中国小说等宏大叙事文本的"内在法则"。

于是,小说在现代社会超越古典诗歌与散文,成为现代性叙事的"巨型文体",特别是长篇小说,很快就出现"史诗"面貌。例如,巴尔扎克的《人间喜剧》,共包括90多部长篇、中篇、短篇小说,出现2400多个人物,触及社会各阶层,被称为"社会百科全书",巴尔扎克本人被称为"法国社会的书记员"。对后发现代化的中国而言,由于"救亡"任务的迫切性,现代小说更是作为"救亡图存"与"启民心智"的"现代叙事"工具被引进的。例如,梁启超《论小说与群治之关系》指出:"欲新一国之民,不可不先新一国之小说。故欲新道德,必新小说;欲新宗教,必新小说;欲新政治,必新小说;欲新风俗,必新小说;欲新学艺,必新小说;乃至欲新人心,欲新人格,必新小说。"②为什么小说有这样的作用?梁启超说:"小说有不可思议之力支配人道故。"他进一步将这种力总结为"熏、浸、刺、提",指出其对启蒙民心、整合民族国家意识的重要作用。鲁迅也表达小说"拯救国民性"的说法:"从那一回以后,我便觉得医学并非一件紧要事,凡是愚弱的国民,即使体格如何健全,如何茁壮,也只能做毫无意义的示众的材料和看客,病死多少是不必以为不幸的。所以我们的第一要著,是在改变他

---

① 〔匈〕卢卡契:《卢卡契文学论文集》第1卷,北京:中国社会科学出版社1980年版,第7页。

② 梁启超:《论小说与群治之关系》,《新小说》1902年第1期。

们的精神,而善于改变精神的是,我那时以为当然要推文艺,于是想提倡文艺运动了。"①胡适则试图将"小说的历史遗产"整理与小说现代性转型相结合:"在这五十年之中,势力最大的,流行最广的文学,说也奇怪,并不是梁启超的文章,也不是林纾的小说,而是很多白话小说。这些南北的白话小说,乃是这五十年中国文学的最高作品,最有文学价值的作品。"②现代小说叙事成功地将历史意识、意识形态,包括现代民族国家观念,整合入"宏大叙事神话"。它借助现代出版、教育、文化事业的大力推广普及,唤起读者的社会历史认同。一方面,它树立起新上帝——"人",它还窃取了上帝才具有的认识功能和伦理功能;另一方面,它努力实现人类"掌握世界""理解自我"的实践,并获得超越世俗世界的文学权力与符号资本。

由此,小说宏大叙事主要指通过形象、主题和文学技巧、观念、语言,展现统一、整体的、历史理性的现代性小说思维。它既有特定认识论范围,又有审美的特点。它在主题上常涉及重大问题,诸如启蒙解放、阶级革命、民族觉醒、历史进步等。它在叙事伦理上,常被归于宏大、抽象性理念,如阶级情谊、民族召唤、启蒙激情等。它在内在逻辑上,追求现实批判性、历史性与人性深度,常将人的命运归结于客观历史因果律。它在语言风格和形式表现上,表现为连贯性、统一性情节,清晰的故事线索,鲜明生动、具有历史主体性的卡里斯马型人物,或虽比较晦涩,但具象征性的形式深度。这种宏大叙事性在五四时期启蒙小说、"十七年"革命历史小说、新时期小说中都能看到。

---

① 鲁迅:《呐喊·自序》,《鲁迅全集》第1卷,北京:人民文学出版社1986年版,第417—418页。

② 胡适:《五十年来中国之文学》,见胡适等:《论中国近世文学》,海口:海南出版社1994年版,第5页。

同时,现代小说发展过程中,黑格尔、马克思、卢卡契等学者对于小说宏大叙事性的概括和归纳,并不是唯一标准。如果从福柯、哈贝马斯等学者视角出发,会发现小说宏大叙事并不仅是本质论、整体性质素,而是结构性思维形态、知识系谱构成的方法论或小说美学风格。作为文学表现形态,它不是"单一标准",也并非一成不变。中国传统文化中静穆、和谐的伦理美与西方小说尖锐对立的历史悲剧叙事,都可以说是不同类型的"宏大叙事"。宏大叙事思维有时也与日常生活审美化、欲望叙事等所谓小叙事思维"相互杂糅"。宏大叙事的审美性甚至会以"反宏大叙事"的假象出现,如张炜《九月寓言》对"自然"的浪漫主义书写,也是一种另类宏大叙事。对宏大叙事的核心要素,我将之界定为文学化"现代性生成表征",如列斐伏尔所说,它是体现客观历史巨变的"一种情境"①,喻指现代性转型中特定时间、特定社群空间内有同一性、延续性和变化性的"小说故事",并不特指某个单一小说叙事模式,这一点对于理解社会转型期"杂糅并置"的中国文化现实尤为重要。

由以上分析,现代小说美学的宏大叙事,是一种追求历史性、现实批判性的宏大意识。然而,当代宏大叙事遭受侵蚀的情况下,我们不能仅将之看作固定风格、文体形式或特定意识形态,而应将之视为一种审美思维结构方式。一方面,随着现代性变迁、时代审美的发展,宏大叙事艺术已发生改变,出现了新表现形态;另一方面,则是理论武器的更新,即便对待"十七年"革命历史小说这样的"宏大叙事标本",如果从大众文化研究、后现代语言学等不同视角出发,也会有不同研究思路。这也要求我们跳出小说社会学、小说形式美学的限

---

① Henri Lefebvre, *Writings on Cities*, selected translated and edited by Eleonore Kofman and Elizabeth Lebas, Blackwell Publishers Ltd.,1996. 转引自李超:《1905—1949 中国电影:空间呈现》,北京:中国电影出版社 2008 年版,第 1 页。

制,打破"宏大/个体对立""整体意识的终结"等思维的制囿,综合利用各种文艺方法论,对小说宏大叙事问题进行科学分析和总结,既看到"解构"宏大叙事的积极作用,又要反对虚无主义,清醒看到现代性宏大叙事对中国当代小说的合法性。

第二章
90年代长篇小说宏大叙事呈现形态

这一章将分析90年代中国文学理论界对宏大叙事问题的复杂态度。我将考察造成"宏大叙事"概念误读的文化逻辑。宏大叙事理论在80年代中后期进入中国,迅速成为变革中的中国小说实现技术进步与思想创新的工具。在这一过程中,袁可嘉、王宁、盛宁、陈晓明、王一川、王岳川、王逢振、张颐武等学者的翻译和介绍,功不可没。但是,这里也有"误读"情况,比如关于"宏大叙事"基本表述是负面的。宏大叙事成为知识分子批判意识形态、追求小说文体自觉的"时髦用语"。使用者却往往忽视概念的理论范围、适用对象与内在局限性。另一方面,一些学者急迫否定后现代理论对宏大叙事的颠覆,做出所谓"坚守"姿态。这期间,杰姆逊关于后现代主义的介绍有很大影响,他在丰富了我们的方法论的同时,站在左派立场上,将后现代主义定义为资本主义的第三个阶段,即晚期资本主义的逻辑产物,是消费主义对一切价值消解的恶果。①

第一节 宏大叙事的双重误读

宏大叙事概念于20世纪80年代中后期登陆中国,在20世纪90年代风行一时,它有利于解读文艺界新现象,也造成多重"误读"。"宏大叙事终结"已成为中国当代文学史"断裂"的象征,也是文学进步性的合法表述:"'宏大叙事'的整体性被打破、颠覆、瓦解和变异,个人欲望、文化动因、性格命运、偶然性以及文本的美学规范代替历史的完整性和目的性,成为文学叙述基本动力。"②

关于"宏大叙事终结",学界存在两种声音。一是"终结的乐观"。很多学者将"一元""宏大"等同于专制保守,将"多元""多极"等同于开放进步。这种二分法再现了利奥塔尔与哈贝马斯有关"共识"争论的困境。如果后现代是"反共识"的结果,那么,"后现代"的"非西方"共识如何出现?较和缓的态度则认为从"共名"到"无名"的转变,是中国本土文化稳定开放的结果:"当时代含有重大而统一主题时,知识分子思考问题和探索问题的材料都来自时代主题,个人独立性被掩盖在时代主题之下。我们不妨把这样的状态称为共名。

---

① 〔美〕弗雷德里克·杰姆逊:《后现代主义与文化理论》,唐小兵译,西安:陕西师范大学出版社1986年版。

② 邵燕君:《"宏大叙事"解体后如何进行"宏大的叙事"?——近年长篇创作的"史诗化"追求及其困境》,《南方文坛》2006年第6期。

当时代进入较稳定和开放、多元时期,人们精神生活日益丰富,那种重大统一的时代主题往往就拢不住民族精神走向,于是价值多元、共生共存的状态就会出现。"①二是部分精英知识分子的忧愤道德立场。"人文精神大讨论"、王蒙与王彬彬的"二王"之争、葛红兵"20世纪文学悼词"等事件,都涉及文学与世俗性的关系、宏大叙事死亡等诸多命题。90年代被形容成"堕落"时代:"私利造成了私人与公共空间的矛盾和分离,为了保护这种在当下仍显脆弱的私人性,一种粗鄙化的保护方式正在盛行,有关'公共'的各种道德规范被无情拆解,道德沦丧,今天的市场成为一个没有规则的游戏场所。"②孟繁华为90年代文化做了总结性发言:"特别是90年代以来,经济的巨大发展越来越接近于启蒙主义者梦想的现代化,但现实又无情地暴露了它另一面的残酷。生活中充满荒诞,物质的极大丰富却也导致道德的进一步沦丧,唯利是图,人欲横流。"③他用"天鹅绝唱"形容启蒙理想主义的死亡,用"众神狂欢"形容90年代的多元无序状态。

然而,"宏大叙事"没有终结。虽然后现代主义对90年代中国有很大影响,但是全球化时代建设"中国现代性"的艰难探索依然存在。这期间既有失败,也有成功;既有解构,也有建构。理论期待与小说创作之间,存在不少错位。张炜的《柏慧》等作品,被解读为抵抗商品经济、哀悼精神死亡之作,但张炜有塑造"中国现代浪漫主义"的宏大雄心。《废都》被认为是80年代启蒙终结之作,但这篇以"性"为切入点的小说,蕴含着强烈的个人主义建构意识。李锐的《无风之树》、王

---

① 陈思和:《试论90年代文学的无名特征以及当代性》,徐俊西编:《世纪末的中国文坛》,上海:上海文艺出版社2002年版,第24页。
② 蔡翔:《日常生活的诗情消解》,上海:学林出版社1994年版,第215页。
③ 孟繁华:《众神狂欢——世纪之交的中国文化现象》,北京:中央编译出版社2003年版,第150页。

安忆的《叔叔的故事》、邱华栋的《正午的供词》、徐小斌的《羽蛇》等,不仅反映理想主义毁灭,也在"再反思"与"有限个体"维度上,展现重建启蒙现代性的努力。纯粹解构性作品,往往没有显现出后现代的空前自由性,反而表现出政治规避下的某种"寓言性虚无"。比如,刘震云的《故乡天下黄花》《一腔废话》等鼓吹宏大叙事死亡的作品,流于逻辑混乱;另一方面,主流现实主义小说在经历"社会主义现实主义"与新时期"改革小说"等潮流之后,出现了融合启蒙、市场、社会主义诸多因素的"主旋律小说"。柳建伟、张平、陆天明、周梅森、张宏森等主流现实主义作家90年代的创作,至今都有很大影响。

"宏大叙事"死亡,是一种"不稳定"的文学史共识。学界对于90年代中国小说的宏大叙事问题,存在理论理解的双重误读。一是"宏大与个体"的对立。1992年邓小平视察南方,推动改革开放发展,也带来了中国文艺界新解放。后现代有关宏大叙事的论述,被作为"对抗性"理论资源引入:"中国的'后学',主要是试图从原来的知识和思想禁锢中解放出来的一种努力。"[1]很多学者解读先锋小说时,也试图找到既对中国文化现实具隐形批判性,又在形式和思想内涵上超越西方现代性的小说形态。[2]

然而,如马克斯·韦伯所说:"当现代生活开始趋于理性化,同时也意味着现代社会之终极价值理念的多元化和个体化。现代社会的整个转折,一方面,具有强大解放效果,使人在自然和社会两个领域都得以摆脱自然天成的道德秩序的羁绊,另一方面却也赋予了个人以沉重的责任,因为在传统救赎力量失去作用之后,它必须自行建构

---

[1] 陈晓明:《批判之后:中国后现代的艰难行程》,《中国图书评论》2006年第3期。
[2] 参见陈晓明:《无边的挑战》,长春:时代文艺出版社1993年版;张颐武:《在边缘处追索》,长春:时代文艺出版社1993年版;等等。

其价值与目的,为自己的生命赋值。"①现代性未完成状态下,"个体"的神话是现代性叙事的重要表征。"意图伦理"和"责任伦理"的结合,"理性"和"感性"的结合,才是真正现代意义上的"个体的人"。"宏大"与"个体"的对立,成了中国后现代宏大叙事理论直观而简单化的阐释范式。一方面,"宏大叙事"成为革命的代偿,个人化小叙事、虚无主义盛行;另一方面,"启蒙"也被作为"宏大叙事"受到诟病,成为80年代改革破产的罪责承担者。这加剧了知识界宏大叙事问题的混乱。例如,有学者认为,启蒙在中国已走向终结,90年代应为中国寻找宗教性精神信仰。② 问题的复杂性还在于,受到"个体"与"宏大"对立思维影响,很多创作者更焦虑地试图重建"宏大形态",其实是重回新时期启蒙或"十七年"文学秩序,这也构成了另一种"理论的虚妄"。90年代恰是"个人"不再与"宏大"直接发生冲突的年代。很多所谓"个人主义"作品,小心翼翼绕开宏大叙事,带上欲望和世俗化面孔,曲折隐蔽地表达自我。

二是"解构与建构"的对立。90年代中国小说的现代民族国家意识被强化,史诗型长篇小说再度崛起,主流意识形态对现实主义小说进行"主旋律化"重组。这些动态都将"解构"与"建构"杂糅融合,在深层逻辑层面表现了"中国现代性"诉求。纯文学创作领域,解构几乎与建构同时发生,也存在重塑启蒙经典与史诗性的意图。王小波的《革命时期的爱情》《黄金时代》等,充满了文艺复兴式的理性启蒙意味;李锐的《万里无云》《银城故事》、尤凤伟的《中国一九五七》等,都变形并发展了启蒙叙事;阿来《尘埃落定》、王安忆《长恨歌》的文化史诗倾向,莫言《丰乳肥臀》对乡土中国空间转型的历史性描述,

---

① 〔德〕马克斯·韦伯:《经济与社会·上卷》,林荣远译,北京:商务印书馆1997年版,第57页。

② 张宝明:《自由神话的终结》,上海:上海三联书店2002年版,第12页。

以及《白鹿原》《废都》《最后一个匈奴》等通过复活传统对民族国家叙事的时间延展,都体现了塑造宏大叙事的努力。对主流现实主义小说而言,容纳与建构的因素更重:一方面,以"多样化"为口号,促进文学与市场经济的接轨①;另一方面,弘扬主旋律②,展现主流意识形态整合世俗化、革命、启蒙等思想资源的努力。官方用政府奖项、文化资源(文学基地、文学刊物)、结合新老作家供养机制(签约作家与专业作家结合),继续保持对小说创作的引导力;将市场导入与政府扶持相结合,保持主流现实主义小说代表政党、民族国家的宏大地位。③ 批评家也为此提供了理论支持,如敏泽指出,一方面,"文学的价值不仅是交流和交换,而且在于其商品性";另一方面,"文学具有商品特性是一回事,因其具有这种特性,无视其根本特性:精神文化创作的价值,将之等同于一般物质产品又是一回事"。如何处理文学价值选择两难呢?敏泽分而治之:"通俗文学之类的作品,推向市场,在健全的文化政策的调控下,促其发展,却不可把高雅文学艺术,一律推向市场,这只能对民族文化产生意想不到的灾难。"④"通俗/高雅"二分法,本身是市场经济用"区隔"谋求利益最大化的策略。这也决定了"90年代现实主义再叙事"的问题与困境。《英雄时代》《抉

---

① 如中共中央总书记江泽民指出:"随着社会主义市场经济的发展,精神产品的生产流通同市场运作一般规律的联系愈紧密,确实也有经济效益的问题。"参见江泽民:《在全国宣传思想工作会议上的讲话》(1994年1月24日),《十四大以来重要文献选编·上》,北京:人民出版社1996年版,第24页。

② 即"以科学的理论武装人、以正确的舆论引导人、以高尚的精神塑造人、以优秀的作品鼓舞人,坚持为人民服务、为社会主义服务的方向",参见《中国共产党十五大报告读本》,北京:人民出版社2000年版。

③ 参见邵燕君:《倾斜的文学场——当代文学生产机制的市场化转型》,南京:江苏人民出版社2003年版,第193页。

④ 敏泽:《社会主义市场经济与文学价值论》,陈建功、陈昌本编:《首届鲁迅文学奖获奖作品丛书》,北京:华文出版社1998年版,第88页。

择》《骚动之秋》《苍天在上》《至高利益》《我是太阳》等作品,都闪现着主流意识形态再造"宏大叙事"的艰难努力。

与此同时,对"宏大叙事终结"的质疑也从没有停止过。1993年"人文精神"大讨论,一些学者再次将"理想主义"和"人文关怀"定义为终极价值原则。王晓明提出"新意识形态"说:"90年代出现了一种新思想,它借助80年代现代化憧憬,又利用公众摆脱物质贫困的欲望,更刻意抹平地区、阶层、政治和文化的内在差异,却躲避有关自由、民主的严肃话题,因而变成一些似是而非论断的混合。"①刘小枫在《现代性社会理论绪论》中,讨论"价值多神论"与"价值一神论"的差异,指出生命和世界的终极性意义在价值多元状况下必然处于冲突状态,但不等于这个问题被取消了。② 洪子诚联系30、40年代中国文坛"多元化"状态,赋予90年代宏大终结与多元化问题以历史反思视野。他指出"自由主义多元论"的不彻底性与妥协性:"这种论析,它可能存有两面性。它确实表现了一种批判的锋芒,但也可能是一种回避。从后一种可能来说,它难道不会导致对价值混乱的现实状态的容忍和默认吗?"③一些学者对宏大叙事过早消失表示担心:"之所以重新透视新时期小说宏大叙事,并不是要重新回归到极端的政治意识形态,而是重新促使文学与现实接轨,重构当代文学宏大叙述,再次竖起启蒙思想大旗。"④有的学者则对此抱乐观态度:"当下中国文学创作思潮,其中一个重要方向,就是对宏大叙事的旗帜鲜明

---

① 王晓明:《半张脸的神话》,王晓明主编:《在新意识形态的笼罩下——90年代的文化和文学分析》,南京:江苏人民出版社2000年版,第18页。
② 刘小枫:《现代性社会理论绪论》,香港:香港牛津大学出版社1996年版,第210—213页。
③ 洪子诚:《问题与方法》,北京:生活·读书·新知三联书店2002年版,第170页。
④ 张彩红:《新时期小说宏大叙事行为透析》,《美与时代》2006年第8期。

的追求。"①但是,这些声音并没有引起广泛重视和讨论。

综上所述,相对于90年代中国小说宏大叙事性广义范畴上的三个所指②——现代民族国家、启蒙、现代性,解构宏大叙事也有三个所指:世俗化叙事、后启蒙叙事、后现代叙事。然而,尽管世俗化与后启蒙、后现代主义有叠加,但中国的"世俗化与后启蒙"本身也含有现代性发育因素,宏大叙事问题是在六个层面的错位和交织之下发生的。很多作家的"反宏大叙事性",只是解构革命或提倡世俗化,并非真正意义上的后现代主义叙事。这也导致我们一直解构宏大叙事,又一直呼唤宏大叙事的怪现状。这是"错位综合征"的心理扭结,也表现了当代中国社会共识的交锋状态。宏大叙事性没有消失,而是在这种交锋状态中不断走向融合与新的可能性。

第二节 宏大叙事的复杂表现形态

具体而言,首先,90年代中国小说的宏大叙事性在"主流现实主义小说"中表现得更明显。从题材细分,它又包括新现实主义小说、新军旅小说与官场小说等类型。新现实主义小说又包括描写90年代改革的新改革小说、反腐败小说与新乡土小说。这方面的代表作是柳建伟的《北方城郭》《英雄时代》、张平的《抉择》、陆天明的《省委书记》、周梅森的《国家制造》、关仁山的《风暴潮》等;新军旅小说以都梁的《亮剑》、徐贵祥的《历史的天空》、邓一光的《我是太阳》等为代表;官场小说有王跃文的《国画》、阎真的《沧浪之水》等。一方面,这些小说在创作技法与思想观念上,继承了"十七年"社会主义现实

---

① 彭少健、张志忠:《略论当下中国文学的宏大叙事》,《文学评论》2006年第6期。

② 详见"导论"相关论述。

主义文学特征,比如道德教化、对政党政治的忠诚、现实主义手法等特征;另一方面,它们也继承80年代改革小说以"现代化"为特征的"改革意识"。同时,受到市场经济的影响,这些小说因不同题材和作者倾向不同,又呈现出世俗化与后启蒙思维的不同面向。

但是,这些现实主义小说都表现出"现代民族国家叙事"的核心地位。无论政党政治、现代化改革意识还是市场经济世俗化,都必须服从这个叙事核心的安排。小说主人公不再是有理想主义色彩的"乔光朴"式改革英雄,而是更真实地在人性欲望、民族国家大义与政治理想之间挣扎的形象。这些人物有走出破产困境的国企领导、面对复杂形势的政治家、反腐败的正直官员、有缺点的战争英雄、不屈不挠的基层干部,甚至在人生苦难中坚忍不拔的普通人。现代民族国家叙事,以其现代性品质、物质追求、宏大集体性,及后发现代国家天然的道德合法性,成为新"强国之梦"的国家史诗。《人间正道》里,县委书记程谓奇,为给市里集资修建水利工程,不惜用一杯酒一万元的方式,拼命劝企业家募捐;《绝对权力》中的市委书记齐全盛虽独断专行,但却因廉洁执政,最终被刻画为正面人物;《国画》中的朱怀镜,在荆都市官场小心翼翼、如履薄冰,虽难以真正独善其身,却努力"做个好人";《亮剑》的主人公李云龙,被塑造成淡化革命色彩的"有缺点的英雄",他经常犯错误,但对民族国家忠贞不二,与国民党对手楚云飞惺惺相惜;小说《风暴潮》中市长赵振涛将出国的妻子孟瑶视为祖国的叛徒……

其次,90年代启蒙宏大叙事性,表现为颠覆与建构的双向互动。一方面,90年代很多有启蒙思维的作品表现出对宏大叙事性的怀疑。无论革命还是80年代新启蒙,都被置于这种"后启蒙"怀疑批判思维之下。这在邱华栋的《正午的供词》、徐小斌的《羽蛇》、王安忆的《叔叔的故事》、李锐的《无风之树》等作品中都有反映。但是,这种反思建立在更个人化的立场上。这些作品,不但反映宏大思维对个人主体的遮蔽,更思考在"有限个体"原则下对启蒙精神的继承。"反思性"与"有限个体性"作为90年代启蒙新共识,缺一不可,共同建构了叙事伦理、叙事技法的内在合法性。二者既存在逻辑传递关系,也有空间并列联合关系。"反思"是新启蒙叙事的外在历史尺度,"有限个体性"则是其坚守的内在价值尺度。反思推动了个体性原则,也是其不断前进的保障。有限个体性则是反思的结果与前提,使得反思避免集体主义的诱惑。同时,这些小说的困境在于:启蒙合法性与外在解构力量的冲突、中国启蒙传统的偏执与世俗维度匮乏的反差、启蒙理论假性超越与实践滞后的张力、启蒙与革命的复杂关系,都形成启蒙叙事的"不彻底性"和"内在缠绕"。启蒙叙事常在建构和解构、怀疑和批判、自我否定和自我肯定之间,形成内在矛盾关系。比如,90年代王蒙的小说创作,以《恋爱的季节》《失恋的季节》《踌躇的季节》与《狂欢的季节》等"季节"系列为主,对社会主义共和国历史进行了"重写"。这里既有对革命的反思、人性启蒙的思考,也有在世俗化影响下,对"社会主义记忆"的融合与再造。王蒙试图在全球化背景下,找到重新阐释革命的建构方式。张贤亮终生纠缠于"旧我"与"新人"的身份归属,游动在民间、启蒙、社会主义三种价值属性之中,形成充满矛盾冲突却又体现某种总体性逻辑的小说文本。张贤亮笔下的人物是"新时期共识"的产物,也是90年代"新改革共识"的表征。90年代张炜从《古船》式启蒙批判,走向以《九月寓言》《外省书》等一系列小说为代表的文化浪漫主义。这些小说实现了从"启蒙思者"到"自然之子"的精神跨越,建立起独特文学地标与"中国特色"的浪漫主义文学世界。李锐90年代的中长篇小说则是80年代新启蒙叙事共识性破裂、中国当代纯文学试图探索"新共识"的代表性作品。

最后,90年代中国小说的宏大叙事性,更表现在史诗型长篇小说的崛起。旷新年认为,中国的现代民族国家叙事是由西方与中国共同参与完成的。从"破家立国"到"建立新中国"的想象这些文学史重要主题,也使得中国现代文学更深度地介入现代民族国家意识的建构。① 然而,"十七年"文学中以"建国神话"为特征的长篇史诗型小说,除了民族国家意识,还有社会主义文艺革命话语、道德规训等因素的参与。"十七年"长篇小说史诗模式,如同五四时期"破家立国"的宏大叙事,都有着浓厚道德规范性、集体话语优先性,而其中的个人意识则模糊不清,文化传统被强制断裂。如刘禾说:"对现代性进行思考和肯定的一个重要方面就是建立现代民族国家理论,这使汉语的写作和现代国家建设之间取得了某种天经地义的联系。回顾现代文学史的编写,一个突出的特点就是,这个'写'从未挣脱联结文学创作和民族国家的这个'大意义'的网络。"②现代性宏大叙事是"现代民族国家主权与现代个人主体的双重建构"③。新时期开始,中国作家开始探索一种新长篇小说形态。张炜的《古船》、贾平凹的《浮躁》等都表现出启蒙意识增强、阶级话语消退的特征。路遥的《平凡的世界》表现出"个人奋斗"模式之于社会主义文化经验的现代转化。然而,当代真正史诗型长篇小说还是成熟于90年代。

随着90年代改革开放的深入,特别是文化市场的蓬勃发展,中国小说在文化消费推动下,走入了"长篇时代"(90年代中国长篇小说数量和质量都有很大提升),而且慢慢恢复了更广阔的"民族国家"现代性维度。人的欲望、人的精神诉求、人的不同地域背景和文

---

① 旷新年:《民族国家想象与中国现代文学》,《文学评论》2003年第1期。
② 刘禾:《语际书写——现代思想史写作批判纲要》,上海:上海三联书店1999年版,第212页。
③ 旷新年:《个人、家族、民族国家关系的重建与现代文学的发生》,《中国现代文学研究丛刊》2006年第1期。

化诉求,都被慢慢地呈现。同时,90年代长篇小说大多有强烈史诗诉求。它们在叙事时间长度和叙事地理空间表述上,都得到空前扩张。克洛德·拉尔谈及中国人历史观时认为"宽广的历史全景"和以中国为中心的"内观法"是其独特内涵,不同于欧洲史家"专注一国"的态度。① 这种"天下"大国时空观,正在慢慢回到长篇小说内部。尽管西方仍是强大"他者",然而"整合因素"却不断增强,中国小说正在形成新的宏大想象,即"文化复兴的现代中国"。它以求生存发展为目标,以物质财富与精神自由为人的幸福本源,更注重现代中国的全球地位。"文化复兴"指传统文化的记忆复活与新的现代空间的塑形。无论儒家思想还是道家或其他传统文化,都展现出"中国现代性"的价值魅力。90年代长篇小说从家族史、地域史及个人史的角度,重新观察中国近现代历史。现代化大都市、自在自为的边地,甚至异域中国想象,都展现出中国现代民族国家从未有过的宽广视野。时间维度上,陈忠实的《白鹿原》表现出强烈的儒学传统认同,张炜的《九月寓言》追溯道家浪漫自由传统,莫言的《丰乳肥臀》诉求民间记忆;空间塑形上,阿来的《尘埃落定》对康巴地区的边地书写,重塑现代民族国家视野下的中国话语秩序。王安忆的《长恨歌》通过世俗化与哲学分析视角,打造世俗现代的永恒都市。周励的《曼哈顿的中国女人》、九丹的《乌鸦》、严歌苓的《扶桑》等,通过"异域中国"想象为现代中国树立起形象坐标。很多看似后现代、通俗性的写作,也有民族国家叙事的影子,如卫慧《上海宝贝》的"现代上海想象",其文化逻辑与《长恨歌》类似。《长恨歌》是"上海历史"的文化史诗,而《上海宝贝》是"当下上海"现代欲望的史诗。

---

① 参见〔法〕克洛德·拉尔:《中国人思维中的时间经验知觉和历史观》,〔法〕路易·加迪等:《文化与时间》,郑乐平、胡建平译,杭州:浙江人民出版社1988年版,第54—55页。

由以上分析可知,对后发现代中国而言,宏大叙事并未死亡,依然具有表述合法性。后现代主义宏大叙事理论存在很多缺陷,最明显的是,利奥塔尔以反对宏大性与总体性为理论根本①,其二元对立思维本身就是宏大性的。90年代中国,不存在利奥塔尔论述前提的高度发达的资本分工,却展现出现代性发育的错位。也正是由于社会语境的空前复杂性和巨大信息含量,"中国故事"因此具有了宏大化的可能。然而,"中国式宏大叙事"是否有效,还需要时间验证。

90年代中国小说的宏大叙事性,存在几个特点:一是理论与创作实践的脱节与矛盾;二是"隐形"在场与"杂糅"状态;三是艰难的生成与暧昧的整合。90年代文学以对80年代文学终结的"宏大废墟"形象出场,90年代小说也被文学史表述为更"激进"的断裂。文学史解构革命叙事,放弃其道德要求,却遮蔽对革命的理性反思;解构启蒙叙事,嘲弄其失败,却忽视其未完成的合理性;弘扬欲望解放,却简化其对现代性的作用。尽管我们将启蒙与革命都定义为"宏大叙事",90年代文学被表述为"解构""多元"时代,却无法解释90年代的"非断裂性",即"前现代、现代、后现代"三种文化逻辑交织的状态。文学史描述再一次以策略性"断裂",昭示主体"建构自我""超越他者"的宏大叙事焦虑,又最终陷入"否定自我"困境。90年代小说的宏大叙事问题,被想象性"终结",或者说"悬置"了。所有问题都因"问题"本身被抛弃,变得不再是问题。我们要考虑的是比宏大叙事更"高级"的问题,诸如语言学游戏、性别政治等"小叙事"。

新世纪以来,学界对于90年代文学的文学史反思已展开。王尧指出,将80年代与90年代截然断裂,未看到90年代"文学边缘化、启

---

① 例如,利奥塔尔指出:"我将'后现代'一词,定义为对于所有宏大叙事的怀疑。"参见〔法〕让·弗朗索瓦·利奥塔尔:《后现代状态:关于知识的报告》,车槿山译,北京:生活·读书·新知三联书店1997年版。

蒙失落"等问题症候在80年代早有"伏笔"："在承认80年代与90年代的差异时,两个年代过渡阶段的文学与思想文化,是否有如此泾渭分明的鸿沟？换言之,80年代是否已经蕴藏或显露了90年代的问题？这些问题是已解还是未解？"①这种文学史"关联性思维",有助于我们理解90年代小说宏大叙事问题,即90年代宏大叙事的种种表现,无论启蒙的双重悖论,还是民族国家叙事的时空塑形,抑或主流现实主义小说"多重整合"机制,都是由中国文化土壤决定的。它必然与新时期文学、十七年文学、新世纪文学,产生断裂与延续的文化逻辑。对宏大叙事性的否认是一种"文化政治",对它的承认也必然成为另一种"文化政治"。研究90年代小说宏大叙事性,并不是忽略文学的个体性。对中国这样有"大一统"传统的国家来说,民族国家意识的无限膨胀存在文化风险。盖尔纳说："民族主义不是唤醒民族自觉的意识,而是创造了并不存在的民族。"②当中国的民族主义激情再次被统一在"国家主义"的宏大旗帜之下,它也有重新激进化的危险。③

因此,我们要重新赋予中国文学勇气、信心、激情与力量。正如卢卡契昭示的人类"极幸福"时代："星空就是可走和要走的诸条道路之地图,那些道路亦为星光照亮。"自我与他者,心灵与世界,都能找到"同一性"和谐美："世界与自我、光与火,它们明显有差异,却又

---

① 王尧:《关于"九十年代文学"的再认识》,《文艺研究》2012年第12期。
② [英]厄内斯特·盖尔纳:《民族与民族主义》,韩红译,北京:中央编译出版社2002年版,第23页。
③ 正如查特吉在对当代印度民族主义的分析中指出："民族主义已经完成,它将自己建构成一种国家意识形态,它已将民族生活借用给了国家生活——它已接受了全球权力现实,接受了世界历史在别处的事实。"参见[印度]帕尔塔·查特吉:《民族主义思想与殖民地世界:一种衍生的话语？》,范慕尤、杨曦译,南京:译林出版社2007年版,第221页。

绝不会永远相互感到陌生,因为火是每一星光的心灵,而每一种火都披上星光的霓裳。"①90年代中国小说宏大叙事性的意义,不应局限于中国一域,更应是以"中国经验"为世界提供的"精神建构"可能性。

---

① 〔匈〕卢卡奇:《小说理论》,燕宏远、李怀涛译,北京:商务印书馆2012年版,第19、20页。

中 编

宏大叙事思维之一:启蒙再叙事

第三章
反思与有限个体性:启蒙再叙事的表述

  作为一种"宏大叙事"性,20世纪90年代中国小说的启蒙叙事,经历了一系列变形与转化。之所以将"启蒙"作为思考宏大叙事问题的重要维度,一方面,作为"未竟的事业","启蒙"对未完成现代性任务的中国而言,依然具有现实合法性;另一方面,作为一种文学话语,启蒙叙事在90年代小说文本中依然有着发展性、延伸性的重要表述形态。

  90年代全球化语境下,"启蒙"成为一个令人质疑的"名词"。90年代初,新一轮改革开放的市场经济热潮涌起,也使得中国知识分子冷静下来,重新思考启蒙的作用、功能、范围和缺陷。

这种情况下,90年代启蒙文学陷入两难境地:一方面,要说明启蒙的当代合法性,必须肯定五四以来的启蒙精神,并将五四文学、新时期文学、90年代文学描绘成一个发展谱系;另一方面,为回应对启蒙的责难,启蒙必须在一定程度上反思五四与新时期启蒙缺陷,正视启蒙思潮的断裂。于是,中国文学启蒙叙事,一方面,被认为是"错误的时空,发生的错误故事",应"被终结"。如有学者认为,激进启蒙让中国错过历史最佳发展期,被唯科学主义扭曲。文学只有重建宗教情怀,现代性的积弊才能消除;另一方面,某些坚持启蒙观点的学者,虽承认启蒙存在缺陷,但不否认启蒙本身,而认为启蒙导致的"激进破坏"的原因在"启蒙的不足",是由于封建思想对启蒙的伤害。90年代"众声喧哗"语境,坚持人文精神、理想主义,或重新界定文学审美启蒙、人性启蒙与社会启蒙的范围,才是中国文学启蒙的出路。[①]这些有关中国启蒙、文学、现代性之间复杂关系的探讨,某种程度上影响了90年代小说创作的叙事倾向。

在各种思潮冲击下,90年代启蒙已不复80年代初"一统天下"之势,面临诸多质疑,但中国现代性的"大故事"却仍未完成。许纪霖等论者将80年代启蒙的"话语同一性"界定为"重新估定一切价值"与"对西方现代化终极目标的理想化",认为经过三次大分化,无论目标诉求/价值指向,还是知识背景/话语方式,在90年代的启蒙话语中都发生重大断裂,新启蒙运动也解体了。然而,这些学者又指出:

---

① 比如,1994年人文大讨论,"人文精神"成为重要文学指标:"倘若既定的价值观念不能担当此任,那就只能去创造一个新的人文精神来,——心灵的视界也许就会出现一片燃烧的旷野,那里正孕育着新的生机。"(王晓明等:《旷野上的废墟——文学和人文精神的危机》,《上海文学》1993年第6期)而关于道德形而上理性主义的观点见张光芒:《中国当代启蒙文学思潮论》,上海:上海三联书店2006年版。

"在表面冲突的背后,无论是坚持启蒙的,还是反思启蒙的,或者否定启蒙的,常常有他们自己也未曾自明的思想预设的一致性。"①这些一致性表征是什么?是整体性思维(甚至某些后现代主义者也热衷"中华性"整体建构)。为什么会出现这种情况?一方面,是启蒙对后发现代性中国的合法性所致,启蒙历经百年,本身也已形成传统;另一方面,表面上分歧甚至冲突的"后启蒙"主张中,其实也存在"共识"性,从而在解构与建构并置的文化景观中,将启蒙思维以"分化发展"的方式延续下去。

90年代小说启蒙叙事的"共识"是什么?对此的认识与描绘,可在"反思""有限个体性"两个维度进行。两个条件在启蒙叙事中缺一不可,共同建构其叙事伦理、叙事技法的内在合法性。新左派、保守自由主义等诸多启蒙分化后的"多元"思维都在这两个维度下进行,既承认反思的重要性,也认同"有限个体"价值(即使"新左派"也不再支持绝对话语霸权,而是将之转化为边缘的道德立场)。

同时,启蒙的悖论困境还在于:启蒙内在合法性与外在解构力量的冲突,中国启蒙传统的精神偏执与世俗维度的匮乏,都形成启蒙思潮在"反思性"和"有限个体性原则"上的"内在缠绕"。启蒙常在建构和解构、自我否定和自我肯定之间形成紧张关系,也使得具体文本的启蒙策略陷入困窘。于是,在"反思性"和"有限个体性原则"基础上,90年代的启蒙叙事常呈现出"悖反相合"的并置状态。

第一节 反思:启蒙叙事原则之一

反思,一直是现代性自我思辨的历史观特点。只有进入现代,反

---

① 许纪霖、罗岗等:《启蒙的自我瓦解:1990年代以来中国思想文化界重大论争研究》,长春:吉林出版有限责任公司2007年版,第17页。

思才被引入系统再生产的基础之内,致使思想和行动总处于连续不断地彼此相互反映的过程。反思甚至被认定为现代性的根本性特征:"现代性的特征并不是为新事物而接受新事物,而是对整个反思性的认定,这当然也包括对反思性自身的反思。"[①]作为后发现代国家,中国现代性进程的这种反思性,却一直不甚明显,常是"断裂"逻辑的一种"阴影",如中国现代历史充满你死我活的概念断裂与斗争。90年代小说创作,虽从某种角度而言,也是一次新的"断裂",但当"宏大叙事"概念引入,许多在文学史和思想史上相对立的概念,有了对话与交流的可能。很多批评家和作家,跳出原有二元对立模式,在人性解放视角上,心平气和地提倡多元声音和历史"长时间段"考察。

这里说的"反思",将历史进步理性与历史宽容性相结合。"反思"不应仅是一次"除旧迎新"的历史进化游戏重演,而包含着对过去意识积极因素的"建设性挽留"(洪子诚语);不仅是对反思客体的既定观念的突破,也是对反思主体本身包含的偏见的反思,更是对"历史"与"正在发生"的历史的理性反省。黑格尔说过,哲学就是对思想的反思。柯林武德将"反思"(reflection)确立为历史理性进步观的关键一环。他认为,"意识到我们正在思维,也就是以一种新的方式在思想,我们可以称它为反思……反思就是在思维着思维的行动",从而将反思提到历史思维本体论高度。他又接着指出:"反思的哲学本意,不仅在于它所关怀的对象客体,也包含思想对客体的关怀,故而它既关怀着客体,又关怀着思想。"[②]也就是说,"反思"既可避免庸俗历史进化论,也可防止历史虚无主义。它不但能看到历史

---

① 〔英〕安东尼·吉登斯:《现代性的后果》,田禾译,南京:译林出版社2000年版,第33、34页。
② 〔英〕R.G.柯林武德:《历史的观念》,何兆武等译,北京:中国社会科学出版社1986年版,第2、3页。

客体的复杂性,且能通过曾经的历史主体加诸客体的定义、概念、思维方式、情感功能,揭示历史的理性进步性。可以说,"反思"绝不等同于后现代"颠覆""游戏""狂欢"诸多概念,而是一种历史时间性思维;不是形成新主体性历史压迫,而是更好地在"兼容性""连续性""同情"的作用下,展示人类自身历史进步的可能。历史不再被描述成一种意识形态对另一种意识形态的胜利(如资产阶级战胜封建阶级),而是成为长时间段连续积累过程,从而真正形成心灵"历史观":"在它出现那些情况中,进步仅只是以一种方式出现的:即心灵在一个阶段里保留着前一阶段所成就的一切。这两个阶段是相联系着的,不仅仅是通过相继的方式,而且还是通过连续性的方式,并且是一种特殊的连续性。"①

90年代启蒙再叙事的反思性,是80年代启蒙的延续和"再反思"。80年代启蒙叙事也建立在反思基础上,不过,这种反思主要针对"文革",进而反思"中国历史封建性"②。卢新华的《伤痕》,开启新时期启蒙文学反思之路。小说女主人公虽认识到"左倾"思想对人性的伤害,但那道触目惊心的"伤痕",却依然无法痊愈。《蝴蝶》的老干部刘思远,在情感创伤回忆中重新找回人民伦理。但是,"在阳光下吃冰砖"的记忆细节,使得所有拯救的宏大动机,陷入"庄生梦蝶"般的迷惘。最能体现80年代启蒙"反思"品质与内在困境的作品,是刘心武的《班主任》。该小说将谴责"四人帮"的具体社会批判,上升到"救救孩子"的人道主义呼喊。小说设计了一个启蒙叙事者——张

---

① 〔英〕R. G. 柯林武德:《历史的观念》,何兆武等译,北京:中国社会科学出版社1986年版,第369、378页。

② 如李泽厚指出:"打倒四人帮,历史进入新时期:农业小生产和建立在其基础上的观念体系,上层建筑终将消失,四个现代化必定实现,人民民主的旗帜,要在千年封建古国上空真正飘扬。直到如今,这依然是一个没有完成的任务。"转引自李泽厚:《中国近代思想史论》,北京:人民出版社1979年版,第488页。

老师。小说一方面称他"太平凡子",另一方面赋予其启蒙权威。这种不平凡的"平凡",既暗喻张老师是"人民"一员,又给予他拯救者能力:话语表述。然而,这个启蒙主体,既不具理性洞察力,也不具有深切悲剧意识。

在对80年代启蒙反思的基础上,90年代新启蒙的立足点着重对革命、激进启蒙的"集体主义逻辑"的反思,将反思范围扩大到20世纪以来中国现代化进程。对国共之争、抗日战争等历史节点展开批判性反思,并试图在更个体性原则下,对中国现代化历史进行总结与回顾。这种有力反思一直延续到21世纪,刘震云的《故乡天下黄花》、尤凤伟的《中国一九五七》《生命通道》、方方的《乌泥湖年谱》、张贤亮的《习惯死亡》《青春期》、艾伟的《1958年的唐吉诃德》《爱人同志》、李锐的《银城故事》《旧址》、虹影的《饥饿的女儿》、王小波的《黄金时代》、苏童的《红粉》、李晓的《相会在K市》、李洱的《花腔》等,都是重要代表作品。这些作品从不同视角出发,揭示一个世纪激进思潮理论与实践的脱节给中国带来的心灵创伤。刘震云的《故乡天下黄花》①解构了中国百年激进主题,将之还原为家族仇杀与人性恶。在许布袋、孙毛旦、李文闹、李文武、李小武、孙屎根、赵刺猬、赖和尚、路小秃等几代人的相互杀戮中,历史的残酷,以不同人物视角的"互文"方式表现出来。

同时,与反思的时空拓展相呼应,启蒙反思的内在深度也在加强。很多作家试图"挽留"并延续原有启蒙主题,如对愚昧国民性的批判。他们努力规避原有启蒙的历史进化论,将国民性批判延伸入国民性格的微观考察。尤凤伟、李洱、东西、残雪等作家都具有这种特点。杨争光的《老旦是一棵树》《棺材铺》《黑风景》《赌徒》《黄尘》

---

① 刘震云:《故乡天下黄花》,北京:现代出版社2005年版。

等,不但继承鲁迅对国民性拷问,且将笔触伸展到乡村政治微观权力结构,思考中国传统文化专制心理的起源。沉重的理性悲剧感,在杨争光小说中化为一种反讽、戏谑的喜剧性力量。这些小说中,杨争光关注的是乡村暴力的原始形式。这种乡村暴力,是一种农民"亚文化"①。在沙汀、彭家煌、蹇先艾、台静农等传统乡土小说家笔下,这种乡村暴力被视为"愚昧国民性"②的一部分加以批判。在沈从文、路翎笔下,这种暴力又表现为对"民族血性""原始强力"的认定③,而在周立波、丁玲等作家的"土改小说"中,这种乡土暴力,又变身为"人民集体性力量"④。批评家朱大可认为,必须"对多数人暴政"进行反思:"每一个农民都是潜在的杀手,在无政府的致命呼吸中生活,为维护卑微的生存利益而展开殊死搏斗。长期以来,中国意识形态批判掩盖了一个可怕的事实,即所谓'东方专制主义'不过是农民的'多数人暴政'的一种政治表述而已。"⑤乡村暴力不仅来自大多数人的盲从,更来自对"无聊"的恐惧。杨争光拷问的是,当这种心理状态成为民族性一部分,现代性思维是否能对之造成根本改变。

---

① "农民亚文化的中心内容有下列几项:(1)人际关系中的相互不信任;(2)认为财富是有限的;(3)对政府的权威又依赖又敌视;(4)家庭主义;(5)缺乏革新精神;(6)宿命论;(7)有限的志向;(8)不能延迟满足;(9)地方局限的世界观;(10)移情能力低。"见〔美〕埃弗里特·M. 罗吉斯、〔美〕拉伯尔·J. 伯德格:《乡村社会变迁》,王晓毅等译,杭州:浙江人民出版社1988年版,第324页。

② 鲁迅:《中国新文学大系·小说二集导言》,《鲁迅全集》第6卷,北京:人民文学出版社1981年版,第250—260页。

③ 胡风:《一个女人和一个世界——序〈饥饿的郭素娥〉》,《胡风全集》第3卷,武汉:湖北人民出版社1999年版,第99页。

④ 如唐小兵所说:"'暴怒的群众'无一例外地形成一个包含恐怖成分的景观,而暴力的景观化正好说明景观化本身中必然包含的暴力,因为正是通过景观,'群众'的每一个具体的组成者消失了。景观不仅规定(或者说给予)一个强制性的意义范畴,景观也必然要求有一个情绪宣泄(亦即仇恨)的对象。"见唐小兵编:《再解读——大众文艺与意识形态》,北京:北京大学出版社2007年版,第125页。

⑤ 朱大可:《后寻根:乡村叙事中的暴力美学》,《南方文坛》2002年第6期。

杨争光的《老旦是一棵树》,对这种乡土暴力有着精彩描述。小说开头,杨争光为我们展现了乡村生活镜头:老旦和儿子二旦,无聊地看着落雨:"老旦坐在屋檐下,眼睛像两枚深邃的黑药丸。他在看雨。雨织成细密的薄网,从昏黄色的天空一股一股飘下来,落在院子里。"①无聊的时间激发人的两种欲望:一是性欲,二是暴力。于是,单身的二旦,无聊之余,气愤地敲破了犁铧。鳏夫老旦的性欲无处发泄,便转化为暴力:"他突然想人一辈子应该有个仇人,不然活着还有个甚意思。他觉得这个想法很妙。他甚至有些激动,浑身的肉不停地发颤。他把双沟村的人一个一个从脑子里过了一遍,挑来挑去,便挑中了人贩子赵镇。"②赵镇人贩子的身份,更加剧了老旦的仇恨(赵有更多机会接触女性)。这种"无聊"所致的仇恨,导致老旦不惜利用儿媳妇报复赵镇。而当复仇无望,老旦更用站粪堆的方式,实现最后的复仇:"老旦和他们已无话可说。他感到他的脚纹正在开裂,从里边长出许多根须一样的东西,一点一点往粪堆里扎进去。"③有关"树与根"的隐喻,具有巨大的民族秘史的象征意义,而"树"与"粪"的共生关系,更辛辣地显示出作家深刻的讽刺力量。在鲁迅笔下"看-被看"的沉重理性悲剧仪式,却成为"无聊"被赋予"意义"的过程。由此,无聊看客"看"的目光与老旦"被看"的虚无,形成了令人窒息的空间同质性。

当然,90年代小说的启蒙反思,还存在"悖反相合"的并置性,很多小说有浓重虚无主义倾向及悲观的自我消解。如刘震云虽在《故乡天下黄花》《温故一九四二》等小说中沉痛反思历史,但在《故乡相处流传》《故乡面和花朵》《一腔废话》中,这种批判反思激情已成为

---

① 杨争光:《老旦是一棵树》,《杨争光》,北京:人民文学出版社2002年版,第322页。
② 同上书,第326页。
③ 同上书,第372页。

不知所云的语言能指游戏。轮回转世的历史人物,如曹操、袁绍,完全被消解了正面意义,在解构宏大历史中透露出很多前现代的宿命感和农民意识,展现出"语义匮乏"的无聊和话语狂躁的焦虑。

第二节 有限个体性:启蒙叙事原则之二

作为反思的成果,"个体的人"开始替代以往启蒙的"集体的人",成为90年代启蒙再叙事原则。90年代无论"启蒙终结说",还是"启蒙继续说",都不再将先验、集体性的宏大社会理念作为不可怀疑的唯一目标,个人价值、个体的自由与尊严则被提到了新的高度。[①] 许多清醒的学者,将"五四"启蒙从"新旧之争"窠臼中摆脱出来,以"独立的思想、自由的精神"作为启蒙之要义,更是很大程度恢复了五四启蒙思潮张扬个性的本义。[②] 启蒙探索经一个世纪发展,又悖论地回到原点,回到了鲁迅《文化偏至论》对国家、民族、意识形态、道德等宏大概念的清醒警惕:"人必发挥自性,而脱观念世界之执持。唯此自性,即造物主……自由之得以力,而力即在乎个人,亦即资财,亦即权利……或出于众庶,皆专制也。国家谓吾当与国民合其意志,亦一专制也……意盖谓凡一个人,其思想行为,必以己为中枢,亦以己为终极:即立我性为绝对之自由者也。"[③]

---

① 李泽厚、刘再复"告别革命"说反思激进启蒙,但还是将启蒙重建的重心放在了"个人价值":"所谓回到古典,不是否定现代社会,而是在文化上恢复理性,恢复人文关怀,恢复文艺复兴时期和启蒙时期的古典价值观念和古老命题,重新探求和确立人的价值和尊严。"见李泽厚、刘再复:《告别革命——回望二十世纪中国》,香港:香港天地图书有限公司1997年版,第308、309页。

② 比如,茅盾曾将五四文学启蒙概括为:"人的发现,即发展个性,即个人主义,成为五四时期新文学运动的主要目标。"茅盾:《茅盾文艺杂论集》,上海:上海文艺出版社1981年版,第298页。

③ 鲁迅:《鲁迅全集》第1卷,北京:人民文学出版社1981年版,第53页。

然而,90年代对"个体性"的张扬,是在反思基础上的"有限个体性"原则,即更注重个体生存权、隐私权、物质幸福权等,而非"个体的人"的无限自我实现,特别是道德承担。即便强调精神救赎性的人文精神思潮,也将"欲望"作为基本预设的客观存在,而不再简单构建欲望禁忌的道德神话。现代性宏大叙事,"个人主义神话"是重要表征。然而,正如路易·迪蒙所说,现代意义的集体主义宏大叙事也是个人主义极端化产物。当人类从神圣宗教时间秩序中脱离,树立世俗个人神话,首先要面对的就是如何让孤独脆弱的个体成为替代"神"的权威存在。迪蒙敏锐看到个体主义与集体主义(他称之为整体主义)的内在联系:"卢梭拒绝超越团体,用'普遍意志'的炼金术将团体变为某种超级神祇授予。这三位作者都一致意识到困难,即如何将个体主义与权威结合起来,如何在社会或国家中将平等和必然持续存在的能力差距或状况差距调和起来。"①黑格尔的"民族国家历史叙事",不过是"有意识的个体突然之间必须在国家身上看到最高自我,在国家的统治中看到他本人的意志与自由。社会在国家的形式下的间接出现导致某种国家宗教"。② 迪蒙从希特勒个人独裁中读出"德国国家主义与极端个人主义的畸形结合",一种个体"自我神圣化冲动"。③ 与路易·迪蒙的观点相类似,托克维尔、哈耶克、哈维尔等新自由主义思想家都坚持"消极自由""有限个体"的重要性。他们既对集体主义话语霸权表示警惕,又反对个体话语无限扩张。这些观点对90年代中国思想界影响颇深。

反思基础上的"有限个体性",也成了90年代新启蒙小说的重要

---

① 〔法〕路易·迪蒙:《论个体主义:对现代意识形态的人类学观点》,谷方译,上海:上海人民出版社2003年版,第74页。
② 同上书,第92页。
③ 同上书,第119—147页。

原则。作为后发现代国家,"救亡图存"的国家民族意识、集体主义情结一直是重要指标。我们注重"精神性拯救",却忽视"物质建设"对现代性的巨大基础作用。我们注重个体的最终归宿是"神圣集体",创造大量集体主义宏大叙事小说,却忽视个体有别于整体之处恰在于"有限性需要":尊严、温饱、安全感、不被集体干涉的隐私、性自由等。我们将"集体主义"作为"宏大叙事"的代名词,却忽视个体性也是现代性宏大叙事普遍意义的一部分。90年代启蒙的有限个体性原则,也是对新时期"大写的人"进行的再反思。启蒙必须回归以"个体的人"的幸福为根本(物质与精神的双重性)。

当然,"有限个体性"也是一个文学史重新建构的过程。个体性对中国现代文学而言,一直是"未完成"的任务。个体性诉求,在先锋小说中就已非常激烈了,但先锋小说极端个人化的表述,排斥日常经验的抽象化、主观化艺术观念,恰以割裂"个体性"的"宏大叙事性"(即整体性、统一性与现实批判意义)作为前提。对"集体性"的对抗,不但是对封建文化的反思,更是对中国"集体性启蒙"的反思,它是社会批判性、历史进步性等现代"宏大观念"的重建,而不仅是对集体性的消极解构与逃避。因此,"有限个体性"原则,绝不是仅强调人的欲望合法性,更强调个体性的"有限权利"与"有限义务"结合。很多批评家批判集体性启蒙的同时,偏激地将启蒙划为"宏大叙事"予以全部否定,忽略了启蒙本身的世俗欲望合法性、启蒙的个体性原则,以及个体性原则与集体性原则之间微妙的内在联系。①

---

① 如邵建批判集体性启蒙,从坚持个人主义立场出发,走向排斥所有宏大意识:"这几年我最怕听见也最怕看见的就是那种大而无当的超个人话语了。明明是个人在说话,但发言者偏偏不是站在个人立场而是超越个人以外……你一扩大,别人就得缩小,你一成为主流,别人就成了边缘。所以我反对任何形式的'大叙事',尤其是以'中国'的名义。"见邵建:《自我的扩张:90年代文化批评的一种症候》,《文论报》1999年9月16日。

同时,这个过程也是一个内在"风景"不断被询唤,并成为小说秩序要素的过程。柄谷行人认为小说的"风景",不是指名胜古迹,而是出现在文本中的"现代装置"。它通过某种"颠倒",发现对外界不抱关怀的"内在的人"。这种"颠倒",无疑是文学新秩序生成的策略性过程。因为在"颠倒"中"不意味着内在性而产生崇高,而是使人感到风景之崇高,存在于对象客体之内"①,新风景的发现与旧风景的逝去,便在文学史潜在层面以理所当然的面孔出现。这种"审美的颠倒"与"内在性",也是现代小说审美意识形成现代性思维的重要标志。以此为比喻,90年代新启蒙叙事的内在合法性表述中,"反思"是一道风景,"有限个体性原则"无疑是另外一道风景。但有别于柄谷行人对日本现代文学起源的思索,中国现代小说的"个体性原则",却是一个不断悖论式循环出现的"风景"。

这种"个体"与"集体"关系的紧张与断裂,在80年代小说中已隐隐有所体现。《李顺大造屋》(高晓声)、《陈奂生上城》(高晓声)、《乡场上》(何士光)等作品,在社会主义改革的国家民族意识形态中,虽将农民的物质追求和普通人的世俗欲望赋予了集体性历史时间的宏大意义,但其间对个体性的生命关注,已隐然成为一个重要维度。集体主义启蒙内部,个体与集体的紧张关系也时常可见。矫健的《老霜的苦闷》,"个人闹发家"的农民老茂成了时代主人,模范农民老霜却成了时代落伍者;王润滋的小说《内当家》,昔日"反动地主"刘金贵却成了回国支持四化建设的"爱国华侨"。然而,作家总能通过潜在话语权威(如《内当家》的张书记,《老霜的苦闷》的老支书),以政党与国家、民族、现代化的宏大名义(阶级意识不再出现),

---

① 〔日〕柄谷行人:《日本现代文学的起源》,赵京华译,北京:生活·读书·新知三联书店2003年版,第2页。

将李秋兰、老霜的烦恼困惑,加以情感整合,置换为"人民牺牲与奉献精神"。这种构思方式,在90年代主旋律小说中依然屡见不鲜。

然而,80年代末期,张炜的很多小说已开始控诉"新意识形态"对农民个体的伤害。《秋天的思索》中,王三江将葡萄园变成个人的私产;《秋天的愤怒》中,村长肖万昌与民兵连长勾结,始终牢牢把持村子,普通农民完全被剥夺了权益,甚至村民娶媳妇都受干涉。更明显的例子来自"寻根小说"。这些小说既承接"十七年"孙犁《铁木前传》《荷花淀》、刘绍棠《运河人家》等作品细腻的民俗美,又超越了审美风格范畴,隐隐具有了"文化历史"意味。正是在对文化历史的寻根中,传统现实主义笔法受到质疑,进而寻求新的小说观念、小说技巧与小说形式。① 这一时期,汪曾祺的《受戒》是非常重要的作品:荸荠庵成了乌托邦,历史也仿佛凝固住了,而明海与小英子的纯真感情,见证了超道德性的人性美。何立伟的《白色鸟》、阿城的《棋王》等小说透露出对意识形态的厌倦心态,林斤澜"矮凳桥风情"系列小说利用风俗描绘,塑造远离历史的沧桑叙事者。② 可这种"民族寻根",依然有集体启蒙情结与历史决定论影子,缺乏真正个体独立意志。王金胜指出,这种所谓的"根",不过是启蒙现代性历史塑形的"创造",一种文学方法论,而不是历史经验实有:"寻根小说,是以此大规模的恢复族别的群体记忆行为,它通过反动体现了中国现代性

---

① 例如,有的学者指出,"寻根小说"就是作家们"急于摆脱写什么(主题或题材范畴)的思维局限,更加关注'怎么写'(艺术方法)的问题,强调主体自身的创造性"。引自孟繁华、程光炜:《中国当代文学发展史》,北京:人民文学出版社2004年版,第205页。

② 孟悦指出林斤澜的小说:"讲故事人是边缘人和孤独者,既非英雄又非从众,甚至无名无姓;讲故事的人一无所有,孑然一身,什么也不能改变,什么也不能允诺,但对天下兴亡、个人命运、历史灾难却有一份混沌的清醒。"孟悦:《历史与叙述》,西安:陕西人民教育出版社1998年版,第133页。

的意识形态内涵……从根本上说,是一种集体回望的精神姿态下产生的一种现代性话语。"①

因此,无论改革小说还是寻根小说,这种以集体性、国家民族性为先的启蒙姿态,必然遭遇传统叙事的干扰。先锋文学对语言学的迷恋、对意义的逃离,一方面是小说叙事技巧的突破,另一方面也是集体启蒙话语"宏大幻觉"无以为继的产物。如余华所说:"当我发现以往那种就事论事的写作态度,只能导致表面的真实以后,我就必须去寻找新的表达方式。寻找的结果使我不再忠诚所描绘事物的形态,我开始使用一种虚伪的形式。这种形式背离了现状世界提供给我的秩序和逻辑,然而却使我自由地接近了真实。因此,对任何个体来说,真实存在的只能是他的精神。"②这种个体性要求,以一种极端的抽象方式出现在《一九八六年》《四月三日事件》《世事如烟》《往事与刑罚》等小说中。然而,这种个体性表述着眼于"大写的人"的怀疑,却发展为对"普遍的人"的怀疑,进而走向人的抽象,对日常生活经验、真实观的颠覆。它们虽扩展了小说的经验表述空间,但过于注重断裂性,造成了小说与现实生活的脱节,也陷入自我重复、自我封闭的怪圈。

因此,如何树立小说在叙事表述上的"个体性",又能保持启蒙文学的批判性、历史性与现实敏感性,就成了 90 年代启蒙叙事转型的内在要求。90 年代启蒙叙事的"有限个体性原则"确立,避免了过于抽象化与反经验化的倾向,为我们树立了自由的人、欲望的人、复杂的人、孤独的人等"个体的人"的风景。这也为 90 年代启蒙受到通俗叙事与意识形态的规训,埋下了深深伏笔。当然,反思角度不同,决

---

① 王金胜:《中国现代性与"新时期"小说的自我认同》,《海南师范大学学报(社会科学版)》2014 年第 4 期。
② 余华:《虚伪的作品》,《上海文论》1989 年第 5 期。

定着这些个体化表述的出发点、结论与表现形态也不同。这也使90年代启蒙叙事一方面延续启蒙本身传统,继续保持现代理性的启蒙意义;另一方面,则努力弥合现代性强制断裂造成的传统/现代、本土/西方的想象性裂痕。由于对有限个体性原则的坚守,必然会对固有意识形态、道德观、价值观造成很大冲击。有限个体性带来的对人的肯定,必然从"欲望"与"精神"两个方向继续探索"人的解放"。王朔、池莉、余华、贾平凹等作家笔下,人类欲望开始摆脱道德束缚,展现出独立价值,如王朔的平民财富欲、贾平凹《废都》的性爱狂欢、刘恒的世俗欲望合法性,都极大冲击了人们的思维方式。王小波、李锐、尤凤伟等作家在精神个体性方面,着重描述个体精神自由与集体之间的冲突,更加深了人性启蒙的力度。

第四章
"重建共识":启蒙与革命的"关联"形态

第一节 "历史和解"与"意识融合":王蒙的反思性写作

王蒙的小说创作贯穿了共和国历史。这些作品,以敏感政治性、时代呼应性、独特创新性,成为共和国发展历程的见证,也展示了当代文学与历史之间复杂隐秘的内在关系。王蒙创作于20世纪50年代的《青春万岁》《组织部来了个年轻人》等小说,表现了中国社会主义文化建设的"热情想象"与"内部话语冲突";王蒙80年代的小说,较典型地反映"新时期共识"的主流表述及其内在危机;而他90年代的小说,则表现出全球化历史时期,追求"历史和解"与"意识融合"基础上再造民族文化主体的努力。

因此,对王蒙的理解,不能割裂地以某一类文学形态去评判,除了苏联文学和西方文化影响之外,必须建立在当代文学史的"内部关联性"基础上,必须将之放在社会主义文学内部嬗变语境之下,才能理解其创作的独特形态,即革命与启蒙的扭结、传统与创新的结合、主体再造与历史和解的并置。理解90年代王蒙的变化,也必将成为"重写文学史"的重要支点之一。

一、共和国文学的青春叙事

中国现代文学发轫之初的五四青春叙事,有着苦难与自卑交织、新生与毁灭并存的叙事腔调。"青春"包含着对于"中国现代性"的想象,主体是青年知识分子。革命叙事兴起后,革命主体的成长故事替代了青春成长故事。这种对革命成长主题的改写,在杨沫的《青春之歌》达到高潮,即描述小知识分子如何克服浪漫情绪与软弱胆怯,成长为革命者。然而,《青春之歌》还属于"建国叙事"范畴。随着社会主义建设不断展开,新中国需要一种新的、具象征意味的青春叙事。这种青春叙事要塑造一种"当下"的青春体验,让"生在新中国,长在红旗下"的青少年打造自己言说"成长"的方式,树立中华人民共和国的"主体叙事"性。这也就是很多批评家所说的王蒙的"少共情结"。

王蒙14岁加入中国共产党。他曾作为中央团校学员,扮作腰鼓队成员,参加开国大典。① 党性与青春,在王蒙的精神血脉中紧紧联

---

① 王蒙:《王蒙八十自述》,北京:人民出版社2013年版,第18页。

系在一起。《青春万岁》展现了革命胜利后的沸腾生活:夏令营的篝火、义务劳动、强健的肉身与纯洁的精神,无不显现出中国社会主义"青春气质"。这种生活的摹本是苏联。《青春万岁》那群充满青春朝气的"共和国之子",是中国当代文学最早的"社会主义新人"形象:"旧社会遗留下的少年人的疾病和衰弱远没有彻底消除。但是,你们是第一批在新时代成长起来的新人。你们毕业了,这样高兴,到天安门前来庆祝。多少时代学生没有这种快乐心情。"①他们是杨蔷云、袁新枝、郑波、周小玲、张世群等"社会主义新青年"。小说还虚构了毛泽东与青年学生见面的场景。青春万岁,是革命理想万岁。青春见证历史,青春在历史主体建构之中。王蒙写道:"五十年代中学生活的某些优良传统和美好画面,从中反映的例如:对于又红又专、全面发展的提倡……同学们之间的友爱、互助及新社会的人与人之间的关系。"②这也能看到王蒙思想与情感的连续性。这种对"社会主义"的浪漫认知,一直保留在王蒙的文学世界,成为"历史和解"与"多维融合"思路的重要一环。

然而,热情明丽的想象,依然存在潜在问题:世俗化与革命能否协调一致?青春理想与现实之间能否达成和谐?裂隙的出现是《组织部来了个年轻人》。这篇小说是社会主义的"青春成长小说"③,也可看作《青春万岁》的续篇。《组织部来了个年轻人》直接受到苏联小说《拖拉机站站长与总农艺师》的影响,这篇小说相较于一般反官僚主义题材小说深刻之处,在于王蒙以更复杂的目光看待刘世吾与林震、赵慧文等人的关系。《组织部来了个年轻人》突出日常生活对

---

① 王蒙:《青春万岁》,北京:人民文学出版社1979年版,第318页。
② 同上。
③ 董之林:《论青春体小说——50年代小说艺术类型之一》,《文学评论》1998年第2期。

革命理想的溶解作用。老干部刘世吾的口头禅是"就那么回事",但是,这不妨碍他欣赏支持林震,他对于理想激情的倦怠,来自拥有权力后不自觉的保守意识。林震对待刘世吾的态度,恰可看作青春理想主义与革命成功后的现实政治秩序的一次"不激烈"的对抗。林震的暧昧,恰在于他有审父的叛逆,又充满对父权的维护。这既与王蒙童年家庭不睦、父权形象缺失的现实有关①,也有现实政治潜在心理的制囿,更彰显了一个始终贯穿王蒙创作的矛盾主题:社会主义内部官僚主义,不仅是个人品质问题,如麻袋厂韩作新变成腐败分子,更是一个时间性结构问题。当革命激情状态退却,日常生活浮现,个人主义"私利"也就出现了。如何防止革命理想主义蜕变?如何处理日常生活与革命的关系?

另一层潜在话语冲突,即个人理想追求与庸常化现实的冲突,延安时期丁玲的小说《我在霞村的时候》《夜》也都有反映。严家炎认为,《组织部来了个年轻人》的"前史",就是丁玲的《在医院中》。主人公陆萍,是革命年代医院"新来的青年人"②。赵慧文与林震朦胧的"办公室爱情"更彰显了这种困惑。林与赵因反官僚主义互相吸引,结果却成为带个人性私密色彩的"性欲"。这种力比多转换方式,无疑丰富了矛盾层面。虽然小说使用第三人称,但林震的视角始终与叙事者、作者合一,更是具有纯洁坦诚意味的"理想主义"视角。王蒙将深刻的社会政治困惑放置于理想主义视角之下,无疑缓解了尖锐的政治刺激性,也表现出社会主义文化内部结构的张力性。小说结尾,林震从赵慧文家中出来,一声亲切的"刚出锅的炸丸子",不仅有王蒙式幽默,更表现了王蒙在生活与革命之间的两难选择。娜斯

---

① 王蒙:《王蒙八十自述》,北京:人民出版社2013年版,第112页。
② 严家炎:《现代文学史上的一桩旧案——重评丁玲小说〈在医院中〉》,《钟山》1981年第1期。

嘉式的"理想",寄托于州书记这样上级领导的支持。王蒙在日常生活与革命理想之间的困惑,比尼古拉耶娃更深刻,触及中国社会主义建设的某些敏感点。

但是,这篇小说,并非描写"党话语"与"知识分子话语"产生内在对抗的小说。①《组织部来了个年轻人》依然是在"组织内部",依然是建国伊始,"当代文学"探索中社会主义文学形态的"内部矛盾"。这篇小说也为王蒙90年代的独特小说形态,打下一个注脚,即世俗化与革命之间、知识启蒙与革命之间,也存在"和解"与"融合"的可能。

二、与时代同步的新启蒙宏大叙事

某种意义上讲,80年代是王蒙的小说创作走出固定"青春模式"、走入更广阔创作形式的时期。这一时期,革命与世俗生活之间的张力关系变得和缓。内在原因在于,在"新时期改革共识"基础上,因为启蒙的介入与现代意识的觉醒,王蒙很好地表现了民族国家叙事对启蒙与革命的融合。这里不仅有《活动变人形》《蝴蝶》等大量影响深远的伤痕反思小说,而且也出现了更多艺术类型和技巧的探索,比如《球星奇遇记》《名医梁有志传奇》《一嚔千娇》《坚硬的稀粥》等讽刺寓言性作品,有《在伊犁》等以新疆为背景的地域风情系列小说,也有《布礼》《春之声》等"新意识流"作品。这一时期也是王蒙的"个性觉醒"期。无论语言诉求还是自我意识,王蒙的小说都变得更丰富复杂了。

王蒙的80年代小说,也较典型地体现政治主流化"新时期共识"。它们既反"极左"政治,也反"极右"自由主义。这种谨慎的改

---

① 参见谢泳:《重说〈组织部新来的青年人〉》,《南方文坛》2002年第6期。

革意识,使得"关注人民生活"的世俗化意识与"人的解放"的启蒙意识,都得到了包容。这种"新时期共识"是社会主义文艺内部的调整策略,包含潜在危机。这类"共识"试图在社会主义文化框架内实现文学发展,表现在很多遭受"极左"磨难回归文坛的作家身上。老一辈的有丁玲、杨沫,相对年轻的有王蒙、张贤亮、从维熙、刘绍棠等。王蒙充满青春气质的理想主义没有被完全磨灭,而是化为"试炼"的党性忠诚。《布礼》主人公钟亦诚念念不忘"少共回忆"。钟的妻子凌雪说:"党是我们的母亲……但是亲娘也会打孩子,但孩子从来也不记恨母亲。"① 这种"忠贞"的情怀,得到很多人的赞同,也受到很多质疑,如曾镇南说:"却无意中认可这种变了形态的封建宗法观念。"② 有学者指出,王蒙的情结仍然是"延安文学精神",是"比较开放、善于变通的延安文学精神之子"③,还有的学者称王蒙是"一个渐进的改良主义者或左翼自由主义者"④。

然而,王蒙没有走回"十七年"文学老路,也没有加入 80 年代初重建"社会主义新人"的努力,更没有在西方文学影响下,走入先锋文艺路径,而是走向另一条独特的探索道路。比如,对于从西方引进的"意识流小说"技法,王蒙有过借鉴,也有过深刻反思。他认为,西方的意识流是一种叫人们逃避现实,从而遁入内心的艺术形式,"王蒙式意识流",则是让人们同时面对主观和客观世界,热爱生活和心灵的艺术。⑤ 可以说,王蒙的"意识流",不是文学走向极端虚无的产

---

① 王蒙:《布礼》,《当代》1979 年第 3 期。
② 曾镇南:《王蒙论》,北京:中国社会科学出版社 1987 年版,第 29 页。
③ 张钟:《王蒙现象探讨》,《文学自由谈》1989 年第 4 期。
④ 李钧:《"狐狸"王蒙》,温奉桥编:《王蒙・革命・文学——王蒙文艺思想研究》,北京:人民文学出版社 2008 年版,第 158 页。
⑤ 王蒙:《关于"意识流"的通信》,宋炳辉、张毅主编:《王蒙研究资料》上册,天津:天津人民出版社 2009 年版,第 31 页。

物,而是一体化体制对文学的束缚解开之后,中国社会主义文学内部启蒙生机的迸发。王蒙的意识流不是神秘不可知论,而是个人感知、经验与思想的爆炸式解放,充满启蒙主体释放自我的喜悦。从个人而言,这是摆脱专制苦难的喜悦;从国家而言,这种意识流则是人民脱离意识形态禁锢,找到民族国家发展新道路的喜悦。由此,《布礼》的时空闪回、意识流动,实际展现数十年历史风云给钟亦诚带来的巨大心理冲击。《蝴蝶》以张思远对世事变迁和身份转换的恍惚感受,展现个体心灵的复杂情绪。

更典型的是《春之声》。闷罐子车的各种杂声,是改革开放共识的"春天之音"。岳之峰的回家之路,各种声音嘈杂入耳,有黄土高原的铁砧—广州三角形瓷板—美国抽象派音乐—京剧锣鼓声—火车车轮声。从空间讲,读者在汉堡游轮—北京高级宾馆—三叉戟客机—斯图加特奔驰车厂—闷罐子车之间眼花缭乱地转移。这恰恰体现了由于改革开放造成的丰富复杂的时空特征。各个时空信息加速交织,汇成令人欣喜的"杂音",以此表征迅疾发展的中国现代化。落后与发达、传统与现代、外国与中国,并存在时空之中。那不是灰暗的时空,不是革命红色时空,而是充满现代活力的时空。《春之声》的火车,如同《哦!香雪》的火车。"火车"这个"现代性符号",再次被赋予"历史新起点"的现代象征意义。

这样的现代民族国家意识之下的启蒙意识流,充满重生喜悦、进步的自豪,在回忆往昔的伤感与展望未来之间,个人意识得到空前拓展。但是,这种多声部并置状态,王蒙很难对之整合,只能将"多声部"演变成语言狂欢,如《杂色》《来劲》等。创作主体意识在启蒙感召下觉醒,也召唤着王蒙不断寻找真正自我:"在茫茫的生活海洋,时间与空间的海洋、文学与艺术的海洋之中……寻找我的位置、我的支持点、我的主题、我的题材、我的形式和风格。"①王蒙的小说从透亮纯净的青春成长式抒情语言,演变成饱含焦虑、复调式的现代性话语。这种信息量巨大、多变的"反叙述"语言,既成为独特小说风格,也显示"杂色"的内在困境。革命、启蒙、现代、后现代、传统、抒情、反讽等诸多要素,王蒙试图将之都纳入小说时空。郜元宝认为,"80年代,王蒙这些带有探索性质的小说,其语言是'拟抒情',借此消解宏大叙事的话语"②。王蒙与其他作家的不同在于,他有强烈的社会主义政治体验表达欲望。这使得新时期共识的过渡价值被延宕到90年代。王蒙的作品不仅体现为对政治的解构,且体现为对革命叙事意义的重构。

新时期共识框架内,日常理性与革命、启蒙等意识之间的复杂纠葛,也集中表现在《活动变人形》。《活动变人形》塑造"倪吾诚与倪藻"两代知识分子形象。倪吾诚语言大于行动,性格软弱,困于家庭愁城。他去过解放区,也留过洋。他狂热支持"破四旧",甚至"消灭自己的肉体,也举双手赞成"。然而,倪吾诚缺乏毅力与恒心,最终成为没落的失败者。王蒙通过"分裂的知识分子"形象,展现了80年代启蒙共识的潜在危机,也预示了世俗化对启蒙意识的解构。中国知识分子的软弱性、非理性与话语幻觉,使他们在传统与现代、西方与中国、肉身与信仰之间,常处于矛盾状态。批评家张颐武认为,《活动变人形》表现了日常生活与宏大叙事分裂的尴尬与矛盾。③ 王蒙延续了《组织部来了个年轻人》的困惑,思考集体性宏大话语如何才能

---

① 王蒙:《漫话小说创作》,上海:上海文艺出版社1983年版,第24、25页。
② 郜元宝:《阅读与想象——致陈思和,再谈王蒙小说的语言与抒情》,《小说评论》1995年第3期。
③ 张颐武:《反思现代的中国和现代的中国人》,《长篇小说选刊》2006年第1期。

与个人日常生活和谐相处?《活动变人形》从知识分子自身反思入手,将他内在的灵魂分裂展现出来。

单纯明朗的革命的与眼花缭乱的现代性体验之间,不可避免地会产生巨大眩晕感。集体的道德情怀与个人主义的怀疑叛逆,使得王蒙不得不求助于小说形式的突破来缓解焦虑。《来劲》等小说,形式意义大于内容意义。大量名词堆砌、变形叙述,呈现出更大分裂感。《坚硬的稀粥》则是王蒙80年代创作的一个"异数"。它通过一家人吃饭的"世俗化"故事,从日常生活角度引出政治问题,甚至是"文化共存发展"的态度。这部小说也初步奠定王蒙借历史和解与意识融合,再造共和国史诗的文学野心。

三、新探索:历史和解与意识的融合

很多研究者认为,90年代是王蒙创作的一个衰落期,其影响和活力都大大下降。然而,如果从王蒙整体的创作轨迹及90年代中国小说宏大叙事的演进逻辑来看,该观点值得商榷。对于王蒙创作衰落的判断,显然服从于90年代是"启蒙的自我瓦解"(许纪霖语)时代的整体判断。可是,单一的启蒙视角既不足以解读90年代,也不足以解读王蒙这样复杂的作家。90年代的思想分歧,很多都是80年代内在问题的显性浮现与延续性激化。比如,权力、资本与公平、正义问题。张炜的《古船》《秋天的愤怒》、矫健的《老霜的苦闷》、王润滋的《卖蟹》、贾平凹的《小月前本》等小说,对于改革开放导致的欲望与伦理、权力与资本的复杂关系,就多有所揭示。90年代思想的分裂,既有来自80年代社会主义体制转型导致的中国内部变化的影响,也是全球化语境下资本市场对于中国社会深度介入的结果。

然而,90年代的中国,现代性宏大叙事目标不再是摆脱外族侵略,也不是摆脱阶级压迫,而是"实现中华民族文化复兴"。王蒙内在

于社会主义体验,因而具有了某种主体观察的视角、心态和文学可能性。王蒙的小说是社会主义经验内部"自我启蒙"的典范性文本,类似苏联作家拉斯普京、卡卢斯、艾特马托夫、肖洛霍夫等。20世纪30年代出生的作家群中,张贤亮的小说代表激进改革意识,受到更多西方影响,将个人欲望放大到政治控诉,试图以市场化共识实现个人欲望解放。王蒙的小说则代表了作家的保守性改革意识,他们更注重共和国的社会主义文化体验主体性,将80年代改革意识发展为90年代多元化背景下对于"历史和解"与"多元意识融合"的努力。

可以说,王蒙"不新不旧"的艺术特质,在于"少共式"理想主义融合世俗化现代逻辑所形成的浪漫又务实、批判又怀旧、建构又解构的社会主义内部体验性。世俗化让王蒙采取更冷静理性的叙事态度。王蒙对激进革命与激进启蒙都保持着怀疑。王蒙反"极左",也反"极右",以生活促发展,以审美距离保存对革命的敬意。王蒙更能代表中国政治领域稳健派的改革共识。"杂色"随着时间流逝与缓慢的经验积累,有成为共识与信仰的可能。王蒙也特别欣赏类似"张之洞"这样不新不旧的人物。①

理解王蒙,必须考察世俗化思潮。世俗化(secularization)是启蒙的产物。考察"世俗化"在西方的流变史,它首先作为"国家没收教会的财产""教职人员回归社会"等宗教社会学概念使用。② 后来追求个人物质与精神幸福的世俗化思潮,逐渐被纳入启蒙框架。西方文艺复兴时期,出现《巨人传》《十日谈》等大量鼓吹凡人幸福、追求

---

① 王蒙、郜元宝:《王蒙、郜元宝对话录》,苏州:苏州大学出版社2003年版,第88页。
② 任继愈:《宗教大辞典》,上海:上海辞书出版社1998年版,第74页。转引自褚洪敏的博士学位论文:《市场经济语境下的文学世俗化研究》,山东师范大学2008年。

财富和自由的"启蒙世俗化"小说。中华民族有"耻谈功利、崇尚道德"传统。五四以来,中国更注重民族国家意义的宏大启蒙意义,忽略个人世俗化欲望的启蒙。

80年代"新启蒙",革命英雄变成知识分子英雄,但是,世俗化欲望依然服从于现代民族国家的宏大诉求。20世纪90年代,作家塑造了更多"普通人"形象。90年代"现代化改革"深入发展,为文学的世俗化倾向提供了更好条件。一方面,经济世俗化与现代文学有重要联系。埃斯卡皮指出,现代小说发生与现代出版经济之间,有着非常重要的依存关系。① 另一方面,中国市场经济还远未成熟,世俗化书写虽通过"祛魅",一定程度消解了宏大叙事,但却走向了政治规避与精神虚无。同时,世俗化维度也天然地包含着对精英文学的"消解"。② 这同样应该警惕。

然而在90年代,中国作家的迫切任务是处理革命遗产与世俗化的关系问题。因为,世俗化既是启蒙的产物,也天生对所有宏大叙事带有强烈解构性。中国革命叙事的集体性、崇高性是中国现当代文学合法性的重要部分。90年代,社会主义市场经济崛起,后现代与全球化思潮冲击中国,中国当代文学也必然面临巨大心理撕裂与精神重建的危机。世俗化与革命叙事的关系,也成了中国作家必须面对的课题。对很多作家而言,这种世俗化冲击都表现为"解构"与"建

---

① "1740年,英国小说家塞缪尔-查理逊发表了被认为是英国小说原型的书信体小说《帕美勒》又名《美德受到了奖赏》,……,这部书信体小说是由一群书商和书实业家非文学性创举'生养'出来的。"见〔法〕罗贝尔·埃斯卡皮:《文学社会学》,王美华、于沛译,合肥:安徽文艺出版社1987年版,第86—87页。

② 从经济逻辑的观点看,由于持续刷新的区隔及以被不断合法化,由于精英文学的先锋实验不断被经典法,文学所可能具有的符号资源被竭译而渔式的利用,必然会导致其使用价值所确保的死端缺性的进一步消解。见朱国华:《文学与权力——文学合法性的批判性考察》,上海:华东师范大学出版社2006年版,第146页。

构"并置的状态。90年代王蒙的小说,也见证了这个过程的艰辛复杂。80年代《在伊犁》系列小说中,王蒙歌颂新疆朴实善良的劳动人民,在人民话语与宏大政治话语之间,其目光更关注"日常生活"。日常生活成为王蒙重新审视人性叙事与革命叙事关系的桥梁。王春林指出:"《在伊犁》的出现,在某种意义上标志着王蒙早在'宏大叙事'格外盛行的1980年代初期,就已经以一种'春江水暖鸭先知'的姿态开始了对于大约一直到1990年代之后才在中国文坛逐渐流行起来的所谓的'日常叙事'的大胆尝试。"①

然而,王蒙90年代创作的《恋爱的季节》系列作品,不是"完全世俗化"的作品,更像在世俗化基础上,对启蒙与革命的"双向反思"与"双向和解"。也就是说,王蒙意味的世俗化,不仅有解构政治因素,也是"再政治化"的宏大建构。它们包含世俗化和人性多元论,谴责意识形态伤害;同时,它们又蕴含理想主义气质,维护社会主义道德合法性,有别于新历史主义小说。这也造成了理解王蒙的难度。90年代的王蒙,成了一个"横站"的经验主义者,有了更多宽容睿智的理性。与其说王蒙怀念革命,不如说他怀念单纯明朗的理想主义。与其说90年代的王蒙走入世俗化视野,不如说他试图在世俗化多元叙述空间内,实现"历史的和解"。

四、"季节"系列小说的复杂历史意识

文论《躲避崇高》,也是理解90年代王蒙的重要文献。崇高无法被"消解",只能被"躲避"。王蒙的姿态颇有意味。表面看来,王蒙

---

① 王春林:《被遮蔽的文学存在——重读王蒙系列小说〈在伊犁〉》,《中国作家》2009年第8期。

称赞王朔,是因为"世俗的王朔"解构了宏大叙事,但具体论述中,"真诚"与否,被认为是革命叙事是否失效的重要衡量标准。他声称"首先是生活亵渎了神圣""我们的政治运动一次又一次地与多么神圣的东西开玩笑""是他们先残酷地'玩'了起来"。由此可见,对王蒙这样的"少年布尔什维克"而言,将革命与启蒙截然二分,完全"消解崇高",从情感与理性上看,都非常困难——更何况中国现代性进程中,二者本来就扭结一起。王蒙有两个原发性精神资源:一是浪漫的革命理想主义;二是日常化基础上对专制创伤的反思。王蒙复出后,努力将启蒙和批判专制、浪漫理想主义"同时链接",制造一种"社会主义文学内部"的反思性。然而,"浪漫"与"专制"、革命与日常化之间的冲突,又造成"讽刺解构"与"浪漫感伤"的双重气质。这也使王蒙的很多小说,都表现出强悍又软弱、幽默又伤感的"杂糅性文体",如《一嚏千娇》《来劲》《杂色》等,政治讽刺、荤笑话、市井俚语杂糅并生,理想的天真与世故的装傻融为一体。郭宝亮将这些文体分为"自由联想体,讽喻性寓言体,拟辞赋体"[①]。王蒙的这种焦虑情绪,在 90 年代初达到顶点。与其说《躲避崇高》是王朔小说的"辩白之文",不如说是王蒙痛苦心路历程的"自嘲"。

有学者认为,王蒙标志着中国当代文学的审美"转型",然而今天看来,90 年代王蒙的价值也许更在于,在告别革命、拥抱日常化背景下,中国当代文学如何将政治性与文学重新进行审美化联结。这主要表现在王蒙的"季节"系列小说。1990 年初冬,王蒙决定"写一部一个人的中华人民共和国编年史"[②]。《恋爱的季节》《踌躇的季节》

---

① 郭宝亮:《王蒙小说文体研究》,北京:北京大学出版社 2006 年版,第 112 页。
② 郭宝亮:《"沧桑的交响"——王蒙论》,《文艺争鸣》2015 年第 12 期。

要写五六十年代共和国历史,《失态的季节》《狂欢的季节》则写到"文化大革命"。王蒙将世俗化与革命、启蒙相结合:"可不可以大雅若俗,大洋若土呢? 可不可以在亲和与理解世俗,珍重与传承革命的同时保持精英的高质量、对丑恶的不妥协与独立人格呢?"①作家试图从世俗性个体层面切入历史,总结共和国半个多世纪风云变幻的历史体验。90年代王蒙既反思激进革命,也反思80年代新启蒙。这也使得他将"建构"与"解构"相结合,将"幽默"和"伤感"相结合,将理想主义与世俗性体验相结合。有论者认为,王蒙的这些准自传型小说,主人公叙述视角具有"追忆者旁观历史与介入历史"的双重性。②

《恋爱的季节》是"季节"系列小说开端。小说详细记述解放初期,钱文、赵林、洪嘉、满莎、周碧云、舒亦冰、林娜娜、萧连甲、李意等"社会主义中国新人"的生活。革命被解释为浪漫的爱情与生活,如舒亦冰、周碧云、满莎之间的三角恋。一种小资浪漫情调,用时间法则将革命叙事一分为二。长篇小说开头,展现出一个乌托邦式"全面发展的人"的形象。"梦""青春""中国""人性"成了同义词。这种全面发展的人,有古希腊式肉身与智慧结合的影子,也有着小知识分子走入革命洪流,取得人生价值感的青春狂热。这种对肉身的强调,也与主流意识对于革命道德性的诉求,有着隐秘的内在矛盾(分裂性)。

洪嘉的母亲洪有兰再婚的情节,象征着世俗性与民族国家叙事的结合。尽管这里也有"再婚住院"这样的喜剧情节,但不能否认,"翻身、解放、自由、民主"都因为新中国具有了现实依据。洪嘉、周碧

---

① 王蒙:《革命·世俗与精英诉求》,《读书》1999年第4期。
② 郭宝亮、倪素梅:《论王蒙小说的叙述视角与叙述声音》,《西北师大学报(社会科学版)》2005年第5期。

云等人的婚姻和爱情遭受挫折,总是依赖性地找组织。小说有很多社会主义国家电影、50年代苏联歌曲、欧洲19世纪文学名言警句等历史记忆。王蒙借钱文之口说出,这是恋爱的季节,也是浪漫的、歌唱的季节,"哪里都是爱情,到处都是爱情,人人都是爱情"。① 小说以钱文对东菊大声呼唤"我爱你"结束。这种世俗性对革命的改写,突出了革命胜利对人的物质和精神的双重解放。这种"革命回忆"与"十七年"革命叙事不同,这是一种个人化叙事。小说也写到理想主义之下的"人性自私"。比如,洪无穷的亲生母亲苏红,因参与"托派"被捕,洪无穷毅然与苏红决裂,投奔同父异母的姐姐洪嘉,然而,洪嘉不仅不同情他,反而对洪无穷感到厌烦。

  王蒙写了革命的幸福,也写了革命的狂热。洪无穷因生母苏红是"托派",就改名字,和母亲划清界限。周碧云拒绝青梅竹马的恋人舒亦冰,嫁给了矮小的满莎,因为他身上有革命话语魅力:"满莎身上有一种魔法,一种无产阶级的,革命的魔法,这真叫她羡慕!"然而,《恋爱的季节》不是《青春万岁》,王蒙戏谑地指出集体话语对个人生活空间的侵蚀:"就是去厕所,也要互相招呼,互相邀请,尽量集体化避免孤独的寂寞。"洪嘉嫁给山东革命英雄李生厚,青年诗人徐剑指出,李的英雄事迹材料是经过加工的:"找个人给我们俩整材料,你洪嘉和我徐剑也是孤胆英雄,革命楷模。"革命从激情状态走入日常化,每个人都要成家立业,洪无穷只能回到亲生父母身边。意识形态话语被日常化所消解。赵林的女友受不了赵林没完没了的说教。萧连甲为了让未婚妻学理论,差点勒死她。洪嘉要结婚,为了新房子奔走。《组织部来了个年轻人》揭露的官僚主义问题,也有了更严峻的反思。祝正鸿的未婚妻束玫香,被局长调戏。祝屡次上访,但遭到了

---

 ① 王蒙:《恋爱的季节》,北京人民文学出版社1993年版,第215页。

官僚主义的无形阻碍。

同时,重新回顾建国历史,王蒙的态度并不是决裂,而是试图通过世俗叙事,在革命与启蒙之间找到一种"对话"途径,既反思革命缺陷,又保留革命的美好,既保持世俗性人情味,又对自私自利的世俗社会抱有警惕。小说结尾写道:"他想保持所有的美好的记忆和他的那一串又一串的梦。梦,就让它是梦吧,梦只是梦,它永远不会被得到,所以也不会失落。"①钱文的这段心理独白,可以看作叙述者内心思想的流露,王蒙对待50年代的态度,是将之作为一个"美好的梦":既肯定了它的美好,也指出了乌托邦性质。这种"横站姿态"非常特殊,这是一种价值的"多向汲取"。

《失态的季节》《踌躇的季节》《狂欢的季节》从"反右"写起,写了一代青年的挫折与反省。这种反思从钱文的个人体验觉醒开始。钱文认为,"他又变成了自己,而且仅仅是自己。他和世界,重新又分清了,他在世界上,世界在他的心里"②。这三部小说,内在心灵描述变多,革命叙事的反思维度也逐渐展开。《失态的季节》主要讲述"反右"斗争,钱文、赵林、箫连甲等一批青年的苦涩成长史,大部分贯穿了钱文的个人化视角。曲凤鸣热衷于打"右派",在细密罗织之中满足崇高感与权力欲:"分析问题是他最高雅的愉悦。他的笑容表现着高高在上的满足、赏神益智的沉醉与真理在握的庄严。"③然而,曲也最终难逃被打成"右派"的命运。

更可怕的是,政治压力之下,知识分子内心丑恶的泛滥。典型的情节是洪嘉揭发丈夫鲁若。鲁若在审讯室中手淫,最终被判刑,死在监狱。箫连甲被批判,与高干子弟女友的爱情受到阻挠,绝望地自

---

① 王蒙:《恋爱的季节》,北京人民文学出版社1993年版,第418页。
② 同上。
③ 同上。

杀。章婉婉为摆脱"右派"身份,不与"右派"丈夫秦经世同房。"文革"期间,造反派刘小玲被斗死,祝正鸿违心出卖提拔赏识他的陆书记,又出卖造反派——他的亲生父亲张志远。《狂欢的季节》还插入第二人称"你"为视角,讲述钱文家一只猫的生死经历,以猫喻人,心酸之中见人性温情。小说细致写出"文革"期间文化界与政治界的变化。风华正茂的青年变得意志消沉。钱文下放新疆,赵林成了不得志的机关处长。钱文的目光从革命宏大叙事沉入日常生活。他努力在日常生活中重寻生命意义:"到向阳口的商场,坐在看得到灯光街景的食堂窗边,吃世俗的猪耳朵与喝脱俗的葡萄酒,说一些该换汽车月票啦,管装皮鞋油上市啦……这不是幸福吗?"①

小说成功塑造了文化界高级领导犁原的形象。犁原想繁荣文艺,也懂艺术,但在政治夹缝中左冲右突,一事无成。作者描写犁原的外貌:"男人如果保养得太好就会变成女人,这样的念头在他心中一闪而过。他想起老年发胖时期的梅兰芳。"这种"非男非女"相貌,在文中正是艺术被政治阉割的象征。犁原终生未婚,喜欢的女作家廖琼琼被打成"反革命"。他也只能凭借着几次突然的病症,才堪堪逃过政治运动的碾压。晚年,身患绝症的犁原忏悔道:"我现在才懂得什么叫做'形销骨立'。什么叫'身与名俱灭'。活一辈子,最后只剩下了痛苦……"犁原出卖了廖琼琼,间接导致她的死亡。他并不认为自己做错了,却无法原谅自己。世俗的人性标准与革命纪律性之间的冲突,让犁原不得安宁。

同时,历史的苦难被过滤掉批判意味,化为"平常心"的坚守、相濡以沫的爱情。《狂欢的季节》大量描写日常生活,暗示王蒙试图在"革命"与"世俗"之间搭建桥梁。另一方面,从修辞上讲,隐含作者

---

① 王蒙:《恋爱的季节》,北京人民文学出版社1993年版,第418页。

的反讽语气和认同语气,越来越难以区分。对"文革"的控诉,居然使作家从"劳改"看出劳动的必要性,虽荒诞反讽却透露着价值暧昧。小说叙事"反讽",通过美与丑、平庸和崇高的"并置",形成解构宏大叙事的有效策略。然而,小说反讽的世俗性维度有先决条件,即隐含叙事者的理性。王蒙的"季节"小说对世俗性的认同,大多将"世俗"归为社会内部秩序的补充,为世俗生活想象出"相濡以沫、平和温馨"的传统景观。然而,"世俗"的破坏力量,王蒙却予以遮蔽(或仅表现"浪漫")。《狂欢的季节》结尾,再次出现《布礼》式"党人忠贞"。王蒙对社会主义经验的坚守就有了双重意义:一方面延续反对"文革",又尊重社会主义经验的"改革共识";另一方面,90年代世俗化语境下,表现出对世俗性的有限承认与隐含质疑。王蒙试图将世俗化与革命、启蒙等意识结合。很多学者对90年代王蒙的创作,持有异议。李欧梵认为,王蒙的"技巧"是把领导干部的指示和来自群众的材料结合,进行加工。王蒙的语言是技巧的标记,却成为对他的反讽。同时,他又指责王蒙,"当面对真正现实黑暗,解决中国民族性'黑暗核心'内部根源,王蒙是无能的"①。

　　王蒙在50年代、80年代、90年代三个时代节点上,形成了不同艺术风格,也有着内在关联。这里有着作家50年代对于理想主义的怀疑,80年代对于新时期改革共识的彰显,以及90年代在革命、启蒙、世俗化等诸多要素之间搭建"历史和解"与"意识融合"平台的努力。这种努力,在90年代去政治化语境之下,表现出了重建个人与历史的联系、重建文学与政治联系的雄心。王蒙百余万字的"季节"系列长篇小说,以史诗性时间跨度和理性反思,成为90年代宏大叙

---

① 李欧梵:《技巧的政治——中国当代小说中之文学异议》,尹慧珉译,《文学研究参考》1986年第4期。

事的另类写作——尽管,这种"历史和解"与"意识融合"依然充满了逻辑和思想上的冲突。

进入新世纪,步入老年的王蒙,创作出《青狐》《闷与狂》《生死恋》等作品,"在青春激情、革命激情、历史激情的多重激荡中,再一次冲破时空的桎梏,直逼生命之复杂真相,呈现出新的生命景观"①,都受他90年代创作的重要影响。这种独特的经验主义思路,与看似尴尬的"横站"姿态,也表现了王蒙在整个中国当代文学史上的特殊性与代表性。王蒙的个案也告诉我们,在中国当代文学史的重写过程中,不仅要重视那些断裂性文本,而且也要注重王蒙这样具有很强历史关联性的作家。他在创作上的成功经验和失败教训,都值得我们继续去反思。

第二节 "反思"的逆向与"根"的再造:李锐的历史追问

李锐的小说,冷峻苍凉,意蕴深厚,富于形式创新,以知识分子写作、本土书写、新自由主义等元素,成为当代文坛重要风景之一。然而,李锐的创作,特别是90年代的中长篇小说,是80年代新启蒙共识破裂后,中国当代纯文学反思自身、探索"新共识"的代表性作品。李锐反思"大写的人",弘扬"个体的人",却以道德的悲壮溃败,掩盖了"人的主体"的虚无;李锐对民族文化的"根的再造",却诡变为"根的消失";李锐对"双向煎熬"的启蒙固守,强化了悖论关系和认知深度,却陷于悖论逻辑本身;李锐式"叙事声音"狂欢,却在声音的民主里,显现了叙事的等级与权力关系。这种宏大与个人的思维博弈,不

---

① 温奉桥、姜尚:《静拨生命之摆或超越生死之维——论王蒙小说新作〈生死恋〉》,《中国当代文学研究》2019年第3期。

仅表征了90年代文化的结构关系,且深刻表现了90年代文学内部的逻辑危机,即90年代文学试图在"后启蒙"背景下探索"新共识"可能性,却被动陷入全球化资本秩序的内在规定性。真正反思这个问题,必须对90年代的"个人叙事""多元稳定论"抱有足够警惕,真正形成"反思"的逆向——不仅反思当下语境,且回到历史之中,反思我们看待悖论的思维分裂,才能摆脱"双向煎熬"困境,再造民族文学之根。

一、反思:"大写的人"到"个体的人"

中国的启蒙思想常表现为个体意志对民族国家、革命等宏大命题的自觉呼应。陈独秀呼吁:"国家利益,社会利益多与个人主义相冲突,实以巩固个人利益为本因也……是在以个人本位主义,易家族本位主义。"①却又鼓吹"大我主义":"社会是个人的总寿命……所以社会的组织和秩序,是应该尊重的"②"真生命是个人在社会上留下的永远生命"③。80年代新启蒙,一定程度上继承五四启蒙对"大写的人"的追求。戴厚英的小说《人啊!人》,热情地讴歌"人道主义":"一个大写的文字迅速地推移到我的眼前:'人'!一支久已被唾弃、遗忘的歌曲冲出了我的喉咙:人性、人情、人道主义!"④李泽厚以"自然的人化"与"人的自然化"等概念,构建以人为实践主体的"主体论"思想。⑤然而,90年代冷战结束,全球化资本冲击下,现代历史"疑似"被终结。国内环境下,却展开了新一轮对"人"的诉求。只不

---

① 陈独秀:《独秀文存》,合肥:安徽人民出版社1987年版,第28、29页。
② 同上书,第126页。
③ 同上书,第434页。
④ 戴厚英:《人啊!人》,广州:广东人民出版社1980年版,第353页。
⑤ 陈若菲:《大写的人——李泽厚美学观点中"人"的问题浅谈》,《名作欣赏》2012年第27期。

过,这不是在"大写的人"指导下完成的,恰在"个体的人"的维度下进行。有论者认为,新时期"大写的人"已逐渐走向人的消失。① 这不应简单看作后现代意味的"人的失败"。"个体的人"的表达,既是启蒙受挫的表现,也有着后现代思维影响,但更多表现为后发现代中国,对"人"的更具体、更个人化诉求的回应,如性爱、智慧、尊严、隐私权、物欲合法性等。这与"一切以经济建设为中心"有呼应性,又悖论地回到近代"新民"基本命题。

李锐小说的一大特色就是反思。反思是现代性自我思辨史观。90年代小说创作,很多作家跳出原有二元对立模式,提倡多元声音和历史"长时间"段考察,将进步理性与宽容性结合。柯林武德将"反思"(reflection)确立为历史理性进步观的关键:"反思的哲学本意,不仅在于它所'关怀的'对象客体,也包含思想对客体的关怀,故而它既关怀着客体,又关怀着思想。"李锐将反思目光投向革命、启蒙,试图在民间、传统等元素中寻找具历史连续性的反思依据。

陈晓明称李锐始终属于80年代,意思是李锐小说一直延续他80年代新启蒙的思维。② 但与其说李锐是80年代启蒙文学余韵,不如说他是90年代探索"启蒙新共识"反思的开端。"新共识"就是"个体的人"。1985年,李锐出版第一个小说选集《丢失的长命锁》,偏于书写乡土人情,既有对"文革"的批判,又能在细节中还原乡土原生态

---

① 如旷新年指出:"五四时期的人性和人道主义的主题成为新时期文学鲜亮的旗帜,以'人性''个人'和'大写的人'对抗'阶级性'、民族国家和阶级斗争的宏大叙事。1980年代后期,随着西方后现代主义思潮登陆中国,'先锋文学'以欲望和暴力的书写成为了'人性恶的证明',颠覆了新时期初期'大写的人'及其有关人性的神话,宣告了'理想主义的终结'和'人之死'。"旷新年:《从"大写的人"到"人的消亡"——新时期"人性"话语的考察》,《文艺争鸣》2015年第4期。

② 陈晓明:《执着不变的李锐》,《中华读书报》2002年5月29日。

情境,较少意识形态语言的干扰。① 他自己说:"我最开始的写作不是为了文学,而是为了反抗。"②李锐19岁高中毕业,离京到山西吕梁山区蒲县刁口公社插队,两年内,他经历父母双亡的人间悲剧,这也导致了他的沉郁理性的风格,使他有强烈反抗情绪与"自我实现"心结:"这篇小说一天不发表,就一天不回家,一年不发表就一年不回家,永远不发表就永远不回家……我决心要把自己发表的第一篇小说放在父母的骨灰前,我希望他们的在天之灵能看见自己的儿子不是个窝囊废。"③

1986年"厚土"系列小说的问世,标志着李锐走入成熟。"反抗"不公平命运,最终化成作家对生存和人性的"反思",而不是走向改革小说这类国家主义宏大叙事。李锐笔下的乡土生活,没有高高在上的怜悯,没有理想风采或对乡土的美化,而是呈现出冷峻凝练的笔调。野蛮愚昧与仁厚宽容,同时存在于李锐的乡土书写。和张承志、张炜、路遥、贾平凹等作家相比,李锐一开始就缺少热度。他的80年代创作,我们很难看到"大写的人"。无论农民还是知青,李锐都将之放在严酷自然环境中拷问人性的复杂。李锐目睹贫瘠山区农民的封闭落后状况。山民延续古老乡俗和生活方式,现代化不但没使他们走向幸福,反而造成了新的心灵压迫。他对农民报以真诚同情,又不失知识分子的独立思考:"当一个人一年四季的辛苦劳作,成年累月的'汗滴禾下土'的时候,他才会理解什么叫劳动,什么叫世世代代的劳动人民。他才能明白,把人世世代代地绑在土地上像畜生一样的

---

① 赵天成:《李锐"前史"考叙:以〈山西文学〉为中心》,《小说评论》2015年第4期。
② 李锐:《我是怎样开始写作的》,《北方文学》2008年第1期。
③ 同上。

劳动,是一件最残忍、最不人道的事情。"①李锐在《厚土》后记中写道：李锐的历史小说,是80年代未完成主题的延展。李锐从没像张贤亮、张承志、梁晓声一样想象过集体性、宏大的"人民"。人民是一个个苦难个体,而非某种被权力关系指代的群体符号。因此,"厚土"系列虽发表在80年代,但它的叙事潜规则却属于90年代。

《厚土》表面看是乡土小说,但不具备80年代乡土题材"歌颂改革开放""田园抒情"等政治主题,而是承接五四乡土小说启蒙批判,试图在苦难中树立乡土"自足逻辑",以抗衡现代化、革命等外在因素。他展现了贫瘠与愚昧、情欲与权力欲的纠葛。"人尖儿"队长无休止地占有村里的女人(《锄禾》);《青石涧》中父亲占有亲生女儿,让女儿带着孩子嫁给小羊倌;《二龙戏珠》中福儿目睹祖父与母亲、哥哥与姐姐惊人的乱伦关系,内心充满惊惧;《送葬》中老鳏夫拐叔自杀身亡,成全了男人们吃羊肉的渴望。但李锐也展现乡土的淳朴、善良与宽容。如《合坟》中北京知青陈玉香为保地堰,被洪水夺去生命。时间流逝,孤坟失去意识形态价值,只有乡民惦记着她,想着给她结阴亲。现代逻辑看似光明正大,却漠视个体生命,乡民愚昧短视,却在朴素道德支配下,有着温情人性关怀。然而,《厚土》也存在潜在悖论,即李锐对地域性的迷恋与普世意义的启蒙批判,呈现出内在冲突。这也表现为李锐处理外来文明与乡土关系的复杂心态。《锄禾》中,豹子队长与黑胡子老汉、红布衫女人的乡民世界,与北京学生娃的文明世界形成对立。《古老峪》中,工作队的小李被村长女儿吸引,他试图让村长女儿当"先进",却无法让她摆脱古老的悲剧命运。

90年代,李锐突然转向知青史、革命史等宏大题材,呈现出反思

---

① 李锐:《我是怎样开始写作的》,《北方文学》2008年第1期。

启蒙与革命的新历史小说气质。有论者说:"严格来说,在1993年的《黑白》和《北京有个金太阳》之前,李锐还没有写过真正的'知青'小说,即以'知青'为主要描写对象的小说。"①《旧址》《万里无云》《无风之树》《银城故事》等系列长篇小说作品,李锐对"大写的人"的怀疑越来越深,他试图深入到个体的人的精神世界,观察不同的人生世界,体验不同的价值选择。从"大写的人"到"个体的人",不仅是思维方式转换,且是语言方式转换。《旧址》写出李氏家族的哀歌,也谱写了大时代变革下个体生命的悲剧。作为盐城李氏家族继承人,李乃之、李紫云和李紫痕三姐弟纠葛在李白两家的商场斗争中。革命胜利后,李紫痕绝食而死,为革命洒热血的李乃之和白秋云夫妇,也沦为叛徒,含恨而逝。李乃之临死前,将"革命"两字反复抄写无数遍,表达了极度困惑。百年来的现代史,变成了生命个体的悲剧史。

如果说《旧址》书写革命背景下的个人悲剧,那么,《无风之树》和《万里无云》的个人气息更浓厚。《万里无云》里,无论革命者张仲银,还是荷花、村长荞麦、牛娃、高卫东、二罚、毛妮、满成,每个人都有自己的思维和语言,都围绕祈雨这个核心事件展开故事。在李锐笔下,"大写的人"的终结,没有导致对"物的痴迷""对结构主义的呼唤",而是具体化为对"个体的人"的人本主义关怀。"个体的人"的呼唤,表面看是对启蒙"大写的人"的解构,但仔细分辨,依然演绎着人的尊严、自由等人本核心概念。不同的是,西方现代文学在文艺复兴时期,将人从宗教中解救出来,他是将个体的人从民族国家、革命、启蒙等集体历史使命中剥离——个人与宏大、个人与历史依然形成内在构成性关系:"在放弃了对自己对自然的永恒和万能的神话

---

① 成一:《不是选择——李锐印象》,《当代作家评论》1994年第3期。

之后,我们对自己的生存环境和心理环境,我们对自己的行为、信仰、理性,都该有一番彻底的反省和清理。我们到底应当怎样做'人'?这个古老的话题倒真是一个永恒的难题。"①就这一点而言,李锐依然有着浓厚的启蒙意味。但是,李锐90年代的小说叙事,似乎要追求众生平等的"个人化叙事",却忽略了人与人之间的差异性。牛屎客与疯子毫无逻辑的语言,也被装置性地嵌入文本。这也表现了90年代文学推崇"小叙事""个体化叙事"背后的西方文化逻辑。

这种"主体的人"的失败感与张扬个人的吊诡紧张关系,也体现为李锐对现代主义的态度。李锐说:"如果说'文化大革命'对我们这一代有什么馈赠,那就是它教会了我们四个字:拒绝相信。我绝不会把这用十年苦难换来的四个字交给任何理论任何人。"②李锐数十年的创作,这种悲观绝望感挥之不去。他质疑80年代现代派先锋作品,不过是传统人本主义诉求。理论与实践的脱节,文明等级造成的"理解错位",最后表现为中国现代派"自我殖民"倾向:"别人的心血在一派阴冷和黑暗的世界里冻结成彻骨的冰柱,我们却想着把冰柱点燃成为引路的火炬。那个别人眼里的暗夜,竟被我们看成了寄托希望的当空的太阳。尽管'中国人、西方人'共同居住在一个星球上,但截然不同的文化传统却赋予了人们完全不同的历史命运。这本是一场起点、终点、跑道、规则都不相同的马拉松长跑。"③荒诞的是,李锐指责的中国式现代主义"自我殖民"问题,也表现在他自己的创作之中。他坚守本土性的先锋性汉语写作,对"个体的人"的推崇与对

---

① 李锐:《网络时代的"方言"》,沈阳:春风文艺出版社2002年版,第20、21页。
② 李锐:《网络时代的"方言"》,沈阳:春风文艺出版社2002年版,第3页。
③ 李锐:《"现代派"——一种刻骨的真实,而非一个正确的主义》,《文艺研究》1989年第1期。

"大写的人"概念的消解,呈现出新二元对立,这导致了文本既无法出现主体的人,也无法出现真正"小写的人",而是一个个声音化的、抽象符号的人。那些人数众多的叙事者,本身不存在叙事价值的分裂,而是从作者主观出发,对丰富复杂"具体的人"的简单概括,比如,牛屎客旺财被定义为无知自私、仅关注自身利益的日常生活代言人(《银城故事》),暖玉是牺牲的地母形象(《无风之树》),革命者陈狗儿,是粗鄙纵欲又桀骜不驯的"现代张献忠"(《旧址》),作家对陈狗儿硕大生殖器的描写也明显有90年代流行的欲望写作模式的影响。

  这种虚无情绪也暴露了李锐与宏大叙事的隐秘联系,如李锐对"失败的英雄"的迷恋。这也是90年代新历史主义未摆脱现代性逻辑的表现。作家将之定义为"失败的大写的人",却拒绝将他们作为"具体的人"进行分析,如《旧址》的李乃之、《银城故事》的欧阳朗云、《万里无云》的张仲银、《无风之树》的苦根、《黑白》的"黑"。李锐的小说不存在众生平等的叙事声音狂欢,所有叙事都服务于这些失败英雄。这些形象具有某些共通之处,比如纯洁的革命理想、浪漫气质与幼稚幻想,且最后结局都是走向生理死亡或精神毁灭。这不是悲壮的殉道,而是理想坍塌破灭的"无聊"。《旧址》的李乃之在劳改农场死于酗酒引发的大出血;《银城故事》的欧阳朗云向清政府自首,依然无法逃脱死亡;《万里无云》的张仲银帮村民搞祈雨,烧死两个孩子,再次入狱并发疯;《无风之树》的苦根改造乡村计划失败,逼死了拐叔;《黑白》的知青黑与白,扎根农村的革命理想幻灭,以性爱狂欢迎接死亡。小说《黑白》,以"黑"与"白"两个名字象征革命年代对人的简单化处理。革命知青"黑",出身煤矿家庭,在北京中学做报告,"白"爱上了他:"黑高举一块腿骨说,是长征路上,我在万恶的万人坑里面挑出来做纪念的。"两人一起扎根陕西农村。随着知青运动终止,大量知青返城。"黑"与"白"不仅没有了往日光荣与政治待遇,更可怕的是,他们纯洁的革命理想被证明是一场政治策略:"黑说,八月,你还记着我们知青刚来的时候吧,多红火,多热闹,大伙都表决心,都喊口号,都说要扎根一辈子,可现在一眨眼,全走了。我要是也走了,那不是等于大伙都说了一堆瞎话废话,大伙一块骗人吗。"①"黑"多次试图自杀,却奇迹般安然无恙。最后,"黑"与"白"光着身子死在屋中。"黑"终于成为"个体的人":赵卫东。

二、风景:从"寻根"到"造根"

李锐的创作伊始,曾被认为是寻根文学的重要成绩。他在90年代的小说,很快突破"寻根"制囿,拓展了汉语小说的内涵思想与语言形式,又对90年代中国文化语境表现出极强的表征性。有学者认为,这是李锐从"寻根"走向了"后寻根"。② 然而,倒不如说这是李锐在90年代全球化视野下,试图重新树立汉语主体性的"造根"之举。寻根文学的缺陷在于,它并非"实有性文化抗衡",更不能在关系性文化结构中表现张力效果。吴俊曾说:"'寻根文学'创作才主要体现为'挽歌'格调,而无法真正作为一种文化力量介入当代的实际生活,连它的精神力量也可能是相当软弱的……寻根文学再次使我们怀疑单纯的文化设计的可信度,文化的复兴必有其民族国家的整体支持。任何一种文化,当它一味企图自我证明(纯粹在自身系统内部寻求价值支持)时,那它必定就还是极其脆弱的。"③

李锐在90年代的创作实践,已不是"寻根",而是企图"造根",

---

① 李锐:《黑白》,选自李锐:《传说之死》,武汉:长江文艺出版社1996年版,第306页。
② 周引莉:《李锐:从"寻根"走向"后寻根"》,《山西师大学报(社会科学版)》2013年第1期。
③ 吴俊:《关于"寻根文学"的再思考》,《文艺研究》2005年第6期。

以文学想象为中国当代文化创造新精神本源。这个新民族文化之根,既非常现代化,又继承民族文化传统。李锐比一般作家更具敏锐的国际视野。他清醒地认识到90年代中国由革命化第三世界话语秩序转向全球化资本秩序的悖论与分裂。他将之称为"双向煎熬",即同时面对丧失传统、又无法现代的悲剧:"当'西化'的原意,在一片所谓后现代主义的潮流中被'解构'、被'颠覆'、被'反本质'之后,现代汉语的'借鉴'和'西化',忽然间在内外两个方面同时陷入'意义缺乏症',我把这尴尬的处境叫做双向的煎熬。自己的传统是那样了,完全彻底的扬弃,然后自己拿来了所谓的理想之火,可理想之火又在中国烧出了一片废墟,当我们转过脸来说再向别人学习的时候,我们发现后现代主义的思潮对整个西方知识体系有一个彻底的解构,包括他们所谓的人性、所谓的理性、所谓的科学这些最基本的西方价值观念都遭到了颠覆性的批判,而且非常尖锐。"①这种"双向煎熬"也与李锐对新启蒙的复杂态度有关。后发现代的困境,在鲁迅、沈从文等作家身上已表现出悖论冲突。只不过,1949年后这种后发现代历史境遇被高度整合的一体化文学格局所掩盖。90年代中国在市场经济鼓动下,重返国际资本秩序,又重新遭遇了这些问题。不同的是,90年代国际资本秩序在高度自由和零散化表象下,呈现出更强的意识形态影响力,即全球化后现代主义幻象。李锐的煎熬在于,新启蒙尽管问题重重(如民族国家等宏大概念对个体性的掩盖),但启蒙的自由、民主等任务并未完成,反而遭到了更深刻的遮蔽。

首先,这表现为"起源"性文化故乡的地理再造。保罗·康纳顿

---

① 叶立文、李锐:《汉语写作的双向煎熬——李锐访谈录》,《小说评论》2003年第2期。

说:"任何这类重新开头的企图,其根本性质中有某种彻底的任意。这开端和任何东西都没有联系:它好像无中生有。一时间,在开始的那一刻,始作俑者似乎废除了时间顺序本身,并且被时间次序抛弃。"①每个重要作家都希望打造精神"原乡",如沈从文的湘西、鲁迅的鲁镇、马尔克斯的马孔多小镇,但李锐的文学地理版图非常有意思。作为出生地和重要生活空间的北京,没有出现在他的文学地理中。他创作之初就有着对"北京记忆"的刻意遗忘,尽管他笔下游走着"赵京生"这类北京知青,但只是作为旁观人物出现。只有中篇小说《北京有个金太阳》(《收获》1993年第2期),北京才算稍稍出现了,却是作为理想幻灭的象征。"遗忘北京"成了怀疑革命宏大逻辑的起点,继而他在下乡插队的地方——山西吕梁山区,找到了精神故乡。这有些类似于张承志与内蒙古草原的关系。吕梁山的穷困和苦难,成了他个人苦难与国家苦难的缩影,他刻意描述那些停滞落后的文明,继而找到苦难救赎的精神内驱力。

然而,李锐与贾平凹、莫言这样的乡土作家,还是有重要区别。他拒绝赋予吕梁山过多诗意情怀,尽管他也展现民间的淳朴正义,但同时也以外来者眼光对吕梁山的落后愚昧予以激烈批判。90年代语境下,李锐在《旧址》《银城故事》中塑造了第二故乡,即从祖籍四川自贡形象出发虚构的"银城"。王尧认为:"尽管李锐也曾经绕开过吕梁山,但是他最有生命力的叙述在我看来从来没有离开过吕梁山……对于一个优秀的小说家来说,他生命中的'旧址'或许只有一个,譬如湘西之于沈从文,高密东北乡之于莫言,马桥之于韩少功,商

---

① 〔美〕保罗·康纳顿:《社会如何记忆》,纳日碧力戈译,上海:上海人民出版社2000年版,第1页。

州之于贾平凹;我愿意在这个意义看待'吕梁山'对于李锐的意义。"①吕梁山对李锐文学世界建构的决定作用毋庸置疑,但李锐为何要塑造"第二精神故乡"?与吕梁山乡土气质不同,"银城"是一座城,它更能表现李锐在90年代全球化语境对中国现代启蒙问题的思考。"银城"有更多经济因素影响(盐业),也同时具有物质性、开放性与世界视野。《旧址》的白立德,留学欧美,回到银城后,利用先进现代商业理念,成为银城新贵。银城也寄寓了中国传统最有活力、最能与现代思维沟通的部分,如李乃敬的儒商智慧、银城白三爷的经营能力等。那些传统文化底蕴深厚,同时又能在军政商界游刃有余的大家族,更是李锐在革命之外寻找的另一个文化血源,也是他"造根"的精神寄托所在。尽管有论者对李锐抬高资本化传统家族、遗忘乡土和底层的做法颇有微词。②

其次,90年代李锐的小说,其中依然有从吕梁山抽象出来的地理空间:五人坪与矮人坪。与《厚土》对吕梁山的描述不同,90年代的《无风之树》与《万里无云》,抽象意味更浓,悲剧与荒诞意识也更浓。李锐对这两个地域高度抽象化,这与他对银城的具体描述相映成趣(《银城故事》里,李锐对牛市买卖有非常详尽的描写,甚至精确到金钱价格);银城为虚构之城,却要将之现实具体化,五人坪与矮人坪为现实吕梁之地,却要将之抽象化。他留恋乡土价值与道德秩序;他对银城的热情,依然是基于对银城负载的传统中国家族的经济能

---

① 王尧:《李锐论》,《文学评论》2004年第1期。
② "知识分子品质在于对正义与良知的坚守,在于'关心人,关切大面积人群的生命存在',与什么退秋鲜鱼、西洋派头实不相干……他虚构了精英与民众的'同一性',如他们皆受专制政治之压制,利益与立场甚为一致。这一认识显然未触及二者更为深刻的利益冲突、情感差异与伦理对立。"张均:《"超越"的限度——论李锐兼及对新自由主义文学的批评》,《当代文坛》2006年第1期。

力与道德稳定性的热衷。吕梁山属于记忆的中国乡土世界,银城属于幻想与虚构之城,也是全球化与资本秩序想象的"中国城"。吕梁山是中国人批判自己用的中国,也是给西方"他者"看的中国;银城是中国人树立自我主体意识的中国,也是批判西方时用的中国。这些问题都再现了李锐在东方与西方、传统与现代、本土与外来等概念之间的"双向煎熬",表现了李锐从"寻根"到"造根"的迷茫与犹疑。

无论乡土还是城市,这些"造根"策略都可以看作李锐笔下奇异的"风景"。按柄谷行人的说法,风景不是自然风光,"只有在对周围外部的东西没有关心的内在的人(inner man)那里,风景才能得以发现。风景乃是被无视'外部'的人发现的"①。即伴随着个人意识觉醒和内在主体性,才能发现风景,所谓"无视外部",并非不看,而是将自然风景心灵化与陌生化。无论五人坪、矮人坪,还是银城,这些"新的根",是"民族"的根,又是"个体的人"的根。这种转变也表现为李锐90年代小说中整体性风景消褪,个体性风景凸显。《旧址》开头:"一九五一年公历十月二十四日,旧历九月廿四那天恰好是'霜降'。"这还表现为空阔历史感,但《银城故事》开头,则更关注个体日常生活:"如今的银城人已经闻不到烧牛粪的味道了。在明清两代或更长的六七百年间,银城人一直用干牛粪当燃料烧水煮饭。主妇们把掰开的干牛粪饼放进灶膛里,然后慢慢地拉动风箱,借着风力,火势均匀旺盛,偶尔会有一丝青烟从灶口冒出来,那味道不臭,只有一些微微的草腥味,再加上一点蚕豆烧煳的烟香。于是,银城漫长的历史就充满了干牛粪烧出来的烟火气。"《无风之树》开头,则以戏谑化对比,用曹队长粗鄙的语言消解宏大历史:"矮人坪村生产队长曹天

---

① 〔日〕柄谷行人:《日本现代文学的起源》,赵京华译,北京:生活·读书·新知三联书店2003年版,第15页。

柱无论高兴还是生气,都只用一句话总结世界:'我日他一万辈儿的祖宗。'"《万里无云》凸显个体观声音,历史在这些人身上,恰是缺失的或者说失效的:"院子里只剩下我和这棵树。我把红线换成了绿线,一个兜兜绣了三天了,还是绣不完,三朵花,五片叶,两条鱼,花是荷花,鱼是金鱼。"有趣的是,乡土风景以"历史失效"为代价,而"银城"故事里,李锐则赋予经济力量以某种历史宏大意味(以日常与个体的名义)。这不能不说是"造根"的潜在文化逻辑。

最后,从寻根到造根的转变,也表现了80年代与90年代的某种隐秘联系。80年代先锋文学、寻根文学的审美冲动,蕴含着很深的世俗化逻辑。李锐从吕梁山文化之根,幻化出失败的"乡土之根"与世俗化"银城之根",也显示了李锐继承80年代启蒙,又批判启蒙的新自由主义立场。李锐对启蒙的继承批判,与时代氛围有很深纠葛,即80年代中前期美苏两极格局,中国作为第三方势力的后革命美学冲动,及90年代苏联解体影响下的中国社会主义市场经济转型。两个时代都表现出反思革命、走向世俗化倾向,不同之处在于,80年代新启蒙多具有"大写的人"古典主义气质,表现出中国摇摆于革命传统与西方启蒙之间的某种自由度;而90年代的新自由主义倾向,则更具有全球化资本的深刻烙印,以"否定革命"为基础,以本土性为口号,以个体与多元为表象,却刻意遮蔽中国文化问题的复杂性,削弱了中国独立主体审美建构的表达能力。

李锐的小说中"造根"的企图充满逻辑冲突。《万里无云》《无风之树》这两个小说题目都包含"无"字,此乃虚无之无,无法承担李锐对文化再造的想象。李锐以西方对中国设计的"资本位置"为"发声位置",以西方对中国的"解构想象"为"自我殖民想象",虽强调民族本土文化,但终难逃脱文化逻辑混乱。再造文化之根的宏大想象,最终消弭于解构的冲动。然而,所谓国际视野,强调通约性的同时,有对革命传统的简单化处理与后殖民奇观化色彩。《无风之树》中白雪公主和矮人的传奇原型,公妻的猎奇性乡野奇闻,在"文革"与知青的题材交织变异中,具有深刻的"单面性"。《万里无云》对革命的解构颠覆,则在描述悲壮荒诞的同时,以停滞空间感,拒绝任何发展变化的可能性。《银城故事》与《旧址》,看似以"银城"为日常传统之根,但无时无刻不笼罩着失败悲苦的历史虚无情绪——如果说,矮人坪与五人坪是被革命摧毁的乡土,银城就是被革命摧毁的城市。

进入新世纪,李锐的造根焦虑更强烈了。《太平风物》对中国农具的描述,具有知识博物馆的后现代趣味。《人间》续写白蛇神话,想象中国传统的现代再生。《张马丁的第八天》以基督教和中国本土宗教融合的怪异意象,表达其再造文明的庞大野心,这也使得作者概念先行,题材容量被远估。如批评者所说:"虽然李锐所探索的'人间性'与陀思妥耶夫斯基的'基督教'并不相同——'人间性'的'救赎'和'坚韧'比陀思妥耶夫斯基的'宽恕'更为渺远,但并不影响我们套用布鲁姆的话语进行追问:如果那个救赎的'天主'和苦海中坚韧生存的'女娲娘娘'合体而诞生的'人间性'倘若到来,那这个人间还需要小说吗?"①

三、旷野:汉语的声音模仿术

李锐对汉语小说的语言探索有目共睹。《旧址》及之前的《厚土》等小说,李锐操持的是知识分子化的小说语言。他很快反思自己的语言运用:《旧址》第一句"事后才有人想起来,1951年公历10月

---

① 徐妍:《李锐〈张马丁的第八天〉:一次艰难而虚妄的探索》,《文艺报》2012年2月21日。

24 日,旧历九月廿四那天恰好是'霜降'。这是一个语言流行病,这是一句流行话,当时大家都在说'多少年以后'、'许多年以后',其实我也不是有意地要去这样地模仿,但这是当时的一个流行腔,自从《百年孤独》在大陆有了译本之后,就有了这样的流行腔。一个作家在创作自己的小说的时候是不可以有流行腔的"①。

这种语言的反思,表现在他对口语的痴迷,及对汉语小说"叙事声音"的重建。"双向的煎熬",使李锐将"启蒙"与"革命"捆绑做"激进化"处理之外,更精心设计了语言的更新。他认为,现代汉语书面语,是被西方殖民过的,带有宏大叙事痕迹。李锐希望汉语摆脱工具论和西方影响:"我们从也没有把自己的语言上升成为主体,上升成为与人并重的"本体"……一个没有自己语言的文学史,就是一个有着巨大缺陷的文学史。一个不能获得语言自觉的文化,就将永远沦入无人可懂的"独白"的阴影。"②李锐关注书面语与口语的区隔,文字与语言的区隔。他表现出对宏大话语的警惕:"书面化的文字相对于千差万别变动不居的日常口语,就有如贝壳相对于大海——我在自己这嘈杂混乱毫无语言与秩序可言的口语的林莽之中,体会到一种从未有过的丰富与自由。"③同时,李锐特别说明"这是我创作的口语"。王尧曾分析说:"他是把整个创作纳入到建立当代汉语写作的主体性之中的,为了建立他所期待的语言主体性,他必须反抗书面语对口语的重压,必须反抗政治对语言的重压,必须发现和张扬被文字遮蔽了的声音以及发声者的生命世界。所有这些,又是和他质疑'历

---

① 李锐、王尧:《本土中国与当代汉语写作》,《当代作家评论》2002 年第 2 期。
② 李锐:《我们的可能——写作与本土中国断想三则》,《万里无云·后记》,北京:人民文学出版社 2008 年版,第 193 页。
③ 同上书,第 196 页。

史进程'发现'历史'之外的真实人生这一历史观相一致的。"①

李锐的口语实践,又和他对"叙事声音"的重建相关联,表现他反对宏大叙事、凸显"个体的人"的哲学努力。叙事声音是"文体、语气和价值观的融合"(詹姆斯·费伦语)。李锐模仿福克纳对叙事声音的处理,试图破除"统一叙事者"幻觉,将故事变成"众声喧哗"舞台剧,最大程度接近真实,反映个体心灵。《无风之树》中,暖玉、拐叔、天柱、刘主任,甚至拐叔的鬼魂,不能正常思维的疯子,拐叔养的黑驴,无论贵贱贤愚、善恶美丑、人或生灵,都试图用口语发出声音。只有描述悲剧英雄苦根,才采取第三人称外视角。陈思和认为,这表现了庙堂意识与民间意识的对立,有的论者称:"作者之所以把苦根儿写成'他'只是因为'苦根儿'已经失去了一个生命应有的特征,无论是肉体的感觉还是思维的活动,在苦根儿身上都已趋于僵化,动辄为一种虚幻的意识形态所左右。"②小说好似一个个旋涡黑洞,每个人都隐藏无穷秘密。小说不存在一以贯之的叙事视角和眼光,虽然还有大致线性发展的故事及整体框架,但个体无法达成共识,处于焦虑痛苦的境地。

从叙事效果看,表面的"叙事平等",也不过是一种策略。李锐众生喧哗的叙事声音,明显存在叙事等级。疯子支离破碎的语言,鬼魂的语言,动物的语言,明显是装置性的,不能组成合理逻辑,不能成为言说的有效部分。第三人称叙事的"苦根",被剥夺"言说内心"的权力,成为"革命失效"的表征。他的言行背后,是隐含作者对他的揣测、定义和遮蔽,如李锐描写苦根听到拐叔之死的反应:"被吊到房梁上去的不仅仅是一个富农分子拐老五。自己心里设想好了的阶级斗

---

① 王尧:《李锐论》,《文学评论》2004年第1期。
② 张文武:《倾诉的瀑布:探讨〈无风之树〉的诗意空间》,《红河学院学报》2002年第3期。

争的成果,还没有开花,也被首尾倒置地挂到了那间满是臊味的屋子里,也被空荡荡地挂到了那根肮脏的房梁上。"①这显然是作者在替苦根想。吊诡之处在于,虽然苦根成了被批判对象,却怪异地因为第三人称叙事视角,实际成为叙事声音"中心"。每个人都在言说自我,自我也就消失在声音旷野,变成不知来自何处的回声。这个潜在叙事效果,无疑暴露了李锐与革命叙事的某种道德联系,即苦根的失败是由于理想不合时宜,但理想本身在道德上应被尊重。将革命理想主义定义为"道德悲壮的失败者"策略,无疑有全球化对中国问题"他者化处理"的后殖民话语痕迹。

同样的问题,也存在于《万里无云》中。这篇小说在叙事声音杂糅上更进一步,除了不同人物声音叙事之外,还将"文革"语言、口语、文言文、诗词、口头禅、狂言杂糅一体。但是,我们没有感觉到这是"给汉语注入了新鲜血液",却更类似于后现代主义装置艺术,叙事核心还在"失败的英雄"张仲银。李锐无意中复制了西方艺术某些成规。《银城故事》虚构了猥琐无知的牛屎客旺财。通过他的眼睛和声音,李锐表达对"历史无意义"的认识,但概念化非常明显。李锐的小说始终洋溢着悲剧性气息,他陷入"人人叙事平等"的幻觉,当一个个体的人,站立在文本王国,我们感到了亡灵般的虚无气息。这种众生喧哗"声音模仿术",其实表现了90年代"多元化"自由主义,也是一种所谓反宏大叙事的"小叙事"。

有的论者,将李锐小说的叙事声音分为作者型叙事声音、集体型叙事声音与个人型叙事声音。《万里无云》《无风之树》的叙事方式,被表述为"轮言"方式出现的集体型叙事声音。② "轮言"以"模仿的

---

① 李锐:《无风之树》,江苏文艺出版社1996年版,第120页。
② 高小弘:《李锐小说叙事声音分析》,《郑州大学学报(哲学社会科学版)》2007年第4期。

个体"掩盖作者声音在场,作家却无法准确表达价值判断。更严峻的问题在于,他因此失去叙事节制,"个体声音"重复单调。表面尊重每个人的发言权,却导致"世界认知有限性"消失。众生平等的叙事声音策略,与其说是李锐的叙事自由主义,不如说表现了知识分子的"自由焦虑",更显现了90年代纯文学化作家与民间的疏离。有批评者说:"作者甚至不惜以大段大段我称之为'有词无语'的形式,用一些词语的反复叠加,来表现正常的语言无法表达的东西……实际上,这与其说是李锐的一种大胆创造,不如说是李锐在吸收农民口头语言方面还未到火候。"[①]

然而,问题也许并不在李锐放弃知识分子语言,转而模拟农民口语,而是这种对声音的占有,到底表现了创作心理与文学语境怎样的复杂关系?李锐一以贯之的反思性,形成了他对知识分子语言的不信任感及对汉语根性的坚守。然而,外部逻辑中,还有一个语言本土化及现代性问题。李锐始于对宏大话语的怀疑,最后却走向另一种"支离破碎"的宏大企图。这与90年代中国文化在多元冲突(非融合)之上无法达成"共识"的焦虑有关,也与西方在全球化资本秩序中将中国定义为"边缘他者"的身份政治有关。

四、诱惑:宏大叙事建构与解构的纠缠

小说《银城故事》写于90年代末,集中表现李锐塑造"个体的人"、反思革命与启蒙,再造民族文化之根的探索与危机。李锐回到革命源头——"清末",寻找激进启蒙对中国历史造成的巨大"断裂性"。小说题记中李锐写道:"在对那些漏洞百出、自相矛盾的历史文

[①] 郜元宝:《汉语别史——现代中国的语言体验》,济南:山东教育出版社2010年版,第295页。

献丧失了信心之后,我决定,让大清宣统二年,西元1910年秋天的银溪涨满性感的河水,无动于衷地穿过城市,把心慌意乱的银城留在四面围攻的困境之中。"小说以银城革命党起事为核心事件,故事时间与叙事时间在小说布局中却不统一。小说的叙事节奏,是"两头松中间紧"形态。小说大量虚构银城民俗和风土人情。布罗代尔曾力图用经济、文化、风俗等历史变迁,取代政治、战争、革命等重大历史事件与历史人物。他认为长时间段历史变迁,更注重历史连续性,因而更能反映历史的真实。① 小说以"牛屎"为引,详细介绍牛屎对银城生活的重要作用,作者耐人寻味地以旁观者身份发言:"所有关于银城的历史文献,都致命地忽略了牛粪饼的烟火气。所有粗通文字的人都自以为是地认为:人的历史不是牛的历史。"②结尾,作者用大量篇幅描绘虚构中的银城祭祀"牛王"仪式。这既是中国地域经济发展的标志,又带有浓重乡土气息。牛以完美的牺牲,成为人类赞扬的图腾,也暗喻古老经济形态的稳定繁荣。然而,"白发苍苍的刘三公,对着牛王跪拜下来,忽然老泪纵横"。牛王和刘三公发生某种形象"叠化",作家以忍辱负重的形象为我们刻画历史中易被忽视、却不能小看的人物。

小说开端大量运用虚构数字:"每头牛从三十两到一百两银子不等,以平均价格七十两算,五千头牛又是一笔三十五万两的白银的交易——每五头牛需要一个小帮车,三万头牛就要六千个小帮车——所以,三万头牛,一千二百个牛牌子,六千个小帮车和盐井上的工匠们连成一体,不动声色地把银城拉入残缺不全、真伪难辨的往事中去。"改革小说也曾大量出现数字,表达的是"时不我待"的现代性时

---

① 〔法〕费尔南·布罗代尔:《15至18世纪的物质文明、经济和资本主义》,施康强、顾良译,北京:生活·读书·新知三联书店1994年版,第23页。
② 李锐:《银城故事》,武汉:长江文艺出版社2002年版,第2页。

间焦虑。李锐的数字,带来的不是时间进步性,而是时间绵延性,松散数字组合(如牛、牌子、小帮车的数量)不过是银城虚拟日常生活的一部分。数字淡化风俗小说的诗化意味,强化虚构日常生活的"真实性",不是历史经验真实,而是历史"体验性"真实。这无疑也隐含主体性渴望:银城不是反现代性田园乌托邦。银城的历史,无论盐的历史,还是牛屎的历史,都不是黑格尔的"前历史",而是另一种历史理性主体——既不同于历史进化的宏大史,也不是西方人眼中遥远神秘的东方史。这反映了李锐的文化平等思想。① 大量游离于故事时间的叙述,不是简单的风俗描写。它对"银城故事"历史线性时间表述的迟滞、延异、耗散,都是一种叙事策略。热奈特说:"普鲁斯特的'描写',与其说是对被凝视物品的描写,不如说是对凝视者的感知活动、印象、一步步的发现、距离与角度的变化、错误与更正、热情与失望等等的叙事与分析。这实在是非常积极的凝望,包含着'整整一个故事'。"②热奈特从叙述视角和叙述距离角度认为,阐释描写作为叙事眼光,实际体现的是主客体之间的距离变化和情绪波动。微妙的是,小说开端和结尾的描写,除迟滞叙事速度,却不符合热奈特的经典定义。因为这种描写不是贯穿始终的叙事眼光,而是"伪造的真实"。李锐虚构银城风土人情与历史细节,以"连绵—断裂—连绵"的寓言化时间结构,造成抽象历史理性"反思"。小说中间部分,李锐

---

① "所有关于'欧洲文化中心'、'中华文化中心'、'美国文化中心'的判断,都是一种历史的局限和幻想。都是一种为了某种权力和权益而制造出来的神话……为什么还要把别人世世代代的剥夺和歧视,内化成自己唯一的判断尺度?用人世间压迫、剥夺的尺度,在世界文学的版图上划分优劣和等级,岂不是对文学、对人类最大的讽刺?"选自李锐:《银城故事·前言》,武汉:长江文艺出版社2002年版,第4、5页。

② 〔法〕热拉尔·热奈特:《叙事话语 新叙事话语》,王文融译,北京:中国社会科学出版社1990年版,第65页。

不回避激烈情节冲突,甚至运用侦破小说手法调动阅读兴趣,但是,他怪异地在小说开端和结尾,安排大量散文化空间化描写,以消解革命现代性时间与人物的对立:不存在严丝合缝、不断进化的"历史因果"。所有意识形态冲突,都必须以历史客观化目光看待。一切重大历史事件(如革命),都充斥偶然性、血腥与非理性。这些异峰突起的片段,不过是历史长河里一朵朵高高扬起又很快破碎的浪花,日常、文明积累、平缓进步的人类史,才是历史的潜在真相。

革命历史人物的重写,也是李锐反思的着力点之一。革命者、英雄、农民领袖等背负宏大色彩的卡里斯马型人物,失去制约历史时间性的身份魅力,李锐以几个主要人物视角(欧阳朗云、秀山芳子、刘兰亭、旺财、聂芹轩、刘振武、岳天义),从不同角度描述同一事件——"银城革命",隐含作者的目光,一个理性第三人称叙述声音则穿插其中。欧阳朗云、刘兰亭、刘振武等革命者眼中轰轰烈烈的英雄事业,在千总聂芹轩眼中,变成"虎头蛇尾"的可怜兵变;在芳子眼中,革命是流血恐怖对诗意人生的毁灭;在农民起义者岳天义看来,革命是"轮流做皇上"的破坏欲;牛屎客旺财眼中,革命不过是无聊谈资,大人物和有钱人之间的游戏。岳天义没有被清廷镇压,却死于亲生儿子刘振武之手,革命者刘振武没死在清廷刀下,却死于胞弟的匕首,无不显示出历史偶然性的残忍悖论。刘兰亭则集中体现启蒙与革命既冲突又相连的复杂关系。启蒙不外乎救世,知识分子自身的弱小使他们自然地依存于革命暴力。尽管,革命(即暴力的现实)和启蒙(革命的观念)之间常常是互否的。① 刘兰亭建立育人学校,深知国民文明启蒙的艰巨性。革命是启蒙产物,却也破坏启蒙。血流成河

---

① 朱学勤:《道德理想国的覆灭——从卢梭到罗伯斯庇尔》,上海:上海三联书店1994年版,第154页。

的暴动面前,学校被解散,革命者和无辜群众被诛杀,银城陷入了更大动荡、贫困与危机。

集中表现李锐反思哲学的,还在于焦点意象:"砍头"。王德威认为鲁迅小说的砍头是以身体断裂象征"意义断裂",沈从文小说的砍头则体现寓意的"连绵柔韧的生命憧憬"。① 而《银城故事》,作家通过"无辜者被砍头"情节,拷问暗杀县令袁雪门的革命者的灵魂,展示激进革命的意图伦理与个体生命拯救之间的尖锐矛盾。革命要拯救苍生,"苍生"却因革命被砍头。这是对现代激进革命内在悖论的诘问。秀山次郎冷酷的"记录中国历史"的西方化窥视,欧阳朗云强烈的道德撕裂感,兵丁和围观群众兴奋、愚昧而狡猾的功利算计,构成了砍头仪式的悖论化奇观。李锐笔下的砍头,不存在知识分子在上、愚民在下的鲁迅式叙事表意策略,也并非沈从文的审美化"边缘—中心"叙事思维。他还原"批判砍头仪式"的价值虚构性,批判该仪式所蕴含的意识形态。秀山次郎多次要求兵丁摆出要求的动作:那个士兵豪爽地走上去,抓起人头来举到胸前,"砍都砍得,举它一下子怕啥?"一面说着,一面提着人头的辫子高举过肩,竟然学着戏台上的武生的架势来了一个亮相。围观的人群一阵骚动,有人叫起好来。秀山哭笑不得地摆摆手,"不对! 你的不真实!"士兵对砍头的感受,与秀山次郎"记录愚昧支那"的史观,发生荒诞碰撞。更讽刺的是,革命者欧阳朗云因鲁莽刺杀行为,致使无辜群众被杀,当他泪流满面地指责兵丁,却无法说出汉语:"他还是听不见自己的声音,他从士兵们惶惑的脸上看出自己喊的是日语。秀山次郎一边把同伴拉向外面,一边勉强替他翻译:'你们不能这样对待死人,你们要尊重死者。'"本国

---

① 王德威:《想像中国的方法:历史·小说·叙事》,北京:生活·读书·新知三联书店 1998 年版,第 138—145 页。

革命者与国民的沟通,居然必须借助日本"他者"的翻译!革命理论与实践的脱节,革命者与群众的隔阂异常刺眼,占据主体地位的,不是欧阳朗云,也不是兵丁,而是秀山次郎这个"他者"。他对前二者的介入与改写,再次印证激进启蒙的尴尬起源和命运悲剧。

然而,《银城故事》宏大叙事的"建构冲动",却以"解构"的悖论方式表达,从而造成了宏大叙事性的"无法完成"。有论者曾批评该小说人物抽象、故事价值混乱。① 李锐笔下有三种历史:一是牛屎客的日常化历史,是银城古老政治经济日常形态;二是历史人物决定的宏大史,充满意识形态欲望;三是偶然性、突发性历史,杂乱无章,充斥各种可能。李锐试图用日常化历史、偶然性历史的破坏性,来消解宏大历史的因果逻辑,从而树立真正个体化、人道化的批判史观。然而,这种目的却陷入"手段与结果"的悖论。为突出日常史空间感,作家大量使用概述性风俗描写,并以旺财的叙述声音和眼光展现。在对宏大历史的叙述中,李锐将第三人称全知视角与限知视角交叉,从多个人物叙事角度,突出银城革命暴动的惊心动魄。偶然化历史被作家穿插于前两种历史,成为具象征意义的功能性情节(如刘振武无意中将亲生父亲岳天义杀死,却死于哥哥岳新年之手)。可作家如何证明日常史战胜宏大历史必然具有进步性?吊诡出现了:抽象性与经验性、偶然性与必然性的内在联系,想当然地被作家切断了。作家对历史宏大的抽象寓言渴求,以剔除历史经验性为代价,对历史个体化的追求,以偶然性对历史的颠覆为手段。王元化说:"艺术创作一方面要把生活真实中各个分散现象之间的内在联系这种必然性直接表现出来呈现于感性观照,另方面又必须保持生活现象形态中的偶

---

① 叶开:《空洞的焦虑——李锐长篇小说〈银城故事〉的基本命题》,《当代作家评论》2003年第2期。

然性,使两方面协调一致,这是艺术创作的真正困难所在。"① 这种对艺术客观规律的总结,对李锐是很好的警示。《银城故事》的新历史主义实践,人物内在复杂性被抽空,沦为偶然性、日常性与宏大历史斗争的符号(如欧阳朗云突然叛变,缺乏逻辑合理性)。王德威曾就李锐的历史虚无主义说:"李锐如此细心书写个人历史,却写出了历史不可解、不可为的结论。这是《银城故事》的症结了。小说虽然丰富紧凑,却完全不能指向明确的意义终点。叙事逻辑与历史事件间的张力一触即发。我甚至要说,《银城故事》虽然以一场爆炸开始,但小说真正的威胁,却是一场'内爆'(implosion):动机与结果,形式与内容,事件与人物,看着合情合理,内里的有机关系却早已四散崩裂,或更可怕的,从头就被掏空。"②

五、虚假的"多元稳定论"与"宏大叙事"的重现

通过以上分析,我试图在李锐的小说与中国 90 年代语境之间,找到某种内在联系性。启蒙、革命退潮、新自由主义与新左派斗争凸显,是 90 年代文化格局特征。当代文学史在表述 90 年代文学时,常使用"多元稳定论"。但多元稳定论,其实是社会主义市场经济观念的"文学反映"。这个概念隐含着一个内在矛盾,即当多元化无法在"共识层面"达成基本一致,就会走向分裂,以多元自由与个体主义为想象基础的文学,则有可能陷入西方文化殖民与现实政治制约的双重困境。90 年代也是发轫于 80 年代"纯文学"写作范式形成稳定表述的成熟期。这种纯文学范式,曾在 80 年代为文学摆脱束缚发挥过重要作用,但在市场经济语境下,先锋的叛逆冲动沦为体制内美学哗

---

① 王元化:《读黑格尔的思想历程》,选自王元化:《九十年代反思录》,上海:上海古籍出版社 2000 年版,第 246、247 页。
② 王德威:《历史的忧郁 小说的内爆》,《读书》2004 年第 4 期。

变,传统革命美学变身为主旋律类型文学,李锐式自由主义文学则成为纯文学主流。

李锐的问题,其实也是90年代纯文学合法性危机的具体表现:共识破裂之后,所谓多元、个人化、本土等概念,掩藏着很深的新意识形态企图。李锐延续80年代启蒙的某些批判思路,也使批判流于技术性趣味。更大危机则在于,他对80年代启蒙的反思,及对革命的批判,恰是以道德规避为策略。他无法为个人主义文学赋予道德魅力和伦理吸引力。《银城故事》里他反思革命者道德合法性,却将无智无识、自私苟且的牛屎客奉为民间个体代言人。《旧址》里他反思启蒙缺陷,指出历史荒诞性,却拒绝彻底批判启蒙的道德色彩。他在《无风之树》里写了一个人尽可夫的暖玉,却将之描述成拯救矮人坪的"圣女",将她为生活所迫的悲苦、被损害的弱者境地,都赋予道德光环,而拒绝其个人反抗的可能性。

因此,"共识性"重建有一个毋庸置疑的前提,即不但尊重"个体的人"差异权,更要给"个体的人"以"主体自我"发展权。这种建构自我的宏大叙事应成为多元化逻辑基础。民族国家主体与国民个体,都无法离开宏大思维,但宏大叙事却被想象成了先天的"黑洞"。对此,蔡翔曾尖锐地指出:"一些伪'多元论'常常会以维持'多样性'为借口,而拒绝新的写作可能性的出现。不会再有人愚蠢到企图重新一统天下,因此,伪'多元论'者的借口实质上只是为了维护既有的文学秩序而已。"①虽然李泽厚、刘再复有"告别革命"说,反思激进启蒙,但将启蒙重建的重心放在了"人的价值":我的思想很"保守",这实际上是告别现代,回归古典。对人的价值的追求与尊重,是永恒

---

① 蔡翔:《何谓文学本身》,《当代作家评论》2002年第6期。

的,古典人文主义实际上永远不过时。① 这种"人的价值"显然不是新自由主义,恰是古典自由主义的、具有宏大建构色彩的自由主义。由于国际资本市场的需要,我们必须想象一个"国际视野"的民族国家发声位置。这个位置既是后发现代的、被启蒙的,同时又是地方性的个体。它们必须以"溃败的悲壮"被记录在国际秩序中。时间上,中国必须呈现与西方同步的后现代、后革命姿态;空间上,中国的国家形象定是边缘的、抵抗的,同时呈现出溃败的、有待"再自由化"的文化地理空间。中国必须借民族国家特色文化充当抵抗地方性主体,才能保证其在国际资本秩序内是一个具生产性、有秩序等级和内在张力的国家。这也是《张马丁的第八天》中"基督教"和"中国民间宗教"怪异杂糅组合的内在文化逻辑。

由此,90年代文学多元化表征,是在社会市场经济理论规训下实现的,它有限地接纳了市场经济欲望、自由等话语,却依然停留在革命规定的道德秩序、伦理想象方式。市场经济在文化上的表征,在书写"无抱负的欲望自由"的同时,还以"无欲望的精神自由"的纯文学出现。比起贾平凹的《废都》,李锐对精神哲学的反思思辨和个体推演,更符合90年代知识分子对自由和启蒙再次赋予道德化的想象方式,尽管也是不彻底的方式。

20世纪90年代,是一个旧共识破裂、新共识努力生成的过程。这个过程的博弈,一直延续到今天。因此,中国文学必须具有"反思逆向性",即不仅反思当下语境、历史情境,且要将反思当下语境"逆向延伸"到历史情境之中,思考二者的联系与根本任务,才能深刻地表明中国的后发现代地位,树立中国文学真正的主体建构,给历史提

---

① 李泽厚、刘再复:《告别革命:回望二十世纪中国》,香港:香港天地图书有限公司2004年版,第157页。

供重新"造根"的机遇。李锐作为90年代最重要的纯文学作家之一,他的创作实践的得失成败,值得我们深思。

第三节 "旧我"与"新人":张贤亮小说的共识性问题

王尧曾认为,新时期文学是"过渡状态",指出"这不仅指文学史'过渡状态'中旧因素在消失或者转化,新的因素在孕育和生长,其中的一些因素成为文学史新阶段的源头;而且认为'过渡状态'是复杂的,并非简单的新旧转换或冲突,往往是多种因素的并存,矛盾冲突的结果则预示了此后文学发展的脉络"①。这种过渡状态,不仅是文学史断代"缝隙"的文学生产特征,更喻指新时期文学的"不稳定"性。以往我们倾向于对清晰表达文学观念的作家与流派予以肯定性文学史地位,如先锋作家、寻根小说家的称呼。姑且不论这种简单定义是否能涵盖作家具体创作,我们也忽视了很多看似"不稳定"、实际充满矛盾的作家。这种"不稳定"过渡状态,恰是中国现代性发育的独特性体验之一,它既是"不成熟""不圆满"的某种指称,也蕴含"中国故事"的独特辨识度和文学价值。张贤亮在"新与旧"之间的挣扎,既是新时期共识"宏大叙事"表征,又是这种共识性破裂的见证。他是一个被简单化的"不稳定"的作家,也被很多定论所"遮蔽"——特别是他在90年代的创作。

一、"新时期共识"维度下的张贤亮

张贤亮是新时期重要作家,但文坛争议很大。很多批评家认为,

---

① 王尧:《论中国当代文学史的"过渡状态"——以1975—1983年为中心》,《文学评论》2013年第4期。

张贤亮在现代诉求之中交织着很多"旧"品质,既有旧文人的自恋与男权意识、士大夫意识,也有对资本欲望的鼓吹,更有"虚伪的政治投机"①。张贤亮的尴尬在于,他既非完全符合政治意图,又不是思想"异端";他既不是主流意识形态作家,也不是一个有鲜明完整启蒙文艺观念的作家。他的小说既不是纯粹市场路线的创作,也不是真正的"纯文学"。他的含混性,一方面表现为自身创作局限,另一方面则深刻再现了"新时期中国"复杂的文化逻辑。比如,启蒙批判与民间意识夹杂着马克思主义哲学;"右派"劳改的悲壮苦难,伴随走红地毯的沾沾自喜;欲望堕落的虚无,也内含着历史总体性的宏大诉求。这些东西,有新有旧,半新不旧,他将之杂糅于一体,真实再现了"新时期文学共识"的复杂性与内在困境。

"新时期共识"建立在执政党领导下"结束文革"与"改革开放"的现代化策略上:一是控诉"文革"苦难,二是提倡"人"的解放。"新与旧"的复杂纠葛,恰反映了共和国文学从50年代至今,文艺政策与文学形态调整的"共识性"问题。"新人"是社会主义现实主义文艺概念。"十七年"社会主义"新人",主要为农民、工人、军人,寄寓革命主体期待。新时期"社会主义新人"又被提高到政治高度,即"四有新人"②。邓小平提出:"我们的文艺,应当在描写和培养社会主义新人方面付出更大的努力,取得更丰硕的成果。"③但"新人"的内涵

---

① 关于张贤亮的批评文章,大都对其"旧品质"提出质疑,代表性的有黄子平:《同是天涯沦落人———一个"叙事模式"的抽样分析》,《中国现代文学研究丛刊》1985年第3期;李劼:《创造,应该是相互的——评〈男人的一半是女人〉的性观念》,《读书》1986年第9期;王德领:《感官文学的生成与意义——以张贤亮的〈男人的一半是女人〉为中心》,《海南师范学院学报(社会科学版)》2006年第5期;洪子诚:《〈绿化树〉:前辈,强悍然而孱弱》,《文艺争鸣》2016年第7期;等等。

② 1980年,邓小平在给《中国少年报》和《辅导员》杂志题词中提出,他"希望全国的小朋友,立志做有理想、有道德、有知识、有纪律的人"。

③ 《邓小平文选》第2卷,北京:人民出版社1983年版,第209、210页。

与身份已发生改变,更注重知识、变革与人性化:一是通过科技经济融入现代文明,有启蒙色彩;二是坚持社会主义执政党合法性的民族国家最高原则。与"新人"相对,"旧我"形象,是被改造的概念序列。封建"旧我"成为批判对象,资本家、知识分子也不断被淘汰为"旧我"。新时期"旧我"符号也发生改变,保守派、造反派,甚至阶级话语,都被划入"旧我"范畴。"新人"对"旧我"的改造,是新时期文学共识的内在逻辑之一。然而,与"十七年"文学共识结构不同,"新人"与"旧我"的冲突、融合与裂变,又造成了共识的"不稳定性"。

具体而言,"新"与"旧"的冲突与融合,形成"共识性"总体观照,这种思路始终贯穿着张贤亮的创作。20世纪50年代,诗人张贤亮将个性启蒙与社会理想主义结合,抛弃旧我,创造新人,创作《大风歌》《夜》等诗歌。"文革"后期,张贤亮复出,又在"新时期新人"规范下,有效恢复"旧我"的情感与价值记忆。他形成了以民间为拯救者、以启蒙知识分子为隐含叙事主体、以民族国家意识结合改革社会主义为准则的叙述策略,获得了空前成功。这种结合"新人理想"与"旧人体验",将启蒙、民间与社会主义捏合为民族国家叙事形态的"张氏小说",代表了"新时期共识"的"含混"特质。20世纪90年代,张贤亮的这种小说模式被"深化改革"的结果所终结。

进而言之,张贤亮的创作尽管贯穿了50年代、80年代和90年代等不同历史时期,但"新时期共识"无疑是理解张贤亮的关键点。张贤亮试图整合启蒙、民间、社会主义三种话语,以此达到对"新时期共识"的有效表述。社会主义话语是张贤亮努力改造自我的目标,带有精神合法烙印,也带有被改造的恐惧和创伤;启蒙是张贤亮重寻自我价值与尊严的载体,却不能不受到前者制约。对张贤亮而言,交织着"历史批判与自我崇高化"的苦难叙事与鼓吹物质合理的欲望叙事,是社会主义话语与启蒙冲动之间的两条折中路径。平衡欲望叙事的破坏性、展现社会主义话语魅力的任务交给了民间话语。而无论启蒙、民间还是社会主义,张贤亮又以民族国家叙事为最高统摄原则。这种复杂精神结构,属于新时期文学"提倡人的解放"共识下的"潜在心理"层面。"显"与"隐"相互依赖,也存在抵牾。张贤亮因为"鲜明有效"地表达新时期共识获得成功,也因此在20世纪90年代共识裂变中走向了衰落。

王晓明分析张贤亮的"心灵幽暗",已触及新时期"共识不稳定"问题。他认为,张贤亮的理性忏悔意识有着走出炼狱的森森鬼气。[①]张贤亮是一个追求新人品质,却不肯遗忘"旧我"的作家。"鬼气"是不合时宜的"旧我"气息,是"旧我"和"新人"的纠缠与撕裂。中国复杂的现代转型导致了张贤亮"不新不旧"的创伤性文学症候。这种症候又成为"新时期共识"命运的隐喻。

二、从"改造旧我"到"重塑新人"

张贤亮出生于1936年。作为"右派作家",他不属于"痴心不悔"的"革命新人",没有王蒙的"少共情结";作为被改造的"旧我",他年龄偏小,且受到新中国社会主义经验的影响。他也没有40后、50后作家"长在红旗下"的革命童年记忆。对张贤亮而言,"旧我"是"被资本家遗弃的儿子"的记忆、情感、知识、价值观和世界认知。这有资产阶级贵族的审美趣味,也有中国传统文化的熏陶。如果说,"新人"与"旧我"牵扯文化身份认同,那么,启蒙、民间与社会主义则是游走于小说内部的价值准则。三者在新时期民族国家叙事的统摄下,有过短暂结合。

[①] 王晓明:《潜流与漩涡——论二十世纪中国小说家的创作心理障碍》,北京:中国社会科学出版社1991年版,第199页。

考察张贤亮早期创作,《大风歌》就是旧人撕裂自我、涅槃为新人的呐喊。张贤亮怀着拥抱新生活、改造自我的目标来写作。① 诗歌憧憬的是"革命"新人,展现男性抒情主人公形象:"我来了!/我来了!/我来了!/我是从被开垦的原野的尽头来的/我是从那些高耸着的巨大的鼓风炉里来的。"惹麻烦的是诗歌暗含的不满和批判:"把一切腐朽的东西埋进坟墓/我把昏睡的动物吹醒""如果我不在那庸俗的、世故的、官僚的圈子里做个叛徒/啊!我又能有哪点像你/大风呀!"②张贤亮甚至抨击文坛:"英雄变为超人,官僚变为小丑,敌人是那样的软弱"。③ 批评家感到青春的个性启蒙与"新时代"的矛盾之处:"它是'新时代的大风',但又是什么样的'新时代'呢?中国共产党领导的新民主主义革命已过去,社会主义革命已基本胜利……《大风歌》所象征的'革命',绝不是我们的社会主义革命……而且是相反的东西。"④他的情感、技巧和美学特质,除了理想主义,也来自"资本家的儿子"的文化熏陶。批评家的逻辑是,当下已是"伟大新时代",为何还要呼唤"新时代"? 公刘在《人民日报》发表评论:"《大

---

① "1956年可说是中华人民共和国成立后形势最好的一年,毛泽东用诗人的语言表达了中共'百花齐放,百家争鸣'的'双百'方针,据传达内部讲话的精神,社会已开放自由到了准备出版《蒋介石选集》的地步。那时真正是人人心中舒畅,生活蒸蒸日上,如俗话'芝麻开花节节高'。虽然我因出身'官僚资产阶级',又是'关管斗杀子女',在1954年高中即将毕业时受到不公正对待(见拙著小说《青春期》),不得不携老母弱妹随北京贫民迁移到黄河岸边务农,而也正是在1956年,我却被中共甘肃省委干部文化学校录用为语文教员,似乎家庭出身已不再是求学求职的一大障碍了。总之,我的确感受到了'新时代的来临',于是我以全部的真诚唱出了这首《大风歌》。"张贤亮:《今日再说〈大风歌〉》,《张贤亮近作》,上海:文汇出版社2006年版,第75页。

② 张贤亮:《大风歌》,《延河》1957年第7期。

③ 转引自马占俊:《"反右"运动中张贤亮及其〈大风歌〉批判始末》,《中国现代文学研究丛刊》2016年第12期。

④ 安旗:《这是一股什么"风"?——评张贤亮的"大风歌"》,《延河》1957年第8期。

风歌》是一篇怀疑和诅咒社会主义社会,充满了敌意的作品。"①

70年代末,张贤亮复出文坛。其《四封信》等作品符合主流意识形态规范,如《霜重色愈浓》,中学教师周原和妻子文玉奇被情敌兼同学星文出卖。三个人冰释前嫌,欣慰于伤痕的治愈:"'新时期'这三个字就象美丽悠扬的《天鹅》一样,使他感到春天来临的气息"。②《灵与肉》的许灵均被称为"心灵深处充满了伤痕,但又具有疗治伤痕的潜在力量……是在当今历史条件下的一种革命的新人"③。但张贤亮已显现出"旧我"与"新人"的分裂,作为缝合话语的是"民间"。小说题记:"他是一个被富人遗弃的儿子。"小说出现"旧我"回忆与民间空间对立,"旧我"被悄悄复活。小说开篇是巴金式旧贵族家庭景观:绝望的母亲,出轨的父亲,奢靡的生活,糟糕的家庭关系:"不论他的母亲或父亲,都不需要他!他,不过是一个美国留学生和一个地主小姐不自由的婚姻的产物。"小说热衷描写华侨父亲的物质景观:"茶几上,在精致的咖啡杯周围,散乱地放着三B牌烟斗、摩洛哥羊皮的烟丝袋、金质打火机和镶着钻石的领针。"这和贫瘠黄土地形成强烈对比。许灵均依靠"人民"话语缓解了"旧我"的焦虑。秀芝、老放牧员被塑造成勤劳善良的代表。他们与大自然、祖国呈现出内化同构关系:"祖国,这样一个抽象的概念,会浓缩在这个有限的空间,显示出她全部瑰丽的形体。他感到了满足:生活,毕竟是美好的!大自然和劳动,给予了他许多在课堂里得不到的东西。"④《灵与肉》的争议在于许灵均不出国这个情节,对此张贤亮称,宁夏灵武农场老

---

① 公刘:《斥〈大风歌〉》,《人民日报》1957年9月1日。
② 张贤亮:《霜重色愈浓》,《张贤亮选集(一)》,天津:百花文艺出版社1995年版,第49页。
③ 陈骏涛:《新人形象塑造谈片》,《人民文学》1981年第5期。
④ 张贤亮:《灵与肉》,《朔方》1980年第9期。

侨眷严纪彤与王柏龄夫妇是原型,他们甘愿留在祖国搞建设。① 《灵与肉》中大资产阶级家庭出身的青年知识分子,历尽艰难困苦,获得劳动人民的情感,树立社会主义信念。② 小说符合政治主流鼓励遗忘伤痕,奔向现代化的诉求。西方/中国的时空对峙不构成征服关系,而是社会主义文化经验之外的参照体系。小说没有突破"新人"叙事原则。这种将"民间经验"伦理化的倾向,在"伤痕""反思"文学中较普遍,也表现在张贤亮的《邢老汉和狗的故事》《肖尔布拉克》等作品中。《邢老汉和狗的故事》中,老汉与黄狗相依为命,打狗队打死黄狗,老汉抑郁而终。作者借助人民之口发出怒吼:"政治上不去,批孔哩!生产上不去,打狗哩!整了人不够,还要整畜生!"③

然而,复出的张贤亮日益摆脱束缚,"民间底层经验"在他身上有政治规定性,也有鲜活生命记忆。张贤亮塑造了很多困境中反抗的男性主体形象。以往我们将这些人物归结为"带伤痕的新人""改革家""受苦的右派"等,却忽视了其"旧我"气质。无论石在、章永璘还是龙种、陈抱帖,都更像是孤岛苦斗的鲁滨逊、落难但自视甚高的贵族公子、野心勃勃又理性务实的官僚。《龙种》《河的子孙》《浪漫的黑炮》《男人的风格》是张贤亮的"改革小说四部曲",《浪漫的黑炮》中知识分子与体制的矛盾是喜剧化的,符合新人对知识分子的塑造。《龙种》与《河的子孙》存在"改革家—反对派—帮手—仰慕的女性"叙事模式,龙种与穆寡妇、魏天贵与韩玉梅之间,男性充当女性拯救者,民间再次展现多义性,比如韩玉梅为生活多次与他人私通,但这

---

① 张贤亮:《心灵和肉体的变化》,选自李镜如、田美琳编选:《张贤亮谈创作》,银川:宁夏大学学报编辑部1985年版,第121页。
② 张贤亮:《牧马人的灵与肉》,选自李镜如、田美琳编选:《张贤亮谈创作》,银川:宁夏大学学报编辑部1985年版,第46页。
③ 张贤亮:《邢老汉和狗的故事》,《朔方》1980年第2期。

无损她的个性光彩。

有意思的是《男人的风格》。小说存在两套话语,一是启蒙话语,另一个是现代化政治话语。小说有两条线索,一条是陈抱帖的改革,一条是部长的女儿海南、市委书记陈抱帖、作家石一士的情感纠葛。海南将丈夫比作"卡列宁",从潜文本角度讲,该小说和《安娜·卡列尼娜》形成"互文性"。尽管海南爱石一士,但俩人始终保持精神恋爱,石一士和陈抱帖则惺惺相惜。一个追求个人幸福的启蒙故事,被"改写"为中国式改革小说。一方面,这表现了知识者与政治话语相互配合的关系,另一方面,也表现了作家对经济改革合法性的认识。陈抱帖和知识分子王彦林有大段争论,陈持有"生产力论"观点:"一切取决于生产力的发展。生产力上不去,我们再自称社会主义社会也不行。"[①]小说写出了两套话语的内在紧张。石一士更具浪漫气质:"她又发现石一士很美的眼睛即使在笑的时候也含着一种深沉的郁悒,一种柔和的忧伤,像泉水底下色彩斑斓的石子。"[②]石反对婚姻制度,有颓废"多余的人"味道。他想写陈抱帖,却又抗议政治家将作家当御用文人,反感"要金丝鸟歌唱,也要给好的笼子"。尽管阶级意识在悄悄转换,但张贤亮还是通过海南之口说出对改革者的怀疑:"你不是一个马克思主义者,你是一个纯粹的马基雅维利主义者。"[③]石一士和海南,并不是新人,只是新人短暂的同路人。小说结尾:"也许将来会变得不同些;也许,过去的一切还会重演一遍……"预示着作家的犹豫与迷茫。张是一个民族国家主义者,而非纯粹追求文学不朽的个性启蒙者。张贤亮说:"我一直没有想将'作家'当作一门职业,仅靠写小说安身立命。提起笔我便想参与社会活动,我是把写

---

① 张贤亮:《男人的风格》,《小说家》1983年第2期。
② 同上。
③ 同上。

作当成社会活动的一种方式来对待。"①一方面,张贤亮实现有限度的启蒙反思;另一方面,他清醒地看到文学的有限性:"我倒以为文学今天真正降落到了它应该待的那个位置,这就是汉武帝早就给规定了的'俳优文学'。"②"改革小说"给予他利用文学介入社会的便利,但在石一士和陈抱帖之间如何取舍,尽管作家理智上更赞赏陈,但具体文本之中,张贤亮还是透露出内心矛盾。

张贤亮与马克思主义的关系也耐人寻味。他反复研读《资本论》,整理政治经济学论文,给杂志投稿,没有结果后,才改为写小说改变处境。③ 他认为《资本论》是拯救思想的武器:"这部巨著不仅告诉我当时统治中国的极左路线绝对行不通,鼓励我无论如何要活下去,而且在我活到改革开放后让我能大致预见中国政治经济的走向。"④然而,张贤亮的马克思主义是一种黑格尔化的马克思主义,更是确认物质合法、民族国家现代化意义上的马克思主义。马克思主义是他的"强者哲学":"通过对马克思《资本论》和列宁《哲学笔记》等马列经典的阅读,让张贤亮原本柔弱伤感的诗人气质加入了哲学思辨的精神强力与洞悉人类社会发展规律的乐观精神。"⑤张炜的《古船》也有隋抱朴夜读《共产党宣言》的情节。然而,张贤亮追求历史总体性,但并不具有卢卡奇"罪恶时代史诗"的现代小说反讽,也缺乏现代启蒙的自我反思。他用民族国家主体力量超越道德善恶评

---

① 张贤亮:《张贤亮小说自选集·自序》,桂林:漓江出版社1995年版,第2页。
② 同上。
③ 张贤亮:《满纸荒唐言》,《张贤亮选集(一)》,天津:百花文艺出版社1995年版,第191页。
④ 张贤亮:《"文人下海"》,选自《张贤亮作品典藏·散文卷·美丽》,贵阳:贵州人民出版社2013年版,第108、109页。
⑤ 张欣:《张贤亮与九十年代文学生态》,《小说评论》2015年第5期。

判,将个人融入民族国家叙事,这种观察历史的方式接近于黑格尔。《河的子孙》开头引用黑格尔:"在这一切变故和事件中,最触目的是人的事业和意愿;到处都是和我们有关系的东西,因而到处激起我们的赞成或反对的热忱。"①张贤亮也说:"对个人的经历的命运感,推而广之,就是对世界、对国家的历史感。黑格尔说得好,世界历史活动的基础高于道德的基础。在这里道德上的谴责是没有用的。最激烈的谴责实际上是最软弱的表现。"②黑格尔认为,历史是精神理性,其最高道德就是国家:"不过主观的意志也有一种实体的生活,——一种现实性,——在现实中,它在本质的范围内活动,并且就把这种本质的事物做它的生存的目的。这个本质的事物便是主观的'意志'和合理的'意志'的结合,它是那个道德的'全体',就是'国家'。"③张贤亮对革命的态度不是反讽的,而是将之放置于社会主义经验,特别是新时期"极左/正常"政治框架中处理。他很难有效区分"极左"政治和革命政治,无法真正认识二者联系。他无法放弃总体性,无法放弃社会主义文艺对民族国家叙事最高合法性的推崇——尽管,张贤亮有时又破坏它们,造成理解的混乱。

因此,张贤亮写的不是谴责"四人帮"的道德故事,也不是"九死无悔"的传奇,而是一个男人通过炼狱折磨,获得强者人格、进而获得国家认可的故事。他的伤痕透露着强者与现实搏战"血淋淋"的自豪感:"伤痕能表现出一种缺陷美,也只有在伤愈之后的眼球尚吊在眼眶外面的库图佐夫和还捧着血淋淋的胳膊的纳尔逊,尽管画面上是

---

① 张贤亮:《河的子孙·序言》,《当代》1983年第1期。
② 张贤亮:《张贤亮选集(一)序言》,天津:百花文艺出版社1995年版,第2页。
③ 〔德〕黑格尔:《历史哲学》,王造时译,北京:商务印书馆1963年版,第78页。

一片红海洋,也只会使人恐怖战栗。"①张贤亮渴望介入社会,见证历史伟大时刻。只不过,张贤亮的马克思主义更近乎单纯强调生产与欲望合法性。张贤亮和他笔下的改革者都更强调物质作用,张贤亮的《社会改革与文学繁荣——与温元凯书》②,甚至鼓吹"为资本主义平反"。

对于民族国家意识的追求,也使张贤亮刻意塑造肉身强者。张贤亮通过艰苦物质生活的磨砺,锻炼出压倒普通劳动者的强悍肉身。张贤亮承认"《灵与肉》是一支赞美劳动、特别是体力劳动、体力劳动者(里面的全部主角都是这样的人)的颂歌"③。他陶醉于强大肉身:"能背八袋子白面上三层楼高的跳板,能扛两麻包小麦绕谷场三圈半"。④《绿化树》中,章永璘打败了赶车壮汉海喜喜。张贤亮的肉身磨砺有苦修之意,也是自虐心态的表现。这种自虐走向了自我圣化。它与知识分子的原罪感和苦难意识有关,也与1949年后知识分子的自我保护有关。自虐是长期不被理解的心理压抑和防御机制。"理想自我"和"实际自我"差别过大,人类产生病态的自我憎恨,表现为自我谴责、自我轻蔑、自我挫败、自我折磨和自我毁灭等形式,后两种常以冲动与幻想的状态出现。⑤虽然自虐倾向于"否定自我"追求超

---

① 张贤亮:《从库图佐夫的独眼和纳尔逊的断臂谈起——〈灵与肉〉之外的话》,选自李镜如、田美琳编选:《张贤亮谈创作》,银川:宁夏大学学报编辑部1985年版,第10页。
② 张贤亮:《社会改革与文学繁荣——与温元凯书》,《文艺报》1986年8月28日。
③ 张贤亮:《牧马人的灵与肉》,选自李镜如、田美琳编选:《张贤亮谈创作》,银川:宁夏大学学报编辑部1985年版,第48页。
④ 张贤亮:《满纸荒唐言》,选自李镜如、田美琳编选:《张贤亮谈创作》,银川:宁夏大学学报编辑部1985年版,第3页。
⑤ 〔美〕卡伦·荷妮:《神经症与人的成长》,陈收等译,北京:国际文化出版公司2007年版,第25页。

越,却因自我挫败感导致混乱。这也表现在张贤亮在"旧我"与"新人"之间徘徊,始终无法树立坚定认同坐标。"社会主义"、"启蒙"与"民间"在他的精神世界相爱相杀,进一步加剧了分裂感。

三、共识裂隙的扩大:政治化的性爱叙事

这种潜在的共识分裂感,更表现在张贤亮性爱叙事的怪异表述上。张贤亮笔下的性多是政治和肉体压抑的反抗。爱情中的"自我牺牲"成为政治新人最具感染力的道德背书。许子东指出,大多数情况下,男主人公依靠来自异性的爱情克服、忍受和摆脱苦难。① 然而,张贤亮的性爱书写,还有男权意识等中国旧道德传统的影响。他不像白先勇与张爱玲,为性爱赋予彻底的个人主义虚无色彩。他一方面宣传强者新人气质,一方面又对旧人品格念念不忘。偏偏二者都以坦诚暴露手法写来,无疑挑战了读者的叙事伦理,在读者内心造成混乱。正是富于争议的性爱叙事,使张贤亮在社会主义、民间、启蒙之间的话语张力达到最大,其激烈交锋与丰富驳杂也暴露了三者的不和谐。《早安,朋友》触及青少年早恋题材,描绘了青春躁动的中学生群像。小说对"性"的科学化理解,虽符合启蒙要求,但对社会主义与民间话语有较强的道德冒犯性。

然而,张贤亮更多将性爱叙事嫁接于政治救赎,隐现着人民、祖国这类宏大叙事影子:"才子从来就无意以知识对农村女性进行启蒙,而是非常乐于让她们如同传统女性一样,充当丧失自我意愿和决

---

① "对绝大多数男主人公来说,发生在文革特殊环境下的爱情,其意义与功能就在于克服灾难,而不只是男女关系的发展。常常灾难过去了,像张思远与秋文、章永璘与马缨花之类的特殊感情关系也自然会成为'过去'。"选自许子东:《为了忘却的集体记忆:解读50篇文革小说》,北京:生活·读书·新知三联书店2000年版,第101页。

定意向的被动客体。"①张写的不是赤裸裸的性,而是政治压力下的性,也是因政治处境改善而消失的性。这被某些论者称为"同情式"的性爱模式②,满足了读者将国家民族苦难传奇化的心理趋势。张贤亮无法完全摆脱意识形态束缚,更无法脱离"旧我"的梦魇。性爱弥补政治的理性逻辑,为之赋予了哀怨动人的情感创伤与道德纠葛。同一时期,不少作家利用传奇来书写"反右"文学,但没人达到张贤亮那样真挚激烈的程度。张贤亮有两个底线:一是民族国家叙事,任何性爱描写都不能超出这个最大合法性,《绿化树》结尾,作家将马缨花融入祖国和人民话语;二是男性尊严,比如《男人的一半是女人》中黄香久的出轨,就被叙事者鄙夷。反之,马缨花无怨无悔付出,就值得歌颂。

《土牢情话》刻意表现女民兵乔安萍的性感:"她在举手抬足之间稍稍变换了一点点角度,任丰腴柔软的四肢和腰身依自然的节奏来摆动、竟把一系列恶狠狠的动作化成了曼妙的舞姿。"③这在初期"伤痕文学"中不可想象。"右派"石在的形象更复杂,石在不是罗群(《天云山传奇》主人公),但也表现他的私欲。《绿化树》存在两种话语较量:一是启蒙话语,充满西方物质和精神符号;另一种属于民间体系,属于马缨花和海喜喜、老队长的世界。与《灵与肉》不同,"极

---

① 乔以钢、李彦文:《近三十年"城乡交叉地带叙事"中的"新才子佳人模式"——以〈人生〉、〈高老庄〉、〈风雅颂〉为中心的考察》,《南开学报(哲学社会科学版)》2011年第4期。
② 有论者称:"在20世纪80年代的右派小说中,作家更多地借助女性的认同来使笔下的'右派分子'获得道义上的同情,而在这种充满同情的叙述中,将身为右派分子的'我'由一个'罪人'还原为一个'好人'。"见郭剑敏:《张贤亮右派小说的同情叙事模式及其政治隐喻——兼论20世纪80年代右派小说的叙事向度与可能》,《宁夏大学学报(人文社会科学版)》2016年第5期。
③ 张贤亮:《土牢情话》,选自《张贤亮中短篇精选》,银川:宁夏人民出版社1994年版,第158页。

左"坏人不见了。"人民"不再和国家民族融为一体,却有藏垢纳污的弊端。这种对比并置随处可见。比如,笛卡儿的名言和馍馍渣稀菜汤;镇南堡和阿拉伯小集镇;摩根帝国发家史和章永璘算计农民。章永璘称呼马缨花"亲爱的",马缨花却回应他"肉肉狗狗",章永璘"隐隐地让我别扭与可笑,我开始清醒地认识到了这种差距"。"马缨花"也与《辞海》的解释"绿化树"形成对比。张贤亮依然试图融合启蒙、社会主义、民间,但裂痕已触目惊心。张贤亮认识到旧人与新人的冲突性:"我写了爱情,写了阴暗面,写了六〇年普遍的饥饿,写了在某些人看来是'黄色'的东西;主人翁也不是什么'社会主义新人',却是个出身于资产阶级兼地主家庭的青年知识分子。"然而,他坚信"旧人"也能写出历史宏大意识:"而我正是要在这一切中写出生活的壮丽和丰富多彩,写出人民群众内在的健康的理性和浓烈的感情,写出马克思著作的伟大感召力"①。

这种分裂更体现在《男人的一半是女人》中。一方面,隐含叙事者将黄香久作为自然"母神":"她并不急于穿衣服,却撂下手中的内裤,象是畏凉一样,两臂交叉地将两手搭在两肩上,正面向着我。"②另一方面,张贤亮对"性道德"又有超乎寻常的敏感,例如,面对黄香久和曹书记的奸情,主人公不是反抗屈辱或宽容待之,而是神游物外地"穿越",让宋江、马克思、庄子等历史人物和主人公"理性思辨",结束才恨恨地说:"这个冲撞了伟大的亡灵的人居然是共产党员。真是不可思议!"③黄香久一方面被当作"性欲"符号,表现人性启蒙,但

---

① 张贤亮:《必须进入自由状态——写在专业创作的第三年》,选自李镜如、田美琳编选:《张贤亮谈创作》,银川:宁夏大学学报编辑部1985年版,第27页。
② 张贤亮:《男人的一半是女人》,选自中国当代文学研究会教育学院分会编:《新时期争鸣作品选2》,西安:西北大学出版社1988年版,第246页。
③ 同上书,第343页。

又仅是"性欲"符号,以陪衬主人公道德合法性:"而维系我们的,在根子上恰恰是情欲激起的需求,是肉与肉的接触。"①另一方面,作者又将黄香久"道德化"处理。民间女性的无私牺牲,安慰知识者的愧疚,淡化负罪感。那些潜伏在张贤亮精神深处的"旧我"再次发作,突破新人禁忌,结果是文本的巨大分裂,如某论者指出:"这样的纯真和这样的卑鄙在一起,这样正确的思想和这样谬误的观念交织着,这样的人的局限性和这样的人和超越性混杂着,这样罕有的坦白和这样做作的伪善纠缠着。"②

值得注意的是张贤亮的短篇小说《初吻》,这篇小说更真实地展现了"旧我"的情感记忆。小说讲述上海章家少爷和残疾女孩的美丽初恋,更展现了40年代末各色人等的真实生活状态。残疾女孩不仅象征恋母情结,且寄托"旧我"对大转折时代略显病态但刻骨铭心的体验。女孩说:"只有大人不打仗了,我才能回来。"新社会则以华丽无比的方式出场:"解放的那天,她家花园中的月季已经盛开,而那株栽在窗前的棣棠,更是绽出了满树金黄色的花朵。我盯着那扇空荡荡的窗口看了一会儿,但很快就被坡下震天动地的锣鼓声吸引过去了……"③这篇小说从题材、视角、审美标准,都与80年代文学有差异,再现了"旧我"的起源式景观。在他的散文之中,儿时记忆构成"旧我"刻骨铭心的感受。这里有贵族式的优越自恋,也有"庄生梦蝶"的沧桑。张贤亮曾描述儿时照片:"地点在南京的祖宅。祖宅位于湖北路,原国民政府外交部后面,是一所很大的花园,名'梅溪山

---

① 张贤亮:《男人的一半是女人》,选自中国当代文学研究会教育学院分会编:《新时期争鸣作品选2》,西安:西北大学出版社1988年版,第419页。
② 周惟波:《章永璘是个伪君子》,《文汇报》1985年10月7日。
③ 张贤亮:《感情的历程——张贤亮自选集之一》,北京:作家出版社1993年版,第22页。

庄',据说是我祖父和有名的'辫帅'张勋打麻将赢来的。"①儿时富贵逼人的照片却构成了张贤亮的苦难根源、梦魇源头。无论他如何努力变成"新人",却永远被定格为"旧人"形象:"从拍了这张照片后我就没有长大……我是一架发了疯的钢琴。总有一天,这架钢琴会因自己癫狂性的颤抖而散裂。"②"钢琴"这个在当时极富资产阶级气息的符号,成了伤痕累累的"旧我"象征。张贤亮不忌惮于裸露伤痕,在启蒙、社会主义、民间等话语的撕扯与研磨之下,他将瘢痕的肉身化为无数文字,最后粉碎在一片虚空之中。

四、共识的危机:不肯退场的"土牢幽灵"

对张贤亮 20 世纪 90 年代后的创作,很多批评家从虚无纵欲、无法走出苦难等角度予以批评,无疑低估了张贤亮的复杂性,也忽视了"新时期共识"对 90 年代张贤亮的潜在影响。张贤亮在新时期呼唤的,以物质追求人类尊严的目标,已变为文坛新法则。但"新人"与"旧我"的冲突,没有在张贤亮的灵魂深处达到和谐。《我的菩提树》是张贤亮最优秀的小说。张贤亮敏锐地看到,物质合法性作为社会主义市场经济"新共识",导致启蒙精神不足及"左倾"思潮死灰复燃的危险。张甚至怀念民间叙事与社会主义新人的道德魅力,在小说之中不断出现对它们的"哀悼"。民间再次成为心灵的乌托邦。

20 世纪 90 年代初,张贤亮从"右派作家"变成"作家富豪",文坛影响力却日渐减弱。张贤亮曾对从维熙说:"我建议你去当一个劳改农场的场长,建议国文去当一处铁路分局的局长,建议文夫去办一个饮食公司或旅游公司……以施展作家对未来发展图景的想象,把我

---

① 张贤亮:《发疯的钢琴》,选自《张贤亮作品典藏·散文卷·心安即福地》,贵阳:贵州人民出版社 2013 年版,第 184 页。
② 同上书,第 185 页。

们变革现实的热情化为现实或局部化为现实。"①张贤亮对政治的关注一如既往。他称《我的菩提树》是"小平同志南巡的产物"。他拥护改革开放,建立镇北堡影视基地,某种程度上实现美学理想与政治功业、经济建设的结合。对张贤亮而言,镇北堡是实现的乌托邦:"我这一生中,最值得欣慰的是,写好小说的同时,创办了镇北堡西部影视城,解决了周围农民的吃饭问题,并为中国西部平添一处人文景观……我一生无憾。"②

"苦难书写"依然是张贤亮的一大主题,在他的回忆录中,"性"不是救赎,反而充满乐趣:"最常见的娱乐是谈性交、性骚扰和打扑克。每个人都有夜间的故事,聊起来不仅眉飞色舞、手舞足蹈还带露骨的表演。"③叙事重心从反抗政治压抑变成人性自由,民族国家叙事这一最高合法性渐渐退却。中篇小说《青春期》,受尽苦难的"右派"变身为野蛮"男神",砍断敌人手指,和泼辣的民间女性白彦花偷情。《我的菩提树》用纪实性日记和注释,形成两条线索和两类叙事眼光:一是"反右"至"文革"的劳改生活,一是当下对那时生活的解释和思考。而两类叙事眼光则表现为:一个是日记体第一人称限知叙事,另一个是全知式第一人称叙事视角。自叙传主人公不是"带着伤痕的新人",更多被还原为"被资本家遗弃的儿子",书写着一个"旧人"在极端残酷的劳改农场的真实体验。作家的关注点在"饥饿"对人性的摧残。抢剩饭、食人、批斗、逃亡,饥饿对人的伤害达到触目惊心的地步。它摧毁善恶羞耻之心,让人们沦为权力的奴隶。

---

① 张贤亮:《关于时代与文学的思考——致维熙》,选自李镜如、田美琳编选:《张贤亮谈创作》,银川:宁夏大学学报编辑部1985年版,第167页。

② 张贤亮:《宁夏有个镇北堡》,选自张贤亮:《一切从人的解放开始》,银川:宁夏人民出版社2008年版,第352页。

③ 张贤亮:《美丽》,选自《张贤亮作品典藏·散文卷·美丽》,贵阳:贵州人民出版社2013年版,第189页。

作家也写了知识分子思想被驯服后的麻木与愚昧,他们相互仇视,甚至检举同情他们的劳改队长。

虽然张贤亮呼唤改革时代,然而,经济自由并没有带来精神自由,"旧我"与"新人"陷入更大分裂与对抗。《无法苏醒》是革命重现的梦魇,小说塑造了企业家赵鹭的形象:他曾是"右派""反革命",也是改革先锋,功成名就后,因当年拨乱反正小组结论少了"无罪"二字,再次入狱,赵鹭再次梦魇般地回到牢房,墙上标语已改为:"你是谁?这是什么地方?你到这里干什么?……认真反省 踏实改造,你的亲人正等待着你。"[①]张贤亮以"老去的新人"身份对"改革"表示了忧虑:小说让死去的劳改犯复活,和赵鹭辩论:"现在你们的世界物质财富的确很多,可是哪里还有一点点平等?哪里有社会主义?"[②]最后,清洁剂厂职工走上街头,再现了"文化大革命"的恐怖场景。

民族国家的理性力量,渐渐退出张贤亮的文本,张贤亮晚年甚至倾向于佛教,这也起源于"旧我"童年记忆:"我还是比较信佛。家里从小敬菩萨,一天到晚阿弥陀佛。佛教的《金刚经》和《心经》,从小就会背,但是不知道什么意思。后来随着个人的经历,理解得更深,对我帮助很大。"[③]但是,佛教的意义在张贤亮的思想与创作中,更接近于消解意识形态的、民间化的朴素理解。小说《普贤寺》,机关退休干部老罗,笃信佛教,早年因海外关系郁郁不得志,未能婚娶,意外地和丧偶老太太梅女士产生感情。小说充满佛学意味,又和民间相濡以沫的情感联系在一起。从"极左"政治的批判者到改革开放的勇猛

---

① 张贤亮:《无法苏醒》,济南:山东文艺出版社1998年版;北京:经济日报出版社,第1、2页。
② 同上书,第10、11页。
③ 雷晓宇:《张贤亮:性、政治和权力》,《经济观察报》2013年5月31日。

实践者,再到佛教徒,张贤亮转了一圈,似乎又回到"旧我"的精神原点。

更能表现张贤亮"共识性危机"的,是《习惯死亡》和《一亿六》。《习惯死亡》出现叙事者"你",并与"他""我"的叙事人称并置,暗示出多重人格的冲突与互审:"你经常想到死,死亡成了你的习惯。"小说不断变幻时空,出现国外生活与劳改农场的交叉。小说主人公的口头禅是"完了",沉溺在性爱中,却无法找到内心平静。小说结尾,主人公回到故事原型的女人的家,却看到了衰败不堪的民间女性:在烛光下,我看见她的乳房和肚皮都松垂了下来,并且有一层层皱折。她瞟了我一眼,带着歉意地笑道:"你看,我都成了这副样子了,你还来找我干啥?"我说:"也许这就是我的爱国主义吧。"她说:"啥?你说啥?"她也不懂。我说:"我没说什么,我是说我不找到你心里就不安。"她很快钻到被窝里去了。她把被子拉到她的下颌上,问:"你还写吗?"我说:"我不写了。都写完了。"①"故事早已写完",民族国家依然宏大,民间已不是充满活力的民间,而是衰败的民间。"我"既没有成为"新人",也无法回头成为"旧我"。《绿化树》"马缨花灯下缝衣,章永璘夜读《资本论》"的温馨桥段,变成了荒诞无比的结局。

长篇小说《一亿六》是张贤亮最后的创作,被批评为"知识分子的生命感伤和精神苦难早已随作者一起从革命时代的悲剧嬗变为名利双收的后革命时代的喜剧"②。巨富王草根收购医院为了传宗接代,农村青年"一亿六"由于拥有高度活跃的精子,成为各方势力抢夺的对象。故事有"一男三女"模式,即"一亿六"和陆姐、二百五、珊珊。围绕这几个人的是陶警官、国学大师、医院刘主任各色人等。小

---

① 张贤亮:《习惯死亡》,北京:作家出版社2009年版,第223、224页。
② 江飞:《"以俗制俗":虚妄的知识分子想象——张贤亮长篇小说〈一亿六〉批评》,《艺术广角》2010年第3期。

说形象的失真源自作家对真实生活体验能力的衰退。狂欢喜剧若失去现实主义品质,也会变成苍白的呓语。这种狂欢荒诞的作品屡见不鲜,如余华的《兄弟》。但张贤亮的不同在于,他刻画了一个有新人品质的"一亿六"。他聪明善良,身体强壮,心智纯净,热爱劳动,甚至纯洁到谈女朋友都是精神恋爱。当然,这个虚幻人物身上,依然有太多"旧我"痕迹,如精神贵族气质、贾宝玉式女性崇拜、爱弥儿的道德自律。张贤亮终生无法走出"旧我"与"新人"的纠缠。他只能让"一亿六"等人逃亡到拆毁土牢修建的镇北堡,那个盛开向日葵的民间乌托邦。他依然自信地宣称:"中国未来的伟大杰出人物的胚胎,这时开始形成!"

"新时期共识"是理解当代文学史内在逻辑的重要节点,也是我们反思文学史结构的着力点之一。新时期与新时期之前、新时期之后,围绕着"共识"的新与旧的价值位移、概念偷换和含混杂糅,都有着重要的文学史意义。

这个意义上讲,张贤亮身上"旧我"与"新人"的问题,是新时期"过渡状态"的文学个案,既是个人化案例,也具有相当普泛性——不过很多作家的表现形态因人而异罢了。比如,黄平指出,即使考察最经典的社会主义新人作品,依然会发现欲望叙事在潜叙事层面对小说逻辑的强大破坏性。① 罗雅琳也发现,路遥的"社会主义新人"小说,包含着德性统治、社会主义品质和献身精神等"旧"的气质。路遥提供了一种不是在突变之中产生,而是作为50—70年代文化自然成长的新人形象。②

---

① 黄平:《再造"新人"——新时期"社会主义现实主义"之调整及影响》,《海南师范大学学报(社会科学版)》2008年第1期。
② 罗雅琳:《"新人"的复杂谱系与连续性的塑造——论路遥的"改革"写作》,《文艺理论与批评》2017年第5期。

新时期共识之下,张贤亮承受着难以忍受的"撕裂感",这也是意识深处"旧我"与"新人"的搏战:"历史的传统要把我固定在岩石上,现实却使我飘飞。而现实其实是历史的继续。我常常有一种被撕碎的感觉。当我自以为是在空中翱翔的时候,俯首一看,我的血肉还摊在那片不长青草的砂砾中间。"①张贤亮不是昆德拉和索尔仁尼琴,他拒绝深刻严肃的抽象反思。苦难被隔离,被处理成历史产物。他热切地和时代保持同步,但依然无法解答:新人为何不能在新环境更好地生存?旧人变成新人、新人变成旧人是否就是文学的胜利?这也是当代文学无法回避的问题:"新人之梦"寄寓民族国家叙事理想,包含鲜明道德态度和主体自信。然而,当一切以我们"意想不到"的形式实现,新旧之间的界限反而模糊了。

进而言之,我们对很多当代作家,大都放在文学史既定框架中来谈,忽略了创作主体的丰富复杂性。这些东西又反过来证明当代文学的"反文学史性"。张贤亮的小说验证新时期共识的形成与转型。它们在新时期塑造新民族国家想象的过程中,起到了奇特的"表征"作用,即如何沟通西方世界与中国本土的"革命创伤经验"。张贤亮采取了一种让西方震惊,又满足中国知识分子自我想象的方式。这也是全球华文文学视野之下,另一种意义的"新与旧"的想象交织碰撞的过程。夏志清评价:"如果不是从创作实绩而仅就创造的天赋来说,张贤亮确可与张爱玲、沈从文等量齐观,其水准应在老舍、茅盾这样的20世纪三四十年代的小说家之上。"他又说:"作为一个马克思主义知识分子、新时期改革政策的支持者,张贤亮满怀希望和乐观主

---

① 张贤亮:《我的倾诉》,选自《张贤亮作品典藏·散文卷·心安即福地》,贵阳:贵州人民出版社2013年版,第92、93页。

义,却也因此损害了其自身对人类现实的更深刻理解。"①

夏志清敏锐地看到了张贤亮的价值,也把问题简单化了。张贤亮对"共识"的追求和破坏,印证着一代知识分子对"总体性价值观"的矛盾心态与塑造文化主体性的努力。从这个角度说,张贤亮的"不新不旧",恰反映了一种有别于西方的、独特的"现代中国经验"宝贵价值。他不是一个纯粹的启蒙者。强者的乐观主义与深刻黑暗的虚无并存于他的灵魂深处。"不新不旧"何尝不是百多年来艰难现代转型的中国的某种"隐喻"?鲁迅自不待言,孟悦谈到张爱玲的文本特质,就是"如何把当时中国那种新旧间杂,"不新不旧"的生活形态和语言形成转化成一种新的文学想象力"②。张贤亮不同于张爱玲,但他同样在一个大变革时代书写了当代中国语境之中独特的"中国故事"。

---

① 夏志清:《张贤亮:作者与男主人公——我读〈感情的历程〉》,李凤亮译,《中山大学学报(社会科学版)》2008年第5期。
② 孟悦:《中国文学"现代性"与张爱玲》,选自李陀编选:《昨天的故事:关于重写文学史》,北京:生活·读书·新知三联书店2011年版,第52页。

第五章
"消解"或"共生":启蒙与世俗化思潮

第一节 "顽主"与"贫嘴工人":"世俗"审美的合法化

20世纪90年代小说的世俗化,始终联结着个体化进程,但又被深深制约。文化市场发展及传媒业迅猛进步,为文化表意带来新形式,也深刻改变了文学面貌。一方面,是以类型为特点的通俗文学兴起,如武侠、言情、侦探、财经、通俗历史小说,形成雅俗区隔;另一方面,纯文学内部,世俗化思维也极大影响了创作,如王朔、贾平凹、刘震云、余华、刘恒、池莉、苏童、朱文等一大批作家的作品。凡人甚至是庸人的欲望、世界观、生存价值、生命体验,成为很多作家靠拢的目标。这种倾向在80年代末"新写实小说"就已现端倪。90年代,小说家不再怀着悲愤与抵抗的复杂心态,转而认同甚至美化世俗原则。对这个问题,我们应有清醒认识:一是世俗化是启蒙的结果,也是"中国现代性"宏大叙事发展的必然结果。没有世俗化催生,现代性宏大叙事始终是不完整的。另一方面,世俗化进程丰富了个体化原则,也对其造成了伤害。

一、世俗化:现代性"有限度"的人性解放

90年代很多文学现象,如王朔小说兴起、陕军东征,都闪烁着世俗化影响。90年代的启蒙叙事,也在世俗化基础上,建立了有限个体与反思的维度。80年代新启蒙,在吹响人性解放号角的同时,它的道德化、伦理化倾向仍十分严重。当阶级英雄变成了知识分子英雄,人类的欲望,特别是世俗化欲望,依然是"原罪",如张炜《古船》,隋抱朴作为思辨理性主体有深刻思想,但面对爱情,反而不如隋见素勇敢,只能怀抱原罪忏悔,躲在磨坊苦读《共产党宣言》。张贤亮《绿化树》系列小说,性欲只能成为男性主体反省与放纵的矛盾心理的调节器。90年代小说,普通人的欲望在一个更平和的艺术世界展开。作家们塑造了一个个生动感人又平凡随意的人物,赞颂他们的伦理亲情,赞赏他们的自尊和同情心,探讨他们复杂微妙的人性。80年代对"大写的人"的呼唤,在小说实践上成为对"个体的人"的塑造。无论爱情、友情、亲情、尊严、梦想,还是性欲、仇恨、权欲、变态,都从抽象概念化还原为客观冷静描述。这些"普通人"既不是改革英雄,也不是先锋抽象人性恶的化身,而是立体复杂的"真实"的人。

世俗化始终是现代性标准之一。启蒙学说兴起,呼唤世俗化,肯定人性欲望,摆脱宗教桎梏,实现人类主体性。西方词源学上的世俗

化,首先被作为"教会财产被国家没收""有教职的人回归社会""异教化""非基督化"等宗教社会学概念使用。① 发展过程中,世俗化逐渐与现代化、启蒙联系在一起。康德认为:"启蒙运动就是人类脱离自己所加之于自己的不成熟状态。不成熟状态就是不经别人的指导,就对运用自己的理智无能为力当其原因不在于缺乏理智,而在于不经别人的引导就缺乏勇气与决心去加以运用时,那么这种不成熟状态就是自己所加之于自己的了。"②所谓脱离"自己加之于自己的不成熟状态",指的是张扬个性,运用理性指导自己,摆脱上帝威权,勇敢追求幸福和财富。17 世纪,霍布斯就认为,人类的核心事实就是"人具有至死不止的追求权力的躁动不安的欲望"。新教伦理也认为创造财富、在尘世建立功业,是灵魂得到拯救、进入天国的必要条件。创造财富便是荣耀上帝。③ 甚至有学者认为,"全部人类唯一真正普遍共有的价值观,都是纯功利性的——食物、住居、物欲的满足、财富与权力"④。这种思想影响下,西方将世俗化和启蒙解放结合,曾出现《巨人传》《十日谈》《鲁滨逊漂流记》等大量鼓吹凡人幸福、追求财富的小说。我们的民族文化传统有"耻谈功利、崇尚道德"的习惯,自"五四"以来出于救亡和超越他者的焦虑,我们接受的启蒙思想主要

---

① 任继愈:《宗教大辞典》,上海:上海辞书出版社1998年版,第74页,转引自褚洪敏的博士学位论文:《市场经济语境下的文学世俗化研究》,山东师范大学,2008年。

② 〔德〕康德:《历史理性批判文集》,何兆武译,北京:商务印书馆1990年版,第23页。

③ Max Weber, *The Protestant Ethic and The "Spirit" of Capitalism*, China social science Publishing House, Chengcheng Books, LTD., 1999,162-163,转引自卢风:《启蒙之后:近代以来西方人价值追求的得与失》,长沙:湖南大学出版社2003年版,第144页。

④ 〔美〕艾恺:《世界范围内的反现代化思潮——论文化守成主义》,贵阳:贵州人民出版社1991年版,第10页。

来自卢梭、罗伯斯庇尔的激进启蒙,而不是伏尔泰、伯克、潘恩、霍布斯等鼓吹凡人幸福,特别是"物质幸福"的启蒙。

20世纪90年代,"发展国民经济,实现国家现代化"的世俗化改革深入发展,为中国小说摆脱道德干扰、解放欲望、实现个性觉醒,提供了一定条件。以市场为导向的大众文学勃兴,也促进了传媒、出版业的发育,为启蒙转型提供了客观机遇。一方面,1992年邓小平视察南方后,市场经济大跨度发展,普通人的价值,特别是物质幸福,被提到一个很高的标准。这种市场经济世俗化对文学进步的促进作用,很多学者都有过表述。如埃斯卡皮指出,"现代小说"与现代出版之间的依存关系:"1740年,英国小说家塞缪尔·理查逊发表了被认为是英国小说原型的书信体小说《帕美勒》,这部书信体小说是由一群书商和书籍事业家的非文学性创举'生养'出来的。"[1]丹尼尔·贝尔赞扬市场经济对作家的解放:"以前,艺术家依靠一个赞助庇护系统,例如王室、教会或政府,由他们经办艺术品的产销。因而,这些机构的文化需要,如教主、王子的艺术口味,或国家对于歌功颂德的要求,便能决定主导性的艺术风尚。可自从艺术变为自由买卖物件,市场就成了文化与社会的交汇场所。"[2]这与90年代初中国知识分子把市场视作对文学自主性的剥夺形成有趣对比。另一方面,中国未成熟的市场经济,也对文学发育造成了伤害。在西方社会,世俗化文学一方面表现为在世俗生活中对宗教神权的深刻否定;另一方面,则与王权、现代国家民族意识相联系,并在精神领域保留了宗教的一席之地。一定程度上,它们将宗教与启蒙结合,产生了有宗教色彩的道德

---

[1] 〔法〕罗贝尔·埃斯卡皮:《文学社会学》,于沛选编,杭州:浙江人民出版社1987年版,第42页。

[2] 〔美〕丹尼尔·贝尔:《资本主义文化矛盾》,赵一凡等译,北京:生活·读书·新知三联书店1989年版,第33页。

激进启蒙,从而对欲望加以束缚。然而,中国20世纪90年代世俗化的最大阻力不是来自宗教,而是现代政治主体的"自我神圣化"。

另外,"没有抱负"的欲望书写,也是当代文学的尴尬地位所决定的。如马克思所说:"宗教、家庭、国家、法律、道德、科学、艺术等等,都不过是生产的一些特殊的形态,并且受到生产的普遍规律的支配。"①90年代,经济权力不仅建构高雅和通俗的二元区隔,宏观调控文学生产;而且,还通过大众媒介浸入文学场内部,将通俗文学成功模式设定为普遍原则。正如学者指出:"经济权力对文学的谋杀,其成功之处在于文学的死亡看上去不是他杀,而是自杀。"②文学权力无法与主流意识形态、市场经济抗衡。在90年代市场经济很大程度受到主流意识操控的情况下,这种附庸性表现得尤为突出。③ 市场经济的暧昧性,削弱了个体性诉求,甚至显示出"市场专制主义"特征(弗朗西斯科·福山语)的伪宏大叙事(如余华的小说《兄弟》)。为获市场认可,文学不得不解构自身,取消启蒙总体性、深度性表达世界的愿望。

二、假面的告白:世俗维度的规避性确立

世俗性个体的确立,必定以对宏大叙事的解构为基础。20世纪近百年历程中,革命常以激进面孔示人。它的集体性、理想主义曾是文学合法性的重要部分。90年代,市场经济崛起,世俗性个体原则确

---

① 〔德〕卡尔·马克思:《1844年经济学哲学手稿》,刘丕坤译,北京:人民出版社1983年版,第74页。
② 朱国华:《文学与权力——文学合法性的批判性考察》,上海:华东师范大学出版社2006年版,第151页。
③ 如汪晖指出:"大众文化与官方意识形态相互渗透,并占据了中国当代意识形态的主导地位。"引自汪晖:《当代中国的思想状况与现代性问题》,《文艺争鸣》1998年第6期。

立,必然面临着巨大的心理撕裂与精神重建。这个过程对很多作家而言,是一种"解构"与"建构"融合的状态。

如果说,王蒙90年代的小说在时代转型中暴露了宏大叙事解构和建构的剧烈碰撞。那么王朔的出现,则进一步展现了世俗性的个体要求。王朔还开创了中国政治话语符号消费的先河。王朔以"痞子"面貌示人,丝毫不顾忌地说出对利益的渴望:"我写小说就是要拿它当敲门砖,要通过它过体面的生活,目的与名利是不可分的……我个人追求体面的社会地位、追求中产阶级的生活方式。"①然而,王朔也有"两套笔触",即戏谑的调侃与温暖的伤感。这也是王蒙与王朔相似的地方。戏谑调侃,是以世俗性逻辑对宏大叙事符号的解构;温暖的伤感,则反映了王朔对爱情、亲情等普世性因素的追求,以及对宏大叙事逝去的复杂情绪。所以,王朔一面写出《玩的就是心跳》《顽主》这样的调侃文学,又能写出《空中小姐》《刘慧芳》这样温情脉脉的通俗小说。有的批评家认为,《刘慧芳》拍成电视剧《渴望》后,不仅与王朔一贯的嘲讽风格相悖,且恰印证了一个民族重建国族宏大伦理的企图。② 王朔的秘密在于,以俗人身份讲述不俗的故事。给俗人以生活梦想,告诉他们,其实"你们不是俗人"。他以俗人眼光嘲讽知识分子的迂腐和虚伪,又以小知识分子眼光嘲弄俗人不切实际的幻想与愚蠢。很多学者认为,王朔小说是针对知识分子的"揭伤疤",也有评论家指出:"王朔小说,说话人自己也在这种狂欢和消解中表现出一种强烈的重新整合企图:不是以'雅而假'精英标准而是以'俗而真'的个人标准,去重新规范基本的日常生活——王朔主义

---

① 王朔:《王朔访谈录》,《联合报》1993年5月30日。
② 朱大可:《流氓的盛宴——当代中国的流氓叙事》,北京:新星出版社2006年版,第97页。

包含三要素,对现成权威的反叛和缅怀、京味调侃、个人主义。"①

那么,王朔的小说为什么会出现缅怀与解构、抒情与嘲讽并存的情况?王朔对知识分子的讽刺,恰是 80 年代启蒙知识分子形象的"反思",他的姿态实际是"反英雄"的文化英雄,是站在"有限个体性"原则上对人的物质幸福的申诉:"卑贱者最聪明,高贵者最愚蠢……我以为中国高校的教育其结果不过是训练出一班知识的奴隶。看看那些教授及其高徒写的文章……那就是卫道……我成长过程中看到太多知识被滥用、被迷信、被用来歪曲人性,导致我对任何一个自称知识分子的人都不信任、反感乃至仇视。"②也有批评家敏锐指出,王朔是"革命大院文化"的恶果,恰是"文化大革命"思想专制,造成了一代人在社会转型期对知识的轻蔑。③

从另一个角度讲,虽然王朔大肆抨击知识分子,但作为"红色文化"的后代,其内心的理想激情依然存在。新世纪以来,王朔的小说,一方面仍表现出世俗性诉求,另一方面,则以在通俗叙事、启蒙与主流意识形态之间游走的姿态,取消了世俗叙述的精神性,使之沦为中产阶级休闲幽默与对革命符号的想象消费④,如小说《看上去很美》。王朔复出之后,担任编剧的电影《梦想照进现实》(2006 年),其观点的道德性与启蒙性,让很多认为王朔作品是通俗小说的人大吃一惊。抛弃炒作因素,这恰在某种程度上暴露了他内心潜在的精英立场。⑤

---

① 王一川:《想像的革命——王朔与王朔主义》,《文艺争鸣》2005 年第 5 期。
② 王朔:《无知者无畏》,沈阳:春风文艺出版社 2000 年版,第 12 页。
③ 袁良骏:《王朔的知识分子观》,《南方文坛》2001 年第 3 期。
④ "恰是在 1994—1996 年间,曾被目为具有政治颠覆性的、以王朔为代表的通俗文化,开始有效地参与构造中产阶级文化,或曰大众文化,至少其颠覆性因素已获得了有效的吸纳与改写。"见戴锦华:《大众文化的隐形政治学》,《天涯》1999 年第 2 期。
⑤ 戴锦华:《书写文化英雄:世纪之交的文化研究》,南京:江苏人民出版社 2000 年版,第 133 页。

另外,从消费文化角度解读,王朔看到了世俗性写作巨大的商机,即通过对宏大叙事的解构,引发社会转型期人们的心理共鸣。这里涉及社会心理机制与消费意识的"异质同构"问题。作为50年代出生的青年,王朔没有王蒙的革命历史包袱,"革命"在他眼中,与其说是庄严仪式,不如说是青春期狂欢游戏。王朔的小说中,革命其实是"转喻"(Metonymy)①的,被转喻为世俗性"青春叙事",就这一点而言,王朔类似王小波。二者的不同在于,王朔的商业企图更明显,擅长在不同价值观间游走,在消解革命的同时,又带有留恋与感伤色彩。如《顽主》等写于80年代中后期的调侃小说,其本意在于揭破"文学家""于观的老革命父亲"等社会"高级"人士的庸俗嘴脸。于观、杨重、马青等社会自谋职业青年,虽刁钻古怪,但仍是传统意义上的"好人"。他们对宏大叙事的解构,还仅限于社会转型期小市民的自立、谋求经济利益、青年人的叛逆等较正面的世俗性表述。

这也表现在王朔90年代创作的小说,如《我是你爸爸》《过把瘾就死》《动物凶猛》等,既有对革命的解构,又有世俗性的建构,同时也导致几种价值选择的混淆,甚至是相互悖逆冲突的叙述,都出现在他的笔下。②恰是在迎合市场过程中,王朔"歪打正着"地暴露了时代转型时不同人群内心的失落和灵魂的不安,也反映出王朔内心隐秘而分裂的悖论世界。

---

① 转喻即是"一个词或词组被另一个与之有紧密联系的词或词组替换的修辞方法",而以概念为基础的转喻在语言变化中通常会导致语义变化,进而消解源语义的表意功能。见季广茂:《隐喻视野中的诗性传统》,北京:高等教育出版社1998年版,第31页。

② 如王朔说:"《顽主》这一类,就冲跟我趣味一样的城市青年去的,后来又写了《永失我爱》《过把瘾就死》,这是奔着大一大二女生去的。《玩的就是心跳》是给文学修养高的人看的。《我是你爸爸》是给对国家忧心忡忡的中年知识分子写的。《动物凶猛》是给同龄人写的。"选自王朔:《我是王朔》,《王朔最新作品集》,桂林:漓江出版社2000年版,第161、162页。

具体而言,调侃与伤感的双重情绪,是王朔90年代后小说的世俗性特点之一,如《动物凶猛》《看上去很美》。比之王蒙,王朔更犀利尖锐,其"留恋的情绪"不是王蒙对权威的"忠诚",而是将革命等同于以宏大名义"转喻"的青春期叛逆,进而象征世俗价值观的坚守。这些小说通常存在第一人称回顾性叙事视角。如《动物凶猛》开头,便描述了迷茫感伤的"无乡"情绪:"我羡慕那些来自乡村的人,在他们记忆里总有一个回味无穷的故乡,尽管这故乡其实可能是个贫困凋敝毫无诗意的僻壤,但只要他们乐意,便可以尽情遐想自己丢失殆尽的某些东西仍可靠地寄存在那个一无所知的故乡,从而自我原宥和自我慰藉。我很小便离开出生地,来到这个大城市,从此再也没有离开过,我把这个城市认作故乡。"①马小军反感父亲的说教。在他看来,这种"掏鸭子"魔术实际是一种话语强迫。他最美好的记忆,是青春期的激情:一是"参加中苏战争,成为英雄""打碎一切权威"等暴力认同;二是与米兰、北蓓谈恋爱,得到性的释放。这里的忧伤,不仅是因美好回忆一去不返,更是因这些美好回忆本身,已不断发生错位性想象,变得混乱不堪、漏洞百出。马小军始终无法成长为男性主体。米兰等女性形象,总以母系乱伦的、对成熟女人的性幻想存在。这种"阉割"与"反阉割"的对抗情绪,并存于小说中,成为充满悖论张力的世俗性个体的命运寓言。只有在"现实"中,主体彻底摆脱革命青春激情,才能成为中年化的世俗优越主体:"在我三十岁以后,我过上了倾心已久的体面生活。我的努力得到了报答。我在人前塑造了一个清楚的形象,这形象连我自己都为之着迷和惊叹。"②

讽刺与戏谑的批判,是王朔90年代小说世俗化个体的另一个特

---

① 王朔:《动物凶猛》,《收获》1991年第6期。
② 同上。

点。《你不是一个俗人》《顽主》《玩的就是心跳》《许爷》等80年代中后期小说中,王朔竭力塑造一些社会边缘人。这些顽主,离经叛道又机智油滑,善于在体制缝隙游动,通过对财富的追逐获得世俗幸福。然而,其90年代创作,这部分人正在成为社会公认的成功人士,符号形象争议性逐步减弱。众多知识分子对《躲避崇高》的强烈批判,其实从一个侧面反映出知识分子对王朔这类人物合法化的沉重危机感。王朔一方面通过影视剧创作,将这类戏谑式成功人士放大为公共空间影像;另一方面,则积极创作其他类型小说,探索世俗表意的新方式。于是,讽刺戏谑中的伤感与荒诞成分被放大,出现了更"软性"的"世俗小人物"。然而,王朔却似乎由此击中了一个时代知识分子"自卑的软肋"。

《我是你爸爸》不仅围绕父子关系凸现社会转型期父子两代的伦理冲突①,更通过"颠倒"父子关系,暗喻"启蒙英雄"到"小人物"的知识分子身份转型。小说开头即通过一个典型的镜像式隐喻细节,描述了主体自我认同的危机:"马林生对镜子里的自己还算满意。一望可知,镜子里是那种在年龄和经济的双重压力下挣扎着、煞费苦心保持的类知识分子形象。像他这种成色的类知识分子如今已经没有什么好讲究的了,只能要求自己一点:干净——他身上和头发里散发着一股廉价的香皂味。"②马林生将自己定义为郁郁不得志的准知识分子。然而,一方面是穷困潦倒,另一方面,则是对"穷困潦倒"的自我神圣化。他的知识分子身份仅来自两点:一是对苦难的幻觉,二是洁癖。这也反映了他内心深处的罪恶感和自卑感。然而,外部现实生活,已不再能给马林生提供确认的舞台。教育儿子马锐成材,成了

---

① 丁进:《从"父慈子孝"到"家变"——王文兴〈家变〉与王朔〈我是你爸爸〉之比较》,《当代作家评论》1995年第2期。
② 王朔:《我是你爸爸》,北京:北京十月文艺出版社2015年版,第1页。

马林生最大的人生目标。拉康认为,镜像阶段出现在儿童自我认同的想象界阶段,而成人对于镜像的迷恋,就成了一种自我无法确认的焦虑性自恋①,主体希望通过自我复制来实现自我确认,然而,这种"复制"总发生在想象中,无法落入现实。于是,为转移焦虑,主体幻想通过教育儿子重获父亲的尊严。这种"反父子关系"来源于主体确认自我的焦虑,进而发展成为自我认同的"强迫症候"。父亲甚至渴望得到儿子的身份,以"平等"地与儿子交流,进而逃避现实责任,在想象中实现一个崇尚自由平等的强大父亲。

然而,马林生在现实生活中做不到这一点。"启蒙-被启蒙"本身就存在不平等。马林生希望的民主宽容、自由平等,也不过是潜意识中逃避责任与重塑自我的复杂意图的集合。他既不能给马锐以自由发展空间,也不能为马锐树立强者父亲形象。面对街头流氓的挑衅,面对老师不公平的压制,他只能委曲求全。于是,父亲"重塑自我"的行动失败了,马林生成了儿子愚弄和嘲讽的对象。马林生发现自己在儿子心中竟如此猥琐:"所以你容易有挫折感——我发觉你们这些大人,都是两面派。外表一个赛一个正经,背地里,心里却很龌龊!"马锐对父亲的致命一击,更来自马锐对马林生的彻底否定:"'你从来就不能正确认识自己!'马锐高声嚷。马林生完全被儿子怒视他时的狰狞嘴脸惊呆了。他没想到儿子竟会对他说出这么一番大人都很难说出的骇人听闻的话,讲出这么一通他当孩子时闻所未闻,连想都不敢去想的道理。这是那么冷酷,毫不留情地将他所做的一切可以称之为功德的东西一笔抹杀。"这种失败加深了马林生的挫折感,转化

---

① 弗洛伊德也指出:"自我发展的目标之一,就是以离开原始自恋为开始,然后拼命地再恢复,这种分离是由外力之下的利比多移置于自我理想造成的,而满足则源于理想的实现。"〔奥〕弗洛伊德:《论自恋》,选自车文博主编:《弗洛伊德文集》第2卷,长春:长春出版社2010年版,第673页。

为"克制—爆发—再克制—更猛烈爆发"的神经性强迫焦虑症:"表达愤怒的渴望不断与不可以表达愤怒的克制交战不已,渴望拥有强迫别人的权力,同时又没有做自己的勇气,这些冲突始终得不到解答。心中的压力日积月累,一旦崩溃,他的行为会变得横行无忌。"①

我们可以将这种"颠倒"的父子关系,设想为王朔提供的"知识分子"与"普通民众"关系的隐喻。知识分子不但在马林生的羞辱体验中回忆并强化启蒙父权崩溃的印记,且可以在马锐与马林生的对抗中再次复制"自我认同"焦虑。知识分子渴望教导民众生活,获得权威话语权,而在实践中,知识分子却总是软弱地背叛自己的启蒙责任。于是,鲁迅《药》中的有关"启蒙者被民众牺牲"的主题,悖论式地被改写成启蒙者"自身逻辑破产"的故事,即不存在一个先决正确的权威启蒙者。尽管启蒙者哺育了人民,但绝对权威的集体性启蒙幻觉,不过是知识分子精神自恋的产物。民众的个体性欲望,不可能与启蒙者有效沟通,只能在"悬置权威"基础上,进行自欺欺人的"和解":"我想告诉你,爸爸。"马锐低着头边用脚踢着落叶边说,"你是我爸爸,我是你儿子,别的想是什么也是不成,咱们谁也别强迫自个——从今后!"儿子马锐以诚实、纯洁和反抗权威的勇气,成为世俗性个体主体品质的寄寓。

然而,另一个角度而言,父子人物关系还可以被认为是90年代社会转型期,知识分子对自身与主流意识形态关系的想象性寓言。小说提供了三个位置供读者认同,即父亲马林生、儿子马锐、隐含作者。作为不完整的第三人称限制性叙事,隐含作者的叙事态度是游移的,小说大部分使用马林生的限制性视角,有时会转换为马锐的视

---

① 〔德〕弗里兹·李曼:《直面内心的恐惧》,杨梦茹译,太原:山西人民出版社2007年版,第152页。

角,以衬托马林生的荒诞和扭曲。小说竭力通过两种不同限知视角,展现马林生巨大的失落与无所依托的虚无感:最初的愤怒过后,他很快便陷入一种更大的忧郁,这是对他整个人生处境的关注和反省,经过一个由表及里由微知著的检视过程,他无法不承认自己的渺小、空虚和无足轻重。这种巨大的酸楚和失落并不能通过管训儿子得到抚慰和平息,反使他觉得自己更可怜更卑微。"父亲"和"儿子"同时被互相"他者化"了。拉康的镜像理论中,父亲的权威出现在儿童自我认同的"符号界",成为他者欲望的菲勒斯(phallus)。这个巨大他者,使得儿童脱离对母亲的欲望想象,并转而在成人世界父亲形象的反观中,确立主体的无意识。① 这篇小说中,马锐其实正是马林生"自我映像"的投射。陷入"自我认同焦虑"的主体,正是通过自我分裂,同时将自己放置于"父亲"和"儿子"两个不同位置,才能真切感受到自我认同的失败。作为父亲,他无法成为负责任的成熟理性主体;作为儿子,主体成长的恐惧,不是来自"弑父而成人"的恐惧②,而是"父法权威"无法确立的荒诞。小说中这对奇妙父子,其实寓言了90年代初从集体性启蒙幻觉中"强制醒来"的知识分子的一种双重迷惘心理——他们既无法真正成长为启蒙历史主体之父,也无法对"革命之父"再认同,从而处于断绝与无根的状态。

吊诡的是,这种知识分子认同的恐慌,并非来自知识分子自身的反省,而是来自一个刻意强调"反知识分子"身份的作家,对知识分子话语的"戏仿"。王朔以反知识分子身份"戏仿"知识分子心理悲剧,

---

① 方汉文:《后现代主义文化心理:拉康研究》,上海:上海三联书店2000年版,第136页。
② 弗洛伊德:"人类图腾的乱伦禁忌,象征着儿子对弑父行为的掩饰和恐惧,社会、宗教和道德的起源乃是弑父行为的结果。"见〔奥〕西格蒙德·弗洛伊德:《图腾与禁忌》,赵立玮译,上海:上海人民出版社2005年版,第111页。

最终将之喜剧化,暴露了转型期知识分子的失语状态。认同焦虑的结果,只能是无奈妥协,甚至是"自虐"。小说结尾:父子俩跟随着,步出法庭后,各自站住,互相凝望。马林生看着失而复得的儿子,双目渐渐模糊了,泪水就像碱水杀疼了他的眼睛。马锐初觉得那场面一定很肉麻,生怕自己难于启齿或不够自然把动作和表情搞得太过火,但真正面对父亲时,他还是毫无困难地喊出"爸爸"这两个字——马林生使劲瞪大眼辨认着近在咫尺的儿子,但无论怎样努力也看不清,那张脸始终朦胧像拍虚了的照片。知识分子与主流意识形态、知识分子与世俗人生之间,都达成了"大团圆"结局。然而,正如马林生最终无法"看清"儿子,这个令人哭笑不得的结局也暗示着世俗性个体确立时的精神性缺失,以及最终成功的难度。

三、"贫嘴的焦虑":世俗性个体的解脱幻象

无论王朔的"俗人"系列写作,还是王蒙的戏谑体写作,都追求一种文学品质——"幽默"。这也是世俗性写作在启蒙精神与通俗文艺之间找到的整合方式。幽默既是一种智性享受,又是消解宏大叙事的心灵解毒剂。在王朔的"贫嘴式"幽默中,我们释放了对现状的不满,感受到世俗话语快乐;在王蒙的智慧幽默中,我们则得到了思辨快感与讽刺乐趣。然而,幽默的力量不仅来自幽默话语本身,更来自幽默中包含的对世界悖论性的认识。幽默如果失去真诚体验与沉痛反思,就会流于话语膨胀与幽默的焦虑,从而使世俗性变成无原则认同现实、解释现实的"承认的政治"。

作家刘恒在 90 年代的小说创作也体现了这一点。刘恒曾在 80 年代以《狗日的粮食》《伏羲伏羲》《力气》《狼窝》等描写农民严酷生活的小说而闻名,《虚证》《苍河白日梦》《白涡》则在日常生活与中国历史中展开严峻理性批判。他通过对艰难生存环境的考察,张扬了

"天地不仁"的悲剧意识。有论者指出,刘恒的作品有悲天悯人精神。其悲悯精神体现在社会性悲剧、文化性悲剧、性格心理性悲剧、存在本体性悲剧等层面上,"直面惨淡人生"使刘恒的小说获得了独特的精神价值。① 也有论者认为,刘恒小说是对人的基本生存欲望的极端性探询。② 然而,到了90年代初《苍河白日梦》③,刘恒似乎陷入一个理性陷阱,那就是巨大的批判焦虑、对中国历史的绝望。曹光汉对乡土中国的改造和革命激情,最终被消解为通奸闹剧,面对爱情背叛,曹光汉发疯、被吊死的悲剧,加深了小说浓重的虚无感。

然而,90年代中后期,刘恒的小说也面临转型,他的小说,如《哀伤自行车》《天知地知》《贫嘴张大民的幸福生活》等,消除了启蒙带来的自上而下的理性压力。他对启蒙的现代性期待整体"下移",放弃内省的隐含叙事者职责,注重发挥《狗日的粮食》中那种"苦难的幽默",回归传统故事,以更平等的目光凸显普通人的价值观和人生观,彰显其伦理道德力量、倔强而又有些笨拙的自尊以及在苦难面前坚韧的生存智慧。④ 特别是《贫嘴张大民的幸福生活》⑤,刘恒试图通过小人物现实生活的喜怒哀乐,悬置意识形态冲突,从而更具象、个体化地塑造"人"的形象。《苍河白日梦》里知识分子曹光汉的绝望悲剧感,在《贫嘴张大民的幸福生活》中不见了,知识分子转变为一个

---

① 姚国军:《论刘恒小说中的悲悯精神》,《山西高等学校社会科学学报》2007年第7期。
② 陈中亮:《基本生存欲望的极端探询:刘恒小说解读》,东北师范大学,2004年硕士毕业论文。
③ 刘恒:《苍河白日梦》,北京:作家出版社1993年版。
④ 刘恒说:"前几年写《苍河白日梦》,终于掉进悲观的井里,竟然好几次攥着笔大哭不止,把自己吓了一跳……到《贫嘴张大民的幸福生活》,终于笑出了声音。"选自胡璟、刘恒:《把文学当作毕生的事业——刘恒访谈录》,《小说评论》2003年第4期。
⑤ 刘恒:《贫嘴张大民的幸福生活》,《北京文学》1997年第10期。

虚荣、无耻且面目模糊的"技术员"形象,成为张大民的"对手"。另一个知识分子五民,则是市民的"叛徒"。张大民是个地道的凡人。他出身普通工人家庭,兄弟姐妹多,生长在拥挤大杂院,长大后也是普通工人。他长相粗矮:"穿着鞋84公斤,比老婆沉50斤,比儿子沉40斤,等于多了半扇儿猪。再到街上走走,矮的在高的旁边慢慢往前滚,看不着腿,基本上就是一个球了。"他智商一般,学习一般:"不聪明也没耽误高考,那是七十年代的事了。语文47分。数学9分。历史44分。地理63分。政治78分。张大民感到骄傲。"

张大民唯一不平凡的地方就是"贫嘴"。我们可将这种话语"过量",表征为内在焦虑的"补偿式"心理。正如霍妮指出:"在我们的文化中,主要有四种逃避焦虑的方式,这就是:一、把焦虑合理化;二、否认焦虑;三、麻醉自己;四、回避一切可能导致焦虑的思想、情感、冲动和处境。"[①]张大民的人生焦虑主要有几个层面:一是死亡恐惧,二是性欲,三是物质生存,四是伦理认同,五是自我价值认同。张大民对贫嘴的执着,首先源自童年对死亡的创伤性记忆:"那时候张大民不爱说话,死淘死淘的。看着父亲像氽丸子一样的脑袋,灵魂突变,变成了粘粘糊糊的人。话也多了,而且越来越多,等到去保温瓶厂接班,已经是彻头彻尾的耍贫嘴的人了。不变的是身高。锅炉爆炸以前是1米61,一炸就愣住了,再也不长了。"大民在突如其来的家庭惨剧中,变成了喋喋不休的人。这也是一种自我保护性心理机制。幼年张大民,目睹父亲突如其来的死亡,作为一个没有成熟理性的孩子,为了克服突发性心理焦虑,张大民以"否认焦虑"方式,即通过"溢出性语言",表达乐观情绪,进而逃避焦虑的压迫。语言,本属于人类

---

① 〔美〕卡伦·霍妮:《我们时代的神经症人格》,冯川译,贵阳:贵州人民出版社1988年版,第31页。

掌握、支配世界的抽象方式。语言对世界的控制,一般有两种情况,一种是通过禁忌性语言的区隔作用,获得文化权力,如古代巫卜使用咒语;另一种是高级宏大化书面语对口语的压制,形成阶层化文化权力,如中国古代文言文与记载市井俚语的小说之间的关系。除此之外,语言对世界的控制,还可以"假定性"方式进行,即过量性语言,这常见于焦虑性精神病患者身上。患者通过喋喋不休的方式,在幻想中征服世界,战胜自我。这种心理机制推广到社会,则是一种弱者自我保护的哲学。

  这种心理机制在张大民成年后没有消失,反而变本加厉地被暗示、强化,成为张大民的主导性人格。张大民不是一个真正的理性主体,而是一个永远被定格于"儿童心理期"的成人。死亡,作为人类最大的恐惧,成为童年张大民心理上最深刻的焦虑痕迹,进而将这种表面乐观的"贫嘴",扩大到应对所有人生障碍的态度上。在性欲层面,张大民最终以"幽默"战胜自卑,成功获得云芳的爱情,奚落了昔日情敌;物质生存层面,张大民利用"贫嘴",修起街边房,解决了一家人的温饱和就业问题,克服下岗困扰,重树生活勇气;伦理层面,张大民以其贫嘴形象,成为热情、幽默、厚道、尊老爱幼的住家暖男,震慑了山西妹夫的气焰,用亲情凝聚了全家人的心;在自我认同方面,张大民以良民版"阿Q"心理,在喋喋不休中为自己树立存在价值。他自轻自贱,善于在矛盾斗争中保护自己、谋求利益;他游走在意识形态边缘,却从不过界;他总能在传统伦理中为自己找到话语权;他以自贬的方式获得自尊和勇气,以游戏的滑稽化解人生无处不在的沉痛。他的话语内容主要包括几种:一是传统伦理话语,二是革命话语,三是市井俚语,四是书面雅语,五是流行文化用语。他的话语力量,就在于杂糅几种话语风格,在亦庄亦谐的幽默语言中达到与客体的沟通与和谐,进而取得胜利。它的效果又可分为几种:一是调节他人情绪,给别人带来快乐;二是自嘲、自贱,获得心理平衡;三是与别人交涉,通过话语战胜对手。话语就是张大民最大的生存智慧与生存策略。

　　刘恒某种程度上放大了语言的作用,不仅在叙事设计上刻意为之,而且为其包裹上伦理光环。"贫嘴"的力量在于通过超过日常交流话语的语言数量、容量和速度,展现出一种语言说服力,既不专横、又不苟且,它是自信、亲切、幽默的代名词,含混暧昧,经常包含各种错位的意识形态话语,甚至是几分油滑。这种对底层人民"声音的凸现",我们在余华的《许三观卖血记》中也会发现类似之处。刘恒还刻意为我们留下很多贫嘴的"败绩",如大民的下岗、被迫拆迁、大妹的出走、二妹的死亡、母亲的痴呆等。然而,这些叙事挫折,往往成为"贫嘴"功能的反证,不但形成叙事的下一步推动力,且成为主人公精神胜利的验证。挫折不但没有带来沉重的悲剧性,反而在情节上推波助澜,强化贫嘴的乐观、幽默的喜剧性力量。可以说,"贫嘴"成了张大民的情绪调节器,也成了刘恒通过调节小说叙事速度,向传统叙事方法回归的小说观念。如同古斯塔夫·弗赖塔格创作的倒"V"形结构[①],推动其发展的不是人物行动、人物心理,而是人物语言。在"匮乏—改善—满足—衰退"的回路过程中,"衰退"环节被弱化,甚至被忽略了,在俗世个体生命丰盈的自足性面前,"匮乏"导致的个体生命悲剧感削弱,道德自为性增加。小说最后一个细节非常具有象征性。张大民背着母亲,在山顶与妻儿汇合,俯视他们生活的城市:"日子好过极了!孩子幸福极了!有我在,有我顶天立地的张大民在,生活怎么能不幸福呢!张小树雀跃着在林火中引路,红叶如一片

[①] 〔美〕华莱士·马丁:《当代叙事学》,伍晓明译,北京:北京大学出版社2005年版,第79页。

血海。张大民背起白发苍苍的母亲,由李云芳在一旁小心翼翼地搀护着,缓缓向山下走去。母亲朝着迷茫的远方再一次重复了两个字——锅炉!他们消失在幸福的生活之中了。"这一幕类似电影特写镜头,通过对阶级英雄的"戏仿",母亲对父亲的死亡回忆、未来的生活重担、妻儿的期盼,都被张大民踩在脚下。坚强的张大民们,既信守传统伦理,又对意识形态保持警惕;既不乏面对困难的灵活性,又拒绝知识分子的高雅拯救。他们不再是老舍笔下批判与悲悯的对象,而是支撑起全家人希望的"男性",在惊涛骇浪中忍辱负重的卑微英雄。

然而,这种文化人格的社会学含义,无疑更为深刻。张大民展示的,正是普通市民在物质相对匮乏情况下的"活着"哲学。一方面,刘恒通过世俗性反思个体叙事,跳出启蒙制囿,找到了新表述合法性,真实反映了转型期普通民众的物质苦难;另一方面,反讽的理性力量、严峻的现实批判,却被消解于温情脉脉的世俗性伦理情感中,成为略带苦涩的幽默、无害的牢骚。这种"含泪的笑",可以让人忘记现实烦恼,在自我削平的价值选择面前,轻松实现自我认同。同时,这种世俗理性的个体反思,看起来与主流意识形态、知识分子话语都具一定距离,但它还是以伦理为心理基础。对物质匮乏的忍耐,对精神生活的鄙夷,都让张大民们只能成为智慧的弱者,永远无法真正解放"世俗欲望",成为野心勃勃的冒险家、对财富充满无限进取精神的"葛朗台",成为真正的强者主体。

从心理学角度说,张大民的"过量性"语言也是一种固执专断、缺乏理性反思的心理防御机制。张大民的"贫嘴",实际是另一种"一贯正确"心理。对此,霍妮也指出:"然而事实上,它却与任何形式的自恋毫不相干;它甚至根本就不包含任何自鸣得意和自我欣赏的成分。因为,与表面现象相反,他并不真正相信自己一贯正确,而只是不断地、不顾一切地需要显得正当合理。换句话说,这乃是一种防御态度,它来自迫切需要解决某种问题的内在压力,而这种内在压力,归根结底乃是由焦虑产生的。"①无论遇到怎样的生活打击,张大民们都强制要求自己乐观坚强,厂长大批购买大民的暖瓶、云芳拒绝旧情人钱财等情节,也因此显得苍白无力,进一步消解了小说的悲剧深度。

我们还可以将这种"溢出性语言综合征",看作是一个有关宏大叙事的隐喻:启蒙者为实现启蒙理想,不惜牺牲自我,以维护启蒙话语权的区隔作用。然而,在外力强烈刺激下,这种愿望突发性遭遇失语困囿,转而关注个体自身,以反弹的方式,变成一种"话语的泛滥"。这种微妙的创作主体心态,我们在贾平凹、王蒙、刘震云等作家的小说中,在80年代中后期至90年代"泛语言化"倾向中,都能看出端倪。贾平凹在《废都》中,希望通过世俗化性爱描写完成对80年代启蒙的颠覆,进而树立新个体化原则,王小波的《黄金时代》返回古典启蒙状态,将"性"当作一种更纯粹的启蒙力量,刘震云的故乡系列长篇小说则试图将"世俗"化为一种先锋性书写的解构狂欢。这些世俗化取向在90年代文学中的艺术探索,都值得我们关注。

第二节 《废都》与《黄金时代》:另一种启蒙的可能性

文学史意义的20世纪90年代,通常被认为是一个"多元化"时代。纯文学意义的多元化,与"唱响主旋律、多元协奏"的官方表述有一致性,也有不同指向。但是,两者都与全球新自由主义崛起背景有

---

① 〔美〕卡伦·霍妮:《我们时代的神经症人格》,冯川译,贵阳:贵州人民出版社1988年版,第175页。

关。从今天的立场重审90年代(特别是前期),会发现很多"怪异"文本。这些文本无法归类,没有延续性,却表现出独特思想与审美价值。这些文本被深深地"嵌入"90年代。90年代初有两部引起广泛争议的"性爱"小说,一部是贾平凹的长篇小说《废都》,另一部是王小波的中篇小说《黄金时代》。它们的叙事背景,一则指向80年代整体反思,另一则针对"文革"岁月,又指向"伤痕"体验。它们都以"性爱"为突破点,既开启90年代的欲望叙事,也表明了90年代文学在冲突、浮动、重组中确立"个性自我"的可能性。

一、肉身的政治:时代转型的暧昧景观

中国现代小说的"性爱"叙事,总联系着现代民族国家寓言。现代中国面对救亡压力,天然地将性爱故事包含的自我个性反抗融入民族国家寓言,形成具内在张力的后发现代国家的性爱表述,比如"革命加恋爱"式左翼文学。正如刘禾所说:"中国与西方暴烈的撞击将民族观嵌进了自我观,自我观嵌进了民族意识,但现代自我观却不能简约为民族身份,相反,两者之间长久存在互斥、争斗及互相依存互相渗透的张力。正是这种互斥与互渗表达了作为一段历史体验的中国现代性。"①90年代初,冷战格局结束,新自由主义兴起,国内新一轮改革开启,旨在最大程度保持国家统一、执政党地位和意识形态合法性。这种"融合再造"思维,未从根本上改变"五四"以来性爱叙事与民族国家意识纠缠不清的状态,却给予了文学史多种可能性。90年代"性爱"叙事包含的欲望合法性,凸显出个人对民族国家意识的疏离、怀疑,甚至是反抗。

---

① 刘禾:《跨语际的实践:往来中西之间的个人主义话语》,选自许纪霖编:《二十世纪中国思想史论》(上),上海:东方出版中心2000年版,第232页。

但是,这些"性爱"叙事,内在逻辑并不统一。有的具有先锋语言实验色彩,如在90年代确立经典地位的先锋欲望叙事(如苏童的《米》);有的走入日常生命个体对宏大叙事的逃逸,如新生代欲望叙事(如朱文的"小丁"系列小说);有的则进入女性叙事与消费话语结合的轨道,如女性身体写作(如卫慧的《上海宝贝》)。这些形态各异的欲望写作中,《废都》与《黄金时代》的地位更特殊。他们在90年代初,开启了欲望写作的"潘多拉的盒子",具有举足轻重的文学史地位。尽管贾平凹类似明清小说的"复古性爱"与王小波带浪漫与反讽双重气质的性爱故事,外在形态差别很大,但都有一条被文学史家忽视的逻辑理路,即以"肉身"介入当下文化现实,形成强烈的政治反思性——这恰对90年代"去政治化"文学主流形成了反拨,表现了文学史在80年代与90年代交替过程中的历史继承性与内在复杂逻辑。

《废都》与《黄金时代》依然是"力比多的寓言",但更具个人主义"政治性"。两部作品都集中于性爱关系,表现出冒犯性。《废都》以作家庄之蝶"人生失败"的故事为背景,展开了一场生命焦虑的性爱狂欢。80年代启蒙光环渐渐退却,庄之蝶丧失了写作能力,显露出灵魂的卑琐。他给农药厂写广告,合伙坑朋友的书画。然而,这个"西京四大名人",既没有足够经济实力,也不能在与旧情人的官司中获得权力支持,不过拥有可怜可笑的"虚名"罢了。更致命的是,他丧失了性功能。他和唐宛儿、柳月等女子的性爱狂欢,可看作生命的拯救,也是绝望的颓废。《废都》中的"性",不过是政治失效的寄寓物,也是新启蒙失败的黑色隐喻。同时,"性"祛除了80年代性爱书写的神圣意味,被粗鄙地暴露在公共阅读空间,无疑形成对改革意识形态"共识性"的巨大嘲讽。这种共识性经由启蒙、民族国家叙事与革命意识等多重话语锻造而成,曾借助"改革开放时代""社会主义新人"等诸多标识彰显存在,却在盗火者的自暴自弃中丧失了崇高地位。

同时，小说也通过"文化古城"系列经济改造，暗示着知识分子将沦为权力和市场的双重附庸。如果说，《废都》主要在于"破"，描述知识分子的清醒绝望，那么《黄金时代》主要在于"立"，即通过"性"的个人主体性，确立自由主义精神。陈清扬与王二的性爱故事不属于知青叙事，也不是对启蒙的哀悼，却更像对80年代文学源头的某种"重述"——以个体真诚表白对抗军代表为首的道德话语。它浪漫大胆的性爱宣言，试图树立"个性自我"的内在伦理性。"我"为自己的精神和肉身立法，理直气壮，特立独行。《废都》和《黄金时代》都试图通过大胆性爱自白，赋予性爱"自己定义自己"的权力，并对当代中国文化形成批判性反思。

吊诡的是，与《废都》和《黄金时代》相比，90年代却存在更多去政治化的"后现代意义"的"欲望"叙事。这些性爱故事成为第三世界中国在全球化经济秩序边缘地位的隐喻。它们在边缘处游动，被抽象为某种固化本质。性无处不在，却弥散得无影无踪。如苏童的《米》，五龙从乡下到城市的所有抗争都被归于欲望的"恶"。又如朱文的《我爱美元》，儿子带父亲嫖娼。父亲指责儿子没有找到理想、自由和爱，儿子声称，这些在性里都有了。① 性爱包含的个体尊严和责任伦理、历史反思的因子，都被消解在欲望狂欢里。汪晖用"去政治化的政治"形容90年代的文化语境。这些欲望书写突出欲望合法性，忽视破坏性；肯定欲望权力，遮蔽欲望的责任；肯定欲望经济性，否定欲望的政治诉求。阿尔都塞声称，所有意识形态都是被询唤出来的，欲望也可被询唤出来，按照政治需要的样子塑造自己。② "去政治化"受制于全球化资本秩序，遮蔽了中国现实鲜活的生命体验，

---

① 朱文:《我爱美元》，北京：作家出版社1995年版，第76页。
② 〔法〕路易·皮埃尔·阿尔都塞:《列宁和哲学》，杜章智译，台北：台北远流出版事业股份有限公司1990年版，第191页。

也遮蔽了中国文化重塑自我的意愿和能力:"90 年代小说背后的'结构意识形态'恰隐藏着对生命价值的冷漠。它反映出主体在一个断裂社会中的削弱、失落和分解,但它的危机却不主要表现在大写的人的解体,而在于它把人放在历史、生活、生命、语言等方面的经验领域,否定人的超历史本质同时,放大了个体自我在时代的有限性、被动性和屈从性。"①

《黄金时代》处理的是 80 年代革命与个人的关系问题;《废都》则是对 80 年代末、90 年代初新启蒙失败的历史总结。两部作品都凸显了八九十年代断裂形态下问题症候的延续性。两部作品的介入性,又有一个内在文化逻辑,即"个体自我"如何确立。90 年代初,出走于新启蒙叙事的文学,处于茫然无措的状态,各种可能性趁机而出。"个体自我"借由市场经济,试图通过"性爱叙事"重塑个人主义神话。王小波的"性爱"叙事,倾向于积极的个人欲望合法化,贾平凹笔下,则更多倾向于消极的"文化理想失败"后欲望的颓废化。王二与庄之蝶都是"有深度"的自我。这两部诞生于 20 世纪 90 年代前期的作品,在中国融入全球化经济格局并逐步摸索出调整应对策略之前,为中国文学提供了更多可能性。《废都》恢复了中国古典文人的性爱想象,在对革命与启蒙的双重冒犯之中,以撕裂的方式展现二者的话语失效,暗含着"真实自我"的主体维度;《黄金时代》在叙事反讽的同时,有着古典自由主义气息,形成浪漫化的个人主体现代价值。由此,《废都》对《金瓶梅》传统的复活,恰是"现代自我"对自身谱系源头的中国化重塑,而《黄金时代》结合反讽与浪漫的性爱故事,却力图为中国寻找到更能表现"现代自我"精神的书写

---

① 王金胜:《新时期小说的自我认同》,北京:中国社会科学出版社 2014 年版,第 255 页。

方式。

两种表达的微妙之处在于,他们与先锋文学的欲望叙事有很大区别。先锋文学包裹着语言探索、形式实验、边缘意识等抽象形态,建构性维度被抛弃,性爱被空心化与抽象化了。所谓空心化,是指不再言说欲望的政治反抗意义;其抽象化在于在边缘卑微姿态之下,抽取欲望的现实介入性。先锋文学对欲望的言说,并不构成对主流宏大叙事的威胁,恰形成了某种有效互补。同时,这种空心化和抽象化的性爱叙事,表面时髦,但不过是制造了"与世界同步"的幻觉,也确认了90年代中国在全球化语境秩序边缘中的尴尬地位。

然而,90年代文学,"混乱"的外在形态之下,并非没有"自我确认"的主体建构共识。汪晖也认为,90年代中国文化语境并非纯粹属于全球资本主义进化序列的后现代主义变体,而存在"独特现代性实践"可能性。①《废都》近乎自我撕裂的真诚解剖,《黄金时代》的新欲望伦理,显示着自我主体建构的可能性。有批评家指责90年代纯文学领域政治性匮乏:"文学在90年代失效的原因,并不在于纯文学观念自身,而在纯文学体制与具体作品政治性之间张力关系消失了。"②这无疑忽视了《废都》与《黄金时代》。

二、"真诚"的叙事:个人主义的性爱隐喻

两部作品如何通过性爱元素形成"现代自我"? 这里涉及"真诚",即指"公开表示"的感情和"实际感情"的一致性。将"公开情感"与"实际情感"统一起来,表现了"独立个体"为自我立法的逻辑

---

① 汪晖:《去政治化的政治:短20世纪的终结与90年代》,北京:生活·读书·新知三联书店2008年版,第47页。
② 贺桂梅:《"纯文学"的知识谱系与意识形态——"文学性"问题在1980年代的发生》,《山东社会科学》2007年第2期。

与伦理建构。宏大叙事占据公共空间的时代,个人必须压抑欲望,追求群体性公开情感。对"新时期"初期的作家来说,"自我"显然还是"人"的代名词,"人"不仅与"人民"同一,且沟通"国家""民族"等宏大话语。"他们所认同的人民、党和社会主义,不仅完全同一,这些认同对象之间还互相确证对方合法性,且赋予对方以强烈道义色彩。"①先锋文学的一大功绩,是以语言自觉的疏离,实现文本内情感陌生化与价值撕裂。但中国先锋文学有全球审美秩序的"外在规定性",那些肉身想象必须以封闭、边缘和审美性的姿态,才能成为独特意象。

《废都》与《黄金时代》,欲望书写表现出强烈塑造自我的主体性诉求。公开展示欲望,考验的是作者的"真诚",即能否将个人"最私密真实的情感"公开表达,并依靠心灵与欲望合二为一的公开诉说,确立"自我"的合法性。特里林认为,16世纪早期,当"真诚"涉及人,基本是比喻性的,一个人的生活是真诚的,指完好、纯粹、健全的——但不久它就开始指没有伪饰、冒充或假装。② 新时期文学的"真诚"问题,是指能否将个体情感与集体性情感融合。90年代个人化情感书写,越来越多地呈现出公共空间表述合法性特征,如陈染的《私人生活》、林白的《一个人的战争》等女性小说。但女性欲望书写必须是阴性、边缘性的。90年代新生代小说的欲望写作,颠覆性更强,如朱文的"小丁"系列作品。欲望虽成公开景观,甚至被夸大为唯一内驱力,但"一致性"匮乏,即公开表达个人欲望与内心对欲望的坚守之间,存在很深的断裂。他们对欲望缺乏忠诚,也不认为欲望能带来

---

① 何言宏:《中国书写:当代知识分子写作与现代性问题》,北京:中央编译出版社2002年版,第93页。
② 〔美〕莱昂内尔·特里林:《诚与真》,刘佳林译,南京:江苏教育出版社,2006年版,第14页。

主体性。《废都》与《黄金时代》"真诚地"表达欲望,就在于展现自我与欲望之间的伦理关系,坚信欲望本身代表个体的主体性精神。

一方面,真诚表达欲望是对"差异性"的发现。差异性是个人主义基本法则:"个人主义的核心在于我们最初的心理体验:在我的存在与他人的存在之间的一种明显差别感。这种体验的重要性由于我们对人类自身价值的信仰而大大增加了。"①《废都》塑造了庄之蝶这个新时期文学前所未有的人物。他标志着新时期主流叙事的失效。这既是理想、爱情、文学的失效,更是道德的失效。只有如此经历,个人才脱离群体意识,变成无所依傍的个体。庄之蝶充满恐惧无奈、清醒反省,却缺乏克制欲望的能力。《黄金时代》的王二与陈清扬,更像创世纪的亚当与夏娃,充满理直气壮的欲望与强悍肉身想象。两部小说结尾,不约而同出现车站意象。庄之蝶在即将出走的车站中风而亡。王二也在车站送走了陈清扬。庄之蝶追求欲望自由的出走,标识着个人清醒痛苦的彷徨;王二和陈清扬拒绝欲望的功利纠葛,表达出自信的个人主义宣言。

另一方面,真诚的欲望表达,还在于围绕个人欲望形成特殊时空场域:"如果个人开始逐渐形成围绕空间化自我感知而展开词汇场,我们可以说人类在个体自我意识发展过程中已进入主体时期。"②特里林也说:"只有当一个人成为个体的时候,他才越来越多地生活在私人空间里。但历史学家没有说明,是私密成就了个性,还是个性需要私密。"③《黄金时代》的性爱场景,呈现出个体与群体对抗的空间

---

① Colin Morris, *The Discovery of the Individual*: 1050—1200 (New York: Harper & Row 1972), p.3. 转引自〔捷克〕丹尼尔·沙拉汉:《个人主义的谱系》,储智勇译,长春:吉林出版集团有限责任公司2009年版,第18页。

② 同上书,第22页。

③ 〔美〕莱昂内尔·特里林:《诚与真》,刘佳林译,南京:江苏教育出版社2006年版,第23、24页。

意识。性爱场景变成私密生活悲剧的献祭。集体的窥视和压制成了欲望的对抗性理由。《废都》的性爱景观,既在私人卧室,还在政协会议宾馆等庄严之地。庄之蝶和唐宛儿、柳月的私通,个人空间和集体空间,并不构成碰撞冲突,反而呈现"秘而不宣"的秘史气息。王二忠诚于个人欲望,对集体空间的对抗性,庄之蝶却表现出性爱与集体空间的分裂性,但都形成对集体话语的冒犯。甚至《废都》的"方框空缺",也形成了不在场的空间冒犯。如有的批评家所言,《废都》的"□□□"是精心为之的败笔。空缺彰显了禁忌,同时冒犯了被彰显的禁忌。[①]《废都》通过"真诚自我"撕裂成规,《黄金时代》则是角色、隐含作者与叙事者的视角合一,构成对社会的反讽。两部作品的时空感不同。《废都》是循环性的,表面时间顺序是庄之蝶官司的始末,是性爱的从无到有,再到无。《黄金时代》时空序列则是不发展的,开头追述,结尾纪念。性与政治的对抗,配合云南边陲想象,构成凝滞化时空。《废都》出现了新时期文学未有的"末日恐慌"意象。多色花开、天出四日、鬼魅横生等寓言情节,隐身于高度日常化的庄之蝶的生活。这也隐喻着个人在宏大叙事消退、生活归于日常时,突如其来的"恐惧感"。《废都》的西京"偏都"形象依然有体制寓言性。它不反思权力,反思的是权力如何失效的问题。《黄金时代》塑造高度浪漫化的、充满生命气息的神秘边地,脱离革命秩序的个人主义乌托邦,象征自然伟力和个人力量的结合。

两部作品以"真诚的欲望"颠覆中国文学"个人/集体"的结构,进而将二者塑造成"文学/政治"的新张力结构。个人主义曾是意识形态消极词汇。毛泽东使用"个人主义",除小团体主义外,还有个人英雄主义、个人攻击和报复、个人消极懈怠和雇佣思想、个人享乐思

[①] 益书:《被禁十七年〈废都〉重版?》,《南方农村报》2009 年 8 月 6 日。

想等意思。① 反对个人主义和提倡为人民服务,构成新道德的两个领域:"自由主义的来源,在于小资产阶级的自私自利性,以个人利益放在第一位,革命利益放在第二位。"②周扬也说:"要扩大社会主义,就要缩小个人主义。个人主义,在社会主义社会,是万恶之源。"③个人主义将个人从传统束缚解放,作为道德态度,它不只是把自己建立在个人自利基础上,而是"我们将个人主义看成信仰体,个人不仅被赋予了地位和价值,且成为了真理的最终裁断者"④。贾平凹和王小波之前,性爱多为革命与启蒙的"双重边缘"想象,不构成对抗性——即便王安忆"三恋"系列小说,性爱元素也被赋予了高度的文化哲学意味。性爱不但是宏大国族进步与人性解放的要素,且不与革命与启蒙构成直接冲突。《废都》通过知识分子性爱景观,拆解新启蒙,彰显出个人主义道德的可能性。庄之蝶与唐宛儿沉溺于欲望,也显现出有别于牛月清、孟云房、景雪荫等人的拒绝"假面"的真诚。《黄金时代》的性爱故事,被放置于"破鞋"的敏感道德话题之下。王二和陈清扬的关系,先有性,后有爱。王小波以反讽态度将之称为"伟大友谊"。性爱成为游戏:自愿、尊严、隐私、不伤害他人。性爱不是神圣仪式,也不是原罪,就是"友谊"而已。它也带有形而上气息。因为它是"伟大"友谊,在二元对抗中显现主体建构。王和陈的性爱场景,大自然力量(风、雨)成为美好性爱的象征。性爱一方面具美好浪漫

---

① 王秀华:《个人主义:从西方到中国——以毛泽东所反对的个人主义为例》,《中共福建省委党校学报》2010 年第 3 期。
② 毛泽东:《反对自由主义》,《毛泽东选集》第 2 卷,北京:人民出版社 1991 年版,第 112 页。
③ 周扬:《文艺战线上的一场大辩论》,选自周扬等:《文艺战线上的一场大辩论》,北京:作家出版社 1958 年版,第 14 页。
④ 〔美〕莱昂内尔·特里林:《诚与真》,刘佳林译,南京:江苏教育出版社 2006 版,第 28 页。

的特质;另一方面,性爱变成普通人的事务。《黄金时代》是中国当代文学第一次出现性爱与宏大秩序直接对抗的小说。①

有趣的是,90年代的王小波被很多更年轻的新生代作家认为是宏大性的、应被警惕的作家(朱文等发动的"断裂问卷"之五:陈寅恪、顾准、海子、王小波等人是我们该崇拜的新偶像吗?他们的书对你的写作有无影响?绝大多数被访新生代作家,不认为王小波是时代偶像,他的作品对自己影响很小②)。王小波浪漫化的审美价值观,是对欧洲古典自由主义的恢复,与新自由主义崇尚价值绝对中立有差异。新生代小说家满足90年代主流话语鼓吹欲望消费的要求,也符合全球资本主义对"边缘中国"的文化定位。它们要消除的,恰是中国现代性的主体原创力量和高度差异性。

三、性爱叙事:文学与政治、市场的"博弈"

《废都》与《黄金时代》中性爱叙事的特殊性,还表现为它们在文学与政治、市场的博弈中,彰显了文学对政治的反思性。90年代市场与文学关系的权威论述,将"道"和"术"分开,类似"西体中用"的90年代版本,如前文述及的理论家敏泽文章中将通俗归市场、高雅归政府的潜在划分,也暴露了90年代市场叙事的尴尬。这也给了《废都》与《黄金时代》这样的异端作品,凭借"通俗化假象"得以生长的缝隙。《废都》最初的成功,来自"纯文学作家写黄色小说"的噱头,《黄

---

① 房伟:《"不一样"的爱情:在革命的星空下——王小波小说的"革命+恋爱"模式》,《东岳论丛》2012年第2期。
② 汪继芳:《"断裂":世纪末的文学事故——自由作家访谈录》,南京:江苏文艺出版社2000年版,第267—272页。

金时代》连载于性爱保健杂志《人之初》。①

90年代初期的市场经济探索中,文学领域的欲望与政治的关系也是"晦暗不明"。一方面,去政治化导致文学表现领域日益逼仄与苍白;另一方面,去政治化的纯文学,恰是文学"自我保护"的结果。强行割断文学与政治的关系,也导致文学现实指向以更畸形、隐晦的寓言方式展开。这种"非政治化"文学,将现代体验压缩、删减与控制地植入文学,割断了鲜活的现代意识经由政治反映到文学的路径。从先锋写作到新生代写作,都能看到这种情况。欲望写作的政治激进性,特别是欲望包含的"自我确认"因素,被认为是过时、已解决的问题予以遗弃。"搁置政治争议,开发欲望生产"的自我规训,有新自由主义与威权政治结合的痕迹。它不仅包含在我们对现代主义的接受中,也被挪用于对后现代主义的理解。对此,张旭东曾说:"政治无意识在当时并不需明确化,因为它同新时期中国一系列国策并不冲突,同时也满足了'文革'后逐渐形成的大众社会对种种物质丰富性和社会自由的追求。这两种力量的结合造成了对资本主义现代性理解的全面非政治化。"②

《废都》与《黄金时代》是市场经济与精英文学结合,在"缝隙中"形成政治性反思的典范性文本。市场经济不仅意味着经济富足,也为个人主义提出政治主张。庄之蝶文人复古的狷介面孔以纵欲打破启蒙的道德光环;王二与陈清扬,以性爱破除被窥视、控制的政治恐

---

① 《人之初》主编吕海沐,看到《黄金时代》的价值:"他笔下的性同以往文学中的性有很大不同。它既不同于劳伦斯把性写成美,并且是一种具有颠覆性的美;也不同于《金瓶梅》把性写成丑,以警世劝善为其或真或假的目的;他笔下的性就如同生命之本身,健康、干净,既蓬勃又恬淡。这样来写性的书并不多见,因此值得一看。"吕海沐:《黄金时代·编者按》,《人之初》1995年第1期。

② 张旭东:《全球化与文化政治——90年代中国与20世纪的终结》,朱羽等译,北京:北京大学出版社2014年版,第5页。

慌。王二和庄之蝶都试图摆脱意识形态束缚。这种束缚在80年代被掩盖在文学进化论的乐观论调下。90年代市场经济兴起,一方面,以经济合法性替代文化激进;另一方面,市场经济又暗中带来新意识形态内容,即个人意识的重新兴起。这种个人意识具古典自由主义意味,在80年代悄悄出现,与新自由主义有交集,也存在差异。他们追求的不仅是差异政治、文化身份认同、网络科技主义等西方后现代问题,也是现代社会的基础要求,如个体尊严、个人自由平等、经济民主、法律保障等。90年代文学边缘化焦虑,绝不仅是市场经济将文学"变成消费",更不是文学与政治的结构性张力被取消——而恰是这些景观并没有真正被呈现,却被"虚假"的"多元共荣"文化想象所遮蔽。虽然出现了文学消费市场,但政治权力依然保持对文学的控制,"主旋律"文学依然占据重要象征资本和经济资源。文学与政治的博弈并没有被取消,只是更隐蔽了,同时,现实政治与个人生存的紧张关系也没有缓和,而是更激烈了,只不过,在政治压力和经济诱惑下,文学表现出更多策略性。这两部作品恰体现出市场经济语境下文学发展的另外可能性。《废都》写新启蒙文学的失败,《黄金时代》写个人的胜利,都是文学"异端"与市场经济呼应的表现。

当然,《废都》和《黄金时代》的消费形象也充满矛盾、反抗与质疑的否定性特征。它们都不是纯粹市场化消费的文学产品,还带有市场经济发动初期的政治冲击力。成熟的文化经济更保守,更善于寻找与政治妥协的路径——如新世纪兴起的网络文学,以通俗的类型文学,通过文字幻境进行"更有效"的文学资本运作。《废都》不仅描述欲望合法性,且真实再现欲望的扭曲、焦虑和失效。庄之蝶的性爱故事,体现其对官僚政治既厌倦又不甘帮闲地位的矛盾心态。庄胜诉景雪荫,不过是牺牲了柳月将其嫁给市长的残疾儿子。"自我"冲出现代化、社会主义新人等概念,只能孤零零地活在"混乱又有序"

的世界。《废都》以周敏来西京开头,以庄之蝶与周敏共同出走结束。周敏就是多年前的庄之蝶。他们都是无法皈依都市的"乡土文学青年"。《黄金时代》对政治的强烈批判不仅专指"文革"或"知青"题材,且以性爱叙事形成对中国泛道德的逻辑反讽。同时,《黄金时代》的反讽又不是市场消费法则。它的趣味非常精英化,纯文学性强,故事性反而不明显。

四、文学史反思:重寻"个人"主体建构能力

综上所述,《废都》与《黄金时代》的欲望叙事,都有强烈的个人主义的反思性,与90年代文化逻辑存在一定差异。从文学史意义上讲,两部小说也可看作80年代与90年代转型期千丝万缕又复杂晦暗关系的证据。80年代是新启蒙与体制的共识年代,90年代则被想象为政治与资本结合的多元化时代。80年代启蒙是可疑的,90年代的"多元化"同样可疑。当"庄之蝶"们重新回归体制,开始创作伟大时代的"中国故事";当"军代表"已下岗,"陈清扬"和"王二"们已成为中产阶级,这些故事的叙事合法性就消失了。搞清楚这个问题,就要重新思考80年代的文学遗产及90年代转型的潜在困境。李陀认为,80年代思想解放体制和新启蒙之间存在巨大差异性:"前者在对'文革'批判的基础上建立以四个现代化为中心的政治、经济及文化思想的新秩序,后者凭借援西入中,凭借从西方拿过来的西学话语来重新阐释人,开创新的讨论人的语言空间,建立一套关于人的新知识。"[①]这无疑表明80年代本身存在的"裂痕"。王小波与贾平凹都在某种程度上继承了80年代启蒙精神,但都反叛了80年代文学体

---

① 查建英主编:《八十年代访谈录》,北京:生活·读书·新知三联书店2006年版,第274页。

制。贾平凹以文学家形象"假借"为知识分子。庄之蝶是文人,有知识分子名头,却少知识分子特质。贾平凹以此传达文学与社会的分裂。王小波则传达了知识分子与体制的分裂。《黄金时代》中王二和陈清扬的性爱世界里没有文学,他们的身份是医生和知青。

异质化的性爱叙事同样存在于80年代文学,许多作品因性爱叙事的冒犯,而被抛弃、遗忘,成为文学史的失踪者。① 如遇罗锦的《一个冬天的童话》:"70、80年代文学虽鼓吹回到个人,建立文学自主性,但对于遇罗锦这种实录性自传小说还难以适应和接受。即使文学新启蒙者,也往往把个人理解为苦难的,理想化的,带时代悲情和知识精英视角的抽象形象,不是遇罗锦这样把个人经历,尤其是性痛苦的琐碎生活转换为个人主体性的文学表现。"②寓言具本源性意义,即某种思想结构无法直接实现,必须以"非现实"形式表现出现实的焦虑和渴望。贾平凹与王小波的性爱故事,表现出"独立主体"对民族国家叙事的反思。庄之蝶的性爱"缺失——恢复——再次丧失"的叙事循环中,贾平凹不再追求性爱匮乏与民族国家创伤的寓言性联系,而表现个人如何脱离政治的心灵轨迹。《黄金时代》的寓言性则表现为赋予私人性爱以主体性力量。云南蛮荒边地的热风里,偷情的故事变得光彩照人。那种力比多偏执策略在王小波后期作品中更明显。

但是,这些"个性自我"叙事与90年代文学主流又有疏离感。90年代,很多学者将《黄金时代》解读为后现代狂欢,对《废都》进行道德批判,忽视了二者以性爱叙事重构叙事伦理的意图。对《废都》的道德批判,表现出90年代对80年代道德姿态的留恋;对《黄金时代》

---

① 李杨:《重返"新时期文学"的意义》,《文艺研究》2005年第1期。
② 程光炜:《当代文学的"历史化"》,北京:北京大学出版社2011年版,第126页。

的后现代解读,则表现出90年代对80年代宏大叙事思维的解构。学者习惯从"权力/性爱/后革命"等话语模式解读王小波,但忽略了王强烈的启蒙建构气质。① 戴锦华的表述尤其具有代表性:"如果说在反道德或不道德的意义上,将王小波作品指认为'性爱小说',无疑是一种误读;那么,将王小波的作品读做'政治'场景的'性爱'化装演出,则是另一种误读途径。'王二风流史'所展现的并非历史与权力机器的性爱象征,而是性爱与性别场景自身便是权力与历史场景的一部分。"②这种解读放大了王小波的后现代气息。王小波依然具有强烈的个人主体气质。

为何两部小说会呈现出"暧昧晦暗"的文学史状态?这也要考察90年代知识分子主体性探索的困境。80年代刘再复用二元对立概念,如个人/集体、精神性/实践性等,为新时期文学命名,称"主体新人"要赢得个人心灵安宁与尊严,也要赢得自我和本质实现。③ 但杨庆祥还是从中看到某种历史逻辑相似性:"刘再复的主体论,实际把新时期文学纳入了激进主义文学传统,这种文学的载道性质显而易见。我们关于人的言说越来越软弱无力,一个新人和新文学图景显得遥遥无期。"④90年代,很多知识分子对市场原罪有超乎寻常的敏感,排斥肉身精神建构能力:"'身体'自然是与消费主流意识形态头尾相和、拒斥了启蒙理性与人文思想的身体;这样的'个人经验'其所

---

① 中国港台和海外的很多论文,都从后革命语境下王小波和革命、性爱的关系入手研究,如 Hee Wai Siam:《现代中国的同志修辞学》(《中外文学》[台湾],2009年第3期), Yue Ma, Wang Xiaobo, *The Double Temptation of Revolution and Sexual Allurement*, *concentric*, literary and cultural studies,2005,或将之归类为反体制"问题作家"(郑义:《新体验小说家王小波猝逝》,《九十年代》[香港]1997年第5期)。
② 戴锦华:《智者戏谑——阅读王小波》,《当代作家评论》1998年第2期。
③ 刘再复:《性格组合论》,上海:上海文艺出版社1986年版,第27页。
④ 杨庆祥:《"主体论"与"新时期文学"的建构》,《当代文坛》2007年第6期。

能够含有的个人性的价值与意义,更是大打折扣的。"①

　　这里存在三个问题:一是性爱叙事存在启蒙因素;二是80年代启蒙将性爱理想化处理,存在虚假和缺陷;三是资本全球化的今天,后现代文化放大个人欲望,造成中国当代文学重新表述欲望主体的难度。市场有限包容祛除意义的欲望法则,但文化领域依然有强大禁忌性。对90年代知识分子来说,《废都》是写实性的。这不在于庄之蝶的性爱故事是否真实可信,而是这类猥亵性爱对知识分子和新时期文学的真实冒犯。它以病态窥视给社会以血肉模糊的真实疼痛感,揭示新启蒙的脆弱性。《废都》之后,贾写性爱收敛了,但苍凉悲剧感挥之不去。如果说《废都》写实,《黄金时代》则是浪漫的。《黄金时代》不是简单弘扬性爱的美好,而是揭示其反抗形态——性的自虐。王小波使知识分子找到了艰难怪异地"确立自我"的体验。《废都》试图表达文学的幻灭。王小波则抨击人文精神大讨论的道德合法性,提出宏大世界背后,有一个阴性自我世界。他指出对知识分子而言,做思维精英比道德精英更重要。② 人成为肉身的主人,人在欲望之中承认自我,确认自由、爱情、尊严,追求主体责任伦理。他们感受自己的痛苦和快乐,表达自己的意志,追求自己的利益,满足自己的欲求。③ 这种自由意志书写,对中国知识分子形成独立自主又理性宽容的观念有启发意义。

　　《废都》与《黄金时代》也留下诸多遗憾。这些问题一方面由于自由主义本身所造成:"自由主义者是乐观主义者,他对个人充满信

---

① 张光芒:《欲望叙事的溃败:从"个体写作"到"身体写作"》,《湘潭大学学报》2006年第4期。
② 王小波:《思维的乐趣》,《王小波全集》第1卷,昆明:云南人民出版社2006年版,第112页。
③ 丛日云:《论古典自由主义的个人主义精神》,《文史哲》2002年第3期。

心,充分相信个人对道德的承担力,他把这个世界的进步和美好完全交付个人去推进。但这是一个不能被证实的假定,是一场对人性下赌注的冒险。"①另一方面,则表现了社会转型文化语境对作家和作品的限制力。他们的欲望化个人姿态,注定是偏执而策略化的。《废都》充满旧文人气息与精英自恋。阿灿、柳月等底层女性遭受的压抑和不公,不在作者考虑范围内。《废都》将目光指向新时期文化体制的崩溃。但80年代文学体制没有崩溃,90年代文化体制和政治、经济的结合更紧密了。王小波式欲望个人主义,将欲望提纯为政治对抗物。他笔下无所不在的权力压抑是欲望合法的前提。《黄金时代》对欲望本身并不反讽。当欲望主体不是智慧、勇敢和力量的化身,只是普通人,外在政治压抑变得宽松,欲望责任伦理便会失效。两部作品的悖论在于,无论《废都》的颓废自我,或《黄金时代》的对抗性自我,都还是中国试图自主找寻发展道路的某种探索。90年代中后期,中国被迫深度融入新自由主义经济。复杂的历史处境也导致个人主义弊端被放大,个人主义内在魅力和价值合理性,却被历史地消解了。"个人主义"也因此缺少契机,与更广阔的社会现实相联系,不能成为中国文学内部一个具有生长能力的文学命题。

由此,这两部小说又是一个寓言,即90年代如何真诚表达"个性自我",建构个人主义典范价值观。中国文学的"个性自我问题",常联系着集体性创伤体验、道德情绪和反抗西方主题。这些体验也易诱发以规避意识形态为特征的欲望狂欢。《废都》和《黄金时代》真诚的"个性自我"则有所不同。这二者体现着古典自由主义命题,如个体自由、生命尊严等,成为中国当代文学怪异的"歧路"。90年代

---

① 周枫:《自由主义的道德处境》,《福建论坛》2004年第1期。

的"异端性爱叙事",还有老村的《骚土》。它以传统笔法写乡土性爱,对政治别有讽喻:"对历代农民自觉民主意识的虔敬,然后是对中国大地根深蒂固的封建皇权思想的批判。《骚土》的温暖,是这样一种特殊温暖:边流泪边反抗,边下跪边批判。"①《废都》《黄金时代》《骚土》这类怪异的性爱故事也表明,"重写文学史"的经典化筛选机制,必须以现实指涉能力为标准——它至今尚未终结。

第三节 "日常"的先锋与"解构"的困境: 刘震云的艺术探索

刘震云成名于20世纪80年代。80年代中期"新写实主义"潮流中,刘震云以对"日常生活"的真实揭示,获得文学界认可。90年代,刘震云又以《故乡天下黄花》《温故一九四二》系列小说,引领"新历史主义"写作。学术界也往往以"新历史主义"定义刘震云的创作,以"反宏大叙事"的个人化叙述为之命名。然而,时过境迁,重读刘震云,特别是考察他在八九十年代的创作转型,能清晰洞见中国当代文学先锋冲动与写实主义的深刻纠缠,从而对中国文学的宏大叙事逻辑有更清晰的把握。刘震云的创作既有强烈写实冲动,也有解构的极端先锋表演。但是,这种掺杂启蒙批判、乡土怀旧、后现代狂欢与市民意识的写作,也成了中国小说宏大叙事的鲜明症候之一,即颠覆性地"反宏大叙事"未带来文体和思想的解放,却怪异地以"分裂"表象出现。

---

① 周明全:《可以无视,但不会淹没——老村及其代表作〈骚土〉》,《名作欣赏》2012年第12期。

一、"物质贫困"导致的精神创伤

刘震云的处女作《瓜地一夜》,发表于北京大学文学社刊物《未名湖》(1979年第11期)。这之后,他发表了《河中的星星》《村长和万元户》等小说,但较稚嫩,未能产生影响。刘早期的成名作《塔铺》,其独特的文学气质开始形成。刘震云的目光,开始关注"苦难"问题。不同于李锐、阎连科、莫言这样的乡土作家,刘震云的小说文本有一种拒绝"升华"、拒绝"抒情",甚至是拒绝"形而上思考"的现实气质。他关注现实造成的人性伤害。他在对环境的抗争中,展示人性某种无法拯救的悲剧性。

《塔铺》之中,刘更多表现物质贫瘠对人的伤害:五分钱的白菜汤,恶劣的住宿条件,"磨桌"偷偷在操场找蝉蛹吃。饥饿与疾病折磨着这些年轻学生。因经济所迫李爱莲被逼嫁人;为借《世界地理》课本,父亲几乎跑断腿;王全为照顾家庭不得不放弃高考。相似主题,也出现在路遥的《在困难的日子里》(1982年)。然而,同样对物质苦难的刻画,同样对贫困刻骨铭心的感受,两个作家的态度却不同。路遥的小说有自叙传气质,苦难被升华为神圣的代偿和考验,土地和人民则被赋予拯救者角色,既有"十七年"文学的影响,又有新时期文学的理想主义气质:"因为我是一个从贫困的土地上走来的贫困的青年人。但我知道,正是这贫困的土地和土地一样贫困的父老乡亲们,已经都给了我负重的耐力和殉难的品格——因而我又觉得自己在精神上是富有的。"①这种姿态之中,造成苦难的原因被遮蔽和淡化了。

刘震云的《塔铺》对苦难的关注,则更为个体化,也更真实。小说也有相濡以沫的同学情、纯洁的爱情、令人感动的父子情。但是,作

---

① 路遥:《在困难的日子里(一九六一年纪事)》,《当代》1982年第5期。

家的目光却是冷硬的。"塔铺"成了一个精神创伤性象征。作家隐隐展示了生命个体的真实境遇,及对物质贫困的控诉。刘的笔下,不存在何士光的《乡场上》、高晓声的《陈奂生上城》等新时期改革叙事蕴含的物质进步喜悦,而是揭示了中国依然存在的物质贫困。这种对于普通人苦难的关注,也让刘形成了对新时期叙事与革命叙事的双重反思视角。

小说《新兵连》对军事文学领域的拓展也很惊人。作家把英雄还原为普通人,把军队生活纳入日常生活轨迹,将宏大叙事解构为权力与个人之间的关系。"到新兵连第一顿饭,吃羊排骨。"小说开始就切入物质生活。物质生活的匮乏,则以入党、提干等现实功利目的作为补偿。元首、王滴、老肥等新兵谋求的,不是意识形态信仰,而是如何当骨干,如何分到好去处。为此,他们勾心斗角,互相整治。刘震云描写了一次阅兵式,给予宏大景观以辛辣讽刺:

> 这时太阳升出来了,放射出整齐光芒,一排排的人,一排排的枪和刺刀,一排排的光芒,煞是肃穆壮观,人在集体中融化了,人人都似乎成了一个广场。在这一片庄严肃穆之中,军长也似乎受到了感动,把手举到了帽檐,但他似乎没有学过敬礼,一只手佝偻着弯曲着,可他的眼里闪着一滴明晃晃的东西。①

阅兵结束,作者接着通过排长的口说,你哪里知道,他是一个大流氓,医院里不知玩了多少女护士!②发"羊角风"被退回村里的老肥,最终自杀;被权力反复折磨,精神近乎崩溃的班长李上进,无法入党提干,最后打指导员的黑枪,被抓到了军事法庭,彻底沉沦。

---

① 刘震云:《新兵连》,《青年文学》1988年第1期。
② 同上。

中篇小说《头人》，则基本确定了刘震云乡土叙事的基调。申村祖上创立的封井和染头制度，解决了两大物质问题：一是性欲，二是偷盗。申村的权力更迭，成了一场暴力与欲望的循环游戏。村长被宋掌柜顶掉，因为宋给周乡绅送了两石芝麻。孬舅被宋家抓住，跪在操场上。宋家老四又被土匪绑票。接着，三姥爷被打黑枪，孬舅跟随土匪队伍李小孩，公开打死了宋保长。三姥爷死于蝗虫。革命叙事造成的意义的断裂，在刘震云笔下也没有什么本质不同。甚至"新时期"的合法性也被刘震云取消，历史成了无希望、无意义的"同结构"循环："解放后，孙村长恢复染头和封井制度，孬舅成了领导人，掌握着食堂，自然灾害时期，用饼子睡大姑娘和小媳妇。新喜上台，用斗争会替代法律，半夜带着青年做好事，砍高粱。新喜的毛病是喜欢吃小鸡，隔三差五抓鸡吃，公社周书记下台，新喜也被告发下台……"历史被祛除了进步色彩，变成了赤裸裸的权力游戏，掺杂着暴力、情欲、权欲、物欲。每个人都成了权力的渴望者、受害者和怂恿者。权力拥有者的腐败堕落与最终失败，也是村民们对权力的崇拜和怂恿所致。"人民"被剥去了道德神圣性：村民都讨厌新喜吃鸡，但谁也不敢反抗，反而乖乖地献鸡。恩庆当了村长，不吃鸡，改吃兔子，村民们又怀念起新喜，但对恩庆也是阿谀奉承，恩庆甚至与地主女儿美兰勾搭成奸。分产到户，贾祥逼迫恩庆让出村长，大家又都一致唾骂恩庆。小说最后，贾祥建新办公楼导致塌方，死了很多人。该小说以这样一场死亡"盛宴"实现了对历史和人性的反讽。

二、"日常生活"的写实冲动

刘震云的写实冲动在《一地鸡毛》《单位》等描写日常生活的"新写实主义"小说中，得到了更集中的体现。刘震云关注世俗日常生活，对宏大叙事报以怀疑态度。逼仄的生活空间、寒酸的物质条件，既是灰色现实的写照,也显现出刘震云对现实主义传统的反思。比如,刘震云说:"50年代的现实主义实际上是浪漫主义,它所描写的现实生活实际在生活中是不存在的,浪漫主义在某种程度上对生活中的人起着毒化作用,让人更虚伪,不能真实地活着。"①他还说:"这个世界原来就是复杂的千言万语都说不清的日常身边琐事。"②这种对世俗生活的热情关注,使得刘震云的"新写实"系列作品,具有了强大文学冲击力。《一地鸡毛》《单位》等小说,揭示了中国传统计划经济体制的内部危机。当理想和浪漫褪色,小市民日常生活被还原了平庸与琐碎的烦恼。《单位》《一地鸡毛》之中,刘震云将目光对准两次改革之间的机关生活语境。第一次"改革"走出"文革",探索不同于苏联和美国的社会主义改革道路,第二次"改革"则是走入市场经济。在意识形态意义上,刘震云的这些新写实主义小说,甚至可看作是1992年等二次改革开放道路的某种合法性预演,即以经济发展为中心,物质成为决定性力量。刘震云的"一地鸡毛"比喻,更像体制内生活的嘲讽,是"单位"等计划经济概念的终结。

《一地鸡毛》开头:"小林家的豆腐馊了",以物质性话题开端,暗示着知识分子的尴尬处境。《单位》则从"分梨"开始,每个人都勾心斗角,为了房子、升职、金钱而苦恼。女小彭与女老乔闹矛盾,副处长老孙与老何联合,老张和女老乔闹出绯闻。小林买处理的菜,舍不得给孩子买虾,合租惹麻烦,两家人打架,无人清扫厕所。单位之中,人际关系哲学被凸显出来:"世界很大,中国人很多,但每个人要迫切应付的,其实就是身边周围的人。"体制之内,每个人都异化为暮气沉沉的棋子,如老张对老孙讲,"你缺少的就是熬的精神",而在单位,

---

① 丁永强整理:《新写实小说家、评论家谈新写实》,《小说评论》1991年第3期。

② 刘震云:《磨损与丧失》,《中篇小说选刊》1991年第2期。

权力即意味着地位和物质享受。张副局长升官后,搬进五居室,有两个厕所、煤气管道和大浴盆。而上升的方式,只有对权力的臣服和逢迎。小林原来也比较清高,但眼看别人升职加薪入党,自己却生活窘迫,无奈之下,只能加入世俗大军。

《一地鸡毛》中,小林的老婆小李,婚前是个文静的姑娘,甚至有点淡淡诗意。结婚几年后,"诗意姑娘"变成了爱唠叨、不梳头、夜里偷水的家庭妇女。小林无情嘲弄了理想:"狗屁,那是年轻时不懂事!诗是什么,诗是搔首弄姿扯淡!如果现在还写诗,不得饿死?混呗。""不要异想天开,不要总想着出人头地,就在人堆里混,什么都不想,最舒服。""一地鸡毛"的意象非常惊悚:"小林半夜做了一个梦,梦见自己睡觉,上边盖着一堆鸡毛,下边铺着许多人掉下的皮屑,柔软舒服,度年如日,又梦见黑压压无边无际的人群向前涌动,又变成一队队祈雨的蚂蚁。"[1]这个象征性意象,表面看来自荒诞派文艺,但将之置于90年代氛围,其讽刺并非走向荒诞,而是虚无后的甜蜜认同。更反讽的是,物质贫乏和精神受压抑的双重困境,呼应了"俗人哲学"。俗人哲学既解构革命,也解构启蒙,所谓"世俗化小叙事",不是语言学意义的小叙事,而是题材和主题学上的"小叙事"。它取得了文学表意合法性,呼应了市场化改革,也隐含了内在隐患,即放弃精神理想,尊崇物质原则,在稳定威权体制下寻求个人稳定感。

因此,讽刺没有导致决绝反抗,而是一种认同,既包含无奈酸楚,也有"斯德哥尔摩症"式心结。既然无法追求有价值的生活,那么干脆嘲弄理想,认同现实。作家以物质满足消解了精神追求的可能性。宏大叙事被经济逻辑推倒,物质合法性压倒精神合法性。但是,公权力化为资源进行物质交换,这种交换是否合法合理?这种冲突也构

---

[1] 刘震云:《一地鸡毛》,《小说界》1991年第1期。

成了刘震云小说的内在焦虑。

怪异的是,刘震云的新写实主义小说,没有在现实主义层面被过多讨论,批评家们关注其独特的"先锋气质"。这里既有对自然主义文学补课的嫌疑,又表现出中国文学期待与世界同步的焦虑。新写实主义被命名为"零度写作",既表现出对现实主义的继承性,又具有了先锋气质,即"纯粹客观的对生活本态的还原","从情感的零度写作",展现生活的"原生态",将原生态"原汁原味"地和盘托出,达到了"毛茸茸"的程度。① 新写实主义小说,实际成为先锋小说失效后中国小说的"替代性方案"。

然而,刘震云的"零度创作"和西方的"零度创作"差别在哪里?法国的"零度创作"是哲学上拒绝意义的语言学偏执,刘震云式"零度创作",是对"文学政治性"的恐惧而生出的。它不存在"意义/无意义"的哲学选项,更多是"宏大叙事/日常生活"的对立。它的日常叙事也并非一个奥斯丁或门罗式日常叙事,而是以安稳与幸福的市民神话,掩盖日常之后的荒诞。睡在一地鸡毛之中的小林,不是一个后现代意象,而是体验荒诞之后对物质的极度渴望。日常的荒诞,更让刘震云以此嘲弄知识分子的抵抗。尽管刘震云对展示日常生活的荒诞有一定警惕意识:"所谓日常生活的荒诞,其实我没想把作品写得荒诞,而主要是产生这个作品和作家的生活太荒诞,荒诞并不可怕,但是当荒诞成为一种生活习惯,有些人离开它就不会生活,那就成为更加荒诞的存在。"②然而,由于刘震云对宏大叙事的怀疑,这种"拒绝救赎""拒绝精神性"的书写,走向了荒诞的反面。

刘震云的新写实小说也因此有着一个潜在危险,即对日常生活

---

① 王干:《近期小说的后现实主义倾向》,《北京文学》1989 年第 6 期。
② 刘震云等:《喻家山论坛:日常与荒诞》,选自《日常与荒诞》,武汉:长江文艺出版社 2014 年版,第 98 页。

的鼓吹,预示着中产阶级生活的预演,也预示着中国文学对精神层面的嘲弄与放弃。同一时期,在池莉等新写实主义小说家笔下,知识分子都是假正经或失败者形象。这也使得小林们开始寻求物质,这个过程包括消费知识分子形象,鼓吹物质至上,甚至宽容小林们的"变质腐败"。当小林们开始"权力寻租",比如,《单位》的小林通过批文换微波炉,"小林的故事"的现实批判性就成了玩笑。李杨揭示了世俗化生活在当代文学图景中的权力关系:"世俗化进程中,日常生活不仅只是大众社会的图腾,而且还是权力机构和利益关系的交汇点,正是在这个所谓的日常生活领域,国家权力和市场资本发现彼此的利益和各自的合法性:权力在其中找到了制订国家现代化发展政策的现实依据——日常生活是人民大众利益的直接表达,同时也找到了权力秩序的合法性;资本则意识到日常生活就是广阔的消费市场,是实现利润和资本再生产的物资场所。"①

小说《官场》是一部较早的官场小说,写官场各种人事纠葛、微妙的人际关系。金全礼由于省委熊书记的关系,当上了副专员,为了争专员位置和别人展开斗争。作家的目的不在批判,而在于展示官场的日常生活形态。官场被消解了政治斗争的崇高性,变成私欲争夺的生活空间。在李杨看来,日常生活审美观表现出来的意识形态倾向,事实上已背离写作初衷,渐渐走向了反面——它本是为消解本质主义规定和意识形态性质,但它也在日常事物上强行设置一种本质性规定,变成了新神话。这种危险还在于,"被规定"的日常生活,也有着"重新"意识形态化的危险。

---

① 李杨:《文学史写作中的现代性问题》,太原:山西教育出版社2006年版,第284页。

三、"日常生活先锋化":新历史主义的话语颠覆

写实的冲动,造成刘震云对意识形态话语的怀疑、对社会荒诞性的敏感体认。然而,刘震云的新写实主义小说还有着市民文学的家庭伦理想象,并非纯粹的个人主义文学:"虽然新写实小说具有走向了个体化叙事的趋势,但小说其内质里还是具有一定的公共精神,小说中的叙事空间从社会等宏大背景中撤回到了一个以家庭为单位的小空间——新写实小说并不是真正意义上的个体化写作,而仅仅可以归类为具有个体化倾向的小说。"[①]90年代新生代小说兴起,刘震云转而在历史领域进行开拓,以他的中篇小说《温故一九四二》和《故乡天下黄花》《故乡相处流传》《故乡面和花朵》为代表的故乡系列长篇小说,在乡土、历史、中国、荒诞、先锋等关键词搭建之下,形成了洋洋大观的"新历史主义"景观。

新历史主义小说,兴起于20世纪80年代,在90年代兴盛一时。按照张清华的总结,新历史小说经历了"启蒙历史主义—审美历史主义—游戏历史主义"三个阶段,表现为"表现文化、人性与生存范畴中的历史,以稗史与民间历史观颠覆或拆解传统主流历史观,将'历时性文本'转化为'共时性文本'等特征"[②]。然而,具体文本讨论中,我们会发现,新历史主义小说对历史的解构策略,呈现出激进的"形式先锋化"倾向,越来越失去80年代历史小说如《古船》《灵旗》等蕴含的历史反思理性,沦为全球化景观下中国文学无法建构自身历史的悲剧寓言。这一点在李锐、陈忠实等进行新历史主义探索的作家身上,也非常明显。

[①] 陈小碧:《新写实小说:作为1990年代文学转型的"症候"》,选自上海大学中国现当代文学学科编:《当代文学70年研讨会论文集》,2020年。
[②] 张清华:《十年新历史主义文学思潮回顾》,《钟山》1998年第4期。

刘震云的新写实主义,无法建构完整艺术性和现实感,也无法呈现清晰历史发展逻辑,只能利用先锋化历史表达途径。这种先锋化历史叙事,陷入一种取消文学逻辑的碎片状态,隐晦地再现了"宏观叙事"的隐性在场。刘震云的这些历史小说,历史景观从宏大战争场面、改朝换代和英雄人物,转向家族村落兴衰、平民百姓悲欢离合,再转向阴暗历史废墟、小人物晦暗的非理性世界及碎片化个人呓语。这些小说也可看作是 90 年代文学历史观的虚无主义大爆发。对宏大叙事的绝望颠覆中,新历史主义小说走向了困境。比如《温故一九四二》在抗战大历史逻辑之外,揭示民族战争关键点 1942 年复杂的国内外形势,写了中国平民惨绝人寰的苦难,对宏大叙事的欺骗性进行有力控诉。然而,其历史内容并不完整,"日军救百姓""蒋介石不顾河南人死活""英美人士揭发大灾荒"等说法,遭到很多历史学者的质疑,如黄道炫认为,"刘震云'影射史学'的做法,是拿历史说事,但是过于轻佻"①。而且,刘的历史思维,易造成一种片面性,特别是易形成"西方拯救论",带有后现代主义痕迹。

《故乡天下黄花》延续《头人》处理历史的方式,也是一次"反历史断代"的尝试。小说分为四个部分:"村长的谋杀"是民国初年的故事;第二部分"鬼子来了",是 1940 年抗战时代的故事;第三部分"翻身",讲述的是 1949 年土改;第四部分"文化"则是描述 1966 年开始的"文化大革命"。小说以孙家与李家一个多世纪的仇杀贯穿马村历史。一部中国现代史成了孙李两家轮流掌权、互相攻击的历史。为了抢夺村长之位,村长孙殿元被李家找枪手杀了。村公所成了权力享受与职能展示的交汇处。当过土匪的许布袋为殿元报仇,把李

---

① 张弘:《学者质疑刘震云作品 称〈一九四二〉过于轻佻》,《新京报》2012年12月6日。

老喜吓死了。老喜的儿子李文闹复仇,杀了两个长工。李文闹当村长,又被许布袋找土匪杀了。许布袋和孙毛旦当了正副村长。抗战时期,村民的抗日行为,演变为中央军、八路和土匪及日军的混战。解放战争时期,李小武成了国军连长,孙屎根成了解放军军官,喂马的老贾成了工作员,上级不满意,就换了老范,老范后来被路小秃砍了脑袋。赵刺猬用手榴弹敲死了李文武。李小武的残余武装也被消灭。到了"文化大革命",支书赵刺猬的"锷未残"战斗队,与赖和尚的"偏向虎山行"战斗队发生械斗。赖和尚与葫芦联合,夺了赵刺猬的权……以村落史和家族史勾连中国现代史的企图,新时期以来并不罕见,比如张炜的《古船》、格非的《敌人》、陈忠实的《白鹿原》等。不同于《古船》的启蒙特质、《敌人》的语言先锋性、《白鹿原》的宏大气魄,刘震云的《故乡天下黄花》偏重在主题内容上解构革命,甚至是进步发展观,让历史沦为村落级"权力轮回史"。这颠覆了革命叙事,也颠覆了现代启蒙观。有意思的是,刘震云使用的,反而是十足的现实主义笔法,他很少描写,大部分是简要地叙事,把一个故事讲清楚,背后是不动声色的讽刺。这种冷峻而不乏幽默的叙事,讲述的是战争与历史的荒诞。比如,第二部分最后:

> 村子一下死了几十口人,从第二天起,死人的人家,开始掩埋自家的尸体,邻村的一些百姓,见这村被扫荡了,当天夜里军队撤走之后,就有人来倒地瓜,趁机抢走些家具,猪狗和牛套,粮食等,现在见这村埋人,又有许多人拉了些白杨木薄板棺材来出售,一时村里成了棺材市场,到处有人讨价还价。①

《故乡相处流传》是"更典型"的历史讽喻小说,鲜明地表现出新

---

① 刘震云:《故乡天下黄花》,《钟山》1991年第1期。

历史主义小说的"文本的历史性和历史的文本性",即"历史是一个延伸的文本,文本是一段压缩的历史。历史和文本构成生活世界的一个隐喻。文本是历史的文本,也是历时与共时统一的文本"①。循环论的历史虚无阴影,不仅针对乡土历史、城市历史,更试图抽象出一种更普遍性的历史虚无思维。这种简化方式,一方面形成艺术冲击力,另一方面,颠覆宏大叙事的同时,拒绝任何宏大思维。曹操、袁绍、陈玉成、慈禧等历史人物和延津乡土历史交织,与共和国历史也隐晦地交织,形成怪异的"循环转世"组合。(类似明清具佛教气息的话本小说,曹操和袁绍变成"曹成"和"袁哨"。)革命史、乡土史、古代史实现了平面"杂糅",当代话语也被组织进历史,成为讽喻性"戏仿":"当代的话语大面积地侵入在传统观念中属于过去的历史,消解了今天与昨天的时间间距,使古今话语处于一个共同的话语空间之中,从而使往日漫长而广远的历史统统缩进了今日的文本。"②

小说分为四段,第一段是"三国历史",以"捧臭脚的知识分子"的第一人称自述,戏仿曹操与袁绍在延津的战争史;第二段是"大槐树下告别爹娘",是明朝初年大移民史,朱元璋是无耻的痞子,曹操与袁绍穿越为流民"曹成与袁哨";第三段"我杀陈玉成",是太平天国史,陈玉成变成"小麻子";第四段是"六零年随姥姥进城",写的是中华人民共和国成立后的历史,农民孬舅成为村主任,而穿越的"曹成与袁哨",变成了地主和"右派"。各时期历史人物不断穿越重生,各历史时期的事物也经常发生"杂糅",明代人说现代语言,当代人回忆三国岁月,形成更强烈的讽喻性效果。小说开端,刻意将大历史还原

---

① 朱立元:《当代西方文艺理论》,上海:华东师范大学出版社1997年版,第183—185页。
② 张进:《新历史主义文艺思潮的思想内涵和基本特征》,《文史哲》2001年第5期。

为猥琐肮脏的个人史:"一到延津,曹丞相右脚第三到第四脚趾之间的脚气便发作了,找我来给他捏搓。"曹丞相是一个屁声不断、满嘴脏话、毫无仁义廉耻的恶人形象。小说的文本逻辑是个人崇拜和权力崇拜。曹丞相的"黄水",是人们争相保存的雨露,装在透亮的试管里(历史发生了混乱,试管穿越到千年前)。

历史的真实性遭到彻底颠覆。古今中外的一切人物、事件,都在"当代史"视野之内,拿来拼接杂糅,进行无限度"戏仿"。这种对历史肆无忌惮的破坏,既是对大历史的反抗,也形成了对一切历史的怀疑。比如丞相的爱好除了捏脚,就是玩妇女,但自己又贴出告示争取民心,一、强奸民女者杀,二、骑马践踏庄稼者杀,三、无事玩老百姓猪耳朵者杀。白石头、孬舅、瞎鹿等普通群众,愚昧无知且疯狂崇拜权力。猪蛋耀武扬威,拿着曹丞相发给他的红箍,做着新军头目。曹操和袁绍闹翻是因为一个小寡妇。曹操念叨着戏仿《哈姆雷特》的语言:"丞相一边放屁,一边在讲台上走,手里玩着健身球:活着还是死去,交战还是不交战,妈了个 X,成问题哩。"[①]而对知识分子更是极尽讽刺,比如"我"在梦中常与丞相相会,比诸香草美人的知遇。可以说,《故乡相处流传》之中,历史与文学变成彼此关联的存在:历史空间与当下生存境遇相互敞开,形成历史阐释者与"讲述话语的年代""话语讲述的年代"之间的动态对话,历史被文学化了,文学也被历史化了。

四、创新的危机:"解构"与"建构"的双重失效

有意思的是,刘震云的故乡系列小说,不仅围绕故乡"延津",且刻意使用方言土语,在语言与思维方式上,戏仿使用农民式眼

---

① 刘震云:《故乡相处流传》,武汉:长江文艺出版社 2016 年版,第 45 页。

光。这无疑也形成对中国文学乡土传统的解构。这也透露出刘震云创作的一个重要问题,即刘匮乏真正的现代都市体验,他的戏仿、颠覆和解构更多是一种语义与主题解构,而非后现代意义的解构。这也因此形成悖论特征,即刘以后现代方式解构启蒙与革命,然而,由于现代意识匮乏,他不得不借助前现代思维方式、人物和主题。刘震云的解构意图如此强烈,形成了故乡系列多部长篇小说,数百万字洋洋大观。其实这又凸显了一种长篇小说史诗性思维,这无疑也与他的解构思维形成了内在冲突。这尤其体现在他的系列长篇小说《故乡面和花朵》——历史与当下、想象与现实、乡村与都市,都变得界限模糊,古代、现代、"文革"等各时期话语杂糅一起。孬舅、瞎鹿等人物不断出现,身份变化不断,故事破碎不堪,难以卒读,大段人物意识流和内心独白,占据了相当篇幅。小说第四卷结尾,刘震云甚至用"白石头"这个名字模仿《水浒》和白居易的《琵琶行》。小说题记戏仿艾青成名作《我爱这土地》:"为什么我的眼中常含着泪水/是因为这玩笑开得过分。"这似乎隐喻着作家对中国历史,特别是现代史虚伪之处的愤怒。洋洋大观二百多万字小说的总目录也有意思,分为"卷一前言卷、卷二前言卷、卷三结局、卷四正文:对大家回忆录的共同序言"。卷一写未来社会,卷二则向回写,刘将结局放在三卷,时空主要在90年代,第四卷正文主要以回忆性重构为主,时空主要是六七十年代。

考察刘震云这部小说,就会发现其存在"二次反转",也就是说,将前现代乡土生活、人物特征与话语行为进行"后现代处理",以前现代的"后现代化"方式,实现某种历史整体隐喻。刘震云似乎告诉我们,中国融入全球化的时代,前现代、现代与后现代并置于同一时空,"坚固的东西"并未烟消云散,而是以亡灵复活的形式,在"历史的反复"中以新的盛装出现在我们面前。比如,第一卷开头,小说展现后现代化丽晶广场。广场曾是现代性发生的重要公共空间,现代性在此实现某种想象共同体的召唤仪式。然而,22世纪广场,人们热衷于某种前现代乡土生活:

> 我与孬舅一个人骑一头小草驴,站在时代广场的中央。到了22世纪,大家返璞归真,骑小毛驴成了一种时髦。就跟20世纪大家坐法拉利赛车一样。豪华的演台,都是用驴粪蛋码成的。小毛驴的后边,一人一个小粪兜。粪兜的好坏,成了判断一个人是不是大款、大腕、大人物和大家的标志。大款们娶新娘,过去是一溜车队,现在是一溜小毛驴,毛驴后面是一溜金灿灿的粪兜。①

小说杂糅着很多命题,比如,权力与爱的关系、城市与乡土的关系、消费时代知识分子的使命等。"小刘儿"与孬舅、瞎鹿、白石头、曹成、袁哨的故事,不仅与《故乡相处流传》形成人物谱系延续性及互文性,而且"小刘儿"等知识分子的命运依然被无情批判与讽刺。小说借助孬舅的口说:"表面很清高,表面很先锋,表面很现代,对世界和现实不屑一顾,但是后来这张入场券不都写到了你们文集的前言、后记、序言或是跋里了吗?"只不过,这些问题的思考,均以碎片化方式出现在小说文本。

这部小说另一个引人注目之处在于"同性关系"的隐喻。陈晓明认为:"其一,他持有拒绝历史化的态度。这就是一个'历史同质化'陷入的一种困境。同性化实际上是一种同质化关系,同性恋关系也被称作一种'同志关系',刘在这里显然隐喻政治意义上的'同志'关系……其二,对乡土中国的宗法制度的一种解构。大家知道中国宗

---

① 刘震云:《故乡面和花朵》卷一,武汉:长江文艺出版社2016年版,第1页。

法制的社会是以一种家族、家庭、家族伦理为结构纽带,才会建立一个封建家长制。当这一切都变成'同性关系'后,这里面又出现了一种平等,权力在这里面只是一个初步关系。"①

除了上述意义阐释,"同性关系"的一个明显隐喻,就在于刘震云借"同性恋"表达对于后现代主义在中国被怪异挪用的讽刺。小说卷一,孬舅的警卫吼叫:"我们连正经的异性恋爱关系都没有,你们都到了这一步,让我们怎么活?"在刘看来,依然处于社会转型的中国社会、依然存在贫困的乡土中国,同性关系这样的后现代话语,根本不适合这片土壤,也必将是一种错位纽结。小说之中,一群搞同性关系的世界名流贵族,竟然诱惑了孬舅的老婆,要求去延津乡下建立"幸福乐园"。他们对孬舅说:"越是条件差,越是对我们的心思,我们就是富日子、贵族生活过够了,才来玩这个。"②这无疑让人联想起冯小刚的电影《甲方乙方》里到乡下找罪受的大款,电影《私人订制》里到处追求高雅、反对恶俗的俗人导演。小说虽然处处提到"同性关系",但主要人物、情节和"同性关系"没什么联系,小说也没有同性关系的身体场景描述。同性关系不过作为反讽性"象征",被强行植入小说文本。

尽管刘震云在小说之中,讽刺了后现代主义的"非中国性",但是,就《故乡面和花朵》整体而言,却是一个非常先锋化的、具激进色彩的"后现代"文本。正如陈晓明指出:"他第一次用后现代手法书写乡土中国,也是他第一次把后现代与乡土中国联系在一起。这是

---

① 陈晓明:《故乡面与后现代的恶之花——重读刘震云的〈故乡面和花朵〉》,《解放军艺术学院学报》2004 年第 3 期。
② 刘震云:《故乡面和花朵》卷一,武汉:长江文艺出版社 2016 年版,第 1 页。

中国现代性文学大胆的开创。"①可是,碎片化新历史主义的呓语和狂言,以前现代乡土叠加后现代景观的怪异手法无法完成"反映乡土中国转型中人们精神变异"的历史理性的重任。刘震云是以后现代的方式,悖论地在文本之中暗喻着后现代主义本身在中国的"不可通行"。刘震云的失败也暗示了"宏大叙事"潜规则的支配性作用。

马尔库塞在《文化的肯定性质》中认为,艺术的"自律性"具有自相矛盾性质。单个作品也许会对社会反面现象作出批判,但期待社会和谐,成为个人审美愉悦的一部分,则冒着对社会缺点仅作出一种理智补偿的危险,并由此形成对作品内容所批判对象的肯定。②(比格尔)进一步指出,艺术从实际语境中脱离,是一个历史过程,即它是由社会决定的——"自律"因此是一种意识形态,它将真理因素(艺术从生活实践中分离)与非真理因素(使这一事实实体化,成为艺术本质历史发展的结果)结合在一起。③ 在比格尔看来,先锋文学对艺术的自律性的过分强调,会导致"语义"萎缩。先锋文学的困境也在于,在合乎真理和非真理的界限之中,先锋文学往往引发"震惊"(本雅明语)的陌生化效果,也导致批判性的减弱。

刘震云的悖论性在于,他不仅是冯小刚商业电影的编剧,更是体制内的"纯文学作家"。当"日常生活"的写实冲动无法实现更有效的表达,刘震云就选择了一种新历史主义的先锋探索。然而,他对宏大叙事的解构是无效的,或者说,这恰暴露了刘震云精神深处的虚

---

① 陈晓明:《故乡面与后现代的恶之花——重读刘震云的〈故乡面和花朵〉》,《解放军艺术学院学报》2004年第3期。
② 〔德〕彼得·比格尔:《先锋派理论·序言》,高建平译,北京:商务印书馆2002年版,第6页。
③ 同上书,第117页。

无,即嘲弄理性与理想,嘲弄一切历史正义。这种虚无主义为权力崇拜辩护,隐含着认同庸常的精神危机。

刘震云将历史变成了与红色相对的"黑色寓言"。这个寓言中闪现着中国的"非主体性位置""中国边缘"的价值观。这种"反宏大叙事"写作的另一问题就是,它无法进行一种现实意义的"真实性写作",对真实性的放逐和遮蔽,也放弃了对社会与人生进行描写的可能。詹姆逊意义上的民族国家寓言,其症结也在于第三世界无法在真实性上表现自己,只能借助寓言,更抽象地将之变为民族国家抵抗者命运的隐喻。

"故乡"系列小说后,《手机》基本作为影视底本出现。新世纪后,刘震云的《我叫刘跃进》《我不是潘金莲》《一腔废话》《吃瓜时代的儿女们》等小说,将目光转至底层都市体验,又走回"现实主义"叙事。《一句顶一万句》是刘震云最好的长篇小说。这是一个寻找中国人"内面性"的现代小说,也是一个不再专注于解构宏大叙事,而是心平气和地看待宏大叙事的文本。刘震云有效处理了革命与启蒙的负面影响。他以看似缠绕的故事,在长达半个多世纪的叙事时间,展示中国底层民间社会对于"孤独"和"寻找"的体认,从而在更高层面实现了对"现代中国"乡土心灵史的宏大建构。

下 编

宏大叙事思维之二：
现代民族国家叙事

第六章
新的表述:"文化复兴的现代中国"

第一节 小说、现代国家民族叙事与历史

　　这一部分我将重点阐释 90 年代中国小说的另一种重要"宏大叙事性"——现代民族国家叙事。旷新年认为:"民族国家意识是中国现代启蒙运动最重要的内容之一。中国现代启蒙运动,首先就是要进行现代民族国家思想的'启蒙',从而打破中国民族国家意识的'蒙昧状态'。"① 中国的现代民族国家意识,脱胎

---

① 旷新年:《民族国家想象与中国现代文学》,《文学评论》2003 年第 1 期。

于启蒙运动,并与三民主义、共产主义及"排满崇汉""大一统"等思想意识发生杂交变异,在小说文本中产生出一些有"中国特色"的现代民族国家叙事,如梁启超《新中国未来记》、陈天华《狮子吼》、杨沫《青春之歌》、柳青《创业史》等。现代民族国家叙事是宏大叙事生成的重要组成部分。20世纪90年代,现代民族国家叙事对于"未完成现代性"的中国,成了最有号召力的符号表意之一,并在小说特别是长篇小说中,彰显出独特价值。

一、国家民族叙事与现代性

一般而言,国家是意识形态强制性的想象共同体(如监狱、警察、政府等国家权力机关),民族是文化共同体的确认,享有共同神话、象征和传统,特指具有共同语言、共同地域、共同经济生活、共同文化心理特征的人类共同体。斯大林说出民族与现代性之间的关系:"民族不是普遍的历史范畴,而是一定时代即资本主义上升时代的历史范畴。"①现代语境下,很多民族更进一步形成现代民族国家"想象共同体"(本尼迪克特·安德森语)。这种想象将"现代"与"民族"和"国家"牢固绑定,它不是虚假的意识产物,而是社会心理学的"社会事实"。就基本内涵而言,它有"国民"和"民族国家"两个概念,如梁启超所说:"国也者,积民而成,国之有民,犹身之有四肢、五脏、筋脉、血轮也。"②"国民"是现代民族国家的根本,与之相对应的是前现代的"百姓"。在此基础上,是"天下观"向"现代民族国家观"的转化。这也是中国实现从"家国"向"国家"现代转型的关键,即"近代中国思

---

① 李世涛主编:《知识分子立场:民族主义与转型期中国的命运》,长春:时代文艺出版社2002年版,第11页。

② 梁启超:《饮冰室合集》第6卷,北京:中华书局1989年版,第1页。

想史的大部分时间中,可以说是一个使'天下'变为'国家'的过程"①。"天下"持有"中华中心论"观点,寓指传统知识分子不以一代一朝而限制的"修、齐、治、平"的儒家传统。"民族国家"观念,则以"主权"概念为标志,即"国家是由人民组成的社会,占有一定的领土,不受外来的统治,一个有组织的政府"②。国家主权是个人独立、自由和民主的"集体性拓展仿像"。它的基本意义在于国民的"民权",其次则在于国家"主权"和政府"行政权"。"天下兴亡,匹夫有责",悄悄变成"国家兴亡,匹夫有责"。

当然,"民族"与"国家"之间,只有在现代性条件下,才能真正结合为紧密的意识形态结合体。现代意义的民族也只能是现代国家产物,如黑格尔所说,"只有形成了国家的民族才具有更高品格。民族不是为了产生国家而存在的,民族是由国家创造的"③。不同文化特质和文明阶段,民族国家叙事也呈现不同状态。中国就出现过种族民族国家、启蒙民族国家、三民主义民族国家、阶级革命民族国家、现代化民族国家等意识诉求,这既是社会转型的表征,也为民族国家叙事在不同历史时期的不同形态埋下了伏笔。

二、现代小说中的民族国家叙事

现代小说的发生,与民族国家叙事有密切关系。作为对"过去记忆"的讲述,叙事不可避免地有着地域性"民族国家意识"的影子。它既是时间维度的"普遍性"意识形态话语,又与地域性"共同想象"

---

① 〔美〕列文森:《儒教中国及其现代命运》,郑大华、任菁译,北京:中国社会科学出版社2000年版,第87页。
② 徐迅:《民族主义》,北京:中国社会科学出版社1998年版,第34页。
③ 〔德〕黑格尔:《民族特征与欧洲统一观》,《欧洲》1994年第1期。转引自李世涛主编:《知识分子立场:民族主义与转型期中国的命运》,长春:时代文艺出版社2002年版,第16页。

有关。一方面,人们利用"叙事"表达生活体验和生命意识。叙事普遍性与人类经验的普遍性对应;另一方面,叙事又联系地域性的特定历史记忆,不同族群与文化背景的人们,在叙事上具有鲜明的本区域共同生活史想象,即"叙事的目的就在于把一个社群中每个具体的个人故事组织起来,让每个具体的人和存在都具有这个社群的意义,在这个社群中,任何单个事件,都事出有因,都是这个抽象的、理性的社群的感性体现(黑格尔),这个社群或是'国家'、或是民族、或是人类"①。

民族国家叙事作为"共同体"想象,也联系着小说这种"现代性"文体。瓦特以笛福、菲尔丁等作家为例,强调现代小说与现代性不可分割的关系。柄谷行人《日本现代文学的起源》通过风景、独白、内面性、儿童化等主题思维,重新梳理"被遗忘"的文学现代性发生过程,指出它与日本独特的现代国家民族意识的"共生性"形态。安德森《想象的共同体》则将现代民族国家定义为"想象共同体",指出"民族语言阅读"对"现代民族国家"的塑形作用。② 与此类似,霍布斯鲍姆在《革命的年代》中也指出文字印刷品——报纸和小说,对"法国大革命"的作用:"一旦它发生,它就进入了印刷品具有累积性的记忆。那被它的创造者与受害者所经历的、席卷一切的魅惑的事件。"③《汤姆叔叔的小屋》中,民主、自由、博爱的多民族统一国家形象深入人心;《青春之歌》中,一个革命、现代的民族国家形象也得以确立。"现代民族国家"既成为叙事的背景,渗透入有关现代性宏大

---

① 李杨:《抗争宿命之路:"社会主义现实主义"(1942—1976)研究》,长春:时代文艺出版社1993年版,第9页。
② 〔美〕本尼迪克特·安德森:《想象的共同体:民族主义的起源与散布》,吴叡人译,上海:上海人民出版社2003年版,第5—7页。
③ 〔英〕艾瑞克·霍布斯鲍姆:《革命的年代:1789~1848》,王章辉译,南京:江苏人民出版社1999年版,第231页。

叙事的写作,也成为一个必然主题,即"现代民族国家叙事"。

现代小说的宏大叙事性,常以民族国家叙事为表征,或与民族国家叙事结合。在民族国家概念帮助下,革命、启蒙等重大意识形态命题,才能顺利支撑起宏大叙事的耀眼光环。关于民族国家叙事之于意识形态的合法性,塞奇·莫斯科维奇有过准确阐释:"一切旨在统治民众的政权,无论它们是一个党派,一个阶级,还是一个民族,都必然是一种想象的政权。它必须立足于一种最高理念(革命、祖国),或者是根植于每一个群体的某个无法摆脱的思想,直到他受到这种思想所暗示的权力的影响,然后它们就被转变成集体的行动和形象。"①具体文化语境下,小说叙事与民族国家意识的结合方式也不同。赫密·芭跋(也作霍米·巴巴,Homi Bhabba)认为小说"国族叙述"(national narration)中,民族国家作为一种文化想象,常以不同叙述方式表现于不同语境中。

具体叙事策略而言,小说通过特有方式——"记忆",重新塑造现代民族国家"历史",将"历史因果律"缝合于"现代国家民族",展现国家的"立国神话""历史文化传承"。浦安迪给"叙事文"下定义时指出:"叙事文是一种能以较大的单元容量传达时间流中人生经验的文学体式或类型。"②与抒情诗、戏剧相比,叙事侧重"时间流中的人生经验"。叙事要编织动态时间流,将之组织成具意义与时空结构的经验流(flow if experience)文本。西方叙事文传统很重视"因果关系"的时间特质。浦安迪指出:"一篇叙事文必须要遵循某种可以辨识的时间性'外形'或'模式',才会使全篇叙事文产生首尾一贯的印

---

① 〔法〕塞奇·莫斯科维奇:《群氓的时代》,许列民等译,南京:江苏人民出版社2003年版,第118、119页。
② 〔美〕浦安迪:《中国叙事学》,陈珏译,北京:北京大学出版社1996年版,第8页。

象(即起、中、结三个段落的结构)。"①福斯特将小说"情节"定义为:"情节是由时间上的连续和因果关系这两者结合而成的。"②把"因果"加诸叙事文,实际是西方文化认为"文学"是对世界"模仿"观念的产物。按因果关系组织故事,也就为西方现代小说模仿社会、展示真实人生、揭示历史规律等现代"宏大"特质,打下潜在的文化心理基础。③

赋予"时间因果律"以现代民族国家特质,还是"现代小说"出现后的事。一是现代小说重视"个体神话",以典型个体表征民族国家。"典型性格"的出现,被认为是"人性内涵"的普遍性与具体性的统一,因此成为特定文化地域(现代民族国家)、特定历史阶段(进步历史的环节)的象征,代替单纯的"情节-故事"模式;二是现代小说通过"历史因果律",将"现代历史"与"国家民族意识"缝合。叙事表达的地域文化经验,不再局限于封闭的空间,而是一个比种族、王朝、领地更广泛的社区,即"现代民族国家"。小说对民族国家意识的表现,必须在历史因果律之下,才具有真正合法性。有时小说直接与进步线性历史结合,成为历史小说(如"十七年"革命历史小说),即如王德威所说"历史小说的逼真写实感主要肇因历史的不可逆性,其先决条件就是把重点放在独特的与可能的人物与事件上。换言之,亚里士多德的'诗的或然性'与'历史的必然性'在历史小说中形成了纠结

---

① 〔美〕浦安迪:《中国叙事学》,陈珏译,北京:北京大学出版社1996年版,第57页。

② 〔英〕E. M. 福斯特:《小说面面观》,苏炳文译,广州:花城出版社1984年版,第56页。

③ 西方传统叙事文,也存在少量反线性、反因果律的小说,如1759年斯特恩的小说《项狄传》,时间关系混乱,叙事视角多变,甚至插入大量图形、线条、乐谱。参见杨世真:《重估线性叙事的价值——以小说与影视剧为例》,杭州:浙江大学出版社2007年版,第99页。

复杂的辩证过程"①。有时历史性则作为内在时间逻辑,影响现代小说的叙事姿态、叙事伦理、人物塑造和故事设计。如 90 年代"主旋律"小说《抉择》《天网》等对现代中国形象的塑造,就紧扣执政党领导下的国家现代历史进步逻辑。

第二节 新国族标识:"文化复兴现代中国"

民族国家叙事是一种"想象"出来的社群风格,带有现代性的痕迹。市场经济催生科技发展,出现了大量识字人口,而大众传播发展也与政治民主化相结合。民族国家叙事建立在现代性发育基础上。现代性发育的条件,除了市场经济、政治民主之外,就是思想启蒙的重要性。鼓励独立自由的人成为责任伦理与意图伦理结合的"真正的人"(马克斯·韦伯语)。有的论者以"作为国民的个人""与国家划界的个人""作为材料的个人"②为据,指出现代文学阶段的国家民族叙事中"个人"与"集体"之间的冲突、融合和妥协。而考察中国 20 世纪以来民族国家叙事的发展,大致可分为三个阶段,即他者的启蒙焦虑、新中国革命神话与文化复兴的现代中国。③

一、国家民族至上:"被忽略的个体"

现代文学发生阶段,西方文化作为"他者"进入视野,成为现代中国国家民族想象的参考。个体的独立自由,在启蒙思潮中曾被认为

---

① 王德威:《想像中国的方法:历史·小说·叙事》,北京:生活·读书·新知三联书店 1998 年版,第 311 页。
② 顾红亮:《民族国家语境中的个人图像》,《浙江学刊》2007 年第 1 期。
③ 旷新年曾撰文认为,中国现代文学中的国家民族想象是他者的神话到建国的神话。见旷新年:《民族国家想象与中国现代文学》,《文学评论》2003 年第 1 期。

是现代国家民族形成的必要前提。陈天华的《狮子吼》以"狄必攘""文明种"等人物寄托启蒙乐观态度,也以雄健的体魄、科学的头脑和自由民主精神,暗示"新民"的想象。陈独秀曾为"独立的人"大声疾呼:"我们爱的是人民拿出爱国心抵抗被人压迫的国家,不是政府利用人民爱国心压迫别人的国家。我们爱的是国家为人民谋幸福的国家,不是人民为国家牺牲的国家。"①鲁迅也提倡"立人":"其首在立人,人立而后泛事举,国人之自觉至,个性张,沙聚之邦,由是转为人国。"②就连被认为保守的杜亚泉,也曾撰文指出:"在逻辑上,个人先于国家,因此,要想使国家富强,必须先巩固个人地位,毋强个人以没入国家。"③

但晚清及至五四,也存在另一种强大论调:国家民族高于一切,必要时可牺牲"个人小我"。蔡锷认为:"苟国家能跻于强盛之林,得与各大国齐驱并驾,虽牺牲一部分之利益,忍受暂时之苦痛,亦非所恤,国权大张,何患人权之不伸。"④孙中山解释"民族主义",也着重其对于国家民族的意义:"如果再不留心提倡民族主义,结合四万万人成一个坚固的民族,中国便有亡国灭种之忧。我们要挽救这种危机,便要提倡民族主义,用民族精神来救国。"⑤这种看法影响了晚清到五四的现代民族国家叙事表述方式。30年代后,民族国家价值压倒个人自由,则突变为主流看法,渐渐湮没了原本现代国家民族意识的基本内涵。这之后,民族国家想象形态不断变化,可集体压倒个体的逻辑

---

① 陈独秀:《我们究竟应当不应当爱国?》,《每周评论》1919年第6卷第8期第25号,选自《独秀文存》,合肥:安徽人民出版社1987年版。
② 鲁迅:《文化偏至论》,《鲁迅全集》第2卷,北京:人民文学出版社1981年版,第27页。
③ 杜亚泉:《杜亚泉文存》,上海:上海教育出版社2003年版,第168页。
④ 蔡锷:《在统一共和党云南支部大会上的演讲》,曾业英编:《蔡锷集》,长沙:湖南人民出版社2008年版,第231页。
⑤ 孙中山:《民族主义第一讲》,《孙中山全集》第9卷,北京:中华书局1986年版,第188、189页。

第六章　新的表述:"文化复兴的现代中国"　189

合法性,则不断巩固。如左翼文学有将文学变为"革命传声筒"的倾向。成仿吾《从文学革命到革命文学》、冯乃超《艺术与社会生活》、李初梨《怎样地建设革命文学》等,都要求文学适应革命形势、面向工农大众,强调作家要放弃"小我"、拥抱革命"大我"。

这种逻辑变化,有两个关键节点:一是时间点,即抗战;二是空间点,即延安文艺工作座谈会。抗日战争让"救亡"变得尖锐,以战争文学为外在形态的民族国家叙事,很快取得主导地位。值得注意的是,这一时期,民族国家叙事形态都是以个人对于国家民族意识的无条件服从为主题。如国民党宣传部于1936年颁布《文艺宣传要旨》:"当此外辱方殷,国势占危,应积极提倡民族文艺,民族文艺对内当以联结民族,激励爱国思想,肃清汉奸,消灭残匪,积极为民族利益奋斗的原则。"①受国民党影响的"战国策派",强烈拥护国家民族作为最高标准:"第一个观念,就是国家至上,民族至上,没有民族,没有国家,个人根本就不能存在。国家不是人民组成的,人民乃是靠国家存在的……个人可以牺牲,国家不能牺牲。"②陈铨的《革命的前一幕》《天问》,黄震遐的《黄人之血》《陇海线上》《大上海的毁灭》,李赞华的《变动》《矛盾》都反映了这一主张。然而,这种民粹主义呼声,其艺术性和思想性都令人生疑。③ 另一方面,1938年,周扬大力号召作

---

① 中国国民党中央执行委员会宣传部编印:《文艺宣传要旨》,1936年版。
② 陈铨:《德国民族的性格和思想》,《战国策》1940年第6期。与上条均引自李钧:《生态文化学与30年代小说主题研究》,青岛:中国海洋大学出版社2006年版,第167、184页。
③ 如王富仁指出:"这些'民族主义'文学家并不是在民族意识、民族精神的发展过程中走向所谓的'民族主义文学'创作的,而是在与国内知识分子争地盘的意识支配中走向所谓'民族主义文学'的旗帜的。支持他们创作的,不是他们真实的生命感受和精神感受,而是当时国家政权实现对全社会的政治、经济和文化控制需要。"见王富仁:《三十年代左翼文学·东北作家群·端木蕻良(之二)》,《文艺争鸣》2003年第2期。

家将民族解放和现代性进步相联系:"战争变化了中国,那里有无数兵士兄弟们卫国守土的流血的战斗,有广大民众武装起来保卫家乡的誓死的斗争,有抗日政权的巨人般的出现,尤其值得在文学上反映的,是敌人的野蛮残暴在中国人民心灵上激起的剧烈变化。"①擅长战争题材,受到共产党领导的"七月派",歌颂"个人为国家牺牲的主题"的小说,数量也非常多。如丘东平《一个连长的战斗遭遇》的林青史连长,收拾败兵打胜仗,反被营长处决。作家讴歌的是林连长为国家民族慷慨就死的精神。抗战结束后,这种叙事形态并没有结束,继续以战争文学的形态发展,并走向阶级化民族国家叙事。

　　空间的关键点,则是延安文艺座谈会。毛泽东在座谈会上的讲话具有鲜明的"战时文艺"特点。他提出"要让文艺很好地成为革命机器的组成部分,作为团结人民,教育人民,打击敌人,消灭敌人的有力武器",他又强调:"但是,仅仅有军队是不够的,我们还要有文化的军队,这是团结自己,战胜敌人的必不可少的军队。"要建立一个符合革命要求,达到宏大目标的文学叙事法则,就必须让知识分子改造自我:"最干净的还是工人和农民,尽管他们的手是黑的,脚上有牛屎,还是比资产阶级和小资产阶级干净……我们知识分子出身的文艺工作者,要使自己的作品受到群众的欢迎,就要把自己的思想来一个变化,来一个改造。"②民族国家叙事与革命意识结合,获得了叙事推动力。会议影响深远,它将"战争文艺形态"固化成革命与民族国家意识的"两结合"。它弘扬国族的权威性与道德性,并将民族国家叙事变成"建国神话"。如格里德所说:"也许整个中国革命的经验中最

---

　　①　周扬:《我们的态度》,引自《文学运动史料选》第4册,上海:上海教育出版社1979年版,第71页。
　　②　毛泽东:《在延安文艺座谈会上的讲话》,选自《毛泽东选集》第3卷,北京:人民出版社1991年版,第112页。

显著的特征,就是在各个不同时期的革命领导人,都关心不断使个人道德品质与种种对终极社会利益的幻想一致起来的问题。"①

这种逻辑影响下,"十七年"革命历史小说,在"建立新中国"的合法性前提下展开叙事。无论《创业史》《金光大道》,还是《暴风骤雨》《红岩》《苦菜花》,在对革命历史的追忆中,"国家民族"与"个体自由"的断裂,已是不言自明的前提。70年代末,新时期文学开始,阶级叙事退却,民族国家叙事却没消失,而是重新组建新的现代中国形象。这一时期的个体意识,依然被现代化的集体意志压制,处于"被牺牲"的地位。80年代"改革小说",如王润滋《内当家》《阵痛》等,当革命意识形态与现代化改革发生冲突,作家们往往通过党派代表的神圣性,加以疏导和规训。《内当家》的党代表"张书记",以国家民族大义劝说内当家,让她接受往日反动地主、现在的归国华侨刘金贵"荣归故里"。蒋子龙的《赤橙黄绿青蓝紫》,在主人公解净由"宣传科副科长"向"懂技术、觉悟高的好干部"的身份转变中,小说又得以延续"现代化"的民族国家叙事逻辑。然而,无论内当家还是解净,她们只是新民族国家叙事对个体"改造"的样板,她们作为个体的"自我意识",依然处于被压制状态。

二、文化复兴的现代中国:文化史诗与现代强国梦

"他者的焦虑"与"建国神话"阶段,"个体意识"没有成为民族国家想象的核心要素,反而在后发现代国家"道德超越"的努力下,被不断遮蔽与删改,如刘禾说:"对现代性进行思考和肯定的一个重要方面就是建立现代民族国家理论,这使汉语的写作和现代国家建设之

---

① 〔美〕格里德:《胡适与中国的文艺复兴:中国革命中的自由主义(1917—1937)》,鲁奇译,南京:江苏人民出版社1989年版,第347页。

间取得了某种天经地义的联系。"①然而,随着90年代改革开放深入,特别是文化市场的蓬勃发展,民族国家叙事在叙事时空表述上空前扩张。其"边界"不断扩大,内涵逐渐丰富,不仅有革命、启蒙,且传统文化也逐步"复活"。民族国家叙事再塑造的过程,从20世纪90年代延续至今。尽管西方仍是强大"他者",然而具体书写实践中,中国自身的"整合性因素"不断增强,正在形成"中国特色"的民族国家宏大想象,即"文化复兴的现代中国"。"现代中国"是延续主题,它以求生存、求发展为目标,更注重现代中国的经济富强和在全球经济分布中的地位。"文化复兴"是指民族国家传统文化的记忆复活。无论儒家,还是道家或其他传统文化,都逐步在中国主体性价值诉求中,展现出反"西方现代性"的价值魅力。

具体而言,20世纪90年代,这个过程分化为两种倾向。现代民族国家(nation-state)其实包含两种共同体认知,即民族共同体与国家共同体。90年代小说的民族国家叙事,表现为"民族"与"国家"某种程度上的意识分化与重建。一是"现代强国梦"国家史诗,即指有较强意识形态性的主旋律小说(新改革小说、新军旅小说、新乡土小说、官场小说等);另一种则是"民族文化史诗",主要指拓展了民族文化时空、强化民族文化主体性的长篇小说。这里需要搞清楚现代小说与史诗的区别与联系。

首先,要梳理史诗和现代小说概念。具有史诗品格的现代小说,应是表征民族国家叙事的载体。史诗和现代小说,在反映现实生活的深广度及历史规律上,有很强的联系。保罗·麦线特认为,现代小说是史诗的一种间接形式,继承了史诗"超越现实时空界限"和"包

---

① 刘禾:《文本、批评家与民族国家文学》,《语际书写——现代思想史写作批判纲要》,上海:上海三联书店1999年版,第67页。

含历史"两个因素。① 他指出史诗与小说的共性,即展示"广阔的文化时空范围",并在叙述中体现"历史某些必然规律性"。黑格尔也认为,史诗之所以成为崇高伟大的文体,在于其形式与内容,是个人与世界、个人与民族处于融合的阶段。然而,黑格尔对史诗与现代小说的联系,也持矛盾态度。一方面,他认为现代小说是史诗的继承和发展:"关于现代民族生活和社会生活,在史诗领域有最广阔的天地的要算是长短不同的各种小说。"② 另一方面,他又从"心灵"与"世界"统一的角度,声称现代"分裂社会"不可能产生史诗:"如果今天还有人根据传说事迹去创作一部有民族意义的作品或经典,那简直是一种最荒谬的幻想了。"③

对现代小说与史诗的复杂关系,巴赫金与卢卡奇也有重要的阐释。巴赫金认为,现代小说是对史诗传统的叛逆,是世俗反讽和解构经典的文学形式。他指出,史诗有三个鲜明特点:一是史诗的对象是民族值得传颂的往事,用歌德和席勒的术语就是"绝对的过去";二是史诗的源泉是民族传说(不是个人经验及以此作为基础的虚构);三是史诗世界与当代隔着绝对的"史诗距离"。巴赫金突出了史诗的"时间距离"。长篇小说的基本特征:一是长篇小说在风格上有与史诗意识相联系的三维性;二是长篇小说文学形象时间坐标发生根本变化;三是长篇小说文学形象构成上的区域,恰是一种通过其未完成性表现出的、与当前(现代生活)最大限度的接触。④ 也就是说,长篇

---

① 参见〔英〕保罗·麦线特:《史诗》,王星译,北京:昆仑出版社1993年版,第94页。
② 〔德〕黑格尔:《美学》第3卷下册,朱光潜译,北京:商务印书馆1981年版,第187页。
③ 同上书,第124页。
④ 参见〔苏〕巴赫金:《史诗与长篇小说》,选自〔英〕乔·艾略特等:《小说的艺术》,张玲等译,北京:社会科学文献出版社1999年版,第118页。

小说的功能,恰在于书写"当下故事"、改变史诗"时间距离"、进行反映世俗生活的反讽书写。

卢卡奇的态度则更复杂,其早期著作《小说理论》《心灵与形式》一方面同意现代小说是"史诗叛逆者"说法,另一方面则发展了黑格尔对现代史诗的渴望,将现代小说称为"罪恶时代史诗",强调小说对现代分裂社会的对抗性:"史诗和小说是伟大史诗的两种客体化形式,它们的差异并不是由其作者创作信念的差异,而是由作者创作所面临的历史哲学的现实所决定的。小说是一个时代的史诗,在这个时代里,生活的外延总体性不再直接地既存,生活的内在性已变成一个问题,但这个时代依旧拥有总体性信念。"① 那么,总体性信念如何获得?当史诗时代的整体性、有机性不复存在,小说时代的原则便成了"个人史诗",即个人通过心灵自我建构,利用"赋形"方式,重寻"主观的"总体性与有机性。这种"赋形方式",在结构上是"反讽"原则,即"小说的反讽,是世界脆弱性的自我修复"②。通过反讽的否定性超越,"心灵的主观"得以克服客体世界的分裂。③ 小说不仅反映广阔社会,更能以"心灵史诗",在"第二自然"的异化社会,通过心灵"反讽",重新寻找总体性力量。《历史与阶级意识》等著作中,卢卡奇则发展并修正《小说理论》的认识,将民族国家意识、阶级意识赋予现代小说,将小说"宏大叙事"性,推到"现代史诗"极致高度。他受到马克思主义影响,认为人的"物化"是世界处于分裂的主要根源,现代小说就是表现历史总体性的"叙事小说"。卢卡奇早期推崇的"个人原则",让位于"无产阶级主体性"。

---

① 〔匈〕卢卡奇:《卢卡奇早期文选》,张亮、吴勇立译,南京:南京大学出版社2004年版,第2页。
② 同上书,第75页。
③ 李茂增:《现代性与小说形式》,上海:东方出版中心2008年版,第72页。

由以上分析可知,诸多学者的认识既有共识,也有差异。现代小说的"史诗形式",主要指叙事上扩大时间和空间维度,及小说的历史总体性、客观性。小说形式上,则讲究小说的故事完整性、现实深刻性、人物典型性。于是,当启蒙的"个人史诗"受到怀疑,阶级意识作为历史主体逐渐隐退,"强国梦"和"民族文化"的史诗特性就被凸现,进而追求民族审美风格的总体性、整体性和连续性。然而,这一过程之中,也充斥着民族国家意识与革命、启蒙、大众通俗叙事之间的冲突和整合。

80年代中后期,这个过程就开始了。民族国家叙事开始从启蒙、革命主题中剥离出来。如果说,现代时期的民族国家叙事,可概括为"半殖民地摆脱屈辱,寻找民族出路",共和国成立后的"十七年"民族国家叙事是"追述并建构革命国家立国传说",那么,90年代后民族国家宏大想象是"文化复兴的现代中国"。它的伦理、时空、观念都发生了很大改变。启蒙、革命、传统文化等不同意识都"并置"地出现在很多叙事文本内,如周梅森《中国制造》《人间正道》以现代化建设与政党合法性相联结,谈歌《天下荒年》《天下忧年》表现出对革命强烈的怀念,《白鹿原》表现出儒学传统认同。同时,边地经验的扩展、现代都市神话的确立,都成为90年代民族国家叙事文本空间性的表征。如阿来《尘埃落定》对康巴藏地的书写、王安忆《长恨歌》的上海城市神话。

就叙事推动力而言,20世纪90年代民族国家叙事在潜移默化中影响了很多文本。例如,主旋律小说对不同意识形态的收编和改写。又比如,在看似通俗性写作中,也有民族国家叙事影子,如二月河的历史政治小说。这种巨大的力量,一方面来自后发现代中国急于超越西方他者、确立自我主体的焦虑;另一方面,也有着"大一统"文化传统的暗示作用。同时,进入新世纪,民族国家叙事的"史诗化倾向"

更明显了,如铁凝《笨花》、迟子建《伪满洲国》、莫言《檀香刑》《生死疲劳》、贾平凹《秦腔》等。

同时,在霍布斯看来,"自然状态"的人类为追求利益与荣誉,不择手段,贪婪无节制。只有国家制度才能避免人类内战,平衡生存欲望与死亡恐惧。国家是消除人的血腥野蛮习性的"强制性第三方工具",是遏制"人性恶"的"必要的恶":"把大家所有的权力和力量都托付给某一个人或一个能够通过多数的意见把大家的意志化为一个意志的多人组成的集体。"①王德威考察中国现代文学历史叙事,也指出我们要警惕"历史暴力":"历史暴力,不仅指天灾人祸,诸如战乱,革命,疾病,饥荒等,所带来的惨烈后果,也指的是现代化进程种种意识形态与心理机制——国族的,阶级的,身体的——所加诸于中国人的图腾与禁忌。"②20世纪90年代,现代民族国家叙事与史诗的结合,既有合法性和必然性,也有着"去历史化"与"再历史化"的激烈博弈。

---

① 〔英〕霍布斯:《利维坦》,黎思复、黎延弼译,杨昌裕校,北京:商务印书馆1995年版,第131页。
② 王德威主编:《历史与怪兽:历史、暴力、叙事》序言,台北:麦田出版有限公司2004年版,第5页。

第七章
从"一体化"到"主旋律":
现代强国梦的国家史诗

第一节 "同心圆形态":主旋律
小说的构成形态

20世纪90年代以来的"主旋律小说",是主流现实主义叙事发展的重要表征。它承接着现实主义主流叙事规范,与启蒙、世俗化也有着复杂纠葛。它们有宏大叙事特征,即时代主题、历史广度、批判现实深度、鸿篇巨制结构等。更重要的是,它们都以某种进步历史理性为叙事终极目标。然而,这些小说与它的"前辈们"有很大差异:它们力图展现历史和现实画卷,却使英雄缺乏历史方向感;它们将"反腐败"政策伦理化,却不经意地暴露出现实矛盾;它们描绘"民族国家复兴与改革开放",却流露出"青天意识"与"女性歧视";它们在官场与人性中微妙游走,却于不期然间变成"黑幕娱乐"。从另一个角度来看,如姆贝所说:"故事不能被看做是独立于它们在其中得到传播的意识形态的意义形成和统治关系之外的叙述手段。故事由这些关系而产生并再现这些关系,它有助于将主体定位于存在的物质环境的历史和制度情境中。"①现实主义叙事的伟大目标、红色革命叙事的道德印记、党派文学的意识形态先决论及通俗文艺的消解功能,共同构成了主旋律小说的功能。现代民族国家叙事,作为联结革命、启蒙与大众通俗叙事的"共识",呈现出"强国梦"的国家史诗形态。

一、主旋律小说的宏大叙事关键词

列宁第一次提出"党的文学"口号。② "十七年"文学中,政党意识形态通过对文学生产、消费和接受的高度控制,将文学纳入政党表达政策和理念的表意体系。洪子诚提出"一体化"概念,对此进行概括。③ 进入新时期,文学自主性恢复,一体化叙事分裂,原本紧密结合在其内部的现代民族国家叙事,逐步分离出来。80年代,邓小平提倡:"我们要继续坚持毛泽东同志提出的文艺为最广大的群众、首先

---

① 〔美〕丹尼斯·K.姆贝:《组织中的传播和权力:话语、意识形态和统治》,陈德民等译,北京:中国社会科学出版社2000年版,第117、118页。
② 〔苏〕列宁:《党的组织和党的文学》,《列宁全集》第10卷,博克译,北京:人民出版社1958年版,第24页。
③ 在洪子诚看来,文学一体化包括三个层面,即文学形态的单一性、文学生产和组织方式的整合化、文学表现特征上的趋同。见洪子诚:《问题与方法:中国当代文学史研究讲稿》,北京:生活·读书·新知三联书店2002年版,第188页。

为工农兵服务的方向"。① 中共十四大,江泽民的报告中首次使用"邓小平同志建设有中国特色的社会主义理论"②,1994年,江泽民首次以弘扬主旋律、提倡多样化为主题,建立了文艺工作的"相对弹性原则"③。主旋律小说作为有"中国特色社会主义文艺"的新意识形态,形成一整套有鲜明时代性的"现代强国梦"的国家史诗仪式。同时,这种新模式既有别于苏联党派文学,又有别于"十七年"文学,即"对多样化和文学市场性的宽容"。这也是中国特色社会主义文化的大胆尝试。自此,这种"有限度"的多样化,与"社会主义、爱国主义和市场经济"的合唱,重新整合不同意识形态,共同服务于"文化复兴的现代中国"想象。④ "弘扬主旋律、提倡多样化"这一文艺方针,成为"二为"方向和"双百"方针的具体体现,并形成持续的表意体系和固定表述模式,成为和平崛起的社会主义强国实现伟大民族复兴的文艺策略。主旋律小说分为几种类型:新现实主义小说、新军旅小说、新改革小说、官场小说和反腐败小说。这些小说涉及执政党政治经济重大举措,或是国计民生建设,如水利工程、桥梁公路、商业发展等,或是执政党政策,如股份制、国企破产并购、大集团道路、四改(房改、医改、教改和粮改)、上访、反腐败、污染、跨国资本入侵等,其深度

---

① 邓小平:《在中国文学艺术工作者第四次代表大会上的祝辞》,《邓小平论文艺》,中共中央宣传部文艺局编,北京:人民文学出版社1989年版,第6页。
② 江泽民:《加快改革开放和现代化建设步伐,夺取有中国特色社会主义事业的更大胜利》,选自《江泽民文选》第1卷,北京:人民出版社2006年版,第210页。
③ 江泽民:《在全国宣传思想工作会议上的讲话》,选自《十四大以来重要文献选编(上)》,北京:人民出版社1996年版,第655页。
④ "实现中华民族的伟大复兴,不仅需要发达的物质文明,而且需要先进的精神文明。实现这两个文明的协调发展,是我国社会全面进步的必由之路。我们的文学艺术工作者,在推进两个文明特别是精神文明的建设中肩负着重大的职责。"江泽民:《文艺是民族精神的火炬——江泽民在中国文学艺术界联合会第七次全国代表大会、中国作家协会第六次全国代表大会上的讲话》,选自《江泽民文选》第3卷,北京:人民出版社2006年版,第399页。

和广度,都是"十七年"宏大叙事无法比拟的。要搞清90年代主旋律小说,必须结合三个关键词,才能更有效地洞见党派政策与"现代强国梦"下的国家民族文艺之间的"异质同构性"。

首先是"市场经济"。市场经济原则,是现阶段政党和国家政策的重要基础。它的逻辑中心在于"欲望合法性"与"市场进步意识",从而使"市场经济"成为现代民族国家工具,成为社会主义"经济手段"。这使主旋律小说既能在文学商品化中利用生产和销售、评价的资源获得经济回报,也能有效控制意识形态生产流程以获得巨大社会影响力。然而,一方面,很多"性"描写、"英雄美女"情节纷纷进入原本严肃庄严的宏大叙事中,如政治笑话、企业家艳情史等。不仅官场小说热衷世俗化解构,而且在那些道德感更强的"新改革"小说、反腐败小说中,这种场景和段落也层出不穷,并在潜文本中形成对清官逻辑的质疑。如小说《抉择》虽为我们刻画了好市长李高成的形象,但在下属和妻子的情感利用面前,李高成却陷入苍白无力的境地,只能用上级领导的干预,作为预设"最终解决"的权力之手。另一方面,青天意识、一把手崇拜、男权情结等"前现代"思维,也堂而皇之地借"市场经济"之名复活,并与启蒙和革命叙事形成巨大冲突。小说中许多"经济至上"逻辑,压倒一切启蒙和伦理道德表述。刘醒龙的《分享艰难》,镇长孔太平明知企业家洪塔山强奸了表妹,但因洪塔山是镇财政的支撑,不得不放过了他;关仁山的《九月还乡》,村支书为让暴发户潘经理满意,强迫九月给其当"三陪";同时,小说《天网》《抉择》等作品,屡次出现群众向官员下跪的"青天拯救"场景。很多主旋律小说中的女性角色,则被妖魔化,成为男性腐败的焦虑性心理代偿,如《国画》中的陈香妹,一直拖累着主人公朱怀镜;《抉择》中李高成的妻子,和他侄子一起打着李的旗号贪污腐败;《绝对权力》中的赵芬芳,则被刻画成为女性权力狂的形象①。

其次是"社会主义"。"社会主义"的阶级意味被逐步淡化,其代表历史进步的宏大性、集体主义道德标准和对秩序的刚性需求则被保留。这也很好体现在主旋律小说的内在规定性上。在故事设计上,社会主义原则常成为小说的内在道德主义标准,并使权力结构在复杂斗争中可借助虚构外力得以解决。主旋律小说的社会主义原则,有以下三种策略:

一是塑造社会主义新英雄。这里有基层干部,如《大厂》中的厂长吕建国,虽受尽委屈,却以高度责任感挽救濒临破产的红旗厂。小说《分享艰难》,镇长孔太平为了当地发展受了窝囊气,却总能委曲求全。这类人物构成了社会主义新道德主体的"基础"。有老领导和老党员,如《人间正道》中的老省长、《英雄时代》中的退休领导陆震天、《风暴潮》中的老党员赵老巩、《村支书》中的老支书方建国等,这类人物构成社会主义新道德主体的"历史回忆"。有"历史进步"的改革代言人——高级领导形象,这类人物是社会主义中坚。如在周梅森的《人间正道》《中国制造》《至高利益》中,吴明雄、李东方、高长河等一把手,无不围绕重大国计民生项目展开故事,如调水工程、钢铁工程、工业园建设、污水治理等,以此弘扬"建设现代民族国家"的集体主义使命感。

二是塑造集体主义悲壮美,既用"人民性"定义市场经济合法性,又对通俗大众叙事进行某种反思。如福柯所说:"在那里有真正的斗

---

① 有论者(如刘复生、唐欣等)认为,青天意识、厌女情结和拙劣的小说逻辑,是很多主旋律小说家"故意为之"的策略。这种看法有一定道理,但如果说,这些封建意识和故露马脚的缝合,透露着作家们隐讳的不满情绪,我们同样可以说,它在无意识中凸现了作家身上的传统文化迫力(马林诺夫斯基语)。这既是一种"以假作真"的表演,也是一种"假作真时真亦假"的集体无意识的流露。

争在进行着,争夺的是什么?争夺的是我们可大略称之为人民记忆。由于记忆是抗争的重要因素,如果控制了人民的记忆,就控制了他们的动力。同时也控制了他们的经验,他们对过去抗争的理解。"①"人民性"再次被政治抽象为集体性声音。人民成了善良受难者,人民再次成为道德符号和集体群像符号,进入故事表意体系。他们保留了"牺牲奉献"精神,固化为"甘愿忍受苦难"的伟大群众。《风暴潮》中,赵市长的弟弟小乐在面对风暴险情时用生命保护了大坝;《人间正道》中被降职为民的县委书记尚德全,在大漠河工程中为检查炮眼付出了生命;小说《抉择》中,工人们在厂子困难前咬牙忍受,老女工竟以跳楼为要挟请省委书记不要委屈李高成;小说《大厂·续篇》中,老领导韩书记在遗嘱中叮嘱将全部财产捐给厂里。

三是某些主旋律小说中,社会主义原则又会溢出党派文学规范,显现出道德批判味道,并对市场经济原则产生某种程度的质疑。《多彩的乡村》②中的老汉德顺,成了传统道德批判力量的证明。小说《车间》③则出现了新工人阶级群像,乔亮、大胡等工人,虽处于社会底层,面临诸多困难,却依然怀有美好品德。《英雄时代》中的司长史天雄,怀着集体主义理想,甘愿辞职去民企,试图用红色文化遗产,拯救困难重重的企业。然而,尽管作家充分褒扬了这种精神,却在文中暗示理想实现的现实难度。有时,集体主义精神还表现在城乡对立上,如《九月还乡》④《天壤》⑤中,城市变成物质文明畸形发育的产物,乡村则代表了即将消失的美好道德品质。然而,无论工人还是农

---

① 罗岗:《记忆的声音》,上海:学林出版社1998年版,第152页。
② 何申:《多彩的乡村》,北京:人民文学出版社1999年版。
③ 谈歌:《车间》,《上海文学》1996年第10期。
④ 关仁山:《九月还乡》,《十月》1996年第3期。
⑤ 关仁山:《天壤》,《人民文学》1998年第10期。

民,这些受苦的道德群像,一旦触及秩序,就会马上被否定,如《人间正道》中胜利煤矿工人卧轨罢工,被指责为被少数人煽动的愚昧行为:"多么可怕呀,我们的产业工人,我们国家的领导阶级,把当年用来对付资本家,对付国民党的办法,全用来对付自己当家做主的国家了。"①

四是"民族国家复兴"。现代民族国家叙事,是主旋律小说诸多意识形态中唯一能顺利整合启蒙、革命与通俗叙事的合法性叙述规范。这既是社会主义文艺原则的出发点和目标之一,也是后发现代中国市场经济的终极价值体现。② "十七年"革命历史小说,现代民族国家叙事与革命叙事紧密相联。新时期改革小说,民族国家叙事开始脱离革命束缚,并在"四个现代化"表述下,逐步拥有了现代性品格。然而,这些小说中,启蒙对民族国家复兴的人性诉求,依然被抽象为高度政治性策略的文本符号,小说强化的是保守和改革势力的斗争。主旋律小说保留党派形象与民族复兴诉求的一致性,多了全球化视野下与世界接轨的内容。主旋律小说的使命,不是呈现文明/愚昧的斗争、保守/改革的斗争,而是刻画执政党克服困难,实现国家民族崛起的历史使命。由于市场经济的介入,这些人物少了神圣光环,多了几分烟火气息。《人间正道》描写了市委书记吴明雄如何筹划调水工程和高速路工程的故事。最终,吴明雄完成使命,平川市成为"中国改革开放"的窗口。

然而,主旋律小说中,启蒙因素进一步退缩了,仅作为潜在道德

---

① 周梅森:《人间正道》,北京:人民文学出版社1996年版,第429页。
② 胡锦涛指出:"宣传思想战线,要紧紧围绕'经济建设'这个中心,牢牢把握发展这个主题,最大限度地调动广大人民群众的积极性、主动性和创造性,共同实现中华民族的伟大复兴。"《在全国宣传部长会议上的讲话》,选自《十五大以来重要文献选编》,北京:人民出版社2003年版。

力量存在。支撑主旋律小说的价值资源,被调整为民族国家复兴、社会主义和市场经济这三个关键词,这也使主旋律小说将"腐败"归于个人品质,将"工厂倒闭、工人下岗"等问题归因于"好心办坏事"、"暂时困难"或"集体道德的崩溃"。《至高利益》中市长助理贺家国揭露省委书记钟明仁乱决策的行为,然而,他的汇报被市长阻止,钟明仁也未被处理;《绝对权力》中,市委书记齐全盛虽独断专行,却因为"有公心",最终被刻画为正面人物;又比如《分享艰难》中洪塔山"强奸无罪"的逻辑,不是他自己定义的,也不是群众定义的,恰是镇长孔太平等"好干部"定义的,洪塔山被一分为二地处理成为:他的经济实力印证了市场经济法则;而他的邪恶,则成为道德的考验。

二、新叙事策略与新文学生产秩序

主旋律小说该如何组织宏大叙事策略?它们似乎杂乱无章,然而核心意图又很坚固:"'主旋律'依然有强大的政治、经济、文化资源以及'一体化'时代的种种遗产可资依托,依然具有对文化的高度控制力量,没有产生具有强大挑战性的文化对手,有的只是零星的无意识的但也是普遍的对抗性因素。而且这个时代也出现了新的意识形态机器和手段、经验可以借鉴,使'主旋律'更具弹性、灵活性以及无处不在的渗透性和弥散性。"[①]主旋律小说在党派文艺新现实主义原则之下,通过系统论美学,形成了"三重同心圆"模式。

1. 新现实主义原则:主旋律小说意识形态构型基础。

一方面,主旋律小说的内在叙述规定,要求现实主义与市场经济、民族复兴相结合,创造新意识形态规训。现实主义艺术,在表征

---

① 刘复生:《历史的浮桥——世纪之交"主旋律"小说研究》,开封:河南大学出版社 2005 年版,第 14 页。

意识形态宏大性方面,有其他手法难以比拟的优越性。传统"社会主义现实主义"叙述原则,与政党纲领紧密结合:"社会主义现实主义还不是仅把现实主义的基础放在解释世界的唯物论上,而是要把它放在正确地而且积极地改造世界的唯物论上,即必须和无产阶级的历史实践相结合,必须使自己为无产阶级的实践任务服务。"①其核心在于:1. 社会主义现实主义要求在现实革命发展中真实、历史具体地反映现实;2. 塑造社会主义典型的主体形象及典型环境;3. 革命浪漫主义与现实主义结合,让现实与"正确"生活理想相结合;4. 要求小说描写真实性和历史具体性,必须与社会主义精神与思想改造和教育劳动人民的任务结合。② 中国文学在引进现实主义之初,就注重其功利意识形态性。而现实主义叙事不断被抽象,忽视写实因素,也导致现实主义自身逻辑的困境。典型人物不是"熟悉的陌生人"③,而是"高大全"式圣人。主旋律原则,既不同于传统的社会主义现实主义,也与经典现实主义不同。它保留党派文艺意识形态目的论、历史真实性、集体主义色彩④、典型人物论,又使这些法则不断与市场经济、现代化与民族国家复兴结合。这些小说不断通过"区

---

① 冯雪峰:《雪峰文集》第2卷,北京:人民文学出版社1981年版,第463页。
② 此分类标准参见以群主编:《文学的基本原理》,上海:上海文艺出版社1978年版,第209—210页。
③ 如别林斯基说:"在一位具有真正才能的人写来,每一个人物都是典型,每一个典型对于读者都是似曾相识的不相识者。"〔俄〕别林斯基:《论俄国中篇小说和果戈理君的中篇小说》,《别林斯基选集》第1卷,上海:上海文艺出版社1963年版,第191页。
④ 实际这个过程80年代已开始了,如汤森等指出:"在共产主义伦理中,集体主义替代了忠于特定对象主义,以此作为忠诚和权威的决定因素——80年代后,中国政府政策扭转了这些论断……然而,集体价值也并未放弃……人们倾向于把集体主义解释成慷慨大方和良好的态度,而不是尖锐的阶级斗争,但它仍然是中国官方伦理的一部分。"见〔美〕詹姆斯·R. 汤森、〔美〕布兰特利·沃马克:《中国政治》,顾速、董方译,南京:江苏人民出版社1996年版,第176—177页。

隔"和"同心圆"式系统控制，创造了"新强国梦史诗"创作原则。

一是新典型人物，可依它们与现代民族国家叙事的关系从内到外分为三个层次，即正面人物、中间人物和反面人物。正面人物，即前文说的"基层干部""老党员、老领导和老干部""代表历史进步的高级领导"。这些人物既符合党派文艺意识形态，又在某些侧面符合现实主义的典型化要求。然而，这些人物很难担负起表征历史的宏大作用。老干部无力回天，基层干部如《分享艰难》中的镇长孔太平、《年前年后》中的乡长李德林、《杀羊》中的村长李四平，他们的苟且和怯懦解构了宏大叙事；至于那些高级领导们，如《苍天在上》中的黄江北、《大法官》中的杨铁如、《人间正道》中的吴明雄等，也不再是普遍意义的"人民英雄"(如高大泉、梁生宝)，而是精英政治的产物。小说凸现他们个人力挽狂澜的作用，也强调了他们在文化身份上与普通百姓的差异。同时，集体主义色彩虽存在，但典型人物常是有缺点的英雄，符合经典现实主义对主体人物的塑造，如《骚动之秋》中的岳鹏程，既是有魄力的改革领军人物，也是有浓厚封建思想的强权村霸。二是反面人物，一是堕落的党"次高级干部"，如《北方城郭》中的县委副书记李金堂，《抉择》中的关副省长，《人间正道》中的市委副书记肖道清，《至高利益》中的省委副书记赵启功，《大法官》中的检察院检察长张业铭等。他们一方面从反面凸现正直官员的崇高精神，通常以政治失败或自杀告终；另一方面则化解了普通大众对正面官员真实性的质疑。二是暴发户企业家，如《人间正道》中的田大道、曹务成，《九月还乡》中的冯经理，《大厂》中的郑主任，《年前年后》中的刘大肚子，《福镇》中的潘老五，《风暴潮》中的葛玉琴，《分享艰难》中的洪塔山，《走过乡村》中的倪土改等。微妙的是，他们身上常体现作家的矛盾心理。作家既将他们的物质成功视作市场经济的成果，又自觉用"区隔"法，将他们视为道德败坏的恶人、改革开放的败类。

如潘老五购买洋垃圾污染环境,田大道煽动工人闹事,洪塔山、刘大肚子、冯经理、倪土改则是酒色之徒,是"利比多"恶的符号(也是强悍有力的历史胜利者)。三是中间人物,这些人物不符合社会主义道德二分法,却有去神圣化的"解构功能",他们既满足普通百姓的权力窥视欲,刻画官场辛酸、权力滋味、黑幕斗争,又在现实主义深度上满足启蒙对人性和现实的批判,塑造了不好也不坏的"官场人"形象,如《国画》《梅次故事》中的朱怀镜、《沧浪之水》中的池大为、《羊的门》中的呼天成、《腐败分子潘长水》中的潘长水等。他们有良心操守,但不得不违心在官场挣扎。官场具有浓郁的象征色彩的隐喻空间,一方面,隐喻了肮脏的政治交易场所,另一方面,它是另类的人文空间,象征着身处其间之人的存在境遇,特别是精神困境。① 这些人物,对正面和反面的典型人物起到了补充说明作用,也在真实感和批判性上弥补了主旋律小说的不足。

另一方面,与典型人物结构类似,主旋律小说现实主义原则的历史观、真实观、教化功能也展现出新特点。它们不再代表启蒙与阶级革命,而是物质现代化的历史进步。它们展现的真实,不是阶级斗争的真实,不是经典现实主义的历史"真实",而是个人化经验与党派教化、意识形态规范的隐秘融合。由此,党派文艺的教化功能和意识形态整合功能,也不再以高度统一方式出现,而是多重功能层次的"分类整合"。卢卡契的论述中,党派小说的合法性在于将党派高级宗旨和政策,与历史理性、整体性以及时代最高目标结合,而对党派的忠诚则超越艺术法则:"党的纪律现已是忠诚的比较高的和抽象的阶段,普通人的忠诚是对某一个一定的历史潮流的深刻世界观的联系,

---

① 唐欣:《权力镜像:近二十年官场小说研究》,北京:社会科学文献出版社2006年版,第112页。

当在某个瞬间问题上不存在完全一致的时候,也需要忠诚。"①然而,在主旋律小说中,党派的目标与合法性,从阶级革命转移到国家民族的复兴和现代化建设。在成为"共识"的"现代民族国家叙事"原则下,反腐败小说对党派真理性的怀疑、新现实主义小说对城乡现代化的道德追问、官场小说对精英政治形象的解构,都在主旋律概念之下,进行了有效整合。

2. 巧妙而稳定的系统:三重同心圆的叙述结构。

首先,主旋律小说内部结构存在"三重同心圆"秩序,既与党派意识形态的"异质同构",又符合系统美学的稳定性;既适合现代民族国家符号暴力的非直接性,又契合全球化时代后发现代化国家想象。依据与现代民族国家叙事关系的远近,主旋律小说巧妙组织起三重结构。最中心层是新改革小说、新军旅小说;中间层是新现实主义小说、反腐小说;最外层的则是官场小说。"三重同心圆"结构,既有开放性,又有极强的维模功能。核心层的新改革小说与新军旅小说,最有效地将国家民族现代化与党派崇高目标相结合;中间层的新现实主义小说、反腐小说现实批判和启蒙色彩比较重;最外层的官场小说,通俗文艺色彩浓。三者统摄于现代民族国家叙事。首先,就系统稳定性而言,创作主体和接受主体之间,以小说文本为具体中介,实现稳定的、共时性的系统建构。② 其间,主旋律小说作为意识形态符号,能引发多少主体与客体的"共识",就能在多大程度上达到系统稳定,从而影响历时性系统感知、抽象、评价与决策,使得"主体-中介-

---

① 〔匈〕卢卡契:《论党的诗歌》,选自《文学与民主》,出自《卢卡契文学论文集》第1卷,北京:中国社会科学出版社1980年版,第260、272页。

② 认识系统和功能系统、系统共时性与历时性的介绍,见〔美〕帕森斯:《现代社会的结构与过程》,梁向阳译,北京:光明日报出版社1988年版,第123页。

客体"系统,转化为意识形态"目的-功能"系统,并形成良性循环①。当主旋律作家想要与普通读者达成精神共鸣,实现党派文艺企图,就需要其创作不同程度地容纳启蒙、革命和通俗大众文艺理念,利用宏大概念,再次将人们组织在相对稳定的旗帜下(中国特色社会主义)。② 这个"共时过程"可充分调动小说生产的前期物质投入、传媒宣传、文学评价的历时性功能,实现主旋律小说功能系统的良性循环。该系统巧妙之处还在于,它是"逐级开放"系统,能够最大限度吸纳不同异见者,将体制内公职人员(如张宏森、张平等官员)、带有启蒙色彩的体制内作家(如陆天明、刘醒龙、关仁山等)及体制外的高校作家(如阎真等)整合入主旋律范畴内,从而树立权威的认同。

更有意思的是,这种整合有时是在作家不知不觉,甚至抵抗的情况下完成的。如周梅森声称《中国制造》"仅是自己的创作计划,不是为了献礼小说"③;张宏森早年写诗,也创作过《狂鸟》这类具有现代派探索味道的小说;小说家刘醒龙也声称"《分享艰难》是描写人性深度与复杂性的启蒙作品"④。奇怪的是,无论是官员作家、体制内作家,还是体制外作家,都赞成"反映真实、批判现实"的启蒙创作口号,拒绝或规避主旋律意图。如陆天明声称:"我确信,人们在这个文集中读到的不会只是某一作家的纯私人性的生命话语历程。我一直希望拥有另一种'自我',一直渴望看做另一种文学,完善一种我祈

---

① 王霁:《认识系统运行论》,北京:中国人民大学出版社1990年版,第24页。
② 例如,官场和改革小说对政治斗争的描绘、对官场潜规则的写实,都展现了读者的隐秘心态。这些小说都有惊人发行量,尽管有时读者会悬置意识形态,而将目光放在消费意味上,但是不可否认,意识形态在此实现了新的影响力。
③ 刘复生:《历史的浮桥——世纪之交"主旋律"小说研究》,开封:河南大学出版社2005年版,第40页。
④ 刘醒龙发言,《中国新时期文学30年国际学术研讨会议发言纪要》,山东师范大学文学院编,2005年。

求的人生和社会。"①关仁山则说:"'现实精神'把文学的浪漫拽到现实的大地上。文学因接纳现实社会责任,而变得沉重,变得生活化。社会生活是主体的,鲜活的。作家应趟过'生活流',站在时代美学、哲学的高度来观察生活、穿透生活、把握生活。"②王跃文也说:"我不准备游戏人间,无论为文,或者为人……现在人们惯于把庄严和崇高当作滑稽可笑的事了,真正的庄严和崇高被漠视和嘲弄,而种种伪庄严、伪崇高却被一部分人很职业地装扮着。"③这些主张和言论,都反映了启蒙与主旋律规定性的冲突与融合。

其次,"三重结构"也符合意识形态在全球化语境实施影响的要求。现代民族国家叙事作为符号暴力(吉登斯语),在现代社会有对人的强制文化束缚力。然而,这种文化企图更多通过文化符号消费来实现。这要求文化符号不但要符合党派文艺政策,且能以开放性策略实现意识形态企图。如阿尔都塞所言,现代权力特点不再是强迫性的,相反它是在不知不觉的情况下行使的,不再依靠武力行使高压政治,而依靠教育、媒体及信仰等以臻一致。④"三重结构"中,三者都服从现代民族国家叙事的总体约束。正是民族国家叙述的整合状态,使宏大叙事合法化获得符号"共识",而一旦这种"共识"的平衡被打破,主旋律指导下的"多声部合唱"变成了"杂音泛滥",就有受到意识形态惩罚的可能。⑤

---

① 陆天明:《苍天在上·序言》,沈阳:春风文艺出版社2002年版,第2页。
② 关仁山:《面对现实的写作》,《北京文学:精彩阅读》1997年第9期。
③ 王跃文:《国画·后记》,北京:人民文学出版社1999年版,第1页。
④ 杨雁斌、薛晓源编选:《重写现代性:当代西方学术话语》,北京:社会科学文献出版社2001年版,第247页。
⑤ 如丁关根在《全国宣传思想工作会议的总结讲话》中指出"要唱响主旋律、不要搞'噪音'",江泽民、胡锦涛等党和国家领导对此也有指示。见《十四大以来重要文件选编(上)》,北京:人民出版社1996年版,第674页。

最后,从文学话语的角度,我们也可窥见"三重同心圆"模式的必然性。文学话语权有两种获取方式:一是阐释权;二是对稀缺性的追求。文学通常与主流意识形态存在共谋,也存在对抗:"文学话语的权力策略未必呈现为有意识算计的直观形式,它可能以某种透明性的客观幻觉掩盖了它的压抑性质。"①文化市场也使文学表意权被影视、网络等新兴传媒所取代。要寻找既能得到体制认可,又能取得读者认可的宏大叙事模式,就必然要树立"新共识性",同时对稀缺性"文化资源"进行符号整合。这种稀缺性资源,恰是"民族国家宏大叙事"。主旋律小说,恰通过对现代民族国家叙事的重建,获得表意合法性。"三重同心圆"结构,也符合主流意识形态对不同形态、主题的文学稀缺性要求。

"同心圆"结构的巧妙之处在于:一是它实现了非强制性的符号整合,并使得纯文学、通俗文艺取得某种程度的共谋;二是"同心圆"结构最大限度地容纳不同意识形态企图,将解构与建构融合为一体;三是这种结构有利于主流意识形态在多元文化格局中,保持一元中心论,从而取得叙事表征的合法性和最大化实践力量。

3. "同心圆"结构在不同类型中的整合。

主旋律小说宏大叙事策略有"三重同心圆"结构。其策略的复杂还在于,不同层面的主旋律叙事构成"三重同心圆"结构,且在相同层面中,也形成了不同呈现方式。核心层的新军旅小说和新改革小说受革命叙事影响最深,民族国家叙事意味浓,受到消费与启蒙意识影响最少;中间层的新现实主义和反腐败小说,启蒙意识最强,民族国家叙事意味次之,也受到消费与革命意识影响;最外层的官场小说,

---

① 朱国华:《文学与权力:文学合法性的批判性考察》,上海:华东师范大学出版社2006年版,第18页。

消费意识最强烈,民族国家叙事意味最淡,也受到启蒙潜在影响。

首先,在新军旅小说与新改革小说中,现代民族国家叙事的核心效果最明显,也有启蒙和通俗文艺的影响。新军旅小说中,革命叙事被"悬置"为美好的青春期回忆,这既包含意识形态教化元素,又包含"消费战争"的通俗文艺理念。邓一光的《我是太阳》与石钟山的《父亲进城》都体现了叙事整合的特点,这两部作品都采取仰视回忆视角来叙述故事,不论是故事还是人物类型,均有很多相似之处。①《父亲进城》②在追忆共和国历史的故事中,试图重新凝聚宏大叙事。一方面,作家塑造石光荣的强者英雄品质;另一方面,作家未回避他农民式短视思维、蛮横的家长式作风。然而,据该小说改编的电视剧《激情燃烧的岁月》,却将之淡化为通俗家庭剧模式。邓一光的《我是太阳》,英雄关山林不但有朴素革命理想,更是有血有肉的英雄,他屡次立功,也屡次犯错误(类似李云龙与石光荣)。小说最后,生命垂危的关山林说:"看见了吗?乌云,太阳它也跌落过,可它不是又升起来了吗,我们也是太阳,今天落下去,明天照样升起来。"③于是,"红太阳"神话的革命寓言被怪异"转喻"为"我是太阳"的现代民族国家叙事的现代性宣言。

新改革小说中,这种整合思维更多表现为现代化宏大空间与私人空间的对立和互渗。80 年代改革小说曾出现大量现代工业奇观,并以标准化数字指代现代化改革进步逻辑(如《乔厂长上任记》),有的则以空间对立象征"传统/左倾/激进改革"三方势力的斗争,如

---

① "《亮剑》《我是太阳》《父亲进城》存在故事与人物雷同,如果从主旋律叙事的规范上考虑,这种雷同显然是一种'叙述的意识形态'。"参见赵楠楠:《与〈激情燃烧〉雷同?〈我是太阳〉否认抄袭》,《京华时报》2009 年 1 月 1 日。

② 石钟山:《父亲进城》,《中篇小说选刊》1998 年第 3 期。

③ 邓一光:《我是太阳》,《当代》1996 年第 4 期。

《新星》不断出现副书记顾荣居住的"贵宾院"和古陵县水库大坝、农田试验场的对立。90年代新改革小说中,现代民族国家叙事成为叙事核心,革命、启蒙与通俗大众叙事成为其外延性因素。现代化壮丽建设景观,成了现代民族国家的叙事空间。对经济景观的建构,验证了历史征服的逻辑,进而成为全球化想象下的政治地理学。同时,与这种空间"异质同构"的还有权力空间,如省委机关大院、市委办公大楼、政府招待所等。顾荣们的"贵宾院",不再是改革的阻力,而是改革的核心,如《省委书记》中贡书记居住的"枫林路十一号"。与经济景观和权力空间相对立的则是"灾难场景",如污染(《至高利益》)、风暴(《风暴潮》)、海啸(《指挥》)、洪水(《中国制造》)、干旱(《人间正道》),或"群体性突发事件",如罢工(《人间正道》)、上访(《财富与人性》)。新与旧的冲突不见了,腐败、下岗、工业污染等都是计划经济遗留物或社会转型代价,最终会被克服。精神方面,革命传统则以"权威老人"身份,间接介入故事权力逻辑,成为政党历史合法性的另一证明。党内斗争被概念化为好干部、腐败干部、好心办坏事的干部这三类人的差异和矛盾。所谓大众通俗叙事,则集中于"权力斗法""官场秘闻""官员艳史"上,情感纠葛大多集中于腐败分子或风流倜傥的次级干部,如《至高利益》中的市长助理贺家国,借以暗示意识形态的宽容和执政党的精神活力。

其次,反腐小说和新现实主义小说作为同心圆的中间层面,现代民族国家叙事核心地位下降、启蒙意识加强,呼应了转型中国对现实解读的渴望。新现实主义小说中,工厂破产、乡村破败、外国资本入侵、人性道德滑坡都是经济发展下隐藏的深层矛盾;集体主义精神,也与市场经济发生紧张冲突。90年代初已出现类似情形,如刘玉堂

《最后一个生产队》①,对集体主义精神有着热切怀旧。90年代中期,关仁山《太极地》、刘醒龙《村支书》、李肇正《女工》、何申《年前年后》、谈歌《天下忧年》《大厂》、李佩甫《学习微笑》等小说,无疑加剧了这种情形。《女工》②中,身患癌症的下岗女工金妹,以无私行动反衬投机钻营的郝厂长等领导的丑恶嘴脸。《学习微笑》③中,下岗女工刘小水成为厂长换取投资的"三陪"小姐,艰难面对家庭和生活的双重重压。《太极地》④反映以日本人小林为代表的国外大资本,对中国本土经济的入侵,昔日抗日英雄"太极地"后代成了日本资本家的工人。《天下忧年》⑤流露出浓厚感伤色彩和道德批判意味。当然,新现实主义小说终不能脱离现代民族国家叙事框架。于是,"身患癌症的下岗女工"金妹,再次变成"分享艰难"时代"遥远模糊"的道德神像。《太极地》的二狗,如愿以偿当上乡长,与日资企业合作。

反腐小说的启蒙色彩比新现实主义小说更浓。反腐命题时常处于两难境地:一方面,反腐败有利于国家政治民主和社会公正;另一方面,反腐败本身是执政党的执政纲领之一。大众通俗叙事将"青天意识""英雄美女"情结等通俗文艺套路赋予反腐败小说。反腐小说还借鉴侦破、言情、悬疑、黑社会等诸多类型化通俗模式,形成类型化交叉。《绝对权力》《国家公诉》《大法官》《天网》《苍天在上》《大雪无痕》《法撼汾西》等反腐败小说验证了文化市场对政治能指符号的旺盛消费力,也间接展现出反腐败对现代化中国的特殊意义。这个

---

① 刘玉堂:《最后一个生产队》,北京:作家出版社1998年版。
② 李肇正:《女工》,《清明》1995年第4期。
③ 李佩甫:《学习微笑》,《青年文学》1996年第6期。
④ 关仁山:《太极地——雪莲湾风情录》,《人民文学》1995年第2期。
⑤ 谈歌:《天下忧年》,《北京文学·精彩阅读》1997年第3期。

过程中,现代民族国家叙事规定性依然十分强大。《天网》中,县委书记刘郁瑞为农民李荣才平反,抓捕恶霸村长贾仁贵。为表现真实感,作家将第三人称限知视角与全知视角结合,既突出主人公高大形象,又强化了案件侦破的悬疑色彩。同时,小说运用大量"非文学文本",如模仿《创业史》语录的刘郁瑞讲话语录,又如罗列上访年份和数字的李荣才日记摘编、虚拟文件等。而且,为突出宏大叙事规定,人物对话篇幅非常大,背后的隐含叙事者声音也时常跳出,如隐含作者对李荣才上访日记大发议论:"多么朴实可爱的农民,他始终是在向共产党告状,而绝不是告共产党的状!"[①]然而,小说的道德意识太强烈,甚至直接干预叙事,反而削弱了小说的现实主义深度。

最后,"同心圆"最外围的官场小说,现代民族国家叙事气息最稀薄,革命叙事痕迹也弱。大众通俗叙事对官场权力斗争的窥秘心态成为叙事重心,代表作有王跃文《国画》、田东照《跑官》、祁智《陈宗辉的故事》、肖仁福《一票否决》、王大进《欲望之路》等。官场小说也写腐败,然而作家常将目光引向对权力逻辑、人性、公平正义的关注。如《国画》中毛市长的儿子毛杰携巨款私逃,毛市长因此被政治对手打倒。作者关注事发后的权力斗争,"毛杰事件"的道德判断反而被弱化了。进入新世纪,官场小说类型化趋势更明显,如《首长秘书》《驻京办主任》等,从官场性爱、官场性别、官场职位、官产学之间的关系与官场心态等方面进行全方位市场化包装和定向性文学生产,满足人们对官场"不同类型"的心理想象。大众通俗文化,对主流意识形态具消解和承认双重功能:"利益的多元化及在价值上的冲突,并不意味着这些利益不可能通过同一件商品获得满足;这是可以做到的,虽然这仅仅因为文化产品流通于两种同时存在但并不相同的经

[①] 张平:《天网》,北京:中国青年出版社 2004 年版,第 15 页。

济中,我们可以称之为金融经济和文化经济。"①官场小说对政治符号的消费,对"现实政治"与"理想政治"的巨大差距的关注,引发读者的阅读冲动。如唐欣所说:"近年官场小说中,'主体'是在意识形态权力话语中变相地生成。现代民族国家在其意识形态的制度建设和社会动员过程中对于个人主体实施了全面遮蔽和覆盖。"②作为"同心圆结构"的外层,官场小说也渗透着意识形态的规定性,不仅人物形象、故事原型受约束,内在叙事法则也受到制约。

第二节　从蒋子龙到刘醒龙:"改革"叙事的延续与再生

"改革"叙事是新时期以来重要的宏大叙事类型。改革小说上承"十七年"工业文学、农村题材小说等类型,下启90年代主旋律小说,并产生了"新现实主义小说"等诸多变体,形成了文学史的有效延续。受到"重写文学史"影响,当代文学史大多秉持"纯文学"观念,将"改革小说"作为新时期文学发轫期的文学潮流,将之作为"文学从外部走向本体""文学回归语言"之类文学史逻辑的"过渡阶段"。改革小说在伤痕、反思与寻根、先锋思潮之间,起到了一个"桥梁"作用,既抚慰"文革"创伤,又有效引发"现代性追求"。改革小说是现代民族国家叙事、政党政治直接介入文学的宏大类型,以"现代观念"再造文学时空观,以"国家改革"引出"个人解放"先声。但是,这也忽视了一个事实,即"过渡状态"定位来自文学史断裂观,既规定了从宏大到个体、从一体到多元化的文学史进步逻辑,更形成了"十七年"文学、新

---

① 〔美〕费斯克:《大众经济》,见陆扬、王毅选编:《大众文化研究》,上海:上海三联书店2001年版,第133页。
② 唐欣:《权力镜像:近二十年官场小说研究》,北京:社会科学文献出版社2006年版,第30—31页。

时期文学之间的巨大断裂性。

要讨论"改革宏大叙事"的流变,蒋子龙与刘醒龙是重要参照对象。蒋子龙的《乔厂长上任记》应和变革时代渴望"英雄"的心理,成为改革文学开山之作。其后,《一个工厂秘书的日记》《开拓者》《赤橙黄绿青蓝紫》《锅碗瓢盆交响曲》《燕赵悲歌》等小说塑造了锐意进取的"开拓者家族"。刘醒龙成名于90年代,《凤凰琴》写乡村教育故事,《分享艰难》涉及农村新改革的道德问题,《大树还小》《挑担茶叶上北京》则与城乡矛盾问题有关,中篇小说《孔雀绿》、长篇小说《生命是劳动与仁慈》指涉工业改革题材。刘醒龙在农村与城市领域探讨90年代改革的现实问题。在文学史坐标上,他们的文学形态演变,也隐含中国当代文学宏大叙事形态变化的轨迹。

一、"新现代时间"的发端焦虑

蒋子龙,1941年出生于河北沧州,曾在农村生活,后在天津重型机械厂工作多年。1965年,短篇小说处女作《新站长》发表于《甘肃文艺》。"文革"期间,他发表《三个起重工》《弧光灿烂》《压力》《春雷》等作品,依然未脱"工业文学"束缚。1975年,邓小平主持全面整顿工作。同年10月底,第一机械部在天津召开工业学大庆会议,落实中央钢铁座谈会工作精神,目的是"抓革命、促生产"。蒋子龙作为天津重型机器厂的代表参加了这次会议,这次会议令他产生了"一种久违的发自内心的感动和敬佩"。1976年1月,蒋子龙创作的《机电局长的一天》发表于《人民文学》,随后被扣上"唯生产力论"和"阶级斗争熄灭论"的帽子,他违心写了检讨及歌颂"文革"的小说《铁锨传》。"文革"结束,他再次受到批评。《机电局长的一天》中,"抓革命、促生产"时代主题已被悄悄置换为"抓生产、促革命":"'抓生产'反映了'文革'后期人们对没完没了的政治运动的厌烦情绪,'抓生产'又与1970年代末重建的'以经济建设为中心'的另一历史轨道实现了对接。"①与此相对,主人公不再是"造反派""革命小将",而是"老干部"。这无疑也带有"现实政治"(邓小平对"文革"的调整)的影子,显示了蒋子龙将"革命性"历史维度与"生产经验"现实维度结合的考量。如黄平所言:"在《机电局长的一天》中,结构'文革文学'的'阶级斗争'其实是缺席的,这是一篇没有阶级敌人的'文革'小说。"②小说中"抓生产"的焦虑,转化为时间焦虑症,霍大道时刻处于雷厉风行的"现代化速度"中。副局长徐进亭劝他在医院休养,他不耐烦地打断:"不能等,一分一秒不能等,要抢!""机电局长的一天"这个题目就凸显了"一天"的时空容量,给人以密集快节奏和超大容量的感觉。这与同时代稍早些的作品相比,如《金光大道》《沸腾的群山》《虹南作战史》等,有着内在逻辑"转换"。《机电局长的一天》中,蒋子龙借助霍大道的老红军身份取得合法性,也让霍大道以"行政干预"代替现代管理,以精神性"超克"实际困难,以"军事化作风"从事生产。

如果说《机电局长的一天》还只是暗含实现改革的企图,《乔厂长上任记》(1979年第7期《人民文学》)则带有更明显的改革新纪元性质。这种新纪元恰以"文革终结"为新起点。③《乔厂长上任记》(原名《老厂长的新事》):"这一方案是继《乔厂长上任记》、《三千万》以来的延续和深化,那就是想象体制内的'改革英雄'通过铁腕权力

---

① 程光炜:《文学的"超克"——再论蒋子龙小说〈机电局长的一天〉》,《当代文坛》2012年第1期。
② 黄平:《〈机电局长的一天〉〈乔厂长上任记〉与新时期的"管理"问题——再论新时期文学的起源》,《当代作家评论》2016年第5期。
③ 1981年6月27日,中国共产党第十一届六中全会通过《关于建国以来党的若干历史问题的决议》,该决议指出:"历史已经判明,'文化大革命'是一场由领导者错误发动,被反革命集团利用,给党、国家和各族人民带来严重灾难的内乱。"

来发起和推动改革,并通过具体事务的操作来一步步达成目标,这种改革想象使其'改革叙事'不可避免的带有男性特征和浪漫主义色彩。"①天津市委书记刘刚写信给胡耀邦、周扬等人,要求对《乔厂长上任记》进行批判,在《天津日报》刊登"十四块版的批评文章",指责小说为造反派郗望北翻案,北京与天津展开激烈博弈。② 对《乔厂长上任记》的批判,"经时任中宣部副部长朱穆之的干预,才停下来。"③ 此后,柯云路的《新星》、李国文的《花园街五号》、张贤亮的《男人的风格》、张洁的《沉重的翅膀》、水运宪的《祸起萧墙》等改革小说才发展起来,蔚为大观。

《乔厂长上任记》的现代性时间焦虑更强烈。现代性的重要标志便是时间的异质性与快速高效性:"现代性是一种关于时间的文化,19、20世纪的欧洲哲学是这种时间文化的重要组成部分。"④《乔厂长上任记》开头写道:"时间和数字是冷酷无情的,像两条鞭子,悬在我们的背上。""其实,时间和数字是有生命、有感情的,只要你掏出心来追求它,它就属于你。"时间起点就是"文革"结束。这种文化时间逻辑与新时期政治表述基本一致。乔光朴的性格与长相也充满力量感:"这是一张有着矿石般颜色和猎人般粗犷特征的脸:石岸般突出的眉弓,饿虎般深藏的双睛;颧骨略高的双颊,肌厚肉重的阔脸;这一

---

① 杨庆祥:《〈新星〉与"体制内"改革叙事——兼及对"改革文学"的反思》,《南方文坛》2008年第5期。
② 天津方面兴师动众地批评,有政治原因,是为了开展1978年6月开始的"揭批查"政治运动。"十月六日,冯牧领导的《文艺报》编辑部召开会议,讨论对《乔厂长上任记》的评价问题","十月十日,陈荒煤领导的《文学评论》编辑部联合《工人日报》召开座谈会,讨论《乔厂长上任记》,表示对蒋子龙的支持"。
③ 徐庆全:《〈乔厂长上任记〉风波——从两封未刊信说起》,《南方周末》2007年5月17日。
④ 〔英〕彼得·奥斯本:《时间的政治》,王志宏译,北京:商务印书馆2014年版,第5页。

切简直就是力量的化身。"他甚至结婚也雷厉风行,不容对方犹豫和思考:"我干吗要装假。童贞,我们结婚吧,明天,或者后天,怎么样?"①

当物质刺激、标准化规训、追求效率、科技化与专业化等西方现代管理理念与"工人阶级当家做主"基本准则发生激烈碰撞,"道德诉求"很快让位于"企业效率"与"人的私欲",科层官僚引发的工厂内部分化也导致凝聚国企的"道德共同体"趋于破裂。这种情况在70年代末、80年代已初现端倪,比如刘心武在《醒来吧,弟弟》中的塑造的"颓废青年"形象。蒋子龙要在现代化管理、政党意志、革命精神、现代民族国家想象与社会主义体制之间形成有效嫁接,推动新时期"宏大叙事"合法性。《一个工厂秘书的日记》借魏秘书的日记,刻画了一个经验主义官僚金凤池厂长的"魅力"。相比霍大道与乔光朴,金凤池多了几分烟火气,也多了真实感。金凤池为丧父的工人调派汽车,顶着压力给工人发奖金。他也是精通社会关系的"万金油":"在资本主义社会,能够打开一切大门口的钥匙——是金钱。在我们国家,能够打开一切大门口的钥匙——是搞好关系。"②金厂长依然在个人私德上被塑造得非常完美,他是拿着自己的工资"搞关系"。

然而,如果联系50年代《组织部来了个年轻人》中的"刘世吾"形象,就不禁令人感慨文学史的"历史反复"性。官僚管理与革命理想主义的矛盾是社会主义文学内部的重要话题。魏秘书与金厂长形成有趣的甚至颇具矛盾的张力。这种"对位"人物设置法在王蒙的小说也存在,比如林震与刘世吾的对立。刘世吾世故老练,林震天真幼稚。魏秘书坚守节操,不逢迎上级。林震既佩服刘世吾,也对官僚主

---

① 蒋子龙:《乔厂长上任记》,《人民文学》1979 年第 7 期。
② 蒋子龙:《一个工厂秘书的日记》,《蒋子龙选集一》,天津:百花文艺出版社 1983 年版,第 135 页。

义"冷漠油滑"的气息,表示反感和抗议。魏秘书对金厂长的工作能力,特别是人际协调能力很佩服,但反感他的"油滑"。这种对位处理方式,透露出作家的某种困惑性——无法准确地从善/恶、对/错角度,对这类官僚进行道德判断。

"改革文学"刚出现就面临一系列潜在困境。这种困境不仅是"极左"思想与现代化改革思维的碰撞,更是"体制内改革"必然面临的尴尬。改革必须形成"改革共识",朝着现代化目标迈进。现代化的高效管理,是科学化规章制度,以物质刺激为激励手段。朴素的阶级情感、迁就敷衍的人情、懒散但舒适的工作方式,配合道德塑造,这些原有的企业工作和生活形态,必然遭到改变。《维持会长》写到电机厂有九千多职工,却产能低下,四个大门就有几十个正式工门卫,却雇用着一千多临时工干活。乔光朴清退临时工、禁止一线女工生孩子后转岗当幼儿园阿姨。这些措施,不仅遭到保守派反对,很多工人同样不理解,甚至搞他的讽刺画。乔光朴提倡"竞争意识",不但没产生良性竞争,反而催生"恶性竞争",比如投靠冀申的扈科长。

"物质刺激"和"科学管理"也必然导致企业内部"改革共识"分化;激情献身的改革者,成为打击报复的靶子。普通职工也因个人利益暂时受损而反对改革。《一个工厂秘书的日记》中金厂长选人大代表被工人骂作"老滑头"。《乔厂长上任记》续篇《维持会长》中"极左"面孔的冀申,调到外贸局后,升职为副局长。他巴结市委王书记、经贸主任铁健,善于谋求私利,买各种外国享乐品,浪费大量外汇。小说最后,乔光朴被停职,财务科长李干被撤职,郗望北被炸成重伤,冀申却成了代理厂长。新时期改革文学伊始,蒋子龙已敏感意识到了中国改革的内在困境。

改革的手段和目标,反过来成为改革的障碍;改革者的"集体主义殉道精神"打开了个人欲望的"潘多拉的盒子",却无法在制度上保证改革者自身的安全,更无法保证资本和权力的弱者——工人的合法权益;改革依靠领导者个人威权,却无法保证改革延续性,及"改革共识"的稳定性,这也许才是80年代改革的深层困境。谁能保证,失去"理想激情"的改革闯将——霍大道和乔光朴,屡遭挫折的金凤池厂长,不会变成只懂权谋平衡的"维持会长"——经委主任铁健,或者为个人谋私利的冀申?

二、"改革小说"的困境及其美学转移

改革文学的叙事困境,在《开拓者》与《赤橙黄绿青蓝紫》中有进一步体现。《开拓者》除了延续原有保守/改革的斗争思路,还提出一个"老干部"与"新时代青年"沟通的主题。省委书记车篷宽是老革命,也是大学生,比霍大道与乔光朴有更丰富的学养和见识。他精通几门外语,对企业现代化管理非常在行。他反对回到计划经济,拒绝了妻子——机械局副局长王剑秋"赶走日本经济侵略"的建议。他破格提拔司机曾淮当机械局局长,以"技术官僚"面目执政,执着于"市场竞争""科学化管理""广告意识""技术革新"等西方经济理念,又深陷政治斗争旋涡。"改革"的复杂性更在于很多"反改革"决策恰以"改革"名义施行。比如,车篷宽反对冶金研究院院长吴昭年的"乱引进"。改革者车篷宽与保守派势力斗争、与腐败分子斗争、与好大喜功的"瞎指挥派"斗争、与落后自私的群众斗争,可谓险象环生,而他的同路人则是有魄力、有个性的"中青年"。

《中国青年报》曾发表"潘晓来信",提出"青年的出路在哪里?"这样的世纪之问。这也是青年人对价值观、人生观动荡的某种感应:"潘晓身上表现出的意义焦虑包含着双重内涵,一方面是真实的虚无情绪,否定一切价值的冲动,另一方面是同样真实的理想主义冲动,对意义感的强烈渴望。"在这种意义上,"潘晓来信"对当代知识界的

真正挑战在于,如何一方面转化此理想主义,另一方面吸收和涵纳虚无主义情绪。① 对主流话语而言,"社会主义新人"被提倡,主流社会急切需要一种文化机制将活泼叛逆的青年纳入其现代化建设规训。"社会主义新人"提法是20世纪60年代"社会主义教育"的产物,特别强调其是"把这些势力中间的绝大多数人改造成为新人的伟大运动"②。第四次文代会上,邓小平提出这个概念:将培养"社会主义新人"文艺要求纳入"社会主义精神文明"意识形态规划。邓小平在新时期开端特定语境重提"新人"是为了重塑"文革"后人们危机四伏的集体意识。

蒋子龙更重视"青年问题",也试图塑造"新人"。与造反派郗望北类似,《开拓者》也有一个造反派曾淮。他曾被"四人帮"利用,也保护过车篷宽。改革顺利实施,必然依靠更年轻的力量,曾淮等"误入歧途"的青年,反而更易接受改革理念,有更强的变革现状的勇气。《乔厂长上任记》中玩世不恭的"刺头"杜兵被激发了改革热情。《锅碗瓢盆交响曲》中的青年管理者牛宏则敢于给职工多发奖金。《开拓者》的青年形象更多,自尊叛逆的金城、书生气浓厚的王廷律、大方洒脱的团委书记凤兆丽、油滑懒惰的"业余华侨"等形象,都被蒋子龙刻画得非常生动。

"青年问题"的复杂性和敏感性,在《赤橙黄绿青蓝紫》中有更集中的表述。解净正是蒋子龙塑造的"新人":"通过这些新人形象,激发广大群众的社会主义积极性,推动他们从事四个现代化建设的历

---

① 贺照田:《从"潘晓讨论"看当代中国大陆虚无主义的历史与观念成因》,《开放时代》2010年第7期。
② 毛泽东:《转发浙江省七个关于干部参加劳动的好材料的批语》(1963年5月9日),见中共中央文献编译室编:《建国以来重要文献选编》第16册,北京:中央文献出版社1997年版,第293页。

史性创造活动。"①这篇小说刻画了"解净"与"刘思佳"两个青年形象。然而,这两个人不仅是"新人",又都是"问题青年"。对于解净,蒋子龙直言其人物原型并不鲜见:"这是一个非常纯洁的女孩子,在上一个时代当过政治尖子,现在一下子变成了'政治垃圾',她很痛苦。我了解这样的'政治大姑娘'"。② 刘思佳则思想敏锐、善于思考,又夹杂不少偏颇情绪:他不甘平庸,又哀叹生不逢时;他厌恶空头政治,崇尚务实精神,又不分青红皂白,对政治工作人员产生先入为主的反感;他急于改革企业管理的弊端,暗自设计了改革方案(画八卦图),又抱怨官僚主义领导,用在厂门口"卖煎饼"的方法,变相发泄内心不满。③ 显然,刘思佳被赋予更多"现代气质",人物形象建立在丰富复杂的"人性真实"基础上。

解净是历史政治的"错误遗产",刘思佳则是当下文化语境的"叛逆者",为将他们改造为社会主义新人,蒋子龙运用"爱情"话语遮蔽了二者的差异性与冲突性。解净的"改造"是主动的,包含对"文革"政治的反思;对于刘思佳,作家则通过较尖锐的言语道出官场的虚伪及改革共识的内部危机。有学者认为,这种危机来自个人私利与共同体的牺牲想象之间,已不能再询唤出一个有效妥协机制:解净式的政治工作方法逐渐失掉其原有的政治、社会和伦理敏感,而脱离了相应历史进程的演进;刘思佳终究无法成长为社会主义新人,依旧在其精神困顿中不能自拔。④

---

① 蒋子龙:《塑造创业者的形象》,《新港》1979 年第 12 期。
② 蒋子龙:《小说杂谈》,《蒋子龙选集三》,天津:百花文艺出版社 1983 年版,第 374 页。
③ 柴桂玲、田红星:《从迷惘到开拓前进的一代新人——浅谈蒋子龙作品中的几个青年形象》,《天中学刊》1997 年第 1 期。
④ 符鹏:《再造社会主义新人的尝试及其内在危机——蒋子龙小说〈赤橙黄绿青蓝紫〉中的青年问题》,《文学评论》2015 年第 5 期。

然而,除了天使/恶魔、浪子/美人等潜在心理原型,解净/刘思佳的组合,无疑也暴露了蒋子龙内心的焦虑。一方面,他希望保留纯洁的情感,如同解净一样,努力在现代化潮流中,既应合现代化诉求,又能在道德上"保持初心";一方面,他又是"刘思佳主义"者,冷静理性地看待改革带来的一系列利己主义思潮,及由此而引发的复杂利益纠葛。"改革"以经济发展和物质幸福为目标,却必然触及政治体制现代化等问题。这在当代文学史衍生出启蒙/革命、传统/现代、个体/集体、欲望/道德、世俗化/精神化等一系列冲突性主题。这些问题在"十七年"文学中已现端倪,只是被"一体化"氛围所掩盖。"改革叙事"后,潘多拉魔盒却被打开:"'改革'和现代化发现或制造出问题,又以改革作为解决这一切的最终的承诺,因而这些问题注定了只能在'改革'和现代化(经济和政治层面)的框架内进行解决,其结果自然既简化了问题,也掩盖和遮蔽了问题的复杂的一面,这其实是一种悖论:'改革'既是一种世界观又是一种方法论。现代化在这里成为一种超验的神话"。①

蒋子龙感叹,50年代,他的八级锻工师傅,勤勤恳恳,上班观念很强烈,下班观念很淡薄;到了70年代,他对个人的事斤斤计较,上班干私活,工作时间睡觉,甚至迟到早退。② 经历理想主义失落,工人们已很难找回50年代单纯的热情。多年形成的计划经济体制,也使工人的工作激情消耗殆尽。正如福山所说:"中央计划经济损害了人力资本中最重要的因素——工作精神。社会和经济政策如果否认工作

---

① 徐勇:《"改革"意识形态的起源及其困境——对〈乔厂长上任记〉争论的考察》,《中国现代文学研究丛刊》2014年第6期。
② 蒋子龙:《〈一个工厂秘书的日记〉后记》,选自《蒋子龙选集三》,天津:百花文艺出版社1983年版,第277—278页。

的个人动机,就会摧毁最强烈的工作精神"。① 形势所逼的改革,以西方科技与现代化管理,嫁接于社会主义政治制度和经济体制,必然导致诸多观念和文化的冲突。

三、"改革文学"思潮后蒋子龙的现实主义创作

考察蒋子龙70年代末到80年代中期的"改革"小说,会发现有一股挥之不去的焦虑感和失败感。《维持会长》中乔光朴的挫折和冀申的胜利,《一个工厂秘书的日记》中困难重重的金厂长,《锅碗瓢盆奏鸣曲》中因多发奖金被处理的牛宏,都表现了这一点。即使《赤橙黄绿青蓝紫》也只能通过"救火"这样的突发事件激发集体牺牲精神,弥补解净与刘思佳的矛盾。很多研究者将"改革文学"作为国家话语"宏大叙事"终结的象征:"改革文学"是"国家"根据新的历史需要试图整合"社会主义现实主义文学"等文学资源,它推动"十七年"文学向新时期文学转移,并提出一整套对新时期文学发展具有某种示范性和引导性的文学成规的艰苦努力。但这种努力由于文学界的"个人话语"希图挣脱和越出"国家话语"的历史轨道,和"先锋文学"的全面兴起而最终失败。② 张伟栋也认为,"寻根文学"兴起,当代文学政治性被抽空,"改革文学"走向失败:"一九四九年以来在国家政治权力的规训与维护下的'国家文学',也最终以'改革文学'的失败而终结。"③

然而,问题并没有那么简单。考察蒋子龙在90年代乃至新世纪

---

① 〔美〕弗朗西斯·福山:《历史的终结及最后之人》,黄胜强、许铭原译,北京:中国社会科学出版社2003年版,第106页。
② 程光炜、李杨:《重返80年代:主持人的话》,《当代作家评论》2009年第3期。
③ 张伟栋:《"改革文学"的"认识性的装置"与"起源"问题——重评〈乔厂长上任记〉兼及与新时期文学的关系》,《当代作家评论》2009年第3期。

的创作,都能看到"改革文学"实现艰难地"否认—更新—重塑"的过程。在90年代兴起的"新现实主义"小说冲击波之下,刘醒龙、何申、关仁山、柳建伟、周梅森、陆天明、张平等一大批现实主义风格作家,对90年代二次改革的集中书写,都在显示"改革"主题在宏大话语中的"未终结性"。有学者指出,"改革文学"不完全等同于"党派文学""国家文学",在其复杂的流变、转移、更替过程中,也夹杂着五四文学、批判现实主义文学、"苏联解冻文学"的身影和精神元素;且如果从广义的角度去理解,"新时期三十年文学"实际也可以说就是一种最为宏大的"改革文学"。① 从类型角度而言,改革文学不仅是文学思潮,更是中国式"政治文学"的延续。只不过"改革文学"的延续发展,在以纯文学自居的文学史书写中,被冠以"主旋律文学"帽子,被视为陈腐文学规则,加以遮蔽和遗忘。

蒋子龙塑造的"开拓者家族",无论霍大道、乔光朴,还是车篷宽、武耕新,都有着类似性格:他们都是个性强悍的男性领导者,对女性情感较漠视,他们有变革欲望,也有急躁、蛮横等性格缺陷。80年代中期,蒋子龙创作长篇小说《蛇神》,塑造了神魔一体的复杂人物——邵南孙。邵南孙不相信任何宏大说教,他不是遗忘爱情的"改革狂人",而是因爱成狂的"爱魔"。如陈晓明所言:"在蒋子龙的新作《蛇神》里面,潜伏着作者对强力和野性的爱好,展示了一种新的审美角度。"②邵南孙为追求花露蝉,不惜在剧团打杂多年。花露蝉惨死后,邵南孙成了著名作家和养蛇专家,依然无法走出心灵梦魇,只能在报复女性的道路上越滑越远。令人触目惊心的,还有作家对"人性恶"

---

① 程光炜、李杨:《重返80年代:主持人的话》,《当代作家评论》2009年第3期。
② 陈晓明:《在强力和野性的后面——评蒋子龙的〈蛇神〉》,《当代作家评论》1986年第5期。

的揭示。"历史与现实像两条缠在一起嘶咬恶斗的蛇,从混沌初开到人类文明的尽头(假如文明有尽头的话),从天堂打到地狱(假如有天堂和地狱的话)。"①戏班内部的欲望倾轧,权力斗争,丑陋异常。"文革"之中,造反派司令李鹏万、黄烈全等对普通人的迫害别出心裁,比如在演员脸上刻字、玩弄女演员,花露蝉就是这样死得不明不白。"文革"之后,道德人心没有由此变好,各级领导热衷对邵南孙的蛇研究所吃拿卡要。小说极力刻画花露蝉的纯美:"她真美,美得清雅,美得纯洁,美得让人眩晕。"小说洋溢着"天地不仁"的愤怒和创伤感,也爆发出巨大的历史批判理性。

蒋子龙令人眼花缭乱的"中年变法"依然有暗自的尴尬。《蛇神》中,改革的阵痛不但没有缓解,反而出现了更尖锐的思想交锋和现实冲突,比如"双轨制"引发的"官倒"、有计划的市场经济的讨论。大规模国企下岗已在东北重工业基地初现端倪,思想界也展开激烈交锋。然而,"改革文学"先于改革现状失去了活力。蒋子龙却始终无法放弃对现实的关注,90年代他又创作了《人气》《空洞》等小说,在防疫、城市改建等现实问题上保持了批判锋芒。初稿创作于1997年的《农民帝国》,则更像对早年改革题材小说的突破。某种角度上讲,《农民帝国》是《燕赵悲歌》的续篇。80年代"改革"小说,雷厉风行的执行力、乾纲独断的集中管理模式,成为流行模式。《燕赵悲歌》结尾,武耕新与政工领导谢德发生争执。谢讽刺武说,你可真像土皇上。武耕新大胆顶撞说:"抬头向前看,低头向钱看,只有向钱看,才能向前看。不向钱看怎么搞现代化?""经济效益就是钱,钱就是经济效益!"②彼时,武耕新胆大粗鄙的行动力,被当作典型改革性格:"武

---

① 蒋子龙:《蛇神·序言》,天津:百花文艺出版社1986年版,第1页。
② 蒋子龙:《燕赵悲歌》,北京:中国青年出版社1985年版,第143、144页。

耕新这位农村改革中涌现出来的时代英雄,是在新旧交替时期这一独特的历史环境里,经过痛苦的思想裂变脱颖而出的,是历史的磨难和新时期的现实共同铸造出来的一位典型人物。"①然而,"改革强人"失去法纪约束,失去了敬畏,失去共同致富理想,就会蜕变为真正的"土皇上"。农村改革家武耕新在《农民帝国》中蜕变为嚣张霸道、草菅人命的郭存先。这无疑提醒我们,"改革叙事"作为"宏大叙事",在中国当下已成为某种焦虑性症候。郭存先有着梁生宝式道德激情、于连式野心,还有着土皇帝式狂妄。小说中对郭的长相做了如下描述:"短发方脸,上身穿白粗布的对襟褂子,下身是黑粗布单裤,脚蹬胶底纳帮的黑布鞋,浑身上下透出一股结实有劲的麻利。"②郭存先的失败,也暗示80年代"改革能人"叙事的逻辑困境。上半部,对改革开放前艰苦生活的描写,残酷而真实,比如郭存志偷吃红薯秧子,差点憋死;地主后代刘玉朴,为了证明清白,在坟头自杀。下半部,对于郭存先转变的描述有些力不从心,缺少对行为内部动因的展示,更缺少从历史高度对郭存先问题的深度思考。这显示了作家对80年代与90年代改革差异性与联系性认识的不足。

然而,蒋子龙90年代后的"改革小说"也说明一个问题,即"改革文学"思潮虽已过去,但"改革叙事"并没有消失,且90年代后,"改革意识形态"代表的现实主义"宏大叙事"也没有终结,只不过在新语境之下又发生了新变化。

四、"爱与仁慈"的逻辑难题:"分享艰难"的困境

蒋子龙的小说《晚年》塑造了老工人张玉田的形象。他大公无

---

① 郭长征、刘勤英:《一曲气势磅礴的时代壮歌——简析蒋子龙的中篇小说〈燕赵悲歌〉》,《周口师专学报》1997年第3期。
② 蒋子龙:《农民帝国》,北京:人民文学出版社2008年版,第11页。

私,坚持把守质量关,被迫提前退休。但是,老工人依然热爱企业,义务为车间提供指导。该小说显示"新启蒙"叙事链接"十七年"文学传统的努力。蒋子龙努力在现代化思维逻辑中,赋予"十七年"推崇的"公品德"以情感道德的定位。然而,老工人的"失败者"地位,实际服务于"胜利"的现代化话语。这种文学逻辑延续到90年代,更加凸显了抒情气质与道德失败感,并形成了对80年代"新启蒙"的反思。这也成为以刘醒龙为首的"新改革小说"叙事的重要思维方式。

蒋子龙早已注意到"腐败"对改革的破坏作用,比如《维持会长》中冀申进行非法外汇交易,《蛇神》中的官员对邵南孙吃拿卡要。但是,他大多是在"文革遗毒"层面分析问题,对90年代出现的腐败则停留在道德控诉上,多感慨工人地位的衰落:"腐败开始滋生,让工人们真正感到了危机,感到看不见希望。最让他们犯愁的还不是没活干、领不到工资,而是精神上被冷落、被蔑视,没有人告诉他们未来的出路在哪里⋯⋯曾经的'国家领导阶级'、'工厂的主人',真真切切地感受到工人已经成了工厂的负担,群众成了领导的包袱。"①即使是《农民帝国》对郭存先的描述,也过于脸谱化:"从'新国民性批判'的角度来看,蒋子龙这部小说深刻地昭示了这样一个主题:从'农民帝国'向'公民'社会转化必然是一个艰难的过程,需要我们付出切实的努力甚至巨大的代价,才有可能最终实现。"②

想更具体地了解90年代二次改革的中国变化,还要考察90年代"新改革小说"相关情况。90年代"新改革小说"创作中,刘醒龙的创作较有代表性。刘醒龙有长期乡镇生活经验,又在国企文化部门任职多年。他的文学视野开阔,对农村生活、基层教育、国企改革和

---

① 蒋子龙:《自豪与悲情:一个老工人的诉说》,《同舟共进》2010年第8期。
② 李建军:《从简单化叙事到深度化批判——论蒋子龙小说创作的路向转换》,《中国作家》2010年第1期。

文化等领域都有所涉猎。他的早期小说,如《黑蝴蝶,黑蝴蝶……》等"大别山系列",充满魔幻色彩,书写乡土社会的神秘浪漫。后期他的风格虽有所改变,但抒情忧伤的调子依然潜伏在文本深处。刘醒龙真正被文坛关注,是《凤凰琴》《村支书》等现实主义小说。虽然是现实主义题材,但《凤凰琴》与《村支书》一方面正视了人物的自私与欲望,比如《凤凰琴》中界岭小学内部余校长、邓副校长等老师争名夺利、弄虚作假行为;另一方面,小说又满怀深情地写出了艰苦的环境之中,各种小人物近乎理想主义的坚守。《村支书》中的方建国书记,为了堵住大坝缺口,以身殉职;《凤凰琴》中的民办教师们,对破败的小学不离不弃。《凤凰琴》以外来教师张英子这个闯入者视角,描写大山深处民办教师这一特殊群体。小说最后,明老师怀抱转正通知书含笑而逝的情节,做足了"苦情"戏份,也表现了刘醒龙对于"道德"异乎寻常的敏感。然而,这种"敏感"又基于对现代化逻辑的清醒认知。他承认现代化的合理性,又站在"乡土抒情"的角度,以道德批判的激情严峻审视着现代化导致的人心沦丧。这种"横站"姿态,让他在 90 年代很多作家沉溺于欲望书写的背景下显得格外与众不同。他联通"十七年"现实主义叙事、新时期乡土叙事、改革叙事的努力,取得了主流政治、纯文学与普通大众的普遍性共鸣。同时,这种创作理念也使他形成了对 80 年代启蒙的反思性,比如,《大树还小》中当年的知识青年"白狗子",勾引农村女青年、偷窃东西,而知青大返城后,他又摇身一变成了成功人士,对小树的儿子大树造成精神伤害。刘醒龙在城乡差别、贫富差距等问题上,颠覆了 80 年代"无悔青春"式的知青叙事。

刘醒龙独特的文学观念和社会价值观,也造成某种争议。一般而言,文学史将刘醒龙的创作归于 90 年代"新现实主义",甚至"主旋律"写作范畴。刘醒龙引起广泛争议的作品,是《分享艰难》《挑担茶叶上北京》《秋风醉了》，包括长篇小说《生命是劳动与仁慈》等。《挑担茶叶上北京》中，石家大垸村的村长石得宝，接受了一个苛刻任务：在冬天采茶，只为丁镇长巴结上级领导。小说在讽刺了权力对农村和农民的伤害的同时，还凸显了"基层干部"的艰难。这种对"基层干部"同情化的处理方式，是"新现实主义"惯用策略：一方面，描述"基层干部"面临的复杂现实，会获得独特真实感；另一方面，"基层干部"这种特殊身份，也巧妙地规避了政治风险，以小人物的喜剧感和卑微感，间接传达对体制的批判。然而，这种潜在逻辑，还是受到了启蒙姿态的知识分子的质疑批判。

《分享艰难》讲述的依然是"基层干部"故事。西河镇书记孔太平，面临着很多危机。山洪暴发、教师工资拖欠、镇上财政捉襟见肘、各单位之间扯皮、镇长权力受到挑战。小说以接踵而来的危机事件，将孔太平放置于权力旋涡，在道义、法律、欲望、人情的泥沼之间苦苦挣扎。小说没有过分美化孔太平，刘醒龙写出这个基层干部在女色面前的犹豫，在权力斗争中的算计，也写出了他为民生事业殚精竭虑的操守。小说的决定性因素，体现着90年代文化语境的叙事潜规则——"金钱"。派出所所长和孔太平，都通过收赌博罚款的方式筹集经费；孔太平让嫖客参观救灾现场，募集救灾款；田毛毛因想发财，被洪塔山奸污；教师发不下工资，长期营养不良，以至于昏倒在课堂上……小说最大争议之处，是孔太平为了镇上经济发展，放过了强奸犯——养殖场场长洪塔山："我们说定了，不告姓洪的了！让他继续当经理，为镇里多赚些钱，免得大家受苦。"①这无疑呼应了题目"分享艰难"——改革以牺牲部分群众利益为代价，再次完成国家现代化。这无疑是变形的"宏大叙事"逻辑。丁帆指出："你在《分享艰

---

① 刘醒龙：《分享艰难》，《上海文学》1996年第1期。

难》中表现出的那种在主流与边缘来回游移滑动的主体的暧昧性,却倒了一些人的胃口。因此,有人提出了谁和谁分享艰难的命题。"① 唐欣说:"正因为相信普通百姓之善良与深明大义,所以他们才以小说的形式吁请老百姓的'分享艰难',然而更确切地说,是以国家的名义再次索取着底层社会的奉献牺牲。"②蒋子龙式的"铁腕人物"往往是权力掌控者,能快速贯彻改革主张。刘醒龙笔下,大多是身处尴尬困境的基层干部、濒临破产的国企领导,他更强调改革人物面临的多重困厄与精神压力。

然而,如果仅仅站在精英立场指责刘醒龙,无疑是将问题简单化了。《分享艰难》原名《迷你王八》,在《上海文学》主编周介人建议下,发表时改为《分享艰难》。对于文坛的指责,刘醒龙不承认,他在访谈中说:"《分享艰难》在《上海文学》发表时,周介人主编在卷首语中写道:刘醒龙的小说里有一种大善。小善是爱憎分明,而大善却是对恶的包容和改造。《分享艰难》里有一种非常善的东西,像主人公孔太平的舅舅,就是一种大善。有时候对于一个人精神的审判,远远比肉体上消灭他更重要。"③

那么,为什么80年代"改革叙事"现代化诉求能得到启蒙的认可,而90年代"改革叙事"却无法得到这种认可？启蒙精英意识在新改革形态下,更偏重个体化诉求。80年代改革叙事有现代化宏大叙事共识,是"强者"与"弱者"共同的时代主题,是主流话语与个人生活的共识。90年代是鼓吹强者欲望合法化的时代,"弱者的牺牲"被

---

① 丁帆:《论文化批判的使命——与刘醒龙的通信》,《小说评论》1997年第3期。
② 唐欣:《"主旋律"小说的叙事策略分析》,《理论与创作》2006年第2期。
③ 刘醒龙、饶翔:《我相信善和爱是不可战胜的》,《文艺报》2011年9月19日。

纳入"民族国家叙事"规则之下。

同时,《分享艰难》对于"爱与善"的倡导,接续了"十七年"社会主义道德叙事传统,也对知识精英话语权进行了讽刺:"'分享艰难'还有它的另一种浪漫。我一直不明白,这四个字怎么就那么倒人的胃口,它不就是同舟共济的另一种说法吗!无论如何,作为一个有责任感的人,对艰难的分享是其起码责任。我明白这种不愿'分享艰难'的潜台词是什么,这种忧患全中国的人都有,问题是,在谁和谁分享艰难的疑问后面,是否还隐藏着根本不愿与艰难相伴的下意识——坦率地说,我现在越来越偏向普通人,我觉得他们更可靠。"[①]这种对知识分子启蒙的不信任,在《大树还小》等"讽刺知青"的小说中都有所体现。

这种分歧和冲突,更集中表现在长篇小说《生命是劳动与仁慈》中。《生命是劳动与仁慈》的一大特点是,刘醒龙同时写了农村和城市国企,试图在其间重寻内在联系性。陈老小是"梁生宝"式劳动模范,也是禁欲主义者。妻子死后多年,他克制着情感,与女邻居保持着纯粹的精神慰藉,"燕子红"成为高贵品质的象征。与之相对的是阀门厂老劳模高天白。陈老小希望儿子陈东风去工厂学到真正的技术,成为有道德的、能车出"铁屑蓝"的工人。"铁屑蓝"也是象征意象:"几乎都是黑乎乎的毛坯件,在进入到这亮晃晃的带子中后,很快就变幻出各种光泽来。有的变成乳白,有的变成银白,而蜕出来的黄色,也能轻而易举地分出橘黄与橙黄来,前一种灿烂,后一种鲜艳。"[②]它象征着技术高超与道德高尚的双重标准,也是"十七年"时期工人典型的表征。

---

① 刘醒龙:《浪漫是希望的一种——答丁帆》,《小说评论》1997年第3期。
② 刘醒龙:《生命是劳动与仁慈》,北京:人民文学出版社1996年版,第100—101页。

作家努力将主人公陈东风塑造成精神性人物。他帅气,有能力,热爱劳动,又沉溺于精神思考,类似《古船》中的隋抱朴、《平凡的世界》中的孙少平。小说时常让陈东风歌颂劳动的最高道德标准:"在时空雄大无穷的俯瞰里,任何其它舞蹈都是苍白的和滑稽的,唯有劳动才是宇宙看不完演不尽的真正舞蹈,剔除了劳动,人的任何表演都是导致自身的加速毁灭。"①小说将欲望与道德联系在一起,比如陈二百对陈东风说:"我知道你们身上有一种叫做热爱劳动的东西让女人喜欢,不是一两个,而是许多女人在喜欢你们,越是好女人越喜欢你们。"②这种将欲望与伦理叙事嫁接的"杂糅手法",常见于90年代长篇小说,比如陈忠实《白鹿原》中的白嘉轩就是性能力和道德敏感性都超强的乡绅族长。只不过,陈东风不是联系着中国传统文化,而是链接着"十七年"社会主义现实主义的道德伦理规范。

小说也写到城乡矛盾、工人和农民的矛盾、知识分子与农村农民的矛盾,这又与叙述者对爱与仁慈的品质、对"劳动"品质的追索产生了某种内在矛盾性。90年代农村有一种精神与物质双重破败的景观:"庄稼越种越瘦,田地越耕越硬,年青男人成年累月在外面浪荡,种田的不是女人就是老人,谁会骗人骗钱谁当劳动模范。"③陈东风讨厌"王子与公主"的比喻,他痛恨贵族化知识分子。过于细腻抒情的描写,又让作家笔下的农民,都不太像农民,而带有知识分子痕迹,比如方月的母亲对陈东风说:"纸钱不是钱,它是情义,是道德,是痛到骨子里时的安慰。"④东风听说小翠要嫁给赵家喜,痛苦地写下大

---

① 刘醒龙:《生命是劳动与仁慈》,北京:人民文学出版社1996年版,第208页。
② 同上书,第139页。
③ 同上书,第14页。
④ 同上书,第29页。

段内心独白,非常诗性:"我不断地大声喝问,你们要干什么,这样的挤压,这样的吞食,这样的蛮不讲理……我要寻找的是比幸福更重要的父辈的纯洁。"①这种对"十七年"现实主义伦理的致敬,暴露了刘醒龙思想的复杂性。

然而,刘醒龙笔下,城市对农村的掠夺也触目惊心。农民工干最重的体力活,拿钱最少,还遭受歧视。王元子、黄毛、墨水等城市青年女工,都有着城市工优越感,看不起农民工。文科长和玉儿、万主任和银杏、马主任和小英,这些企业领导和女临时工之间的性交易,令人感慨。这些农村女性成了"受辱乡村"的形象代言人。李师傅认为,"同工同酬"改革是"进城打土豪":"我们是在工资表上签字领工资,他们(农民工)却是用白纸打条领工钱。"②陈东风认为,社会主义是按照劳动取得酬劳,徐富副厂长则鼓吹,"工人农民是一般,齐心协力搞翻番",但在欲望被鼓动的90年代,这种传统集体道德观失去了效果。大量农民工,包括方豹子,都被段飞机的村办机械厂挖了墙脚。国企正式工为维护特权,反对农村临时工,阻挠"同工同酬"改革。这种工人罢工与法国作家左拉的《萌芽》为争夺生存权的罢工,形成了鲜明对照。

可是,刘醒龙将矛盾写到绝处,总用道德化情节将之化解,这削弱了现实主义力量。他无法在逻辑上说明,为何贪婪自私的企业领导、工痞流氓,会化身为"道德偶像"。刘醒龙设计了一系列"危机",通过牺牲的召唤,再现道德力量。厂长陈西风和书记徐快,明争暗斗,但为保护工程款,与劫匪斗争,双双被捅成重伤。陈西风的情人田如意,与陈生下私生子翱翔。小翱翔为西风输血,救了西风的命,

---

① 刘醒龙:《生命是劳动与仁慈》,北京:人民文学出版社1996年版,第457、458页。

② 同上书,第368页。

田如意也获得了大家尊重。陈西风没有起诉拿不到工资的农民工劫匪。好逸恶劳的工人汤小铁(类似蒋子龙笔下的刺头工人),为抢救洪水中的国家资产,壮烈牺牲。段飞机的农村个体机械厂与国营阀门厂,处处斗争,但面对洪水,两个企业也共同救灾,甚至合并在一起。"危机彰显道德"的策略,常见于主旋律小说。小说结尾写道:"翠往陈东风怀里偎紧了些,然而此时他们渴望的不是做爱。"① 小说以"大团圆"的圆满,让美丽的村姑小翠与陈东风结合,再现了"生命是劳动与仁慈"的救赎主题。

刘醒龙不认为自己是"主旋律作家",更倾向于认同自己是秉承现实主义,又有浪漫气息的作家:"现实主义其实是一种精神,不只是一种创作方法。长期以来,因为'工具论'的不良影响,现实主义在中国被妖魔化了。我自认为是一个有理想的现实主义作家,或者说具有浪漫精神的现实主义作家。在骨子里,我的小说更多的是表达对现实的质疑。"② 这种浪漫主义与现实主义的"新两结合",无疑让我们与"十七年"文学的某些内在文化逻辑,取得了令人深思的呼应。

单纯鼓吹市场欲望,无疑有着"精神阉割性",如托克维尔认为,市场经济"乐于使人享乐,但人必须只思享乐而别无他求"。福山既看到改革"减少中间成本与利益制衡",也看到高效率和纪律性对现代科技的鼓励:"他们既能够对其人民强制推行一种比较高度的社会纪律,又能给予他们足够的自由以鼓励发明和应用最现代的技术。"③ 如果说,蒋子龙笔下希望把乔光朴、霍大道这些"改革英雄"塑

---

① 刘醒龙:《生命是劳动与仁慈》,北京:人民文学出版社1996年版,第460页。
② 刘醒龙、饶翔:《我相信善和爱是不可战胜的》,《文艺报》2011年9月19日。
③ 〔美〕弗朗西斯科·福山:《历史的终结及最后之人》,黄胜强、许铭原译,北京:中国社会科学出版社2003年版,第140页。

造成现代化管理"竞争性技术个体",那么,刘醒龙笔下的现代化宏大叙事则受到质疑。刘醒龙是为"小人物"立传,暴露大变革时代"普通人"的"精神创伤"。穷困的民办教师、受夹板气的乡镇干部、被官场折磨的文化人、无奈的下岗工人、受到城里人侮辱的乡下人,都以"失败者"形象成为时代的道德批判者。作家更注重凸显改革的残酷性和欲望对道德的伤害。

第三节 溢出时代的努力:柳建伟的现实主义突围

柳建伟是20世纪90年代的重要作家。他的小说以现实主义方法为标准,往往被归于"军旅作家""主旋律作家"行列。但就实际情况而言,柳建伟在90年代创作的长篇三部曲《北方城郭》《突出重围》《英雄时代》分别在乡土、军旅、改革三个题材实现了突破。特别是《北方城郭》,被出版界誉为能与《平凡的世界》《白鹿原》并称的现实主义巨著。有论者认为:"《北方城郭》就这样在40多年的时间跨度内,对中国城乡现实生活进行了全方位、多层面的描绘。小说直面政治、经济、感情道德和文化艺术等诸多方面,深刻地描述了社会转型期中国人的生存境况……显示了现实主义创作方法的强大生命力。"[①]

然而,柳建伟没有得到文学史家的认可,《北方城郭》的处境也颇为尴尬。小说曾获人民文学奖,但销售不好,与《尘埃落定》同时冲击茅盾文学奖,却因性爱描写太多落选。柳建伟将之总结为"酸甜苦辣咸":"三十三岁,在'皇家'出版社——人民文学出版社——出版长达五十五万字的长篇处女作,可解成一个甜字。书中版权页遗漏了

---

① 红耘:《柳建伟和他的〈北方城郭〉》,《中国出版》1998年第10期。

图书在版编目数据,编校差错率超过万分之三,可解成一个酸字。圈里圈外一片叫好声,大都认为它是我写得最精彩的小说,可十年间它只卖了区区几万册,无法望《突出重围》《英雄时代》发行量之项背,可解成一个咸字。十年里,都说它的故事可改成几十集非常精彩的影视剧,我也这么认为,可就它无法触电,可解成一个辣字。本来,身患绝症的母亲生前应该能看到它,可惜出版拖期,书出来后母亲的坟头上已长出了半尺高的荒草,可解成一个苦字。"①《北方城郭》的遭遇,可以窥见现实主义作品在90年代文化语境下的宿命。重新认识柳建伟90年代长篇小说创作,有利于更全面地认识当代文学史格局,特别是主旋律文学、社会主义现实主义与传统现实主义的当代博弈。

一、是"混沌现实主义"还是"主旋律"?

西方现实主义的衰落,以现代主义的崛起为代价:"先锋派的抗议,其目的在于将艺术重新结合进生活实践之中,揭示出自律与缺乏任何后果之间的联系。"②比格尔认为,现实主义艺术给人以现实与再现的关系越来越密切的感觉,而通过先锋艺术,这一构造的片面性就被人们认识到了。③ 然而,先锋艺术日益陷入形式激进、艺术自足的怪圈,这在中国这样的第三世界国家尤其明显。深究而言,反映社会现实、教育功能只是现实主义的表层魅力。深层的现实主义作用,恰在于它对现实"混沌性"的把握。安敏成认为,现实主义否定作品虚构性与作家主体性,强调文本对理想的对应性,但恰是作品在真实

---

① 柳建伟:《北方城郭·后记》,武汉:长江文艺出版社2014年版,第525页。
② 〔德〕彼得·比格尔:《先锋派理论》,高建平译,北京:商务印书馆2002年版,第88页。
③ 同上。

临界线上的含混位置,才带来了阅读愉悦:"现实主义在表面上只关注外部世界,但随后的创作却远非如此纯真。"①现实主义除了精细写实,也会形成文本的寓言象征性。二月河曾说:"我喜欢《北方城郭》呈现出来的浓烈的混沌感。"②这种混沌感是传统现实主义反映现实真实生活的独特魅力:"非神秘的力量,有条不紊地抗拒着对虚构世界的沉迷,它的闯入揭示了无序、偶然和混乱……它们挫败了想像力对世界的凌驾,可以看作是现实主义小说非神秘力量的根本所在。"③

同时,现实主义对现实的强大认识功能、清晰的历史意识及教育功能,又包含来自文学的"净化性"。这种"净化性"与"混沌性",常形成相生相克又相辅相成的张力。现实主义包容大量非情节性细节,文本利用修辞将其包容或驯服:"'真实'也被重塑为人类劳作的想象性产品、一种明确的语言。事实上,借助这种放逐,文本重新激活了内心的想象世界与真实的外部世界及其冲力间的差异。"④由此,现实主义有类似悲剧净化效果,能在理性基础上,最大程度再现世界的复杂性。人与世界的实践联系,被巧妙地建构起来了。

中国现实主义文学的尴尬在于,它曾是官定"主流"文学形式,却因为意识形态束缚,失去了现实主义本意。中国现当代文学史,有一个传统现实主义、社会主义现实主义、主旋律文学的"历时性发展"脉络;然而,三者在90年代也存在"共时性并存"。正如温儒敏所说,现实主义在新文学主流地位,是由时代决定的。或者可以说,主要是非

---

① 〔美〕安敏成:《现实主义的限制——革命时代的中国小说》,姜涛译,南京:江苏人民出版社2001年版,第11页。
② 二月河:《北方城郭·序言》,武汉:长江文艺出版社2014年版,第3页。
③ 〔美〕安敏成:《现实主义的限制——革命时代的中国小说》,姜涛译,南京:江苏人民出版社2001年版,第19页。
④ 同上书,第20页。

文学因素,如政治因素和社会心理因素等,成为现实主义发展的契机。① 新时期之后,现实主义依然被赋予扩大的"主流"地位,却在文学实践中被现代主义遮蔽。当代文学内在悖论之一,就是"'非主流'作家和作品一旦在参与'历史叙事'中赢得了'主流'地位,那么,渐渐也会不自觉地分离出压抑性的力量,对'非主流'作家作品采取不应该有的敌视的态度"②。90年代,这种逻辑表现为先锋文学取得文学史地位之后,对现实主义作品的压制。然而,现实主义对于中国文学的合法性依然存在。20世纪90年代,中国社会大变革呼唤现实主义文学再次出击。柳建伟对现实主义受到冷落愤愤不平:"现实题材文艺作品创作,特别是主旋律作品的创作,经常遭人误解、误读,甚至是攻击和谩骂。这是一个不容回避的事实,一个让人悲哀的事实。在所谓专业的评判体系里,现实题材主旋律作品不是被冷落,便是被划入艺术含量低的范畴而进行一些照顾性的评说。"③

从民族国家角度来说,现实主义叙事之所以不断被提及,是因为中国现实语境正在发展的现代民族国家诉求。在发展不平衡、未实现民族统一的文明古国,对于现实问题的关注,是公民主体意识和历史意识发育的必然结果。新时期以来的文学史写作,更多关注现代主义思潮。对文学先锋性的寻找,成为中国文坛与世界接轨的焦虑。90年代文学史表述中,现实主义往往与主旋律文学相联系,一同被文学史所遗忘。比如,"百年文学总系"之《1993:世纪末的喧哗》,专题

---

① 温儒敏:《新文学现实主义的流变》,北京:北京大学出版社2007年版,第212页。

② 程光炜:《文学史研究的兴起》,福州:福建教育出版社2008年版,第198页。

③ 柳建伟:《让现实题材创作成为文艺的主潮》,《文艺报》2006年7月20日。

谈及王朔、陕军东征、留学生文学、文化保守主义、人文精神大讨论等文学思潮或作家作品,但没涉及1993年的"五个一工程奖"等主旋律文艺作品。洪子诚版《中国当代文学史》的"90年代文学"部分,只是写道:"文学对现实社会问题,对现代都市物化生活和农村的现实景况的表现,也出现新的特点。由于写作与社会的行进保持着'同步',并在不同程度上呼应消遣性阅读的需求,这些作品往往重新被'现实主义'理论和方法整合。它们的取材和内涵,表现为两个不同的方向。一是继续维持某种整体性的意识形态经验,来表现现实政治、经济、社会的错综复杂矛盾,达到虚构性地弥合'发展主义'的现代化目标与传统社会主义政治遗产之间的裂痕。"①这样的说法不无道理,但对于现实主义题材小说的审美品格与内在复杂性的认识,还是失之简单。主旋律文学,或者广义的现实主义文学,不能简单地用御用文学或意识形态文学观念去概括。当代中国出现了很多影响大、艺术水平高、现实批判意识强的现实主义优秀之作,正如刘复生所说:"事实上,主旋律文学在近年来的发展已经极大超越了早期的单调格局,在内容表现上呈现出丰富的多样性,在艺术形态与技巧上也达到了相当的高度,取得了思想上、艺术上的重要成就与巨大突破。它与所谓'纯文学'在总体艺术水平上的差距也正在趋于消失。"②90年代主旋律文艺的提法,既是对"十七年"现实主义文学原则的继承,又有着市场经济条件下对文学经济效益的呼唤。然而,主旋律文艺被"类比于"通俗文学,且是在审美否定意义上被认为是通俗文学(mass

---

① 洪子诚:《中国当代文学史》(修订版),北京:北京大学出版社2007年版,第334—335页。
② 刘复生:《主旋律文学的现状与前景展望》,《中国艺术报》2009年2月17日。

culture),它们代表了双重堕落(商业的,庸俗的与官方的)。① 这也使得很多从事现实主义创作的作家,否认自己是主旋律作家,以纯文学作家自居。他们大多承认是现实主义伟大传统之下的创作,但又不自觉地将创作与"十七年"现实主义传统进行区隔。有的作家还暗示自己更注重现实主义"主观性"②。

主旋律文艺的最大优点在于,弥补了中国文学对现实主义传统的丢弃。它的问题则在于,它是"被规定"的现实主义。90年代很多主旋律小说,都有着潜在叙事规则,比如,清官意识、一把手无贪腐论、国家现代化优先论、政治强人正确论、暴发户丑陋论等。这些叙事潜规则,削弱了作品的思想和艺术深度。很多主旋律小说不能深刻地处理人性与政治的关系,只能在道德领域寻找因果联系。它对现实主义的继承是片面的,比如,"普通大众"大多以"牺牲者""奉献者"与"清官维护者"三重身份出现,既维护了现代化经济的最高合法性,也维护了政党政治的天然正确性。

柳建伟的90年代长篇三部曲创作,有的符合主旋律文艺规定性,有的则溢出主旋律文学,比如《北方城郭》,显示了经典现实主义的强大力量,也成为复杂的当代中国的文本参照。

二、《北方城郭》:一部现实主义杰作

柳建伟在创作之初,就有着强烈的现实主义倾向,希望以现实主义为"民族立史":"一个23岁的青年,在大邑县梁坪山军营筒子楼里

---

① 刘复生:《历史的浮桥——世纪之交"主旋律"小说研究》,开封:河南大学出版社2005年版,第38页。
② 如刘醒龙认为:"如果将'现实主义'只是理解成为单纯的再现,而不是研究对现实的写作,其实更是写作者心性的张扬,那就永远也不可能准确地阐释'现实主义'。"见刘复生:《历史的浮桥——世纪之交的"主旋律"小说研究》,开封:河南大学出版社2005年版,第41页。

一口气读完巴尔扎克的《人间喜剧》后,开始滋生出一个大胆的梦想:今生今世要做一个像巴尔扎克那样的作家,当社会历史的书记员,写出几十部小说,塑造无数个生活在这个时代的出色的人物形象,为民族留下一部信史。"①柳建伟没有受到后现代主义观念影响,相反,他秉承用现实主义书写伟大时代的使命感,试图全方位地反映改革开放数十年来的中国现实状况。②

柳建伟90年代创作的三部曲《英雄时代》《突出重围》《北方城郭》分别围绕国企改革、军队建设与乡土文化三个方面展开,全方位地反映90年代初期中国现实状况。小说《突出重围》描述老牌甲种师A师和乙种师D师之间的三次军事演习,该小说类似改革小说"军队版",贯穿现代化意识对建军观念的冲击。该小说也有90年代鲜明特色,即经济思维和个性化追求对军事文学的渗透。范英明和朱海鹏的斗争不仅有军事理念差异,且有夺妻之恨。方英达是老一辈军事家,女儿方怡是商人;黄兴安、简凡是保守势力代表,黄失败后幡然醒悟,退出部队现役;唐龙、李铁等一批头脑灵活的年轻军官走上主要岗位,方怡的经济力量成为被承认的市场力量。唐龙喜欢炒股,朱海鹏个性尖锐,这些个性化军人形象与《亮剑》中的李云龙等新军人形象一脉相通。小说也暴露了90年代很多问题,比如王思平和高军谊联手盗卖军营油料;高军谊副师长家里困难,女儿小兰去当舞女。小说极力将金钱作为积极的资本力量,却在不自觉之处流露出了道德批判。《英雄时代》描述了党内高级干部陆震天"红色家族"在90年代的变异,反映现实的深广度超过《突出重围》。陆的侄子是

---

① 蔡海泽、张忠诚:《柳建伟和〈时代三部曲〉》,《解放军报》2002年9月16日。
② 柳建伟:《正确认识和描绘中华民族伟大复兴的光辉历程》,《中国电影报》2010年10月14日。

危机四伏的国有企业红太阳集团总经理,二儿子陆承伟是善于投机钻营的"官二代",女儿陆小艺也热衷投机。小说主线是陆震天养子史天雄与陆承伟之间的矛盾斗争。史天雄是一个失败英雄。他与陆承伟的斗争充满了正/邪、光明/黑暗的道德隐喻,也深刻地表现了官僚资本对国有资产侵夺的严峻现实。尽管小说充满着意识形态"规定性",但依然能看到意识形态与市场经济之间的碰撞、冲击。

柳建伟的三部曲中,成就最高的是《北方城郭》。《北方城郭》以"文革"末期的大洪水为引子,将龙泉县的历史与今天联系,描述90年代中国基层错综复杂的政治、经济与文化形势。"北方城郭"以独特空间隐喻,成为改革时代中国社会的写照。小说没有一般主旋律小说的"叙事潜规则",而以更开阔理性的历史意识,将权力斗争、民间宗法、腐败弄权、违法乱纪、情欲冲突,都放入改革开放的历史转型去考量。他揭示了很多"县级"中国行政单位权力微观运作的真实情况,比如,建设新城、发展私营经济、县级政权机关的政治生态等。小说真实再现李金堂从有理想的党员蜕变成冷酷政客的真实过程。

小说的一大特点在于鲜明生动的人物塑造,这很好地体现了传统现实主义"混沌"与"净化"的双重功效。他没有将人物脸谱化,而是在具体环境中,既鲜明地刻画人物性格特征,又将其历史化,赋予其深刻真实的社会背景和思想内涵。小说出场百余人,大多栩栩如生,即使戏份不多的小人物,都有着鲜明性格特点。白剑是中央通讯社记者,也是中央某部长的乘龙快婿。他才华横溢、文采斐然。他有良心,有操守,也善于斗争,被申玉豹指使的黑社会打伤也能隐忍。为了打倒李金堂,他违心使用美男计,策反欧阳洪梅。又比如次要人物林苟生,他被陷害入狱、无奈逃狱、九死一生,后来做古董生意,一心报仇雪恨。他的仇恨与爱、他的世故与天真、他的真情与冷酷、他对庙堂与江湖生存法则的熟悉,都让这位"中国基督山伯爵"拥有着巨大而矛盾的人格魅力与历史动能。老公安赵春山,为给儿子永亮脱罪,违心接受交换条件,放过杀害吴玉芳的嫌疑人申玉豹;然而,机会来临,赵春山毫不犹豫地举出证据,全力为吴玉芳申冤,让儿子自首。还有诸如宣传部部长朱新泉、干事夏仁、电视台的连锦、服务员妙清等都非常有特点。

由此,《北方城郭》突破官场小说、反腐小说、新乡土小说等主旋律文学类型,从"现代中国与权力意识"角度,再现了90年代初中国基层政治生态。小说对于市场经济与权力的关系也有深刻揭示。改革开放没有给龙泉县带来真正的幸福,却在原有的宗法与个人权力控制之下裂开了一条抗争途径:被迫害的林苟生成为富豪,也成为李金堂的威胁者;申玉豹凭借经济权力向龙泉实际统治者李金堂发起挑战。串联起小说线索的"大洪水",不仅成为各人物命运的绳索,也成为李金堂从革命红潮走向理想主义蜕变的象征隐喻。李金堂贪污赈洪救灾款,为自己埋下祸患;申玉豹在大洪水之后发家,白剑因为大洪水父母双亡;90年代初白剑、刘清松与李金堂的殊死斗争,也正是围绕大洪水赈灾款贪污案展开。

作家的目光没有简单放在90年代,而是联系1949年后的历史。白剑的文章《从"护商符"看商品经济》揭示市场经济外衣之下,官商勾结、权力与金钱结盟的现实;刘清松与李金堂在党委会议上刀光剑影地论战;庞秋雁陷入"凯迪拉克事件",被赶出龙泉。作家将批判的目光延伸到整个社会结构。白剑的爷爷白明德的葬礼是全书高潮之一。作家客观地揭示了人情与权力、金钱交织的大网对公平正义与良知的扼杀。族长九爷决定大肆操办葬礼,向每个族人摊派费用。五班响器、菩提寺法事、三场电影演出,都主动被李金堂送来示好。接着,饮料公司送来几十箱饮料,电业局送来电闸和电线,面粉厂送来千斤面粉,粮食局送来千斤黄河大米,水产公司送来千斤鲤鱼,百货公司、毛巾厂、糖酒公司都送来礼物,电视台还播放专题片,数百人也在李金堂授意下来白家吊唁,让白明德得到无尽哀荣。最令人震撼的,还是白家世仇高家族人的反应。高家和白家是数百年大家族,彼此之间是世仇。为了完成李金堂对白剑的人情攻势,高家族长不惜举全族力量为白剑的爷爷送葬。权力的力量如此之大,不仅支配物质,甚至操弄人心与人性,正如林苟生意味深长地说:"一缸又一缸人情叫你洗来叫你泡,硬的把你泡软了,软的把你泡化了,甜的把你整酸了,不够咸,加把盐,不够甜,弄包糖精倒进去。像一个风月老手侍候你,看你招安不招安。"①在对中国传统社会心理的揭示上,《北方城郭》超过了《白鹿原》。作家有纯正深厚的文学素养,敏锐深刻的社会洞察力。他没有将腐败现象作为经济发展的副产品,而是深刻揭示了错综复杂的权力关系,尤其是权力与情欲的关系、权力与经济的关系。这一切都导致人被困于由宗法、人际等编织的罗网中。罗网的背后,是权力与金钱的原则。

情欲与政治、历史的混沌关系,也是该小说的一大看点。很多主旋律小说,情欲往往被处理成道德试金石。暴发户、腐败分子往往道德败坏,沉溺于情欲,又如《分享艰难》中的洪塔山,即使女性官员也成为畸形情欲的牺牲品,如《绝对权力》中的女市长赵芬芳。好官员大多是道德意义上的好人,如《分享艰难》中的孔太平。即使因为权力而飞扬跋扈,但在生活作风上却无可挑剔,如《绝对权力》中的市委书记齐全盛。这种潜在原则,有着"十七年"的表述禁忌,也有着新时期改革小说现代化叙事"绝对真理"的加成。《北方城郭》里的每个人都深陷情感或欲望旋涡。情欲成为历史破坏力,也成为历史推动力。情欲与权力、金钱的欲望纠葛构成历史躁动不休的张力。林苟

---

① 柳建伟:《北方城郭》,武汉:长江文艺出版社2014年版,第346页。

生历经人世沧桑,对三妞一片痴情;白剑在政治前途、新闻正义与女性情感中辗转困顿;李金堂相貌堂堂,富于男性魅力,深深吸引了欧阳洪梅的母亲。申玉豹相貌丑陋,女性是他人生成功的证明,也是他走向失败的祸根。但这样粗鄙的暴发户身上,同样有着美好爱情憧憬:他反抗不公平的户口制度;他与三妞姘居,也在大洪水时期帮助女性逃离灾难;他失手杀死妻子,却一心痴恋欧阳洪梅。欧阳洪梅与李金堂的爱恨情仇,更是不断扭缠纠结。她恨李金堂逼死父母,霸占自己,又感激他的仗义,喜欢他的英雄气质。同时,白剑又是她当年的梦中情人。几个主人公置身于转型社会躁动不安的大熔炉,燃烧着政治野心、情欲与经济奋斗的动力。小说结尾也颇有意味,李金堂退居二线,林苟生与三妞有情人成眷属,白剑则远走法国当驻外记者:"(白剑)走过安检门,又慢慢扭过头道:'我得走!斗斗斗,一切都在继续。恐怖!恐怖!'悲苦无奈之情溢于言表。"①这无疑预示着中国恶性争斗的那脉传统,在市场经济条件下并没有缓解,而是在暗暗地延续。

三、英雄情结与历史意识

英雄主体形象,也是柳建伟小说的一大特点。柳建伟从不讳言"英雄主义"对于 90 年代文学和中国社会的重要性:"中国已经进入一个异常艰难的历史时期,这种时期需要全民族都有牺牲、忍耐、不屈、互助的英雄主义精神和自觉的行为。二战后德、日民族复兴的苦熬期,支撑他们度过难关的,无一例外的是这种英雄主义的精神。"②但是,柳建伟小说中的英雄形象,有着鲜明辨识度,表现出"混沌悖

---

① 柳建伟:《北方城郭·后记》,武汉:长江文艺出版社 2014 年版,第 524 页。
② 柳建伟:《英雄主义应是我们永远高扬的主旋律》,《森林与人类》1998 年第 5 期。

论"的悲剧人格冲突。

"十七年"期间的现实主义小说,有着道德色彩的英雄形象:"'史诗性'在当代的长篇小说中,主要表现为揭示'历史本质'的目标,在结构上的宏阔时空跨度与规模,重大历史事实对艺术虚构的加入,以及英雄形象的创造与英雄主义的基调。"①"十七年"小说的社会主义现实主义,英雄成为进步历史的主导,往往有很强的道德规范性,比如《创业史》中的梁生宝。这些英雄首先是道德英雄,其次才是历史英雄。道德使得英雄获得教化功能,也成为意识形态最有利的魅力符号。夏济安曾撰文《中共小说中的英雄与英雄崇拜》,讨论50年代以来小说的英雄崇拜,试图在其想象力与意识形态的龃龉之中,寻找神话与现实的分野。② 然而,新时期文学经历了一个"英雄消逝,畸人凸显"过程。王德威指出,"文革"以后的伤痕、反思文学呈现出一个不相同视景,作家对政治人生现状的体认控诉无疑改变了以往叙述模式,由傅瑞也(FRYE)所谓高模仿拉到了低模仿乃至反讽的层次。浩劫后的英雄个个伤痕累累,一切事迹只能以追认或再发现的形式演述,难掩事过境迁的沧桑。③ "畸人"叙事,不但拥有现代主义怀疑批判色彩,而且被赋予了"反政治性"意识形态意味。"畸人"叙事的盛行,也意味着现实主义英雄叙事的衰落。这种情况于90年代之后,在莫言《丰乳肥臀》中患有恋乳癖的上官金童、贾平凹《秦腔》中疯子引生等当代文学人物形象上都有所体现。

柳建伟90年代小说创作,有很多"英雄书写"痕迹。但这些英雄

---

① 洪子诚:《中国当代文学史》,北京:北京大学出版社1999年版,第108页。
② 夏济安:《中共小说中的英雄与英雄崇拜》,选自夏济安:《黑暗的闸门·附录》,香港:香港中文大学出版社2016年版,第239—266页。
③ 王德威:《众声喧哗——三零与八零年代的中国小说》,台北:远流出版事业股份有限公司1988年版,第211页。

形象,和90年代大多数主旋律小说有着差异性。很多主旋律小说中,英雄人物表现为两种极端:一是成熟理性的政治强人,如《省委书记》和《中国制造》中的地方高官;另一类人物是悲壮的反腐败道德英雄,比如《抉择》中的李高成。他们往往面对市场经济负面效应,虽然失败却九死不悔。出身军队的柳建伟,善于塑造英雄人物,比如《突出重围》中性格迥异的双雄"范英明与朱海鹏"。在《一个老兵的黄昏情绪》《苍茫冬日》《煞庄亡灵》等战争历史小说中,柳建伟试图在历史与人性的纠葛中为我们描述更多有人情味的英雄。比如《一个老兵的黄昏情绪》中的八爷,在朝鲜战场上,为了与顺姬的爱情,丧失了升迁机会;《煞庄亡灵》中的秋雪,为了取得情报,忍受耻辱委身于日本军官曹秀雄。但《英雄时代》中的史天雄与《北方城郭》中的李金堂却呈现出复杂面貌。简而言之,史天雄是一个结合"社会主义品质"与"市场经济"于一体的悲剧英雄,具有"社会主义市场经济"模式探索的政治痕迹;李金堂则是一个集正邪于一身的"反英雄"的枭雄形象。

　　通过对史天雄的刻画,小说揭示出社会转型期仍不乏崇高理想的"圣徒型人物"。在史天雄这个人物身上,我们既能看到"十七年"文学对于英雄塑造的道德规定性,又能看到90年代文学对英雄复杂性的挖掘。80年代改革小说中,英雄在与保守派的斗争中找到自身价值,比如《乔厂长上任记》中的乔光朴、《新星》中的李向南。在史天雄身上,我们则能看到改革时代的危机感和焦虑感;史天雄是横跨"市场"与"革命"的双重英雄。所谓"市场英雄",是指他敢打敢拼、敢于冒险,从副司长位置上去经营亏损的超市。所谓"革命英雄",指他的身上有着共产党人美好理想主义与牺牲奉献精神。他出身战斗英雄,养父母是高官,亲生父母是烈士。无论经营"都得利",还是接受红太阳集团,他都是一个忍辱负重的形象。他不是道德失败者,而是一个近乎完美的"市场圣人"形象。史天雄寄托着作家的期望,将革命理想主义与当下市场经济发展结合的期望。作者通过政治元老陆震天表达了市场经济环境之下党的期待:"中国不缺乏忠诚而称职的官员,最缺乏的是忠于政权的各种企业家。十五大后,私营经济会进入一个大发展时期。这一领域,需要一大批政治上可靠的人。"①

比史天雄更复杂的是《北方城郭》中的李金堂。在他身上典型体现了"历史是善与恶的合力"的观念,也展现了权力、市场与人性的博弈。他类似《英雄时代》中的野心家陆承伟。有评论家称陆承伟为"撒旦式"英雄。② 作家一方面谴责这些反英雄人物的"恶",另一方面也承认他们的复杂性与对历史的推动作用。李金堂愿意为公共事业献身,又是性欲与权力欲极强的冷酷政客。权力的诱惑让他与不少女人有了暧昧关系,还霸占了欧阳洪梅。他贪污救灾款,逼死董天柱,逼疯郑党干,逼走欧阳洪梅的丈夫魏世宗,将冤屈的镇长林苟生打入监狱,企图杀人灭口。他排挤从任怀秋到刘清松的数任县党委书记,提拔野蛮的申玉豹,将龙泉县变成个人权力王国。面对中央调查组,他煽动群众游行,逼得钱全中自杀、申玉豹误点炸药。他对欧阳洪梅有情有义,也有超强控制欲。最终,欧阳洪梅的背叛给予他沉重打击,他退出历史舞台。小说没有简单对李金堂进行道德针砭,而是将之放置于社会转型大背景下考量。李金堂有很强的工作能力,一出场就平定白家对抗拆迁的行为,他为村民张老拐申冤,镇压在大洪水中抢劫强奸的恶人。生病期间,他将所收礼物统计造册,象征性拿点,其余都退还或分给身边的人。然而,正如李对欧阳洪梅所说:"三年清知府,十万雪花银。小梅梅,小梅梅,古今皆然……我拿了那

---

① 柳建伟:《英雄时代》,北京:人民文学出版社2001年版,第106页。
② 廖四平:《陆承伟:撒旦式的"英雄"——柳建伟的〈英雄时代〉人物丛论之二》,《长江师范学院学报》2008年第1期。

么多钱又是为了啥?还是一个怕字。"①理想主义褪色后李金堂不想失去权力,因为金钱是他保证权力的方式。李金堂这个人物具有真实性与历史深度,也直指中国文化传统痼疾。

四、90 年代现实主义创作的文学史反思

90 年代文学史,有一个承接 80 年代的潜规则,即"当代文学"左翼美学体系退隐,"现代文学"现代性美学凸显。这个过程恰与 1949 年后"现代/当代"重订文学史分期,取代"新文学"概念形成鲜明对比。这个过程的诡异在于:一方面,无论是以"社会主义现实主义"为核心的当代文学审美原则,还是所谓"恢复五四"现代性美学,都存在强烈的"一体化"压抑机制,如李杨指出,"50—70 年代文学"与"80 年代文学"的关系不是一体与多元的关系,而是一种"一体化"与另外一种"一体化"之间的关系②;另一方面,80 年代文学史的冲突延续到 90 年代,形成先锋文学与主旋律文学的对峙,而市场经济规则直接作用于两种文学形态。类似《古船》《浮躁》《平凡的世界》这样的现实主义小说退隐,《白鹿原》《尘埃落定》等为代表的文化史诗型长篇小说崛起。这类 90 年代文化史诗型长篇小说放弃对社会生活直接干预,也与"文化复兴的文明古国"主流民族主义表述存在某种内在逻辑一致性。

由此而言,《北方城郭》的独特性就彰显出来了。二月河对其称赞道:"以现实主义手段创作的反映二十世纪中国社会生活的长篇小说,从分量和水准上考量,能跟《北方城郭》相当的,也就是《白鹿原》

---

① 柳建伟:《北方城郭》,武汉:长江文艺出版社 2014 年版,第 456、458 页。
② 李杨、洪子诚:《当代文学史写作及相关问题的通信》,《文学评论》2002 年第 3 期。

《古船》《平凡的世界》几部。"①柳建伟继承了19世纪现实主义优良传统。他的小说不能用官场小说、主旋律小说来涵盖,但又包括这些元素。这些作品既是90年代文化语境的产物,又超越90年代制囿,展现了传统现实主义文学风采。马克思认为,历史往往是复杂力量的合力,而非抽象既定目标的结果:"'历史'并不是把人当做达到自己目的的工具来利用的某种特殊的人格。历史不过是追求着自己的目的的人的活动而已。"②巴尔扎克、司汤达、福楼拜的现实主义精神洋溢着强大的历史理性力量。历史往往是充满张力的矛盾合力。长篇小说这种对整体的宏大追求,呈现出内在的审美风格:"任何宏大叙事的根本要素都在于提供了一种大一统的表现形式,只有依据这种形式提供的广阔性和统一性,人们才能将世界历史的原始经验经过审美判断纳入理解的框架,由此可见,对宏大叙事的追求不是逻辑的质疑可以阻止的,它也内在于人性的审美需求之中。"③

进而言之,柳建伟的创作,表明了90年代文学形态的复杂性,这绝非"多元发展"可概括。90年代的文学成就、文学的丰富性更远超80年代。90年代处于社会主义市场经济探索过程,思想争鸣、经济发展也为文学形态冲突、融合与再造提供可能。经典现实主义与社会主义现实主义、主旋律文学的创作法则之间存在历时性联系,也存在共时性可能。柳建伟追求的强大历史理性,有着改革开放时代的宏大背书,也显示着现实主义代表的历史精神在中国当代的审美变革。

---

① 二月河:《柳建伟和他的〈北方城郭〉》,《北方城郭》,武汉:长江文艺出版社2014年版,第4页。
② 马克思、恩格斯:《马克思恩格斯全集》第2卷,中央编译局译,北京:人民出版社1957年版,第118—119页。
③ 陈新:《西方历史叙述学》,北京:社会科学文献出版社2005年版,第119页。

第八章
文化史诗型小说的空间塑形

第一节 "城市中国":《长恨歌》的史诗空间想象

"史诗型"长篇小说,是 90 年代中国小说的重要宏大叙事类型。我选取几个重要作家和文本,讨论该类型在空间与时间方面对宏大叙事的重塑。文学中的现代城市形象,常以"复杂的变化"表征着整体形象:"城市作为记忆和文化的场所,是一种承载着历史的结构……天然合适的城市形式并不存在,不对称和错综复杂得到了推崇,而整齐匀称和标准划一却遭到了遗弃。"①因此,个人性、偶发性、日常空间在现代城市形象能指中,往往也被赋予现代性所指意义。如本雅明对日常生活的迷恋,实际上是在对最小的、透明的个体因素的分析中,发现存在的总体性。② 现代民族国家叙事,以"城市神话"为标志之一,世俗性、个体性与空间紧密结合,造成"抽域",进而将抽出的"象征"作为新"神"膜拜:"所谓脱域,是指社会关系从彼此互动的地域性关联中,从通过对不确定的时间的无限穿越而被重构的关联中'脱离出来',……由脱域唤起的图像能够更好抓住时间和空间的转换组合,这种组合一般而言对社会变迁,特殊地说对现代性的性质,都是特别重要的。"③文学"城市想象"所关注的,恰是不断被赋予"意义"的城市,而并非简单"城市经验"。现代城市成了现代中国的某种象征,与之相联系的历史也由此再次进入宏大叙事书写范畴。以下分析中,我以《长恨歌》"上海形象"为例,研究90年代小说宏大叙事"城市中国"的空间塑形。

上海作为一个近代中国极特殊的城市,其现代性逻辑之强大,实际充当了现代中国民族国家主体性建构的最大载体。④ 已有的《长恨歌》评述,大家普遍认为,这部小说是一部以个体化历史、颠覆宏大叙事的优秀之作。如有论者指出:"他们将这一带有殖民意味的怀旧行为,当作了针对党和政府的反对性话语,进而利用这一话语隐晦表

---

① 〔法〕伊夫·格拉夫梅耶尔:《城市社会学》,徐伟民译,天津:天津人民出版社2005年版,第98、99页。
② 〔英〕迈克尔·基恩:《瓦尔特·本雅明:都市研究和城市生活的叙事》,选自汪民安等主编:《城市文化读本》,北京:北京大学出版社2008年版,第64页。
③ 〔英〕安东尼·吉登斯:《现代性的后果》,田禾译,南京:译林出版社2007年版,第18、19页。
④ 张鸿声:《"文学中的城市"与"城市想象"研究》,《文学评论》2007年第1期。

达出他们的批评,王安忆的《长恨歌》就是最好例子。"①南帆说:"宏大的叙述正在分解,种种闲言碎语登堂入室,女性和城市走向现实的前台——这一切难道不是在召唤一个深刻的解释吗?"②王安忆也坚持认为:"有人说小说'回避'了许多现实社会中的重大历史事件。我觉得我不是在回避。我个人认为,历史的面目不是由若干重大事件构成的,历史是日复一日、点点滴滴的生活的演变。譬如上海街头妇女着装从各色旗袍变成一式列宁装,我关注的是这样一种历史。"③

认真考察这些"闲言碎语",我们发觉,王安忆对"宏大叙事"的颠覆仅是温和的消解,并不构成对抗关系。王安忆实际在回避现实意识形态基础上,努力完成民族国家叙事中的"个体神话",这似乎又回到五四时期新文学中现代民族国家叙事的发端。如王晓明所说:"倘说今日的'市场经济改革'需要一处地方来发酵人对于'现代化'的崇拜,酿制能安抚人心的意识形态,那上海无疑是最恰当的地方了。"④90年代后,现代中国形象在对历史的寻找中,需要一些不具危险性,又能很好整合共同记忆的方式。上海这样曾有繁华历史的大都市,便成了现代中国的缩影和印证。《长恨歌》展现出的民族国家叙事的愿望,既不是阶级革命,也不是种族图存,更不是战争文学形态的国族至上,而恰是"个体世俗神话"。就这一点而言,巴尔扎克的

---

① 史书美:《现代性的诱惑——书写半殖民地中国的现代主义(1917—1937)》,何恬译,南京:江苏人民出版社2007年版,第3页。
② 南帆:《城市的肖像——读王安忆的〈长恨歌〉》,《小说评论》1998年第1期。
③ 王安忆:《我眼中的历史是日常的——与王安忆谈〈长恨歌〉》,《文学报》2000年10月3日。
④ 王晓明:《从"淮海路"到"梅家桥"——从王安忆小说创作的转变谈起》,《文学评论》2002年第3期。

"拉斯蒂涅"、张爱玲的"白流苏"与王安忆的"王琦瑶"并无本质不同。这种"世俗真实观"获得新兴中产阶级认同,唤起物质想象,取得主流意识形态默许。"边缘"世俗上海史变成所谓城市史诗:"王安忆的《长恨歌》,描写的不只是一座城市,而是将这座城市写成在历史研究或个人经验上很难感受到的一种视野。它可以说是一部史诗。"①人们不仅"在小说中阅读城市",更是在"想象上海——想象中国"的逻辑线索中阅读这部小说。王琦瑶是一类人的总称,她的背影后有着一个城市、一个国家对现代物质文明的"繁华想象"。

然而,《长恨歌》中,王安忆的宏大冲动与回避宏大的世俗认同间有着分裂与冲突。这影响了小说人物设计、主体意蕴、叙事形态和内在逻辑。张鸿声说:"但历史仍如宿命般不可抗拒。上海本地的中产阶级传统的书写,原本是要在国家意义与现代性意义的宏大想象性叙事之外寻找边缘的、个体的上海经验的表达,但却在 90 年代宏大的旧上海集体'想象的共同体'中成为了玩偶。"②王安忆的"长恨歌",是 90 年代"日常生活审美化"和"审美意识世俗化"典范。她以"纯文学性"掩盖"中产阶级意识形态"实质,展现了现代性民族国家叙事与个体诉求的冲突与妥协。

一、虚假的颠覆:"城市怀旧"的世俗繁华梦

世俗性写作,其日常、个体和局部介入历史的小说书写方式,被认为是超越的,反宏大叙事的,也是创新的。③ 王安忆的世俗化策略

---

① 张藜藜:《王安忆:海上繁华梦 落尽是真醇》,《杭州日报》2007 年 9 月 20 日。
② 张鸿声:《"上海怀旧"与新的全球化想象》,《文艺争鸣》2007 年第 10 期。
③ 如周宪认为:"局部的知识与总体的知识不同,它不是一种追求全面、完整的宏大叙事,而是从某个特定视角出发来透视一段历史及其问题。"见周宪:《从小叙事进入当代文学史》,《东南学术》2001 年第 1 期。

在于"怀旧"。尽管王安忆不承认《长恨歌》是上海怀旧①,但在读者接受视野中,怀旧却成为该小说最显见的外在标志。有论者说:"中产阶级怀旧创作是其文学创作的重要形式,他们希望通过怀旧来建立自己的历史意识……上海打败了其他城市,成为怀旧话语的大本营,怀旧中的上海在中产阶级集体性叙事中成为中国群体想象幸福的标志。"②

然而,"怀旧"就其本质而言,如"收藏癖",都是资本"恋物"的表现。鲍德里亚说:"很明显,充斥我们日常生活的物品客体实际上是一种情感之物,这种情感属于个人所有,它的影响所占的分量绝不亚于其他任何一种人类情感。的确,这种日常情感常常剥夺了别的情感,并且当其他情感偶尔缺位时还具有最高权威。"③在王安忆对城市隐私津津乐道的"微言大义"中,"日常世俗性"被"物性"替代,"城市想象"成了城市具体琐屑的"物"的想象,进而成为"唯一表征"城市本质的"话语霸权"。人们在对上海的弄堂、小巷、公园、精致小菜、服装流变、男女情事的追述中,获得虚假的历史感。具体的人和事不再重要,重要的是将个人记忆变成认知记忆,进而变成可操演和重复的能力。情感"回忆"成了情感"习惯",也预示着记忆变成心灵强化的暗示。它善于用"品味""边缘个体"制造"虚假"独立主体性,掩盖其现代性想象共同体的宏大认同。怀旧的想象,对历史回忆的感伤化处理,是现代性民族国家意识深化的表现。如康纳顿所言:"我们不再相信那些历史'主体'——政党、西方——这个事实并不意味着这些宏大支配话语的消失,而是意味着它们作为当今形势下的思维

---

① 王安忆、王雪瑛:《长恨歌不是怀旧》,《新民晚报》2000年10月8日。
② 金洁明:《中产阶级"怀旧"话语的空间建构》,《作家》2007年第4期。
③ 〔法〕让·鲍德里亚:《收藏的体系》,选自陆扬、王毅选编:《大众文化研究》,上海:上海三联书店2001年版,第69页。

方式和行为方式,在无意识中仍然起作用;换言之,它们作为无意识的集体记忆,存而不去。"①如果失去理性批判,所谓"个体精神"会让"王琦瑶"成为另一种"集体精神"——"中产阶级意识"的代言人。

与此相联系,"王琦瑶神话"对宏大叙事的颠覆,也就成了"不可能成功"的任务。"宏大历史"发端被王安忆定位于"上海解放"。它被描绘成"上海繁华梦"的终结者,一种对个体生存、小开气质、上海精魂的覆盖与遮蔽。于是,程先生的死,成了上海绅士不甘受辱的死亡。投身于革命的蒋丽莉,不过借革命找回心理平衡。康明逊、萨沙、严家师母无不是游走在社会边缘的人物,他们物质丰裕、无所事事,忙于打牌吃饭。新兴起的繁华上海,在王琦瑶等人眼中是如此虚假而不真实,它不过是由流氓和黄牛组成的没有灵魂的"粗鄙欲望"集合体。于是,王安忆通过"旧上海——革命上海——当代上海"三重时间区隔,建立了"边缘——中心"的"海上繁华梦"世俗神话景观。

然而,王安忆世俗性个体历史的努力,依然是"安全性写作"。当革命叙事成为唯一合法性叙事,张爱玲的"苍凉手势"就成了一种叙事区隔的边缘姿态。20世纪90年代,那些在《上海的早晨》等著作中被塑造的"革命与浮华并存的上海",被无产阶级改造的"工业上海",已退入历史后台。王安忆让无数"王琦瑶"走到前台,"缝补"旧上海的点滴回忆,填补人们价值感的空虚,进而将之变为"现代中国"的形象参考。与其说王琦瑶们的生活是想象的"边缘——中心"价值对抗,倒不如说,那种所谓上海市民的世俗梦想,对任何意识形态冲突都抱有忍耐和顺从的品质。程先生在"文革"中抗拒尊严受辱的死

---

① 〔美〕保罗·康纳顿:《社会如何记忆》,纳日碧力戈译,上海:上海人民出版社2000年版,第1、2页。

亡,也被作家冷静而飘逸地溶化在上海安详的夜色中,成为世事变幻无常的证明:"一九六六年这场大革命在上海弄堂里的景象,就是这样。它确是有扫荡一切的气势,还有触及灵魂的特征,它穿透这个城市的最隐秘的内心,从此再也无藏无躲。"他们安然度过一个又一个社会风浪,安稳而富足。也就是说,那种想象的对抗性,一方面,是世俗化个体确立自我的叙事策略;另一方面,也掩盖了该小说纯文学面孔背后,以"物"为中心的中产阶级写作的通俗性质。

周蕾曾分析张爱玲的日常化写作:"相对那些如改良和革命等比较宏大的见解,细节描述就是那些感性、繁琐而又冗长的章节;两者的关系暧昧,前者企图置后者于其股掌之中,但却出其不意给后者取代,然而,张的细节世界,是从一个假设的整体脱落下来的一部分,而张处理现代性之方法的特点,也就在于这个整体的概念,一方面,整体本身已是被割离,是不完整与荒凉的,但在感官上它却同时是迫切和局部的。"①周蕾所谓"整体"宏大概念乃指启蒙而言,张爱玲小说的张力就在于"近于无事的悲剧",在逼真感人的日常生活中,内心与命运间巨大的荒诞。张爱玲只写"自己的文章",却从未想要以这人生底色去取代"宏大故事"。然而,这种张力在《长恨歌》中消失了,王安忆流连于生活细节琐事的微言大义,进而将之赋予永恒意味。"苍凉的底色"也消失了,成了大上海辉煌的过去和灿烂的今天。

二、没有爱情的符号:"城市爱情史诗"的内在悖论

表面上看,《长恨歌》似乎是一部世俗化平民史诗。整个小说从上海微观入手,完成了一个完整的上海世俗叙事,从弄堂、片厂、情人

---

① 〔美〕周蕾:《妇女和中国现代性:东西方之间阅读记》,明尼苏达大学出版社1991年版,第85页,转引自李欧梵:《上海摩登——一种新都市文化在中国1930—1945》,毛尖译,北京:北京大学出版社2001年版,第288页。

公寓、平安里、舞会、公园,到一顿饭、一块点心、一杯茶,种种细微的人物情绪,都在王安忆的细腻笔触中被展现得淋漓尽致。为完成其城市史诗书写,作家既需要"怀旧"拉开时间距离,又要通过"王琦瑶"的塑造,树立一个具永恒意味的标志人物。

不可否认,王琦瑶是具时间永恒性的人物。然而,王琦瑶身上的世俗性却超过了她的个性。强加在人物身上的世俗性,一定程度上掩盖了王琦瑶本身的复杂性。更遗憾的是,王琦瑶虽具永恒时间象征性,但并不具历史性,特别是历史理性。她的世俗性,恰以回避理性批判为基础。王琦瑶很少关心国家大事,不关注外界变化,她的兴趣只在个人世俗生活的"静态"安稳。王琦瑶的人生态度,正如小说所说"大部分是顺水推舟",少有"逆流而上"。这种刻意对历史的疏离状态,时间跨度拉得越久,"世俗性神话"味道越浓,王琦瑶的分裂感也就越明显,人物越抽象,所谓世俗史诗性也就越力不从心。李静曾指出王安忆笔下人物历史性的"匮乏":"他们的不同仅止于人物的'生态学',其真实的涵义仅止于作者自身对人物的理性规定。而这种人物的规定性,虽然不是马尔库塞所批判的那种极度商业化社会的'单向度的人',却是另一种历史情境下的'单向度的人'——一种历史在其中处于匿名状态的不自由的人。"①李静看到这种貌似个人化、边缘化的世俗叙事,悖谬地表现出个人在历史中的失名状态,从而将历史批判变成了无深度的"和谐"史诗。

具体而言,王琦瑶的性格缺少发展变化,似乎一出生就具"上海气质":小家碧玉的温柔、精明功利的打算、对物质奢华的迷恋等。而且,王琦瑶在作家的设计中,更多作为"类"的概念,而不是独一无二

---

① 李静:《不冒险的旅程——论王安忆的写作困境》,《当代作家评论》2003年第1期。

的"那一个"。小说中写道:"弄堂墙上的绰绰月影,写的是王琦瑶的名字;夹竹桃的粉红落花,写的是王琦瑶的名字;纱窗厚的婆娑灯光,写的是王琦瑶的名字;那时不时窜出的苏州腔的沪语,念的也是王琦瑶的名字;三层阁里吃包饭的文艺青年,在写献给王琦瑶的新诗……"①同时,王琦瑶没有明确稳定的道德感与价值观。她的整个人生,可归结为两个字——"暧昧"。这其实也是受消费文化影响的中产阶级叙事伦理策略。

更令人反思的是,这部以"长恨歌"为题的小说却没有"爱情",有的只是"疑似爱情"的"物质化情欲"。她的人生梦想也不是爱情,而是团花似锦的丰裕生活,享受各种类似爱情的"高雅品位"。很多评论声称王琦瑶具"人格独立"和"坚韧性"。其实她之所以没有靠康明逊和萨沙是因为知道他们本就靠不住,在成为李主任情妇时,王琦瑶又何言独立性与人生韧性? 如果说,在张爱玲笔下,爱情还可以刺激人性扭曲,反衬物欲横流的虚无冷漠,那么,《长恨歌》的"爱情"已在欲望操纵下成为"调情""煽情",或中产阶级"情调"。她贪图享乐,成为李主任的"二奶",也在与阿二、康明逊、萨沙等人的性爱游戏中游刃有余,甚至勾引年轻的老克腊。程先生之所以得不到王琦瑶,并不是因没真情,恰是因其真情"太真了",反而让习惯将"爱情"当作"暧昧"的王琦瑶望而却步。老克腊最终离开王琦瑶,也是因为在将王琦瑶作为逝去的繁华历史中,猛然惊醒,发觉所谓"挽留"和"再现繁华"只不过是时间性幻觉,他和王琦瑶的结合,不过是怀旧情调下涌动的一场物质情欲"春梦"而已。

为完成人物的经典化,实现悲壮的史诗美,作家又安排了王琦瑶的意外死亡。死后的王琦瑶,终于暴露了裹在永恒回忆里的"真实本

---

① 王安忆:《长恨歌》,北京:作家出版社1995年版,第23页。

相":"这时他看见了王琦瑶的脸,多么丑陋和干枯啊!头发也是干的,发根是灰白的,发梢却油黑油黑,看上去真滑稽。"这里的反讽语气与作家对王的经典化,形成了意识层面断裂,不但没有让我们从上海梦中惊醒,反而在上海梦的死亡中,生出很多感慨,从而将王琦瑶的死上升到"挽歌"高度:一个属于长脚和老克腊的新上海,一个新兴资本主义上海,"谋杀"了昔日想象的上海。这是非常具象征性的细节。老的王琦瑶看尽沧海终归去,新的"王琦瑶们",如张文红,还在续写上海传奇的另一个当代版本,这便是不可阻挡的现代潮流。但仔细考究,这场所谓"谋杀"更暴露了王安忆的中产阶级趣味。长脚杀害王琦瑶,不完全是因对黄金的贪婪,更是因为王的蔑视和威胁:"你是个小瘪三,我要将你送到派出所。"这是身份不同造成的。长脚并不像老克腊,那样中产化的、有情调的男人,不过是伪装成中产阶级的穷人。长脚杀死王琦瑶,更是被威胁的本能刺激,一种对中产阶级又爱又恨的情感使然。

三、哲学分析性语言与世俗性语言的缝合与绽裂

整体而言,《长恨歌》的语言细致绵密,如泣如诉。进一步考察就会发现,《长恨歌》有两种风格:一是哲学分析性语言;二是世俗性语言。这两类语言融合的倾向,实际在王安忆的《米尼》《我爱比尔》以及《上种红菱下种藕》等小说中表现得就很充分了。就世俗性语言而论,王安忆继承了《雨,沙沙沙》等早期"雯雯"系列小说的细致观察,多针对物质形态世俗生活的静态描述,准确、细腻并有中国传统山水画的写意风情。上海的小吃、名胜、弄堂、老虎窗、流行色、歌曲、服装都展现出对上海世俗性的"沉浸",如小说开头:"站在一个制高点上看上海,上海的弄堂是壮观的景象。它是这城市背景一样的东西。街道和楼房凸现在它之上,是一些点和线,而它则是中国画中被称为

皴法的那类笔触,是将空白填满的。当天黑下来,灯亮起来的时分,这些点和线都是有光的,在那光后面,大片大片的暗,就是上海的弄堂了。"①

另一种是哲学分析性语言,这种语言有《叔叔的故事》《纪实与虚构》等启蒙小说、文化小说的影子。在《长恨歌》中,这种哲学分析则针对世俗生活,更注重所谓"世情"。哲学分析性语言,条分缕析、精明老练,仿佛看透人心,又像放大镜,可看到情绪的每一次最微细波动,从打情骂俏、争风吃醋到现实生活的功利算计,无不生动展现在王安忆笔下。如对蒋丽莉、王琦瑶和程先生复杂情感关系的分析:"蒋丽莉是有些把王琦瑶挂在嘴边,动辄便来。有时候说得准,有时却是出错的,而不论对错,程先生总是一概吃下去,赔不是。次数多了,程先生自己也有些糊涂了,真以为自己是非王琦瑶莫属了。王琦瑶本是要靠时间抹平的,哪经得住这么翻来覆去地提醒,真成了刻骨铭心。程先生经历了割心割肺的疼痛,渐渐也习惯了没有王琦瑶的日子,虽然也是无可奈何。如今,蒋丽莉却告诉他,他原来是可以用心存放王琦瑶的。"②这种独特语言,与池莉刻意的粗浅化不同,王安忆剔除了世俗生活粗鄙浅陋的形象,赋予其深度感、历史感、连续感。

更重要的是,王安忆试图通过哲学分析赋予世俗"经典化"意义。这是另一种"微言大义"。"哲学思辨"语言,诚如利奥塔尔所说,从来都是宏大叙事得以确立的前提之一:"思辨是关于科学话语合法化的话语所具有的名称……这种哲学应该重建知识的统一性,因为知识在实验室中,在大学前的教育中已经分散为各种特殊的科学。哲学只有在一种语言游戏中才能做到这一点,这种语言游戏通过一个

---

① 王安忆:《长恨歌》,北京:作家出版社1995年版,第3页。
② 同上书,第110页。

叙事,或更准确地说,通过一个理性的元叙事,像连接精神生成中的各个时刻一样把分散的知识相互连接起来。"①经典现实主义小说,思辨哲学分析,常是作家获得历史宏大意识的重要手段,如托尔斯泰《战争与和平》《复活》。然而,这种"哲学思辨"语言,被"阉割"了表征宏大理性意义的能力,却赋予了世俗生活以"微言大义",从而变成琐碎的"情趣"和无关大雅的"智力游戏"。同时,哲学思辨语言与世俗性描述语言之间,虽能被细致绵密的语言风格统摄,然而,内在逻辑上,却有着无法缝合的"裂缝"。哲学思辨语言与世俗性结合的结果,却是被削平内在理性深度的"史诗"。绵密细致的语言风格失去理性控制,就变成喋喋不休的"过度阐释"和"语言过量"。

四、小说"空间阴性化"形态的价值暧昧

描写上海"世俗生活",在张爱玲笔下已有相当规模。然而,在张的小说文本实践中,我们看到的却是"安稳人生"的"不安稳",是巨大历史与渺小个人间的强烈反差。《金锁记》中,曹七巧成了老旧中国转型的人性见证,《倾城之恋》中,一个城市的沦陷与一对三心二意的恋人的故事成了反讽传奇。即便《红玫瑰与白玫瑰》《桂花蒸·阿小悲秋》这样的"世情"小说,人性的虚伪冷漠、人生的不完整、救赎的虚妄,依然是张爱玲隐藏在小说后的理性目光。然而,王安忆的《长恨歌》,作家的目光继续向后"撤退",似乎要撤入"世俗"本身。当王安忆将启蒙批判的热情、摹写城市史诗的宏大野心缩入世俗琐碎生活,她便树立起一个常态且静态的历史观,这也让小说呈现出"空间阴性化"特点。

---

① 〔法〕让·弗朗索瓦·利奥塔尔:《后现代状态:关于知识的报告》,车槿山译,北京:生活·读书·新知三联书店1997年版,第70页。

所谓小说"空间阴性化",主要指小说艺术时空在呈现出空间化的基础上刻意追求的"边缘效果"。"空间化小说"常指心理意义而言。外在故事时间极短,叙事时间却极长,跨越了大量空间,形成心理空间化,如克罗德·西蒙《弗兰德公路》,一天的故事时间,叙事时间却跨越十数年。另一种是外在故事时间沧桑变化,但其内在叙事时间却缺乏发展,往往凝聚并围绕具象征意义的特殊时空点"发散"成空间形态,如尤凤伟《中国一九五七》。《长恨歌》也有这样的特点,不同的是,《中国一九五七》形成的特殊时空点是"中国1957年",《长恨歌》的象征性却是时间模糊,空间性更突出的"上海弄堂"。小说空间"阴性化",则指《长恨歌》中不仅上海空间本身被赋予了私密气质,且小说还试图消解一切对世俗私密空间造成压力的宏大叙事符号,如历史、革命、男性等。她将上海历史时空想象为由"世俗女性"组成的"阴性气质"的"封闭乌托邦"。这无疑加剧了该小说在个人化叙事与民族国家宏大叙事之间的摇摆。如有的论者所说:"王安忆的上海则处处回旋着女性阴柔的'小感觉'……,不仅女性是阴性的人物,即便是介入这个天地的男性,如程先生、康明逊、萨沙等,似乎也可以称为阴性人物。这不仅因为他们温文尔雅、瘦弱而且苍白,更重要的是他们借种种理由不参与那个雄性世界的竞技舞台。"[①]这种将女性气质抽象为"阴性",进而刻意将文本世界价值指向归于"阴性"的策略,实际暴露了作家价值选择上的暧昧。

一方面,王安忆没使用虹影等作家常用的"第一人称回顾性叙述"达到空间化效果,她利用文化性时空的"延留"来实现这一企图。整部小说的高潮,不是王琦瑶的死亡,而是王琦瑶获"上海小姐"那一刻。这对王琦瑶来说,这是历史的时刻,至此,小说情节的推动力刚

---

① 董长江:《"上海书写"的美学内涵》,《理论学刊》2007年第3期。

刚开端便戛然而止。其后,所有故事因素都围绕着这一象征性细节展开,比如爱丽丝公寓的包养生活,王琦瑶与程先生、蒋丽莉、康明逊、萨沙间的情感游戏,王琦瑶与张文红、老克腊、长脚间的交往等。这种情节表面看是时间性的,其实是空间性的。王琦瑶成为"上海小姐"后的所有故事,都是"上海小姐"这个中心事件和身份发散和辐射的,其目的都是"怀旧"。

另一方面,"叙事原始"也体现了空间阴性化。第一部分前五章以"弄堂""流言""闺阁""鸽子"以及"王琦瑶"为题,分别从空间景观、空间特质、空间表征、空间人物角度,以第三人称全知叙事为视角,全景式描绘"私密化"上海空间,为王琦瑶出场做铺垫,写足了上海弄堂文化的风情。"弄堂"是基本空间景观,"流言"是空间隐私的表述,"闺阁""鸽子"是弄堂空间阴性文化表征,王琦瑶则是世俗化空间的事实,"全景式"开头是长篇小说史诗宏大风格。如巴尔扎克《高老头》对伏盖公寓的描写。但《长恨歌》"全景式开头"却有很大区别:一是这是心理化、诗性的表述,而不是理性概述;二是作家关注的空间不是"宏大意义"的上海,而是"潜在""阴性"的空间上海。我们熟悉的"上海宏大标志",如外滩、黄浦江、领事馆、租界、霞飞路等,不是小说刻画的空间重点,反而是潜在空间——"弄堂",聚集了世俗上海的精魂。

更有意思的是,王安忆这种全景式的努力,表现为这样一个"宏大"开头,不但有经典宏大叙事的影子,也暗合中国传统叙事文"楔子式结构"的"叙事原始":"它属于超叙事层次,是叙事外的层次,二者的叙事时间和流转速度有着巨大差别。它以巨大的时间跨度,储存天人之道的文化密码(气息、味道、感受),并以湍急的时间流转速度的冲力,激发历史的发展逻辑和天人之道的对接和呼应,并引发人们对生命的不同体验。"①这种"双重叙事"结构隐含中国传统叙事美学特殊的审美原则,即"以空间融合时间"。如《红楼梦》开端,就有"无才补天"的"楔子"。通过叙事外的"超叙事",外在长时间段的故事时间(神话中的几千年),与小说叙事时间形成心理学意义上的"颠倒",进而以特定时空点(补天石矗立的大荒山)为凝聚点,使宝黛爱情具有了超时间的空间永恒感。但考察西方叙事文开端,却大多具先验本体性"叙事原始",而将叙事发展为"建立在逻辑因果律上的时间流体验"。如《圣经》开端:"上帝说要有光,便有光了。"上帝作为"叙事原始"具有不可追问的"本体性","世界"与"上帝"的关系就成了建立在"主客二分"基础上的形而上学主体性思维,进而强化"过去""现在"观念,形成线性时间观。文艺复兴后,现代性"宏大叙事",最终将"人"从上帝的力量中解放,转而成为"巨人"主体,征服客体世界,成为尊严、欲望和理性都具合法性的最高存在。②

《长恨歌》既有中国叙事文的空间化、情感化倾向,又有西方叙事文的理性影响。小说前五章仿佛是"楔子",是叙事之外的超叙事,游离于故事叙事时间之外。同时,它又不像中国传统叙事文,利用大跨度时间冲击展现时间观念彻底空间化,而是将"弄堂"作为另一种"现代"本质展现。"弄堂"不是上海的外时空,而是上海的"象征"。长篇小说中,人物的经典化必然来自人物性格与命运间的巨大落差,及内在的发展与抗争(巴赫金语)。这种对"弄堂小叙事"的刻意强调,如同王安忆对宏大符号的刻意回避,反而成了另一种残缺片面的

---

① 杨义:《杨义文存·第1卷·中国叙事学》,北京:人民出版社1997年版,第132页。
② 即如康德所说的"要永远把人当作目的,而不仅当作手段,无论是对你自己还是对他人",卢风:《启蒙之后——近代以来西方人价值追求的得与失》,长沙:湖南大学出版社2003年版,第86页。

"民族国家想象"替代品,成为对世俗生活的无原则认同。

由此,《长恨歌》中"日常神话/城市中国"的宏大叙事表述就表现为中产化策略性,以及其对真正个体性的取消。《长恨歌》其实更接近"通俗世情"小说而非纯文学作品。在中国90年代小说实践中,我们看到的是民族国家叙事与启蒙的杂糅、分裂甚至背道而驰。

第二节 "边地"的抒情:《尘埃落定》的民族空间意识

小说《尘埃落定》开启了20世纪90年代至今的"边地小说热"。浪漫康巴风情、神秘宗教启示、傻子土司的传奇人生、"四土之地"百年沧桑的历史巨变,都使这部小说备受赞誉,被称为"藏文化的民族史诗"①。第五届茅盾文学奖在《尘埃落定》获奖词中说:"该小说有丰厚的藏族文化意蕴,轻淡的一层魔幻色彩,增强了艺术表现的开合的力度。"②然而,该小说不仅是"藏族文化史诗",更反映了90年代文化转型背景下,中国小说重塑"文化复兴现代中国"民族地理空间想象的努力。

一、现代民族国家叙事中的"边地想象"

现代小说的民族国家叙事,通常会通过对民族国家历史的描绘,取得一种象征性,或者说寓言性阐释。这些阐释有很多外在表征,如大时空跨度、主体性人物、重大主题等。20世纪90年代后,民族国家叙事的重要表现形式,就是空间大幅度拓展。"边地文化体验"展示民族国家内部权力关系,以此建构"文化复兴现代中国"整体想象。

---

① 陶然:《西藏的史诗——阿来〈尘埃落定〉掠影》,《阅读与写作》2001年第3期。

② 《第五届茅盾文学奖评语》,《人民日报》(海外版),2000年11月20日。

由于后发现代文化境遇,这种想象不同于西方现代性的文明/野蛮的结构,而形成了"对内"与"对外"的双重参照,因此也具有了"文化抵抗"和"文化复制"的双重意义。

中国现代文学的"边地小说"起源于20世纪边地抒情传统。沈从文、艾芜、端木蕻良、骆宾基、萧红等作家创作了大量边地小说。这些边地小说是一种"中国想象",有着弱势文明的"创伤平复"心理。它们或将"边地"改写为美丽而落后,但又有巨大生命力的"国家的一部分"(如艾芜《南行记》);或将之变为现代民族国家建国神话的抒情颂歌(如马拉沁夫的散文);或将"他者"想象为牧歌化对象(如沈从文《边城》)。20世纪80年代,中国再次出现"边地"文化想象热潮,如扎西达娃《系在皮绳扣上的魂》、马原《拉萨河女神》,以韩少功、郑万隆为代表的寻根小说等。80年代边地小说负载强烈启蒙意义和现代化意识,或带有语言实验色彩。然而,问题的复杂在于,这些边地小说特别是"寻根"小说,"与其说真实地呈现了这些边缘族群的文化,不如说它再度凸显的是这种关于少数民族文化的书写机制中隐含的权力关系。因此,完全可以将这些关于少数民族文化的呈现,看作主流或中心文化的自我形象的投射"[①]。

20世纪90年代,伴随着市场经济发育,"想象边地文化"不仅成为西方对中国新一轮"他者化"的文化需要,也成为"文化复兴现代中国"这个"新民族国家宏大叙事"的内在要求。阿来《尘埃落定》、迟子建《伪满洲国》、范稳《水乳大地》、杨志军《藏獒》、姜戎《狼图腾》等作品引人注目。"边地"作为民族国家想象的"地理设置",既符合文化消费市场的好奇心理,又以其"国民文学"的内在追求,积极拓展

[①] 贺桂梅:《"新启蒙"知识档案:80年代中国文化研究》,北京:北京大学出版社2010年版,第193页。

民族国家空间领域,以此形成"多民族统一现代国家"的空间秩序。民族国家宏大叙事的空间拓展,不是借助"中国边地"与"边地中国"的双重弱势地位构建审美乌托邦,也不是以革命、启蒙来重写"边地与中国"合二为一的故事,而与中国文化传统"天下观"有关。《周易》中说:"关乎人文,以化成天下。"中国传统的"天下观",征服者并不控制边地居民,或改造边地社会结构,而是满足于"象征性"宗主关系,利用物质优势和道德超越性,形成对边地的松散控制和强大文化凝聚力。现代以来,"天下观"被"现代民族国家观"所替代,然而,90年代边地小说却在不知不觉中,使现代民族国家叙事表述重建具传统天下观的国家内部空间权力关系。

　　阿来的《尘埃落定》是90年代边地经验的典型代表。然而,很多研究者对该小说的藏文化民族属性表示质疑。[①] 也有论者认为,该小说通过文本对话实现"与在深邃神秘的藏汉文化背景下的作者原始/宗教艺术思维的契合天成"[②]。而对该小说中汉文化与藏文化、西方文化的冲突性,大都避而不谈。《尘埃落定》的实质,恰是要将此书写给全体中国人。阿来将藏文化"翻译"为可与汉族文化"通约"的语言、意象和情绪,以满足民族国家叙事对"边地"的想象。阿来多次表示,尽管他的写作受藏文化影响,但更是一个有关总体性、普世性的人性写作。这一点上,《尘埃落定》延续了寻根小说内在逻辑。不同的是,阿来不是简单以"汉族中心"态度将藏文化"他者化",而

---

　　① "《尘埃落定》这部作品的核心构思所在,从根本上讲就是:虚拟生存状况,消解母语精神,追求异族认同,确立自身位置。亦是说,是鲜明的意识形态思维大于真实的艺术形象思维。'主题先行'的痕迹是无论如何都抹不掉的,它既严重地损伤了小说艺术的本体,也更不符合藏民族对生命的理解和信仰。"〔日〕栗原小荻:《我眼中的全球化与中国西部文学——兼评〈尘埃落定〉及其它》,《西南民族学院学报(哲学社会科学版)》2002年第5期。

　　② 黄书泉:《论〈尘埃落定〉的诗性特质》,《文学评论》2002年第2期。

是通过塑造隐含的"全球化"民族共同体想象,深刻揭示当代中国与当代藏文化的"共同"命运,及"文化复兴"现代中国的主体渴望。

二、"三重边地"的文化寓言

巴柔指出:"所有形象都源自一种自我意识,它是对一个与他者相比的我,一个彼此相比的此在的意识——形象是对一种文化现实的描述,通过这一描述,制作了它的个人或群体揭示出和说明了他们置身于其间的文化的和意识形态的空间。"①中国的民族国家形象,也通过"他者"塑造了"自我"。然而,《边城》等边地小说,虽渴望展示边地文化魅力,可内在文化逻辑上,却将"湘西"等同于"中国",抹杀二者差异性与权力支配关系,进而造成相对于西方的弱者化"牧歌乌托邦"②,即如美国学者沙因所说:"外来文化的冲击和人为的破坏,使得在'民族主义'的核心里留下一个空白。"这就促使文化制作人"转向少数民族文化,把这些文化当作现存的真实性的源泉,这种做法给原始的和传统的东西……增添了浪漫主义色彩。"③《尘埃落定》的叙事策略,却巧妙地对"边地"进行"多重他者化",不知不觉将"中国"在现代意义上树立成历史理性主体。《尘埃落定》的复杂性还在于,它表达出对"边地"理性批判与牧歌抒情的双重情绪。这种双重情绪在文本中不断冲突,破坏整体和谐感,这也表征了90年代全球化背景下完成民族国家宏大叙事的难度。作家努力通过"多重他者化",树立了民族国家内部以现代性为坐标的权力结构关系。

---

① 〔法〕达尼埃尔·亨利·巴柔:《从文化形象到集体想象物》,见孟华主编:《比较文学形象学》,北京:北京大学出版社2001年版,第121页。

② 刘洪涛:《沈从文对苗族文化的多重阐释与消解》,《二十一世纪》(香港)1994年第10期。

③ 〔美〕路易莎·沙因:《中国的社会性别与内部东方主义》,马元曦主编:《社会性别与发展译文集》,北京:生活·读书·新知三联书店2000年版,第101页。

从创作主体来说,阿来具有回藏混血的族群身份,而他的文化血缘中汉文化的影响又很深,甚至大于藏文化。例如,他认为,由于族别,选择麦其土司一类题材是"一种必然",同时暗示用汉文写作也是必然,因为"我们的国家"是"象形表意的方块字统治的国度"。言外之意是他身上流着藏族人的血,却自觉不自觉地被卷入民族国家一体化进程。① 其次,就地缘而言,对于"西藏",阿坝土司领地是"边地",对汉族内地而言,它依然是"边地"。"双重边地"身份,让该地区同时具有两种文化气质。这也决定了阿来的写作,既认同汉人和藏人的传统,又与二者有区别。微妙之处在于,这个双重身份"边地",又是西方意义的"边地",被放置于"百年中国现代化"的宏大历史视野中。

于是,《尘埃落定》一方面表现出对汉文化与藏文化的"双重疑虑",如汉官黄特派员穷酸古怪,对土司不怀好意,而对宣传权力归于拉萨的翁波意西,麦其土司同样十分排斥;另一方面,小说又表现出对汉藏文化的双重敬仰,中原被称为"黑衣之邦",是土司权力的来源,西藏和印度被称为"白衣之邦",是土司精神信仰的来源。这种矛盾性还体现在作家对待汉文化和土司文化的态度上。土司文化成了野蛮而美丽的乌托邦,却消失在历史进步中,汉文化虽有虚伪和矫饰,但最终成为历史理性代表。然而,土司制不是自发性统治制度,本身就有强烈汉文化影响。《明史·土司传》说:"然其道在于羁縻。彼大姓相擅,世积威约;而必假我爵禄,宠之名号,乃易为统摄,故奔走惟命。"②土司制度只是少数民族地区行政制度的一部分,是中央王朝统治其他民族的政治制度。这种行政制度最早始于秦汉,经唐

---

① 阿来:《落不定的尘埃》,《小说选刊增刊》1997 年第 2 期。
② 杨炳堃:《土司制度在云南的最后消亡》,《贵州民族研究》1994 年第 2 期。

宋一直到元明清,是针对其他民族的传统统治体制和羁縻政策。① 这种制度的好处在于,让少数民族保持半开化状态,既保证了统治需要,又避免改变其生活方式,引发矛盾;既保持主体民族文化优势,又巧妙地"以夷制夷",使少数民族无法真正强势崛起。然而,中央王朝统治削弱,就有可能放松对少数民族统治。现代性思维的民族国家宏大叙事,企图通过现代性的强力整合,将多个民族纳入共同文化时空。

然而,汉文化不等同于现代化。小说中,汉文化高级而神秘。它对土司有最高决定权,麦其土司与汪波土司的矛盾需要四川国民军政府最后裁判。黄特派员使土司拥有了鸦片和现代枪炮。然而,黄特派员和继任的高团长,其目的都在于加强对土司的控制。土司文化野蛮但率真、野性而浪漫。一方面,作者用历史理性嘲笑土司制度的不人道,如描写土司太太鞭打小奴隶:

> 得到肯定答复,土司太太说,把吊着的小杂种放下来,赏给他二十鞭子,一个母亲对另一个母亲道了谢,下楼去了,她嘤嘤的哭声,让人疑心已经到了夏天,一群群蜜蜂在花间盘旋。②

另一方面,作者又为这种"权力秩序"蒙上神秘主义色彩:

> 在我所受的教育中,大地是世界上最稳固的东西,其次,就是大地上土司的权力。……土司下面是头人。头人下面是百姓。然后才是科巴(信差而不是信使),然后是奴隶。这之外,还有一类地位可以随时变化的人。他们是僧侣,手工艺人,巫师,说唱艺人。

---

① 〔日〕谷口房男:《土司制度论》,杨勇、廖国一译,《百色学院学报》2007年第3期。
② 阿来:《尘埃落定》,北京:人民文学出版社1998年版,第12页。

又如,文中多次出现对土司文化"性欲化"处理,这是描绘弱势文化的习惯。麦其土司抢夺央宗,汪波土司和傻子的大哥勾引塔娜,茅贡女土司的性放纵。然而,一方面,汉人们带给康巴的是现代欲望放纵、毁灭(作家区分土司"健康情欲"与现代文明"腐烂情欲",这也是乌托邦策略);另一方面,汉人不仅带来强大武力,且有无法抗拒的历史力量。这种又爱又恨的心态,无疑复制了"中国——西方"的想象关系,又具有中国朝贡体系特有的敬畏与嫉恨的特殊情绪。

此外,小说还存在另一层"他者化"目光,相对"西方"而言,无论西藏、阿坝高原和内地都是"他者"。诸多由汉人带来的现代文明不过是对西方文明不完整的"复制"。然而,作家要在小说地理版图表现汉民族主体性,故意淡化西方影响(如英国对藏地的控制)。表述历史批判时,土司的野蛮被凸现;表现乌托邦想象,土司的神性和浪漫又成了主体;而表现整体的中国对外关系时,作家又自觉认同中华民族文化身份,"西方形象"被处理为更遥远且毫无认同感的陌生存在。对西方的印象,主要来自傻子的叔叔和姐姐。姐姐是虚伪和吝啬的代表,她以英国为荣,以出生在西藏为耻,尽力用香水掩盖气味,用玻璃珠子做礼物欺骗亲属。叔叔周旋在西方、内地和西藏之间,却是典型的大中华主义者,傻子也受到叔叔影响,继续以"边地"身份效忠中央政府。他毫不犹豫地捐献大量钱财,买飞机抗日。然而,"西方他者"与中国"主体性"的矛盾冲突,又如何表述呢?

三、"傻子"叙事视角的启示

傻子的视角是该小说在叙事艺术上引人注目的地方,同时也透露了其意识形态策略。以往的"边地小说",作家习惯以第三人称全知叙事,将边地的神秘浪漫和理性思考结合,如《边城》;或以第一人称亲历视角,描写观察者体验边地的奇观化过程,充斥着批判和迷恋的双重目光,如艾芜《南行记》;还有一些则喜欢限知视角,特别是有生理缺陷的第一人称限知视角,如君特·格拉斯《铁皮鼓》,侏儒小奥斯卡对德国和波兰双重边地的"但泽市"历史的反思。然而,阿来的《尘埃落定》却表现为对这些叙事规则的破坏。叙事者"傻子",既是历史理性的负载,又是历史无能者;既是神性先知,又有生理缺陷。傻子还同时具有汉藏的双重文化烙印。这种对叙事规则的冒犯,明显表现为作家试图树立"文化复兴现代中国"的内在焦虑。作为土司文化的象征,傻子背负了"反思西方现代性"和"验证汉文化民族国家寓言"的双重使命。作为历史进步的客观观察者,必须具有理性,作为历史体验者,他又"不能"拥有理性。他只能在第一人称全知视角与限知视角之间游走,成为"摇摆不定"的主体。

具体而言,《尘埃落定》中,傻子的"傻"大致可归为三种倾向:一是智力缺失,具有某种神秘未卜的巫术能力,如傻子多次预测地震、预示麦其土司的命运、让被割舌头的翁波意西说话。二是伪装的生存智慧。"傻子"是智者形象。阿来说,傻子这个人物形象,受到西藏传说中智者阿古顿巴故事的影响①,这里也有汉族文化"以柔克刚"的阴性文化想象:"《尘埃落定》就是建构这样人事成功的中国智慧……翁波意西和傻子则象征中国智慧的两种形态:翁波意西是'舍生取义'、'杀身成仁'的智慧,傻子是'鬼雌守柔''以阴抱阳'的智慧,后者是中国智慧的最高境界,也就是无为而无不为——'不是智慧的智慧'。"②三是对现实功利的"傻",因而有了某种功利超越性。小说始终在这三种"傻"之间摇摆,以配合民族国家叙事的形象塑造。

---

① 张智:《〈尘埃落定〉中阿来文学表达的民间资源》,《民族文学研究》2000年第3期。

② 孟湘:《中国智慧的寓言——〈尘埃落定〉的文化解读》,《长江大学学报(社会科学版)》2004年第3期。

很多评论家对限知视角"真实性"表示怀疑。因为它打破限知人物视角的功能制囿,表现出了逻辑混乱:"如果叙述者纯粹是白痴或傻子,是不可能提供任何可靠的判断的。那么,怎么办? 只有通过作者利用可靠的修辞手法来解决问题。阿来想用含混的办法来解决问题,也就是说,他既想赋予'我'这个叙述者以'不可靠'的心智状况,又想让他成为'可靠'的富有洞察力和预见能力的智者。"[①]

其实,重要的不是傻子的"真实性",而是为什么出现"伪装"的傻子视角? (傻子智力缺陷不明显,更多表现为"他人"的认定。阿来从不考虑,一个"真傻子"在叙述故事时的条理混乱问题)显然,最大的原因,还是来自"批判视角"与"牧歌形象"之间的冲突。"傻"既可与前现代的"巫"沟通,也可在后现代意义上提供价值;假傻的"智"可以成为传统生存智慧,又可成为现代批判理性。

小说开头,傻子视角便展示了诗性抒情形象:

> 那是个下雪的早晨,我躺在床上,听见一群野画眉在窗子外边声声叫唤。母亲正在铜盆中洗手,她把一双白净修长的手浸泡在温暖的牛奶里,吁吁地喘着气,好像使双手漂亮是件十分累人的事情。她用手指叩叩铜盆边沿,随着一声响亮,盆中的牛奶上荡起细密的波纹,鼓荡起嗡嗡的回音在屋子里飞翔。[②]

这个早上,傻子和卓玛发生了性关系,因而被开启了灵智。这可看作小说时间的真正开始。阿来就暗示我们:傻子不傻。叙事视角的象征意味更耐人寻味。叙事人从理性"旁观者"变成了"抒情自我"。"傻子"不被认为是民族劣根性表征而加以启蒙批判(如韩少

[①] 李建军:《像蝴蝶一样飞舞的绣花碎片——评〈尘埃落定〉》,《南方文坛》2003 年第 2 期。

[②] 阿来:《尘埃落定》,北京:人民文学出版社 1998 年版,第 1 页。

功《爸爸爸》的丙崽)。这个抒情主体形象,无疑表明民族国家叙事主体性的位移。小说结尾,土司制度灭亡,牧歌变成了挽歌。傻子作为土司制度的最后见证,也自愿归于消亡:

> 我当了一辈子傻子,现在,我知道自己不是傻子,也不是聪明人,不过是在土司制度将要完结的时候到这片奇异的土地上来走一遭。是的,上天叫我看见,叫我听见,叫我置身其中,又叫我超然物外,上天就是为这个目的,才让我看起来像个傻子。①

一切"归于尘埃",傻子置身于现代性又超越现代性,以洞察文明内部的衰落和光荣,验证现代性的不可阻挡。然而,这也可看作截然不同的寓言:边地和大中国的历史关系。"土司牧歌"趋于消亡,"大中国"作为现代理性力量占领了一切。

同时,虽然该小说以限知性傻子视角塑造现代中国民族国家叙事,但小说依然有普遍人性的宏大追求。这表现为隐含的意识形态追问。傻子既不属于高原土司王国,也不属于汉人,而是类似巫的超验者。阿来没有完全用"牧歌+挽歌"模式悬置意识形态冲突,而是试图从人性角度看待国共战争,在小说中注入历史理性批判。然而,这种"超越"本身也很可疑,概念化和策略性很强。尽管傻子对国共斗争抱相对客观态度:

> 他们要我们的土地染上他们的颜色,白色汉人想这样,要是红色汉人在战争中得手了,据说,他们想在每一片土地上都染上自己崇拜的颜色。②

---

① 阿来:《尘埃落定》,北京:人民文学出版社1998年版,第403页。
② 同上书,第368页。

但作家在需要做出历史理性批判时,巧妙地通过"傻"屏蔽意识形态冲突。傻子土司选择与"白色汉人"结盟不过是因为他们"上厕所的臭气",而他对"红色汉人"的胜利也茫然麻木。

四、民族国家的内部秩序与外部文化形象

以"三重边地"隐喻乌托邦的确立与崩溃,是后发现代民族国家历史两难选择的真实写照。作家也因此确立了民族国家的内部秩序与外部文化形象。《边城》后,沈从文续写《长河》表达对"乌托邦"受侵蚀的忧虑:"表面上看,事事物物自然都有了极大进步,试仔细注意,便见出在变化中堕落趋势——'现代'已二字到了湘西,可是具体的东西,不过是点缀都市文明的奢侈品大量输入。"①某种角度上,我们也可把《尘埃落定》看作《长河》的续篇,即"乌托邦"的最后消逝。

然而,这里也有一种深刻悖论:树立"有别于"现代西方的主体必须借助乌托邦,却又必须以"否定乌托邦"为代价。现代中国民族国家叙事建立的重要尺度,即在所谓"多民族统一国家"概念上建立内部权力秩序,既符合启蒙人性解放观念,又符合民族国家统一性。学者张海洋指出,"民族国家"概念在西方产生,起因于新兴资产阶级反对封建君主在婚姻和继承中的土地和属民的"私相授予和分割市场"做法。然而"汉民族"的提法,以潜在二元对立,将"汉族"与"少数民族"对立,既有"华夷之辨"民族歧视,又有西方"进步与野蛮"的理论预设,不符合"中华大一统"文化格局,也不符合现代社会发展多民族融合潮流。② 费孝通也指出,中国文化属于"多元一体"融合格局,不

---

① 沈从文:《长河集》,刘一友等编选:《沈从文别集》,长沙:岳麓书社2002年版,第17页。
② 张海洋:《中国的多元文化与中国人的认同》,北京:民族出版社2006年版,第33—36页。

是"中心——边缘"的"华夷"格局①。然而,不能否认,民族国家内部的权力秩序,如同"民族多元融合"口号,都成为现代民族国家自我确认的不同方式。《尘埃落定》中,一方面,汉族与少数民族的区别,特别是文化区隔,被特意彰显,而汉民族的物质优越与少数民族的精神超越,都有预设的理论嫌疑;另一方面,"大一统"思维,又悖论地"多元归于一体",宣告牧歌的逝去与"民族国家"的确立。

中国问题的复杂性和微妙之处在于,"边地经验"一方面丰富与支持了民族国家统一性,又间接为我们提供现代性的另类启示(反现代性意义),从而为我们克服全球化边缘弱势地位提供了另类文化资源。然而,国家、民族、现代、传统等诸多民族国家叙事观念,又怎样在现实的现代化进程中予以协调,并出现在小说文本中?②《尘埃落定》后,《狼图腾》《藏獒》等愈发将那些凄美的故事、壮丽的风景与执着的信仰改写为"大中国"的内部反思性文本。

《尘埃落定》恰是一部以"边地乌托邦的崩溃"为隐喻的"融合性"民族国家叙事作品。巴赫金认为,"乌托邦崩溃"是田园诗转型后家族小说的必然主题:"这里描绘了存在着资本主义中心条件下,主人公们那种地方理想主义或地方浪漫主义是如何崩溃的;其实绝没有把这些主人公理想化,也没有把资本主义理想化。因为这里恰

---

① 费孝通等:《中华民族的多元一体格局》,北京:中央民族学院出版社1989年版。

② 有论者指出:"晚清以来,在西方列强的冲击下,中国逐渐成为一个现代意义上的多民族国家,从而使国家性(亦即'外部民族性''主权性')和'民族性'(亦即'内部民族性''族群性')同时演变为此阶段的重要历史特征。然而迄今为止,无论内外,对于认识和表述这一特征,人们似乎仍未找到完整确切的理性共识。"见徐新建:《权力、族别、时间:小说虚构中的历史与文化——阿来和他的〈尘埃落定〉》,《西南民族学院学报》(哲学社会科学版)1999年第4期。

恰揭露了它的不人道,揭露了那里一切道德支柱的崩溃。"①《尘埃落定》对现代民族国家的空间呈现,值得我们深思。

第三节 "自然之子":张炜小说的浪漫化空间呈现

目前的张炜研究,已形成了一些"关键词"式文学史标签,比如:大地精神、道德保守主义、野地书写、诗性守望、生态写作等。这些解读在不同层面丰富了对张炜的理解。但是,张炜的小说为何会出现如此特异形态?张炜与复杂变动的当代文学史关系如何?特别是20世纪90年代后,张炜与当代文学史的关系、张炜与宏大叙事之间的关系,学术界依然存在诸多争议。

张炜似乎是文学史的宠儿,实际他是一个游离于文学史主潮之外、又对当代文学产生强大辐射力的作家。从1975年发表《木头车》开始,到《声音》《一潭清水》等作品,张炜以清新的人性书写见长。但是,这并不符合当时的时代主题,即伤痕、反思到改革文学的思潮演进。从《秋天的愤怒》到《古船》,可看作张炜创作第二个阶段,张炜作品中历史与现实的纠葛加深,具有鲜明的启蒙批判意识。有学者将《古船》放置于改革小说序列,似乎并不能涵盖其艺术成就。第三个阶段开始于《九月寓言》,贯穿整个90年代,包括《柏慧》《家族》等,以《外省书》为新高潮。第四个阶段,以长河小说《你在高原》为标志,囊括《独药师》等,甚至《半岛哈里哈气》等儿童文学作品。理解张炜,既要对其创作进行整体思考,也要对其创作的某些关节点细致分析。关节点就是《九月寓言》,它上承张炜第一与第二阶段创作,

---

① 〔苏〕M.巴赫金:《小说理论》,白春仁、晓河译,石家庄:河北教育出版社1998年版,第435页。

下启第四阶段创作。通过《九月寓言》及其90年代小说创作,张炜实现了从"启蒙思者"到"自然之子"的精神跨越,建立了独特的文学地标与浪漫主义文学空间。可以说,张炜的创作是一种"建构型"的宏大叙事探索。

一、浪漫主义心性的养成

张炜早期小说创作,普遍被认为是一个文学准备期。这些小说歌颂人性、歌颂劳动、描绘胶东优美风土人情,也写私利与人性的冲突,但将之消融于爱与美之中。这些作品带有孙犁一派抒情小说痕迹,虽有些单薄却也真纯动人,如《看椰枣》中的大贞子原谅了落选队长的天来。《声音》中的二兰子依然爱着没考上大学的罗锅。细究起来,张炜没有热情拥抱新时期历史,而是对之充满疑虑。张炜更多写了大变革时代中自私与高尚之间的道德冲突。"高尚"有伦理道德成分,也有美的品质。《达达媳妇》中的弟媳妇为争夺丈夫寄回家的钱虐待老人。《一潭清水》中的六哥因瓜魔来吃瓜,与好兄弟徐宝册分道扬镳。这与王润滋的《鲁班的子孙》、孙犁的《铁木前传》等作品都有一脉相承的文学品质。

摩罗谈到张炜早期作品时说:"他虽然对农村非常熟悉,有着丰富农村经验,这一切可谓实矣,可是他的大脑和心灵早被一种虚的观念所左右,这种虚的观念规定了他只能说好、美、幸福、快乐之类,于是他就按着这样的要求来组织他的经验,假造出相应感受、相应表象、相应的意义。实际上这一切全是空的。"[①]张炜的早年经历颇有

---

① 摩罗:《灵魂搏斗的抛物线——张炜小说的编年史研究》,《当代作家评论》1997年第5期。

意味。少年时父亲被审查,他孤独地在果园长大,遭到歧视排斥。①张炜并不匮乏对罪恶的感知能力,也并非不能反映现实。孤独喜静的性格、早慧的心灵、对大自然的热爱、对浪漫抒情的偏爱,使得张炜在没有更多写作经验、学识阅历的时候,倾向于书写大自然,关注人情人性之美。他没有像很多同龄人,在80年代初紧跟伤痕反思风潮,而是选择孙犁式抒情风格开笔闯出。这恰是成为大作家的先决条件——坚定的文学自主性,不轻易为风潮所动。《古船》引发轰动,绝不是张炜写作的"基因突变"。参加工作后,张炜对农村矛盾有深入考察。张炜发现,改革开放虽已展开,但那些得势的乡村权力者,从"极左面目"摇身变成实际利益获得者。这种震撼和愤怒,引发了张炜的《秋天的愤怒》《秋天的思索》等作品。张炜对现实的思考也延伸到了历史。在山东省档案馆工作六年,张炜掌握了大量丰富的历史真实细节。在新时期的环境里,他的文学才能得到了极大释放。

《古船》是一部有历史厚重感和现实批判性的小说。它树立了全新的长篇小说民族国家叙事模式。它改变了革命历史叙事的政党对立、阶级对立的书写形态,以洼狸镇数十年风云变迁为底色,结合隋、赵、李几大家族的荣辱兴衰,"全景式"考察革命与中国文化的关系。《古船》影响了《白鹿原》《最后一个匈奴》《尘埃落定》等一大批90年代重要的长篇小说。当代文坛至今依然能看到《古船》的影子。

《古船》开创了新时期现代民族国家史诗叙事的新模式。《古船》有深沉的理性反思,个人际遇与家族、党派与民族国家大历史的

---

① 蒙冤的父亲给张炜的家庭带来巨大压力。民兵的监视、大字报、批斗会等更让全家人胆战心惊。"校园内一度贴满了关于我、我们一家的大字报",而"学校师生已经不止一次参加过我父亲的批斗会","如林的手臂令人心战"。张炜初中毕业后曾被迫离家出走,游荡于深山、平原与小岛……恐惧、孤独、焦灼伴随他成长。参见张炜:《游走:从少年到青年》,桂林:广西师范大学出版社2012年版,第55页。

缠绕,宽广的时间跨度,强烈的历史批判。80年代有轰动影响的大部分是中短篇,如《乔厂长上任记》《班主任》这样有问题意识的作品,有影响的长篇小说也主要与现实有紧密联系,如《沉重的翅膀》《花园街5号》等改革小说。长篇历史小说如《东方》与《李自成》基本延续"十七年"文学模式。稍晚于《古船》的《浮躁》,也初步具有宽广的历史视野,但着重点还在当下现实。《古船》之前,新时期长篇小说还不具备从历史理性角度重新考察中国近现代史,并将之与现实相联系的能力。《古船》的农村矛盾不再是"先进农民"与"落后农民"的斗争,"农民与地主"的斗争,而是个人发家的领导与提倡集体化道路的领导的斗争。梁生宝和王金生、郭振昌式的农村能人,换成了赵炳、赵多多这样打着土改旗号,窃取乡村政权,贪婪、嗜血、残忍,又精明强大的人物。"四爷爷"近乎是集秘术养生、谶纬占卜等怪癖于一身的"妖"。那些破落地主、倒霉资本家和技术工作者,成了富于历史魅力的新历史主体。于连式勇猛精进的隋见素,"坐着的巨人"隋抱朴,成了真正亮点。《古船》还有来自张炜创作早期根植于心的道德情结——对人性自私和欲望贪婪的厌恶。这无疑有俄罗斯文学的特征,也带有以孙犁为代表的社会主义文艺浪漫主义的血脉因子。

然而,90年代,张炜放弃民族国家"叙事史诗",投入到"文化抒情史诗"的写作,创作了《九月寓言》等小说。对于一个优秀作家而言,很多看似"转型"的东西,不过是作家摆脱时代舆论的定义,展现出其他美学向度的努力。

二、"寓言"的浪漫主义象征性

《九月寓言》起稿于1987年11月,完稿于1989年,修改定稿于1991年4月。创作时间几乎紧紧接续《古船》。撰稿的主要环境是在山东龙口市的偏僻小屋。《九月寓言》不应简单看作90年代的产物,或因《古船》带来的政治压力引起的逃避心态所致,更应看作张炜创作的成熟和发展。当批评家强调时代语境改变,张炜却强调自己一以贯之的东西:"我对于这种变化没有多少感受。我说过,这是一个自然而然的过程。回头看看,我不过是一直在说那么几句话而已。我有时声音大一些,有时小一些。到了 90 年代中期,我还在说以前的话,不过我的音质不可能是一成不变的,谁也不能。"①《古船》之后,张炜无疑面对一个历史与道义的矛盾问题。隋抱朴出任粉丝厂经理,隋见素从绝症中恢复,洼狸镇就能走上幸福之路? 谁能担保,人性贪婪之下,新权贵不会成为赵炳和赵多多?《九月寓言》一方面呼应道家文化想象,创造儒家传统之外的"另类文化传统"意象;另一方面,又以"自然化"文化理想主义替代阶级革命与启蒙主义,为中国知识分子描绘了一个浪漫又相对自足的"自然乌托邦",深刻反映出现代性民族国家叙事的"中国特色"表征。②

《九月寓言》的争议令人深思。该小说送审《当代》杂志社,引发主编秦兆阳与副主编何启治之间文学观念的冲突。何启治认为:"小说在创作方法上离传统的现实主义越来越远,更大的程度上属于现代主义……《九月寓言》可归类于《小鲍庄》《红高粱》一类所谓'纯艺术'作品……就超越时空的艺术生命力和现实的政治保险系数来说,《九月》优于《古船》。"秦兆阳的批评意见主要有三:一是小说对 1949 年后中国乡村生活的丑化;二是小说真实性的失败;三是寓言性的混乱。秦兆阳指责:"作品问题在于:寓言的虚构与生活真实的矛盾;从哲学上讲则是'抽象人性论''人命意识论'与历史唯物主义的矛盾;

---

① 张均、张炜:《"劳动使我沉静"——张炜访谈录》,《小说评论》2005 年第 3 期。

② 房伟:《另类的乌托邦——张炜〈九月寓言〉的新民族文化想象》,《文艺争鸣》2010 年第 19 期。

从政治思想上讲则是偏颇的思想认识的表现。"①

同时,很多批评家也对《九月寓言》提出尖锐批评:"《九月寓言》里,张炜失掉了他固有的悲悯,代之以慨叹……从《古船》到《九月寓言》的变化,某种意义上,是从超越到世俗的变化,从神圣到凡俗的变化。"②有批评家认为,张炜背叛了新启蒙:"他所站立的是绝望的、向后的农业文化立场,所表现的是一种守旧的、没落的文化对于现代文明发展的绝望与诅咒……所以,某种程度上我们完全可以说张炜和他的众多的昔日80年代战友,正共同参与着一种对80年代精神的集体性共谋,自觉不自觉地成为着90年代文化对80年代精神进行戕害的帮凶。"③

然而,另有些批评家则给予了这部作品很高的评价。《九月寓言》既有90年代的印记,也有着张炜鲜明的个人特色。90年代初,张炜的写作曾因"抵抗的姿态"获得知识分子的喝彩,《柏慧》与《家族》也引发文坛激烈争议。郜元宝说:"《九月寓言》有什么独特之处呢?这主要在于张炜在这部温情弥漫的长篇中倾注了他自己对土地最真实的情感……体会到土地作为'大地'对于我们人类的意义;体会到此时此刻,全球进入现代化进程之际,大地的命运与人的命运的某种历史性转变。"④《九月寓言》隐隐地成为90年代知识分子抵抗市场经济世俗化、抵抗全球化浪潮的某种"中国性"品质。由此,《九月寓

---

① 何启治:《是是非非说"寓言"——张炜著《九月寓言》缘何与《当代》失之交臂?》,《出版史料》2004年第2期。
② 王彬彬:《悲悯与慨叹——重读〈古船〉与初读〈九月寓言〉》,《当代作家评论》1993年第1期。
③ 贺仲明:《否定中的溃退与背离:八十年代精神之一种嬗变——以张炜为例》,《文艺争鸣》2000年第3期。
④ 郜元宝:《"意识形态"与"大地"的二元转化——略说张炜的〈古船〉和〈九月寓言〉》,《社会科学》1994年第7期。

言》又与 90 年代"民间写作""人文精神"等主流批评话语取得了某种同构性。

　　秦兆阳与何启治的争执,批评家对《九月寓言》的不同态度,都涉及一个文学史潜在话语方式问题,即《九月寓言》形成了对文学体制与 80 年代新启蒙内在规定性的双重冒犯。张炜谈到作品取名"寓言",起因于"最先捕捉到的一个意象","只有在这种意象的笼罩、指导和牵引下,我才能够兴味盎然地写到底"。①《九月寓言》的"寓言",不是秦兆阳忧虑的政治反讽寓言,也不是启蒙寓言,而是"文化抒情史诗"的自然寓言,是浪漫主义宣言。它调动丰富的个人感性体验与历史记忆,熔铸提纯成一个自然场域。这里有大量真实的苦难:饥饿、流浪、贫困、性虐、性压抑、死亡、背叛、杀戮、暴力等,但种种苦难都被野地的欢欣、自由自在的快乐、收获的喜悦等自然本真的欢愉所拯救。小说也创造了很多魔幻意象,比如龙眼妈喝农药自杀反而治好了病等。这使《九月寓言》的内在叙事张力非常饱满。同时,它的叙事方式也极具象征性。每个章节从九月开始到九月结束,类似戏剧的一幕,祛除时间序列演进痕迹,呈现出极具象征意味的几个"九月小村"故事的时空并置。

　　《九月寓言》的"忆苦"一章最具敏感性。"忆苦"是寓言核心,也是主旨所在。苦难是指所有大地的苦难,"忆苦"是拯救与创造,是新的文化史诗群像的集体性景观。人们很容易将之理解为反讽式历史写作,如新历史主义小说。然而,如果仔细品咂就会发现:"忆苦"与其说是对政治的反讽,不如说是巧妙的符号挪用,是大地诗学观念、浪漫主义自然乌托邦的象征。"忆苦"脱离具体政治符号所指,变成

---

①　张炜:《张炜关于〈九月寓言〉答记者问》,《张炜文集 2》,上海:上海文艺出版社 1997 年版,第 56 页。

了抽象抒情:"'忆苦'是集体性的人与大地的默默对话……历史的漂浮性、破败性仅仅是为衬托暗中一直在场的大地之无限深沉无限厚实的缄默。"①

但是,当张炜沿着《九月寓言》的路子走向《家族》《柏慧》《外省书》等作品,文学界发现张炜与现代性、民族国家叙事等原则之间,有着令人不安的"疏离"。张炜不再是安于歌颂单纯美好人性的"芦清河之子",不再是在历史与现实中悲愤呼号的"启蒙之子",也不再是激烈批判世俗化和市场经济的"道德之子",而变成了一个用浪漫史诗拯救人性的"自然之子"。张炜身上发生了什么?这种变化和90时代文学史产生了怎样的互动?

三、从"启蒙之子"到"自然之子"的空间呈现

90年代文坛对张炜的诘难,集中在"道德理想主义"与"脱离现实"两个维度上。前者被认为是"反启蒙"与"反现代性",后者被认为是小说艺术上的失败。比如:"以《九月寓言》为标志,文化批判与社会批判的色彩明显地减弱甚至退去了,从批判传统文化的主题进入了'守护'传统文化主题,作者立场发生了明显的转变。到后来《柏慧》《家族》等作品,则更加明确地走向'反现代性'文化立场,表现出对传统农业文明的向往与守护。"②有批评家指责:"《家族》是一位已由小说作者蜕变为原始自然神的膜拜者和文化冒险主义的精神偶像的人物试图抓住小说这一形式的一次最绝望而痛苦的努力。"③

---

① 郜元宝:《保护大地——〈九月寓言〉的本源哲学》,《当代作家评论》1993年第6期。
② 李劲松:《从〈九月寓言〉、〈柏慧〉看张炜文学创作中的保守主义倾向》,《湖南城市学院学报》2003年第2期。
③ 张颐武:《〈家族〉:疲惫而狂躁的挣扎》,《文学自由谈》1996年第1期。

谢有顺也认为张炜的大地意象是巨大幻象:"张炜也想在大地建立起一套道德系统,以大地为道德的基础,但是,如果大地、自然是一切,那么,任何事物的'本然'(What is)都是对的,在事物本然之外便什么也没有,如果自然现在的表现是人类生活理想的标准的话,那么,道德与不道德就没有什么区别了。"①

这种批评站在90年代语境理解张炜,有其合理性,但也忽视了一点,即张炜的创作形态自有"文化远景"的价值意义。大地意象并非是原始主义幻象,而是连接着爱力、善力与美力的新型人文精神。《古船》有历史的血腥暴力、现实的压抑沉重,但这些都不是作者的写作目的。夜读《共产党宣言》的隋抱朴,寄托了作者化解历史暴力、追求价值超越的心态。张炜一直有提升现实、创造理想文化形态的雄心。他鞭挞恶,更希望塑造真善美。这无疑与鼓吹个性解放和融入全球化发展的现代化逻辑不同。《你在高原》获奖后,陈晓明指出:"张炜在这么漫长的篇幅中,始终能保持情绪饱满的叙述,那种浪漫主义的激情和想象在人文地理学的背景上开辟出一个空旷的叙述语境。浪漫主义从中国现代就被压抑,总是以变形的方式,甚至经常被迫以现实主义的面目出现。张炜以他自然自在的方式释放出充足的浪漫主义叙事资源。"②从"中国式浪漫主义"理解张炜与自然的关系、张炜的思想与艺术追求,可以说看清了张炜90年代以来文学探索的成败。

张炜的浪漫主义根本在于"爱力"。爱自然、爱大地,及其生发的美好人性。张炜说:"它潜融在人的心灵和肉体之中,与人的生命合为一体,难以分剥。人的爱力的丧失的一天,人也即死亡了……一个

---

① 谢有顺:《大地乌托邦的守望者——从〈柏慧〉看张炜的艺术理想》,《当代作家评论》1995年第5期。
② 陈晓明:《〈你在高原〉:大气俊朗宽广通透》,《文艺报》2011年9月19日。

人活着,最为重要的就是保护和培植自己的爱力,让它随着岁月的增加,像积蓄山水一样汇聚,让它在付出的慷慨中变得生气蓬勃,关键是滋润自己的心灵,修筑自己的心灵,让其变得越来越适合于成为爱力的居所。一旦人的心灵之巢被爱力所盈满的一刻,他就会变得更有力,更从容,更自信和更坦然。"① 爱力也来源于对历史与现实的残酷血腥、野蛮黑暗的批判。由"爱力"也引发作家对"美"的向往和"善"的道德坚守。它的长处在于超凡脱俗的价值境界,缺点在于此境界如没有丰富感性经验与现实因子介入,没有复杂的人物、精妙的叙事,就会沦为生硬说教。

相对于写实主义的批判理性,浪漫主义是另一种塑造个人主体性的宏大思维。它认为个人是自我创生的(self-originated),即自我发现等同于自我创造的过程。以赛亚·伯林认为:"浪漫主义最基本要点:(承认)意志以及这个事实:世上并不存在事物结构,人能够随便塑造事物——事物的存在仅是人塑造活动的结果。由此,浪漫主义反对任何把现实再现为某种可供研究、描写、学习、与他人交流的形式,换言之,就是那些以科学方式再现现实的企图。"② 德国浪漫派的出现,最初就是起源于对以理性为标志的启蒙运动的张力性反拨。浪漫主义关注主观意志与内心情感,在后发现代国家有潜在心理基础。比如,沈从文的乡土牧歌。革命浪漫主义文学与社会主义现实主义既有内在联系又有区别。但是,这种情况在 90 年代却有一个巨大时代背景,即时代需要叙事也需要抒情。中国在改革开放背景下,重新阐释和确认自我,融入全球化发展,一方面需要叙事讲述具体可

---

① 张炜:《张炜文集》(散文随笔卷二),北京:作家出版社 2014 年版,第 133—135 页。
② 〔英〕以赛亚·伯林:《浪漫主义的根源》,吕梁等译,南京:译林出版社 2008 年版,第 127 页。

感的故事,另一方面也需要浪漫抒情、树立文化抽象品格,进而对"强国"与"强族"进行文学背书。

张炜一直在书写人与时代的对抗,将自然人格化为心灵产物。大自然成为心灵寄托,是真善美的象征,特别象征个体心灵对欲望泛滥的现代社会的反抗。顾彬说:"'五四'运动时期的文学家热衷于对当时中国农村现状作现实主义描写,作品中的自然描写则降至次要地位,即便有也只有在'革新'意义上的描写,……作家们要将传统的'景'与'情'的联系引到叙述艺术之中去。由延安起始的文学则注重对农村社会变革及自然风光的描绘。自然是经过'加工'的自然是'可加工'的自然,不再是'自然'的'自然'。在歌颂光明的作品中,自然是一种解放了的现实性的明显标志。"①也就是说,现实主义范畴的自然描写隶属于风景描写范畴,目的在于塑造逼真的环境真实感。然而,这类描写仅具有"写真实"效果与意识形态暗示性。这种暗示性表现在"十七年"小说中是革命意识下对于红色世界秩序的构建,而在新时期小说中,则是以个人主体性觉醒为标志的对"风景"的心灵化。如铁凝《哦,香雪》、古华《芙蓉镇》,也包括张炜《声音》。这里的风景不是自然风光,而是一种个人化自然。

但是,张炜90年代之后的创作,"自然"跃升为一种带浪漫主义本质论意味的"价值观与世界观"。它是野地、海滨、荒原,也是知识分子苦苦寻找的精神安顿之地:"那些能够准确而细微地描述大自然,特别敏感地领会大自然的暗示和启迪的人显然是特殊的生命,是作家中的最优秀的一类。大自然作为世界的主要部分,可以说是独立的、绝对强大的,它当然有自己的秘密。探索它,有时是人类最伟

---

① 〔德〕W. 顾彬:《中国文人的自然观》,马树德译,上海:上海人民出版社1990年版,第235页。

大的事业之一。"①他的笔下出现很多高度人格化自然场域,比如,野地(《九月寓言》)、海滨(《外省书》)、葡萄园(《柏慧》《我的田园》)、荒原(《荒原纪事》)、丛林(《蘑菇七种》)。这些自然景观,神秘浪漫、健康自在,也面临城市的经济挤压和权势胁迫。如《柏慧》中的〇三所变成瓷眼和肝儿这类纵欲之徒的大本营,杂志社是柳萌与"小怪物"的天下,仅有的精神圣地葡萄园则受尽威胁。他笔下的人物也成了高贵族群与卑鄙族群的对抗。这些高贵者家族往往崇尚自然、人格高贵,如《家族》中的宁珂、曲予与许予明,《外省书》中的鲈鱼和真鲷,《柏慧》中的"我"与拐子,《你在高原·西郊》中的庄周,甚至反抗暴秦的历史人物徐芾(《瀛洲思絮录》)。他们是"文化之子",更是高贵的"自然之子"。面对权力与经济压迫,他们选择反抗或出走,在自然中寻找心灵安顿。这些"自然之子",包括从都市边缘人与游走旷野的"野人"(张炜称为"大痴士"),有动植物化品质的人,如《外省书》中的"鲈鱼",甚至是精怪化人物,如《刺猬歌》中的刺猬精美蒂、《家族》中的小河狸、《小爱物》中的小怪物。某些道德意义的"坏人"也被赋予动物意义,如《柏慧》中的鹰眼、《外省书》中的电鳗。

相应地,张炜的小说文体也愈发自然化了,更注重抒情风格、个人化哲思、追求自然表述。他放弃了传统现实主义的故事化与情节化。如《柏慧》开头:"已经太久了,我们竟然在这么长的时间内没有互通讯息。也许过去交谈得足够多了。时隔十年之后,去回头再看那些日子,产生了如此特殊的心情。午夜的回忆像潮水般涌来……"该小说以书信体方式展开,结构松散,作家试图将读者带入沉思冥想的状态。《远河远山》开头:"我多年来一直想把内心里藏下的故事写出来,尽管这故事留给自己回想更好,它纯粹是自己的。可是不知

---

① 张炜:《批评与灵性》,上海:文汇出版社2005年版,第148、149页。

为什么,一直把这故事忍在心里,对我来难了。可能我老了,越来越老,也越来越孤单。衰老的不期而至,成了我一生中最后的一件厚礼。"类似《柏慧》,该小说也采用一种散文化与诗化笔法:以第一人称角度,从回忆与沉思之中展开叙事。

由此,张炜树立起的浪漫世界,也逐步有了重新阐释中国近现代史的再历史化冲动。历史被张炜阐释为"自然之子"与贪婪的"恶之子"的对抗。通过这种方式,张炜也有效处理了革命意识形态问题。这体现在《家族》《外省书》两部作品中。张炜的新作《独药师》也延续了这种思路。张炜的中短篇小说也有这种痕迹。《唯一的红军》对革命的反思,保留了老红军的正面道德形象。老红军给学校修路不是为现代文明,而是为了自然:"不是为了让人们踏着它进来糟蹋草原和树林的,他只是为了修一条通往原野和大海的马路。"《一个人的战争》也写对革命的反思,吕义这个所谓英雄只会骚扰伪军和日军、勾引大户人家二姨太。但这个带有新历史主义意味的小说,张炜写出来却味道不同,吕义在荒野的游荡中找到了生命寄托。

《家族》书写了宁府与曲府在近代革命大潮中的不同命运沉浮。它既不像新历史主义小说简单颠覆革命,也不是沿着《古船》之路以家族与党派之争贯穿历史,而是从自然观出发将人物按照道德标尺分为两类,即宁珂、许予明、周宁义、曲予等"自然之子",与殷弓、飞脚、黄湘等"恶之子"。如王春林指出:"国共两个敌对阵营之间的尖锐矛盾却并未构成《家族》的中心冲突,构成《家族》中心冲突的乃是张炜依据自身道德乌托邦理想为标准划分出来的呈现为两种不同生存状态的人类群体……这个'家族'就是我们所谓的'神圣家族',这个'家族'的共同印记即是对精神纯洁的坚决维护,是对作家道德乌托邦理想的坚持与实践。"①

更独特的是《外省书》处理历史与现实问题的策略性。该小说介绍了以史东宾为首的资本集团的疯狂扩张。"狒狒"被人倒卖到山里的悲惨经历,显示大资本和权力的结合、资本势力对自然的侵夺。史东宾疯狂追求纯洁的师辉,却始终不能走入她的心灵。小说也重新认识革命、欲望与自然的关系,既保持浪漫主义抽象性特质,又超越《古船》与《家族》,形成更具文化史诗品格的自然化历史观。张炜以"自然"名义置换了欲望与革命,并赋予其新道德意味。这种转换机制被批评家所忽视。这集中体现在主人公"鲈鱼"(即革命者师璘)身上。他是自然巨人、革命之子,也是启蒙之子。这种逻辑整合,体现了张炜的矛盾性和文化思维的独创性。鲈鱼是古道热肠的"爱侠""革命的情种"。张炜将革命道德置换成自然书写的泛爱启蒙式道德。这种笔调在张炜笔下不是一种反讽,而是一种置换和融合。张炜试图包容不同道德和价值标准。

四、一种独特的中国式"宏大叙事"的现代诉求

90年代后,张炜由"启蒙思想者"变成了浪漫抒情的"自然之子"。90年代很多小说都有对新自由主义政策下市场与权力结合的批判。张炜的深刻之处在于,他找到了稳定的情感和自然化价值体系。90年代也有很多抒情乡土写作,但没有一个作家将"自然风景"决绝地化为浪漫主义诗学。那些抒情乡土书写填补市场经济叙事空缺,但他们都没有足够精神强度将之上升为纯粹的抒情哲学。抒情乡土写作必须是现实的,才符合民族国家叙事的指涉,也只有是现实

---

① 王春林、贾捷:《神圣家族——从〈家族〉看张炜的道德乌托邦理想》,《山西大学学报(哲学社会科学版)》1997年第1期。

的,才可以成为市场经济胜利的"挽歌"。另一部分乡土作家,比如阎连科,则继续固守现实批判性,并将之形成杂糅现代主义与后现代主义的"中国魔幻乡土书写"。

张炜则不同,浪漫主义的难度在于它必须在情感上真实可信,又与现实存在相当距离。它必须有不同寻常的情感感染力。张炜放弃直接书写社会现实,并不是他逃避历史责任。他仍批判这个世界,但试图找到更多哲学上解决矛盾的办法。

在张炜看来,90年代的问题是80年代社会问题的深化变异,人对自然的破坏背后闪烁着权力专制和人性贪婪:"与过去的上访者不同,他们现在是因为自然环境被破坏而愤怒,过去只有知识分子关心环境之类,今天是农民,他们在为自己的生存而抗争。他们是时代的上访者,崭新的上访者。"[1]那些资本成功人士,本质上和"文革"时的赵多多是一类人,即精神与道德上的缺失者。张炜曾谈到对时代理解:"商品经济时代给予作家的痛苦,比起另一些时代,有的方面是加重了,有的方面却是减轻了。对于有的作家而言,他孕育创作张力的生存因素和生活内容已经改变,这其实是一件十分值得庆幸的事。任何时代里,最优秀的作家都没有让自己适应时代的问题……我心中理想的写作人格是这样的:即便作为一个极孤单无力的个体,也仍然需要具备抵挡整个文学潮流的雄心。"[2]张炜立志要做"超时代"的作家而不是内在于时代的作家。张炜也不是一般意义上反对市场经济,而是有着重构中国文学价值标高的宏大意愿。《你在高原》完成后,张炜不但没有创造力枯竭,反而在儿童文学、长篇小说、散文等诸多领域不断精品迭出。

---

[1] 张炜:《时代的上访者:基层与环境。今天与明天的生存》,《张炜文集》(散文随笔卷二),北京:作家出版社2014年版,第7页。

[2] 张炜、任南南:《张炜与新时期文学》,《南方文坛》2008年第2期。

张炜式的浪漫主义文学形态再次提醒我们,反思"90年代是多元碎片化时代"的定义。学界普遍认为,90年代是无名的喧哗时代:"90年代文学是'无名'状态下的文学,它表现为各种文学思潮和另类写作现象多元共生,逐鹿文坛,谁也占据不了主导性的地位。90年代文学思潮正是通过多种冲突并存的形态来达成多元化发展趋向,从而改变了80年代文学中二元对立的思维模式。"[①]有学者将多元化命名为"宏大叙事终结"的产物:"'90年代文学'的精神确立,将随着'新时期文学'的结束而完成。这十分多义地暗示出了'90年代文学'的断裂性、独特性,以及可能的前景。"[②]然而,张炜的浪漫主义文学,印证着中国当代文学实践的特殊性,如果按照西方文学史发展逻辑来看,浪漫主义在文艺复兴之后早就是被淘汰的落后文学形态,绝不可能再支撑一个具有千万字书写体量,有重要文学史地位作家的精神世界。张炜的文学实践挑战了西方化的文学时空秩序。

90年代是中国长篇小说史诗性品格再造的过程。张炜的《古船》是民族国家叙事史诗,《九月寓言》变成了文化抒情的史诗。《古船》讲述民族国家历尽艰难在改革开放中走向未来的故事,它的叙事性非常明显,《九月寓言》则是抒情的,是一种民族国家文化乌托邦理想。张炜试图塑造浪漫的抒情主体。这种抒情主体不同于沈从文的边城牧歌,而是在对中国近现代史全景式考察的基础上,找到独特的中国故事。那些源源不绝的"爱力""美力""善力"是当代文坛非常匮乏的品质。

这也造成了时代理解张炜的难度。张炜的浪漫文化史诗在处理

[①] 陈思和:《试论90年代文学的无名特征及其当代性》,《复旦学报(社会科学版)》2001年第1期。

[②] 张清华:《重审"90年代文学":一个文学史视角的考察》,《文艺争鸣》2011年第16期。

道德问题上有优势,也存在不少问题。浪漫主义在处理中国复杂现实问题上易流于简单化和概念性。这也导致了张炜小说故事模式的雷同化、艺术平衡感的丧失。他的小说反复出现逃离者、隐居者和内心分裂的个体形象。这种逆潮流而动的反思也很难在都市消费环境成长的新一代青年那里找到共鸣。

第九章
文化史诗型小说的时间经验呈现

第一节 传统的复活:《白鹿原》的文化时间重塑

本尼迪克特说:"开始,上帝就给了每个民族一只陶杯,从这杯中,人们饮入了他们的生活。"①民族传统往往是风俗礼仪、典章制度、文化心理等缓慢形成的"核心观念",在现代社会,当传统问题成为话题,往往

---

① 〔美〕露丝·本尼迪克特:《文化模式》,王炜等译,北京:生活·读书·新知三联书店1988年版,第1页。

预示着传统的危机及传统的"现代性再想象"。70年代末中国新启蒙运动重新解释传统。寻根小说拥有民族的,也是世界的姿态:"在民族的深层精神和文化物质方面,我们有民族的自我,我们的责任是释放现代观念的热能,来重铸和镀亮这种自我。"①然而,"寻根"刻意凸显被革命叙事遮蔽的文化传统记忆,马上又以"边缘-中心"的想象认同"中国-西方"的外部文化权力关系。20世纪90年代,改革开放深入,中国的民族国家意志强化,这种被发明的"记忆与认同"渐渐从"边缘—中心"的"空间选位"走向找寻主体性的"时间选位",逐步形成"文化复兴现代中国"的新民族国家叙事。

　　一方面,受压制的社会历史记忆"亡灵复活",风水占卜、气功秘籍等神秘文化风行一时;另一方面,被现代"发明"出来的传统,展现出对"宏大叙事"的渴求,如"儒学复兴"。很多学者认为"儒学就其形式而言根本不能承载现代性的人性启蒙使命",而另一些学者,如季羡林撰文指出,21世纪是中国人的世纪,儒学必定重新获得复兴。② 一些小说纷纷在"新儒学""文化保守主义"等旗号指引下,形成长篇巨制的"传统热"。"叙事性就是对时间序列里发生的事件进行描述的一套有组织的话语体系。"③当历史回忆出现不同阐释类型,"被发明"的传统就在现代性总体范畴内,扩展小说的表现领域、重新讲述"过去的故事"。这些"复兴传统文化"的小说,在"寻找史诗"的冲动和"重塑民族文化自信"的鼓吹之下,变成了新的"宏大寓言"。

---

　　① 韩少功:《文学的"根"》,《作家》1985年第4期。
　　② 王新生主编:《21世纪东方思想的展望:国际学术研讨会论文集》,北京:北京大学出版社2005年版。
　　③ 陈晓明:《"历史终结"之后:九十年代文学虚构的危机》,《文学评论》1999年第5期。

陈忠实的《白鹿原》以厚重的文化底蕴、磅礴的史诗风格为20世纪上半叶中国变迁写下了"民族秘史"。何西来说:"陈忠实的《白鹿原》,是上一世纪九十年代,中国长篇小说创作的重要收获之一,能够反映那一时期小说艺术所达到的最高水平。"①《白鹿原》对"文化复兴的现代中国"主体构建具有重要作用。它以宗族文化的记忆重现、乡土中国的两性奇观、历史理性与伦理传统的悖论交织,构建了90年代中国现代民族国家想象的新景观。

一、传统的发明:现代视野下的儒家化宗族记忆

这部小说的一个重要时间性经验,就是恢复乡土中国"宗族"的社会记忆,以儒学与宗族文化的结合,表征中国文化在当代世界格局的"主体地位"。费孝通指出,中国传统社会是差序格局:"我们的格局不是一捆一捆扎清楚的柴,而是好像把石头丢在水面上所发生的一圈圈推出去的波纹。每个人都是他社会影响所推出去的圈子的中心。"②私人化人际关系网络最密切的联系方式就是宗族。《尔雅·释亲》:"父之党为宗族。"《墨子·明鬼下》:"内者宗族,外者乡里。"宗与族也相互依赖存在,同宗者必同一血缘、共祭同一祖庙;同族者,必有共同所亲之祖。宗族统治是乡土中国最稳定的自治形态,它以"长老统治"的"教化性权力"维持运作,以儒家化宗法约束族人,对内有教化、互助、惩罚和奖励等功能,对外则有复仇、接受官方法令、抗灾等功能。宗族是儒家化统治的基石,是"不完整"的道德威权。同时,它与官方保持距离,具有一定独立性,并实施部分政府的行政

---

① 人民文学出版社编辑部编:《〈白鹿原〉评论集》,北京:人民文学出版社2003年版,第1页。
② 费孝通:《乡土中国》,北京:生活·读书·新知三联书店1985年版,第23页。

职能。宗族制度既压抑个人独立精神,又为社区共同体提供稳定的话语资源,甚至在一定情况下成为民间朴素爱国主义的来源。① 它不仅凌驾于法律之上,甚至在礼仪问题上也是反法律的。② 五四以来,"宗族"文化作为封建代表被批判,宗法制被看作"束缚中国人民特别是农民的四条极大绳索"③之一,无论启蒙文学还是革命文学,多强调宗族的负面影响,将之视为前现代中国的消极因素。20 世纪 90 年代后,以《白鹿原》为代表的一批小说,恢复时间经验的宗族文化历史想象,为"文化复兴的现代中国"民族国家叙事发掘新的历史资源。

《白鹿原》对宗族文化的正面肯定,大多集中于白嘉轩与朱先生。白嘉轩是宗族社会代表:"白嘉轩就是白鹿原。一个人撑着一道原。白鹿原就是白嘉轩。一道原具象为一个人。"④"白鹿"是宗族象征,也是广泛意义上的儒家化宗族文化象征。保罗·康纳顿说:"我的宗族,我的宗支,我的名字,我的族徽:所有这些词语,不断地指向拥有者的天生品质,理想化地表达这些品质;同时,它们以某种缥缈的方式暗示明显与肉体有直接关系的某种东西:血统。"⑤白嘉轩被想象

---

① 张国俊指出:"关中乡土共同体的个体们,便都有了族与家共存亡的宗族集体意识,这种族与家共存亡的宗族集体意识引申开来,小则体现在落叶归根、故土难移的心理定势上,大则体现在国与家共存亡的民族整体意识上。"张国俊:《中国文化之二难(中)——〈白鹿原〉与关中文化》,《小说评论》1998 年第 5 期。

② 〔德〕马克斯·韦伯:《儒教与道教》,王容芬译,北京:商务印书馆 1995 年版,第 142、143 页。

③ 毛泽东:《湖南农民运动考察报告》,《毛泽东选集》第 1 卷,北京:人民出版社 1952 年版,第 33 页。

④ 陈忠实:《寻找属于自己的句子——〈白鹿原〉写作手记(连载六)》,《小说评论》2008 年第 4 期。

⑤ 〔美〕保罗·康纳顿:《社会如何记忆》,纳日碧力戈译,上海:上海人民出版社 2000 年版,第 106 页。

为"白鹿精魂",宗族文化也被想象为建立在白氏历代族长牺牲精神下的"血缘和地域"的天然认同。白嘉轩设乡约、调纠纷、抗瘟疫、赈灾民,钢纤穿腮为民求雨,领导村民打白狼。他对来自官方的不合理要求,同样敢于挺身反抗。他策划交农事件、领导农民抗税,对田福贤鱼肉乡里的行径嗤之以鼻。更令人震撼的是,他待长工鹿三如亲人,对黑娃更是以德报怨。他遭受兵灾、旱灾、瘟疫和亲人的背叛,却从不言败,而是以耕读传家的祖训鼓励儿子孝武。他隐忍而强悍的姿态,在20世纪中国现代性进程中,像狂风中的劲草,显现出"白鹿精神"深刻的本土资源优势。朱先生、冷先生和徐先生等,则代表一系列宗族内儒家知识分子。朱先生和白嘉轩,象征传统民间儒学在理念和实践上的体用关系。处于中间状态的是冷先生和徐先生(一医一教)。他们恪守关学创始者张载的名言:"为天地立心,为生民立命,为往圣继绝学,为万世开太平。"他们勇于入世,反抗侵略,救灾恤民,注重教化和伦理培养。朱先生调解白嘉轩和鹿子霖关于寡妇水田的争斗,他铲除鸦片,建立白鹿书院,并以"学为好人"的信条改造黑娃。更可贵的是,他对现代性的怀疑常显出超脱的睿智。白嘉轩、朱先生为首的卡里斯马型主体人物身上,宗族文化充分展示伦理魅力,展现了百姓安居乐业、轻徭薄赋、民风正直淳朴、恪守儒家孝悌的"乡土中国"想象:"白鹿村的祠堂里每到晚上就传出庄稼汉们粗浑的背读《乡约》的声音。从此偷鸡摸狗摘桃掐瓜之类的事顿然绝迹,摸牌九搓麻将抹花花掷骰子等等赌博营生全都踢了摊子,打架斗殴扯街骂巷的争斗事件再也不发生。"[①]

可是,"任何历史都是当代史"。陈忠实对儒家化宗族传统的想象,明显带有现代性意义。小说中儒家化的宗族文化具有地域和民

---

① 陈忠实:《白鹿原》,北京:人民文学出版社1993年版,第23页。

间色彩,即所谓"关学",具有强烈独立性和反抗性。交农事件中,白嘉轩勇敢地站出来反抗捐税:"要给那个死(史)人好看!"白嘉轩、朱先生,也倾向于"农本"儒学。他们对"乡愿"与"土地"抱有执着情感。所谓关中大儒,传统儒家的"忠"并不明显,"仁义"却在乱世被凸显。如朱先生,一方面有强烈的"济世"愿望,另一方面又不愿牺牲个人自由入"仕途";一方面主张在田小娥的破窑上造塔镇妖,另一方面却又思想开明,宽容剪辫风波;一方面反对党派之争的暴力行为,另一方面又在公祭兆海时火烧日寇头发。这都说明他并非纯粹维护官方统治的大儒,而被赋予了民间"侠"的色彩和复杂的现代意义。毛崇杰曾对朱先生是否儒者提出疑问:"'儒'只是朱先生的一个外壳。朱先生的每一件关涉政治道德的行为,立乡约,清营退兵,赈灾民,发'抗日宣言'收教黑娃,使弃恶从善……直到把县志稿本中的'共匪'改成'共党',都不是来自朱先生自身之外的驱使,并无一是先圣遗训使然,有些甚至是与儒教宗法制度相悖。"[1]

同时,作为儒家文化和宗族文化的双重代表,白嘉轩与朱先生,是一体两面的存在:白嘉轩为儒家化族长,掌握宗族势力;朱先生则掌握教育权,为儒家化士绅。两者的结合,既是作家对儒家乡土中国的回忆,又寄托着作家对现代性冲击的思考。与这两个代表人物相比,鹿子霖和田福贤则代表乡土宗法社会在现代性冲击下的"变异",他们心狠手辣、虚伪狠毒、淫荡无耻,最后都以衰败告终。作家力求从客观角度写出这些人物精神的复杂性。如田福贤对历史的洞察、鹿子霖的慷慨义气,但总体而言,他们是白嘉轩和朱先生的对立面。

---

[1] 毛崇杰:《"关中大儒"非"儒"也——〈白鹿原〉及其美学品质刍议》,《文学评论》1999 年第 1 期。

他们的"作恶",恰在于现代性冲击,"士绅"变成了"权绅"①,不是靠道德和知识树立权威,而是在中央集权解体,科举制度废除后,倚靠地方自治加强专制绅权,但这也进一步导致宗族社会秩序的衰落,田福贤拉壮丁、杀农会领导等行为都带有深深的现代烙印。对此,作家表现出对现代社会的强烈质疑。如韦伯所说,儒教的理性是秩序的理性主义:"儒教理性正因为如此才具有本质上和平主义的特征,这种性质在历史上逐步升级,直到乾隆皇帝在明史中写下:'唯使生灵免遭涂炭者可治天下。'"②陈忠实反观现代性历史的残酷和道德崩坏的混乱,试图寻找超越西方现代性的途径。从民族国家叙事角度看来,朱先生之所以"似儒而非儒"既因其诸多"正能量"的现代意义,也在于作家努力寻找传统儒学和现代性反思的结合点:通过对"宗族"记忆的恢复和重构,建立超脱于近代中国专制传统与启蒙势力之外的"第三种力量"。而这种力量更具稳定性和道德伦理优势。

二、暧昧的两性奇观:"再造传统"的现代焦虑

然而,我们能将这部小说看作儒学化宗族传统的"招魂"之作吗?《白鹿原》问世后,受到广泛好评,也遭到很多诟病。指责主要集中在两个方面:一是宗族传统与启蒙传统之间的碰撞;二是陈忠实想象中国传统形象的方式。有的学者称:"《白鹿原》在二十世纪即将结束

---

① 有论者指出,近代中国,土绅与团练结合,以"地方自治"为代表的现代性,不断冲击中央集权的乡土中国宗法制度,从而导致以"土"为特征的文化权威和社会权威的绅权体制化,变为了"士绅权绅化"。而这种地方自治,又在中国残酷的现代战争中被变异与破坏,变为士绅的"保甲"化,形成双重的专制,田福贤和鹿子霖就清晰地体现了这一悖论般扭结的现代过程。参见王先明:《变动时代的乡绅——乡绅与乡村社会结构变迁(1901—1945)》,北京:人民出版社 2009 年版。

② 〔德〕马克斯·韦伯:《儒教与道教》,王容芬译,北京:商务印书馆 1995 年版,第 221 页。

的年代为人们重构了一个陈旧不堪的没有半点思想深度的文化神话。"①有的认为,白嘉轩作为主体性人物,自身充满概念化和自相矛盾的地方。② 这些矛盾更多集中在作家对两性关系的构建上。有的学者坚称:"由于作家对传统儒家文化有意和无意的认同态度,造成了叙述者性别观念上的落后与保守,流露出比较明显的性别偏见。从叙述者对不同类型人物形象的情感态度与价值判断以及对两性关系的描写都呈现出明显的男权意识的痕迹。"③是什么使陈忠实在两性关系构建时,打破了儒学化宗族传统和现代启蒙之间的平衡呢?

陈忠实开始的创作动机,有强烈"写真实"的现实主义特征:"我很清醒地关注着,要尽可能准确地把准那个时代的人的脉象,以及他们的心理结构形态;在不同的心理结构形态中,透视政治的经济的道德的多重架构。"具体到两性关系,陈忠实还有清醒的认识:"这块土地既接受文明也容纳污浊。缓慢的历史演进中,封建思想、封建文化、封建道德,衍化成为乡约族规家法民俗,渗透到每一个乡社、每一个村庄、每一个家族,渗透进一代又一代平民的血液,形成一方地域上的人的特有文化心理结构。在严过刑法繁似鬃毛的乡约族规家法的桎梏下,岂容那个敢于肆无忌惮地呼哥唤妹倾吐爱死爱活的情爱呢?"④然而,传统文化庄严温暖的伦理力量、塑造史诗的野心,都使陈忠实不断调整价值尺度。"文化心理结构说"(其实是文化决定

---

① 袁盛勇:《〈白鹿原〉:回归传统的平庸》,《青海师范大学学报(哲学社会科学版)》2001年第1期。
② 孙绍振:《〈白鹿原〉在艺术上的破产》,《信息经济与技术》1996年第7期。
③ 曹书文:《〈白鹿原〉:男权文化的经典文本》,《河南师范大学学报(哲学社会科学版)》2004年第3期。
④ 陈忠实:《寻找属于自己的句子——〈白鹿原〉写作手记》,《小说评论》2007年第4期。

论)也间接地让他以儒家宗法文化"概念"去认同白嘉轩①,进而把概念作为恒定标准,渗入对两性关系的考量。一方面,他认识到小娥是封建宗法的受害者;另一方面,急于塑造卡里斯马型人物形象,重塑"民族国家秘史",又让他顾此失彼。与《祝福》中的鲁四爷、《狂人日记》中的大哥等"阴暗羸弱"的封建宗族形象形成对比,陈忠实刻意突出白嘉轩的"性能力",以此比附白在文化上的强悍,并将白嘉轩的伦理视角强加于小娥。这也反映了儒家宗法文化与现代性对接时"难以协调"的冲突。

  小说在白嘉轩这个主要人物身上陷入内在逻辑矛盾。与白嘉轩的高尚人格相比,作家却煞有其事地突出其"性能力",从而使人物思维显现出不可缝合的裂隙。开篇写道:"白嘉轩后来引以为豪壮的是他一生娶了七房媳妇。"六个女人的惨死,并没有在白嘉轩的心灵留下过多痕迹,相反却带来了他的"豪壮感",即"无与伦比"的"性能力"神话。他的目标,首先在于"发家",其次在传宗接代。女人不过是延续香火的工具,用"麦子和小牛犊"换来的家庭工具。他先以狡诈的手段骗取鹿子霖的风水宝地,又偷偷通过种鸦片给家庭带来财富。当上族长后,他努力维持权威,尽管"性能力"超群却从不"奸盗邪淫",始终对妻子之外的女性,保持高度克制。他将孝文赶出家,冷酷拒绝帮助孤苦的小娥,最终使她走上不归路。他的"伪善"还在于他与鹿三"和谐化"的主奴关系。黑格尔阐释过"奴隶与主人"的关系,在阶层争斗中,奴隶放弃了"甘愿为名誉而赴死"的勇气,主人则

---

① "'人物文化心理结构'学说。人的心理结构主要由接受并信奉不疑且坚持遵行的理念为柱梁,达到一种相对稳定乃至超稳定的平衡状态,决定着一个人的思想质地道德判断和行为选择,这是性格的内核……我在接受了这个理论的同时,感到从以往信奉多年的'典型性格'说突破了一层,有一种悟得天机茅塞顿开的窃喜。"陈忠实:《寻找属于自己的句子——〈白鹿原〉写作手记(连载三)》,《小说评论》2007年第6期。

充分体现"获得认可"的欲望。对这种关系进行美化,是建立在人性善论调上的对个体精神的否定。幼小的黑娃以敏感的心灵暴露了"温情脉脉"背后的不平等:"白嘉轩大叔总是一副大义凛然正经八百的样子,鼓出的眼泡总让人联想到庙里的神像。"黑娃对白嘉轩"腰杆子太直太硬"的抱怨背后是深刻的阶层区隔。白嘉轩对鹿三一家的关照,不过是"高高在上"的施舍和廉价的怜悯。

伴随对于男性主体的夸饰,必然引发对女性形象的贬斥。《白鹿原》有三种女性:一是兆鹏媳妇、仙草类贤妻良母;二是白灵等新式妇女;三是"荡妇",即违反乡约的妇女。兆鹏媳妇是封建礼教的牺牲品,一生守活寡,发疯而死。小娥是荡妇的代表,她挣脱不幸命运的努力,成了不守妇道的证据。然而,小娥变成鬼后的一番话,却暴露了她悲惨的境遇:"我没偷旁人一朵棉花,没偷拉旁人一把麦秸,我没骂过一个长辈人,也没揉戳过一个娃娃,白鹿村为啥容不得我住下?"杀人者鹿三没有因杀害无辜成为村民和白家眼中的罪人,反而成了功臣。白嘉轩对鹿三的责怪,也仅限于"一定要光明正大地处置她"。在对小娥的"同情"与"谴责"之间,作家彷徨不定,这种内在分裂,还体现在对白灵的刻画上。为了凸出现代性与乡土中国冲突的悲剧性,白灵被塑造成"不食人间烟火"的精灵与浪漫的叛逆者。

陈忠实归纳"写性三原则":"不回避,撕开写,不作诱饵。"[①]然而在具体文本操作中,陈忠实却堕入"奇观化"怪圈。这还集中体现在作家对"女鬼复仇"与"巫术传统"的描写上。"女鬼复仇"是中国传统文化对弱势女性在社会想象层面上的"代偿"。无论是《霍小玉传》《聊斋》中的《杏娘》,还是川剧《李慧娘》、目连戏《女吊》,女性总

---

① 陈忠实:《寻找属于自己的句子——〈白鹿原〉写作手记(连载五)》,《小说评论》2008年第3期。

在"死后复仇"中,控诉社会不公:"被压迫者的呼叫会招鬼神来复仇,特别是向那些逼人自杀、逼人忧苦、绝望而死的人复仇。这是官僚制与诉苦权在天上的理想化的投影,同样以这种信仰为基础,陪伴受害者那怒吼的民众巨大力量,能迫使任何当官的让步……有这种功能的鬼神信仰是中国唯一的,但是,却又是十分有效的正式的民众大宪章。"[1]《白鹿原》的女鬼复仇,民间正义却被"巫术化"了。巫文化是正统儒学的"阴性"补充,既能体现儒家文化的正统性,也在侧面补充儒文化对"天命"的解释。小说大量出现"巫"文化,如请法官抓鬼、焚骨埋塔、鬼附身、请神降雨等。它们被郑重其事地加以记录。那些在《小二黑结婚》中搞鬼骗钱的神汉,却被赋予"逆天"的悲壮意味。然而,小娥死后复仇的情节却被视为蛮横无理的要挟。两性关系的不平等,实际是封建宗法关系以伦理确定等级的重要方式,它通过对男女两性的等级划分,想象性地复制君/臣、主/奴、官/民之间的等级关系。对女性而言,认知记忆更多来自宗法对"性"的羞辱和惩罚。在作家的渲染中,"女鬼复仇"的合法性也被取消,沦为"性"的窥视与亵玩。

另外,我们还能看到"西方-中国"的隐秘象征关系。"白嘉轩-超级性能力-宗族文化-卡里斯马形象-文化复兴中国"的表征逻辑,将克己复礼的儒教与超级性能力相联系,不但表现作家急于表述民族国家主体的混乱,更暗含作家超越"西方他者"的"阉割焦虑",如拉康所说:"阳具能指示一切表象、观念及象征的前提……作为能指的阳具,既是象征又是事物本身,作为一种符号结构,它是一个独立的生命运动系统。他可以借助于转喻的中介,不断进行自我转

---

[1] 〔德〕马克斯·韦伯:《儒教与道教》,王容芬译,北京:商务印书馆1995年版,第222页。

换……在这种情况下,'父亲'不再是道德和社会规范的威权化身,而是作为一切象征性活动和阉割情结最终驱动力。"①以男性性能力象征民族文化主体的行为,蕴涵着深刻的"弱者情结"。

男性主体性能力神话,恰建立在民族国家内部女性失语的基础上。这种将弱势民族"性夸张化"的做法,怪诞地印证着优势民族的文化想象。法农指出,黑人在白人的想象中,从来都是色情狂和施虐狂,白人女性则成为受虐形象:"首先,对黑人有性虐狂的挑衅,其次,受重视的国家的民族文化对这种行为施加的惩罚使人产生犯罪情结。于是这种挑衅由黑人来承担,由此产生了受虐色情狂……不管怎么说,这是解释白人受虐色情狂行为的唯一方式。"②《白鹿原》中,男性之所以为"父",不仅在于他成为现代民族国家叙事的责任者,更在于他以压迫本民族女性为代价复制"中心-边缘""西方-中国"的秩序。鹿三死后,白嘉轩含着泪说:"白鹿原最好的长工走了。"朱先生死的时候,白嘉轩又说:"白鹿原最好的先生去了。"面对现代性冲击,白鹿精魂不可避免地雨打风吹去,历史留给了白孝文这种不择手段的"时代英雄"。这无疑也象征了树立"文化复兴现代中国"为核心的现代民族国家叙事合法性的难度。

三、进步还是翻鏊子:"传统想象"的价值悖论

《白鹿原》存在两种不同的"文化时空",并由此形成特定的文化仪式。一方面是"乡土时空",呈现出固定仪式感和永恒稳定性。小说对乡土时空的认同,大多通过文化意味的儒家宗族仪式完成。仪

---

① 〔英〕伊丽莎白·赖特:《拉康与后女性主义》,王文华译,北京:北京大学出版社2005年版,第9、10页。
② 〔法〕弗朗兹·法农:《黑皮肤,白面具》,万冰译,南京:译林出版社2005年版,第138页。

式是社会记忆的主要方式。这些宗族仪式,不仅成为宗族文化的表征,也成为小说的推动性情节。如康纳顿所说:"仪式操演包括在群体全套活动中的动作,不仅让操演回忆起该群体认为重要的分类系统:它也要求产生习惯记忆。"①这些儒家化宗族仪式大多具"教化"与"惩罚"功能,如求雨、驱白狼、驱鬼、铁刷刑罚、禁烟、禁赌、赈灾等,完整表现出乡土的稳定秩序性和伦理救赎。由此,也形成具"时间象征意义"的空间,即祠堂(白鹿村祠堂)、村庙(三官庙)、娱乐场所(村中心的戏楼)等。

另一方面,现代性时空被认定为一次次"话语更新"的恐怖力量。现代性历史时空与乡土时空有相通的空间场所,即祠堂、村庙和娱乐场所,但意义和功能却变了。现代时间不表现为线性进步,却表现为暴力恐怖、无秩序、无信仰。现代性历史破坏了儒教宗族文化的基本内涵,并将之变成现代暴力威权景观。祠堂神位被黑娃砸毁,村庙成了乡公所办公室,黑娃在戏楼铡了犯淫戒的和尚,田福贤在戏楼墩死贺老大。辛亥革命留给白鹿原村民的只是抢劫的火光和凄厉的枪声。朱先生后来在县志"历史沿革"卷最末一编"民国纪事"记下:"镇崇军残部东逃。过白鹿原,烧毁民房五十六间,枪杀三人,奸浮妇女十一人,抢财物无计。"黑娃和兆鹏带领着农会闹革命:"弟兄们!咱们在原上刮一场风搅雪!"田福贤反攻倒算,对共产党人大肆屠杀。一心抗日的鹿兆海却死在进攻边区的路上。黑娃惨死、兆鹏失踪,作恶的白孝文摇身变成革命功臣。白灵是现代性时间最具正面意义的人物,作家努力将她和兆鹏媳妇、小娥等乡土女性区别开来,并赋予她浪漫的生命激情。然而,她和兆鹏的爱情却有始无终。白灵最终

---

① 〔美〕保罗·康纳顿:《社会如何记忆》,纳日碧力戈译,上海:上海人民出版社2000年版,第108页。

也死于斗争。同时,小说还以"预叙"方式,介绍红卫兵对朱先生坟墓的破坏。朱先生"折腾到何时为止"的谶语,隐含令人触目惊心的文化事实:百年现代化进程,没有为民族国家带来稳定秩序和精神信仰,相反,走马灯般变幻的"政权"和"主义",使自然和谐的乡族信仰趋于崩溃。我们的文化成为翻云覆雨的"翻鏊子"。

然而,认识到现代性时空的破坏性,陈忠实走向了沉重的虚无,这也使得《白鹿原》传统记忆的重新发明,走向了内在的悖论与危机。他试图复活乡土中国的记忆,向往乡土中国的伦理信仰,却无法回避宗法文化对人性的摧残;他承认历史"恶"的推动作用,却不能在现代历史发展中看到"进步"的可能。总体而言,陈忠实的"历史同情"大于"历史理性"——他只能将历史归为"翻鏊子"的虚无。现代经济发展下,农村趋于转型为现代城镇与现代农场,儒家化宗族传统只能成为历史记忆,失去存在的实践基础。

有趣的是,同样是陕西作家,高建群的《最后一个匈奴》①,却努力展现陕北的"边缘异质性",宗法庄园成了"圣人传道偏遗漏"的野性自由之地。在对匈奴异族血统的野蛮化传奇中,陕西展现出"边地想象"气质。山东作家赵德发的《君子梦》②,则可以说是《白鹿原》的续篇。它描绘清末以来"律条村"的历史变迁,道德伦理意味更重。赵德发没有用儒家文化对抗西方现代性,而更注重儒家文化核心——"道德性"与现代理性的某些契合处。

当然,《白鹿原》对儒家化宗法传统的发明与重塑,又不仅是文化守成的"反现代性"。通常而言,后发现代化民族国家"反现代性"的文化守成主义,有将本民族文化精神化、纯粹化的倾向。西方现代文

---

① 高建群:《最后一个匈奴》,北京:作家出版社1993年版。
② 赵德发:《君子梦》,北京:人民文学出版社1999年版。

化则被理解为物质的、个人化的,自私冷漠的。① 但通过《白鹿原》的解读,我们发现,陈忠实对儒学宗法文化的"重新发明",恰说明了该小说的现代性宏大追求及其内在危机。《白鹿原》是寻根文学之后,民族国家意识的再一次"传统的发明"。很多批评家对 90 年代文化传统热抱有乐观态度:"寻根文学对传统文化起初是反思的态度,后来却陷入了暧昧与尴尬的境地,而九十年代以来的传统文化热的步子则相对显得轻快昂扬,对于传统文化复兴的态度也几乎是压倒性的肯定姿态。"② 但陈忠实不但难以真正"回归传统",也难以真正实现"传统的现代转型"。任何一种文化,当它一味试图自我证明,拒绝将自我放置于更广阔的"结构性关系",也就必然脆弱而可疑。

《白鹿原》见证了 20 世纪 90 年代,中国文学的现代民族国家叙事的冲动和困境。有论者说:"假如全球化将成为一个不可回避的现象,那么它就要通过殖民主义、民族主义和社会主义来实现,因为这三者都曾经是全球化产物并以某种方式为其成型做出了努力,或者像民族主义和社会主义那样甚至限制过它。"③ 塑造"地域性民族主体"和全球一体化,始终相互支持又相互背离。本尼迪克特·安德森分析东南亚历史遗迹时尖锐指出,殖民者通过对殖民地历史的假想和传播,将不可阻挡的"现代性"强加给当地社会。④ 霍布斯鲍姆也认为,"看似古老"的传统,如威尔士的民族服装、苏格兰高地传统,恰是"传统"不断被"现代"发明的结果。社会转型之际,是这类

---

① 〔美〕艾恺:《世界范围内的反现代化思潮——论文化守成主义》,唐长庚等译,贵阳:贵州人民出版社 1991 年版。
② 吴俊:《关于"寻根文学"的再思考》,《文艺研究》2005 年第 6 期。
③ 〔美〕阿里夫·德里克:《后革命氛围》,王宁等译,北京:中国社会科学出版社 1999 年版,第 9 页。
④ 〔美〕本尼迪克特·安德森:《想象的共同体:民族主义的起源与散布》,吴叡人译,上海:上海人民出版社 2003 年版。

"发明"最频繁的时候:"在以下情况中,传统的发明会出现得更为频繁:当社会迅速转型削弱甚至摧毁了那些与'旧传统'相适宜的社会模式并产生了旧传统已不再能适合的新社会模式的;当这些旧传统和它们的机构载体与传播者不再具有充分适应性和灵活性,或是已被消除时;总之,当需求方或供应方发生了相当大且迅速的变化时。"①我们在解读《白鹿原》时,也必须清醒看到《白鹿原》式对"传统的发明",不可避免带有现代性焦虑。

第二节 帝国记忆与大国想象:二月河的通俗历史小说

文学不仅体现文本与当下语境的意义关系,还注重对过往历史空间的展现。中国历史文化悠久,盛世大国的历史印记不断被重复书写。历史小说兴起离不开文学生成语境,它"在表现每个时间段的文学时,都包容和涵盖着这一人文空间中更有历时性特征的文化积淀内容"②。90年代中国处于改革发展时期,社会矛盾也相伴而生,改革热情与大国想象,在辉煌的帝国历史中找到了投影,帝王大刀阔斧的改革与清正廉明的政治,都为解决当下社会问题提供了精神资源。历史小说无疑成为作家寄寓时代思考和个人情感的最佳载体,历史题材长篇小说更掀起了创作热潮,姚雪垠的《李自成》(五部)、徐兴业的《金瓯缺》(四部)、凌力的《少年天子》《星星草》、蒋和森的《风萧萧》、杨书案的《孔子》等,大批长篇历史小说以新的文化意识观照历史,在宏大的政治风云中剖析历史的复杂,展现了新的美学特

---

① 〔英〕E.霍布斯鲍姆、〔英〕T.兰格:《传统的发明》,顾杭、庞冠群译,南京:译林出版社2004年版,第5页。
② 林希:《天津闲人(新时期地域文化小说丛书)》,北京:北京出版社1998年版,第1页。

质。二月河是历史小说创作的典型代表作家,他的帝王系列小说引起了极大关注。二月河原名凌解放,40岁开始创作,致力于构建"帝王大国"。他的"落霞三部曲",即《康熙大帝》(四卷)、《雍正皇帝》(三卷)、《乾隆皇帝》(六卷),因影视剧的改编与热播,一度使他名扬天下。《康熙大帝》《雍正皇帝》《乾隆皇帝》出版后获得河南省政府优秀文学艺术成果奖,并获得美国"最受欢迎的海外华人作家作品奖"。《雍正皇帝》曾获"八五"全国优秀长篇小说奖、全国优秀畅销书奖等。不可否认,二月河的系列历史小说契合了时代发展律动,在市场消费效应之下,在通俗文学与纯文学之中找到了立足点,成为一种典型的"有意味"的文学方式。本节深入二月河的帝王世界,以"落霞三部曲"为例,探讨其历史系列小说的文学生成语境及美学特质。

一、被压抑的民族国家想象

90年代历史叙事呈现普泛化趋势,这是社会环境与思想文化合谋的产物。20世纪从80年代转入90年代,市场经济成为一个不可回避的标签。冷战结束,国内经济体制改革,将个人推入了市场。中国适时地步入了世界经济新秩序,形成了"我们就在世界上"的自我认同感。中国现代化的发展,让统一的计划经济转向了自由的市场经济,个体性得到肯定。但站在无边的非中心的世界广场上,自我的失落感也相伴而生。肖鹰在《欲望中的历史——90年代中国小说的历史化叙事》中提出"就在世界上"的观点,并认为这同时存在一个悖论式情节:一方面"就在世界上"的本然状态,使中国找到一个与西方对峙的平衡位置;另一方面,"就在世界上"对中国自我实然状态的确认,"否定了以西方为目标的线性发展的绝对价值,发展并没有实现存在的本体价值的增值"①。市场经济的兴盛,为个体提供了无限发展的可能,但市场化转型后,以物化和量化为手段,又使个体受到极大压抑。因而在90年代,面对市场经济大潮,个体存在的瞬间感与无历史感成为文学的一种倾向。80年代,先锋文学以华丽的技巧,解构个人的历史性,在走向世界新秩序的道路上,它认为个人须自由且非历史化。90年代历史重构,则是对80年代的反思,为个人在广阔的世界舞台中寻求支点。因而对历史的书写成为大趋势,尤其是长篇历史小说。有意思的是,其中对清朝的描写不胜枚举,作家对清朝的推崇一直延续至今。

清朝是中国历史上的最后一个封建王朝,是中国几千年传统社会发展的最后高峰,对清朝的书写引发了人们的热情。这首先源于中国传统思想的"盛世情结"。"盛世情结"在中国传统思想文化中由来已久,朝代的更替、历史的兴衰成为评价历史阶段的标准,对盛世冠名,例如"文景之治""光武中兴""贞观之治""开元盛世""永乐盛世""康乾盛世"等,表现了中国人对太平盛世的推崇。清朝在社会发展繁荣方面确实超过了历朝历代,农业、商业、航海、手工业、政治、外交、思想文化等方面都取得了巨大成就,尤其是清朝长达百年的康乾盛世更是受后人称颂。康乾盛世作为距离当下最近、也是帝王时代最后的盛世,成为寄托盛世情结的历史时段,符合我们对国富民强、社会安定的盛世想象,也无疑成为文学创作竞相描绘的图景。清朝历经了极盛而衰的命运,二月河称其历史小说为"落霞系列",称康乾盛世像晚霞一样灿烂辉煌。在他的看法中,文化的完整性、封建社会制度的完整性,在康乾时期都达到了极致,乾隆年间,经济也达

---

① 肖鹰:《欲望中的历史——90年代中国小说的历史化叙事》,《浙江学刊》1999年第1期。

到了极致,有非常迷人的色彩,这是落霞的特点。其次是文化的腐朽性,太阳就要落山了,黑暗就要来了,这是不可逆转的发展趋势。清朝成为几千年来封建社会盛世而衰的缩影,印证了历史发展的必然规律。清朝也满足了当下改革的大国想象。90 年代大刀阔斧的改革如火如荼,但矛盾也相继凸显。面对社会现状,中国需要寻求历史支撑,而清朝,尤其是康熙、雍正、乾隆时代,帝王励精图治,国家昌盛,正是当下改革所追求的盛世投影,更能给予人民以改革期待。而清代盛世图景也在后人不断的书写与怀念中,被突出和强化了。

二月河的"落霞三部曲",描绘了开明专制的盛世大国图景。康熙皇帝八岁登基、智擒鳌拜、平定三藩,成就千古一帝;雍正皇帝九龙争斗,一举夺嫡,力排众议,坚持改革;乾隆皇帝则重用贤臣、整饬官吏,立志开创清王朝的极盛之世。康乾盛世国富民强,军事强盛,开拓疆土,无权臣之乱,无武将之患;社会矛盾相对缓和,人民生活安宁,安心生产;国家财政丰裕,雍正年间库存增至 6000 万两,乾隆时代常年库存 6000 万—7000 万两,"为国朝府藏之极盛"。① 这种盛世性,还集中体现在帝王的行政作风上。杜家骥在《论清朝在中国历史上的地位》中,剖析了清朝皇帝的贤明行政。清朝作为少数民族,入关之后极重视对汉文化的学习,皇室子弟更是从小培养,因而形成了文韬武略、勤政爱民的帝王家风,连续出现康熙、雍正、乾隆三代精明强干的帝王,在整个中国封建王朝发展史中都不多见。清朝皇帝严格管束后妃、外戚、太监、宗藩,实行秘密建储制度,避免了后宫政乱、藩王叛乱、结党内讧等现象。清朝皇帝还注意节俭,严惩贪污腐化,尽量压制皇族开支,为百姓减负。清皇族实行一次性圈拨赐田,范围

---

① 刘文鹏:《在政治与学术之间——20 世纪以来的"康乾盛世"研究》,《学术界》2010 年第 7 期。

仅限京畿,大大减少了明代贵族在全国广占庄田、兼并土地的现象,降低了社会矛盾,利于稳定生产。① 如同"落霞",康乾时代也具有众多社会矛盾,例如康熙时官吏贪污腐化,导致贪官盛行,"三年清知府,十万雪花银",贪污受贿蔚然成风。然而,皇帝多勤政,严惩贪污。雍正皇帝事必躬亲,在位十三年至少批发奏折2.2万件。② 皇帝为官吏作表率,力图倡导"为政者向廉恶贪、从善去恶"的朝政风气。雍正皇帝刚即位一个月,就清查国库,限令国库亏空者在三年内补足,否则严惩。因贪污腐败逮捕惩杀大批官员,国库得以充实,吏治为之一新。乾隆治理国家较雍正温和,但对贪官污吏也不手软,因贪赃被杀的二品以上大员达30人之多,府、州、县的下级官僚被杀者不计其数。③

90年代中国社会,正处于改革关键期,社会矛盾日益突出,人民渴望出现康乾盛世一样的辉煌,充满对自我的大国想象,同时对领导者也寄予期望,历史小说则是这种思想在文学中的投射。90年代,中国以改革为向导,在与西方对峙中,需要自我确认精神来源,这种支撑要依靠中国传统的、特有的思想文化,辉煌的历史无疑成为溯源的根本。同时,90年代启蒙的民族国家想象式微,甚至淡出,主流话语企图在新的语境下重构话语体系。王晓明认为中国人在20世纪90年代第一次丧失了方向感,"一九八〇年代,中国人是有方向的,这个方向就是改革,虽然各个社会阶层的人对改革的理解并不一致,但大体还能指向差不多的方向。但到了一九九〇年代初,巨大的挫折,人

---

① 杜家骥:《论清朝在中国历史上的地位》,《学习与探索》2001年第3期。
② 把增强:《清朝的腐败与反腐败》,《领导之友》2006年第1期。
③ 同上。

一下子被打懵了"①。二月河的"落霞三部曲"则在历史与现实之间找到了连接点。对于写作目的,作者认为是揭露封建社会制度的腐朽、残酷、虚伪和落后,"我们虽然已进入21世纪了,但我认为清除封建残余意识的任务并没有终结。比如小农意识、'官本位'意识、宗法观点、专制意识、等级观念等等,都是我们当今改革和建设的障碍。不彻底清除这些封建的残渣余孽,就会影响改革和建设的进程"②。进一步而言,作品暗合读者对时下改革的心理期待。近代以来,启蒙知识分子对封建制度的评价趋于负面,多推崇西方的政治制度,封建意味着落后,五四时期更不惜矫枉过正,以断裂的方式追求进步。90年代的文化场域,经历了先锋文学对历史的消解之后,自我的失落感、存在的瞬间感、渴望改革成功的心理期待,一起冒了出来。二月河系列小说在历史的讲述中渗透作家对当代社会的严肃思考,注重对重大事件及宏大场面的展现,以细节的真实,掩盖整体性价值的缺失。

二、通俗文学参与主流话语的建构

"落霞三部曲"营造的盛世图景与主流话语达成统一的态度,引起了大众心理共鸣。"落霞三部曲"也无意间参与了主流话语重建,成为90年代中国改革的注脚。随着市场经济的发展,自由的氛围导致文化阶层下移,大众文化应运而生,成为当代文化的重要关键词。它以城市工业化与消费社会为契机,以多媒体传播方式为支撑。大众文化与精英文化相对峙,是以通俗性为主导的市民文化,以消费

---

① 王侃、王晓明:《三足怪物、叛徒、谜底及其他》,《当代作家评论》2012年第1期。
② 泛舟:《二月河与他的笔下王朝——与著名历史小说作家二月河的对话》,《今日湖北》2004年第6期。

性、娱乐性为特征。大众文化也成为历史题材小说流行的重要推动力。主流话语在90年代也呈现出一种对大众文化、民间资源、通俗文学的友好倾向,"'盛世叙事'属于中国大众文化在全球化时代语境中关于现代民族国家的一种话语构建"①。二月河也认为作品的真正标准只有两条:它拥有不拥有读者;它拥有不拥有将来的读者。

二月河帝王系列作品的走红,与其通俗性倾向有关。首先,作品以帝王生活为线索,结合了民间传说、宫闱秘史等资源。中国人历来有对帝王英雄的崇拜情结,为帝王著书、为英雄立传,从神话故事中便初见端倪,从女娲后羿、刑天夸父到祭天求雨,对天神的崇拜一直延续,到了封建帝制时代,转为对帝王英雄的崇拜。意大利哲学家维柯在《新科学》中将历史划分为神的时代、英雄的时代和人的时代。②在中国古代,英雄的时代则更多体现在贤君名臣上,他们建功立业、除暴安良、励精图治、勤政爱民,帝王在百姓心中如神一般,是"天之骄子",若皇帝贤明,则天降祥瑞、风调雨顺、国泰民安,这些希冀都体现了对帝王的崇拜。"天高皇帝远",皇帝对于平民而言,更多的是符号化意象,在口口相传中,传承和演化出许多关于帝王的民间故事。中国封建帝王制度延续几千年,留下的历史资料浩瀚如烟秘史、野史的民间传说也不少,对此史学家无从考究,却成为文学家创作的资源,为其发挥想象保留了言说空间。因而历史小说杂糅了关于帝王的神话故事、秘史野史、民间传闻、微服私访等,吸引了大众眼球,契合了我们对时代改革的期许,同时也产生娱乐性阅读快感。

再者,在改革浪潮下,处处是机遇,从而营造了一个呼唤能者与英雄的时代氛围。二月河的帝王小说在投射时代境遇之下,也给予

---

① 范阳阳:《从二月河"落霞三部曲"看90年代文学场》,《小说评论》2014年第1期。

② 〔意〕维柯:《新科学》,朱光潜译,北京:人民文学出版社1986年版。

读者以鼓励,满足了读者对自我成功的想象。例如系列剧《康熙微服私访记》,康熙游历各地,体验商人、犯人等不同社会阶层的生活,在不同的故事中伸张正义、为民除害,塑造了一个生动鲜活、智勇双全的平民皇帝。百姓心中居深宫的天子变为有道德正义感、平民心,又逃不开儿女情长的鲜活英雄形象。二月河的帝王小说也如此。例如康熙在《夺宫初政》中智斗鳌拜,《惊风密雨》中平定三藩,《玉宇呈祥》中西平葛尔丹、收复台湾,《乱起萧墙》中的皇位之争,都塑造了一位所向披靡的神化皇帝。在《雍正皇帝·九王夺嫡》中也对其称赞:"(康熙)他精算术、会书画、能天文、通外语,八岁登极,十五岁庙谟独运智擒鳌拜,十九岁乾纲独断,决意撤藩,大下江南,三征西域,征台湾,靖东北,修明政治,疏浚河运,开博学鸿词科,一网打尽天下英雄——是个文略武功直追唐宗宋祖,全挂子本事的一位皇帝!"①雍正在历史上是一个争议很大的帝王,背负着弑父逼母、谋害兄弟的骂名,而在《雍正皇帝》中,他励精图治、勤政爱民、整饬吏治、巩固边防、发展生产,是一代贤君。在时代背景营造中,对清末"重本抑末""海禁""文字狱"等涉猎极少,将历史简单化、人物神化,以此满足大众文学盛行之下的英雄想象。

最后,二月河的帝王系列小说作品融入武侠、宫斗、情感、公案等通俗元素。二月河研究红学出身,古典小说传统在其作品中打下了烙印:章回体叙事结构、古朴精练的语言,尤其体现在情节设置中,故事一波三折,吊足了胃口。例如《康熙大帝·夺宫初政》中,鳌拜企图弑君谋反,康熙与其斗智斗勇。鳌拜探听康熙行踪,企图行刺转而嫁祸于人,明珠被绑架、翠姑挡驾、穆里玛围店、吴六一办饼会、老太师

---

① 二月河:《雍正皇帝·九王夺嫡》,武汉:长江文艺出版社 2009 年版,第 61 页。

落入法网、小毛子杀贼立功,最终康熙智擒鳌拜。情节环环相扣,跌宕起伏。在紧张之余,作者又穿插伍次友与苏麻喇姑的恋情,使故事张弛有度,充满张力。宫斗、武侠等多种元素杂糅,作品的情爱描写也受到争议,伍次友与苏麻喇姑、李云娘等复杂的感情,雍正与引娣母女的乱伦恋情,乾隆与棠儿、王汀芷的风流韵事,刘墨林与苏舜卿、周培公与阿锁的爱情悲剧,这些情爱描写在严肃历史正剧基础上,增添了卖点噱头,更契合大众阅读娱乐化倾向,虽有"讨好"之嫌,但也因此拥有了惊人的销售和阅读量。二月河的帝王系列小说在摘取重大历史事件基础上融入了通俗小说质素,展现了宫廷生活、市井景观、儿女情长,融武侠、宫斗、情感于一炉,绘制了康乾百景画卷。

三、雅俗共赏的暧昧呈现

结合影视剧改编,二月河名声大噪,电视剧收视率飙升,书也不断再版,甚至盗版盛行。相比于作品的热销,二月河却遭遇了受众与评论的二重分野,在获得读者认同的同时,也饱受研究者的争议,对其作品的评价褒贬不一。中国社会科学院文学研究所研究员蔡葵认为:"在涉笔清朝这段历史上,二月河是要什么有什么,在这一点上,他可能是小说家里头最具历史家品格的。"评论家丁临一认为:"《雍正皇帝》可以说是自《红楼梦》以来,最具思想与艺术光彩,最具可读性同时也最为耐读的中国长篇历史小说,称之为五十年不遇甚至百年不遇的佳作并不为夸张。"①同时,也有评论家提出了异议,齐裕焜认为其作品故事选择杂乱,部分情节荒诞,情爱描写较粗俗。② 王增

---

① 冯兴阁等主编:《聚焦"皇帝作家"二月河》,广州:广东人民出版社2003年版,第2页。
② 齐裕焜:《二月河"清帝系列"小说得失谈》,《福建师范大学学报(哲学社会科学版)》2000年第2期。

范也认为整体较为粗俗,太江湖化,部分情色描写过分,"个别段落完全上不了台面,是属于典型的色情文学的东西,用在这么正规的题材上面不伦不类"①。历史从某种角度而言,都是虚构性的,在创作中作者会依据创作需要使历史人物性格塑造有自我倾向性,在娱乐时代,封建帝王可能成为享乐主义的代表,为大众所羡慕。这是被特定意识形态构造出的历史,是商业主义裹挟下的娱乐化历史,游离于传统意义的精英文化范围之外,与严谨的客观历史主义相背离,因而受到诟病。童庆炳认为历史题材文学创作有五个向度:首先是历史观问题,要从长远的历史大潮中洞察是非功过;再者是历史真实的问题,"是活的现实把死的历史唤醒";在价值判断的问题上,不能将复杂的历史过于简单化与偶像化;要注重历史题材文学与现实的对话,"尝试着了解过去是为了更清楚地观察现在和未来";在历史题材文学的文体审美化问题上,作家既要把陈旧的、死的历史写活,同时又要有自己的创作个性。② 我们以此反观二月河的"落霞三部曲",固然有其不足之处,但总体而言,它又是纯文学发展的产物。从某种角度而言,它摆脱了宏大政治对历史叙事的控制,而在实证性和真实性上,二月河的写作更贴近真实,人物复杂深刻,无论是人性的幽暗,还是人性的光明,都比以往的历史小说更复杂。

二月河一直以史学家标准要求自己,查阅了大量史料,对清朝社会全景了然于心:"上至帝王之尊,下到引浆卖车之流……还有对这一时期政治、经济、文化全方位的掌握、理解。那时,一斤豆腐多少钱,我都知道,还有纯度10%的银子到99%的银子怎么识别,皇帝一

---

① 王增范:《二月河清帝系列小说的缺陷》,《中州学刊》2006年第6期。
② 童庆炳:《历史题材文学创作五向度》,《清华大学学报(哲学社会科学版)》2012年第2期。

年360天,什么时辰穿什么衣服,这都需要从查资料开始。"①充分的资料准备为其创作打下了基础,作品在环境、人物角色设定、历史常识等方面,营造了真实浓郁的清代历史氛围。语言上既有古典小说韵味,又符合现代人审美习惯,并引入大量诗词歌赋、民谚民谣,代入感极强。在"历史真实"创作原则之下,又不为正史与权威所拘束,融入了自我理解,勇于大胆地进行艺术创造。其次,二月河研究红学出身,深谙中国传统文化精髓。在写实基础上融入大量中国传统文化质素,使其与一些浅薄的通俗文学拉开了距离。对于歌颂专制皇权的指责,二月河这样说:"我不是在歌颂皇权,而是在揭露专制,不是在美化皇帝,而是形神兼备地写出了即便如康、雍、乾这样有作为的圣明天子也医治不了制度酿就的痼疾,挽救不了封建专制的最终灭亡。三部书都是悲剧,历史的悲剧,民族的悲剧。三部书都是挽歌,唱给两千年封建社会的最后的凄美挽歌。"②他认为"爱国"是我们应从中汲取的,在此前提下,他塑造了从帝王群臣到知识分子的人物群像。帝王形象的塑造中,他重视其政治才能与道德力量,倡导帝王宅心仁厚、体恤民情。受中国传统儒释道文化影响,帝王有"修身,齐家,治国,平天下"的气魄和胸襟,这种质素深融于个体人物血脉之中。以纪晓岚、高士奇、周培公、刘墨林为首的朝臣,学富五车、无书不通,才思敏捷、机智幽默,却又放浪不羁、恃才傲物,有魏晋名士风骨。除了帝王朝臣形象,二月河的历史小说还塑造了一批文人形象,这批文人受传统文化滋养,成为帝王之师,言谈举止间显露儒雅之风,凭借过人才能协助帝王成就霸业,更通过他们探究封建帝王理政之术,他们代表着古代文人典范。伍次友、邬思道、方苞等,辅助帝

---

① 泛舟:《二月河与他的笔下王朝——与著名历史小说作家二月河的对话》,《今日湖北》2004年第6期。

② 同上。

王,成就个人理想。但在满族当权的世道里,又深谙"伴君如伴虎"之理,时刻居安思危。功成名就之际,适时隐退,不贪恋名利。伍次友浪迹江湖,后遁入空门;邬思道归隐山林,远离世俗;方苞辞官归隐,不问朝事。他们虽满腹经纶,但终究选择归于平静,暗喻了中国传统知识分子的悲剧命运。

二月河的帝王系列历史小说,是中国90年代历史小说创作的典型,通过对清朝盛世的描绘,解放了被启蒙压抑的现代民族国家想象,在大众文化、市场消费的推动作用下,在纯文学创作的基础之上,添加了通俗文学质素。同时,它暗合了主流话语的重构体系,由此展现了90年代中国改革浪潮下的大国想象。

结语

"无法终结"的宏大叙事

关注即意味着危机的出现。对宏大叙事问题的讨论,反映了人们对"现代性"这一宏大历史主题的普遍怀疑。二战之后,伴随着消费社会形态的发育,特别是全球一体化进程,新自由主义盛行一时。社会科学领域对"宏大"现代性的反思也在加剧。一方面,阿多尔诺、马尔库塞、詹姆逊、伊格尔顿、哈贝马斯等西方新马克思主义学者,或者说,有左翼倾向的学者,在继承马克思、卢卡奇传统的基础上,坚持对资本主义的批判。这种左派的激情,在60年代法国学生运动中达到顶峰,并逐步走向衰落;另一方面,众多思想流派,都表现出对于现代性宏大叙事的质疑,例如以利奥塔尔、哈桑、罗蒂为首的后现代主义,以福柯、德里达、拉康为首的解构主义,以罗兰·巴特、齐泽克为代表的后结构主义,以萨依德、霍米·巴巴为代表的后殖民主义,以布迪厄、斯图亚特·霍尔为代表的新文化研究流派等,都或多或少表现出这种倾向。

在小说领域,这种危机首先表现在现实主义遭到了广泛质疑。现实主义小说不是对神话世界的模仿,而是对世俗世界的"模仿",以此创造出写"真实"的"镜子"般的文本世界。现实主义以对作者身份的"隐藏"为代价,压制小说的"虚构性",使作品找到了超越普通文类的巨大合法性。小说被当作"一面镜子",然而却是以"客观"与"理性"支配的"镜子"。这面镜子可以完美再现世俗世界。现实主义小说叙事的最大缺陷,即先验的、理性的主体,代替了具体的、经验的、复杂的"个人主体"。对此,安敏成说:"现实主义小说可以看作是这样一项探索:探索意识如何将外部现实转化为语言结构,以及如何借助偏见理解世界,或者更准确地说,探索外部现实如何纠正、重设这些偏见。"[1]存在主义小说,无论萨特的《恶心》,还是加缪的《鼠疫》、卡夫卡的《城堡》,都将人的生存与世界的荒诞联系在一起,透露出对理性世界秩序的质疑。美国颓废派小说,如凯鲁亚克的《在路上》,再次引发小说界非理性、神秘浪漫主义的盛行。经典现实主义原则被众多作家所怀疑,并引发了一系列小说观念革新。更重要的是,传统现实主义表征"宏大叙事"的野心在消退。再没有雨果和巴尔扎克那样"百科全书式"的作家了。无往不胜的现代性宏伟叙事,也在第二次世界大战的毁灭性打击之中,陷入了理论困窘。小说的时间性特征变得模糊,特别是因果律的作用逐渐被改变。小说呈现

---

[1] 〔美〕安敏成:《现实主义的限制——革命时代的中国小说》,姜涛译,南京:江苏人民出版社2001年版,第11页。

的,不再是线性进化的世界,而是"凝滞的世界",是更具象征意义的、心理空间化的"时间团"。比如福克纳的约克纳帕塔法县、马尔克斯的马孔多小镇、卡夫卡的城堡。这并不是简单的"心理描写"小说的扩张。传统现实主义小说,心理描写一直是社会客观化的一种方式。准确把握人物心理,是为了塑造活灵活现的人物,进而表征历史进程中"特定社会关系"与"特定时代氛围"。意识流小说出现后,空间性逐步代替时间性成为小说新品格。认识外部世界不那么重要了,重要的是认识"自我"。故事时间和叙事时间、文本时间之间,存在诸多断裂与变异。现实世界与文本世界距离越来越大,物理时间跨度则被心理时间跨度统治。"漫长的叙事话语不是出于历史现实本身的需要,而是由于写作主体自身的内在要求。"①

然而,这时期的小说虽有抽离现实经验的内心化倾向,但依然没有完全失去宏大诉求。它对人类荒诞处境的描绘、对人类内心分裂的刻画,依然有追求"深度""隐喻性""整体性"等宏大叙事特征。只不过这种叙事经验不再展现一个有乐观进步规律的宏大世界,而是一个荒诞破碎的世界、一个绝望孤单的自我。

现代小说中宏大叙事的危机,更在于经济全球化消蚀了叙事讲述特定区域人类生存经验的内在冲动。在丰富的物质面前,科技理性逐步改变了原有的进步、启蒙、阶级等意识形态内涵,将之降为微观性的政治存在,从而加剧了小说文本内表征宏大叙事的难度,更破坏了现代小说内部的叙事准则,比如能指与所指之间的基本确定性、通俗与纯文学的界限消失等。这种情况进一步发展,导致了"后现代主义小说"的出现,比如新小说派作家(如克罗德·西蒙、罗伯·格里耶等)的作品,普鲁斯特的《追忆似水年华》、巴塞尔颠覆经典的戏仿

---

① 路文彬:《90年代长篇小说写作现象分析》,《文艺争鸣》2001年第4期。

小说（如《白雪公主》）、艾柯的《玫瑰之名》等，都可以归为此类。麦克·黑尔在《后现代小说》中提出认识论小说(epistemological fiction)和本体论小说(ontological fiction)的区别。①"认识论小说"是现代主义小说，小说有认识现实世界的作用；后现代主义小说是"本体论小说"，它除了小说本身以外没有任何所指。后现代理论家们认为，哲学的语言学转向才有可能真正剥离宏大叙事对现代小说的绝对控制。小说的"深度""难度""整体性"慢慢消失，小说的痛苦与分裂体验也在消失，小说的空间化、心理化程度则在加剧。

　　小说宏大叙事解体，首先表现在小说叙事功能的弱化。一方面，小说叙事能力减弱，现代社会对信息有效性的追求，使得文学叙事被新闻等媒介替代："如果说讲故事的艺术已变得鲜有人知，那么信息的传播在其中起了决定性的作用。"②另一方面，小说屈服于"故事"消费能力的诱惑，为迎合读者而存在，叙事变成了一种泛滥的文化消费因素："叙事不仅限于文学——日常生活中经常被引用的叙事例证有电影、音乐录像片、广告、电视和报纸新闻、神话、绘画、唱歌、喜剧连环画、笑话……"③这种小说叙事能力的衰败令人触目惊心，它不仅解构了宏大叙事，且颠覆了小说作为一种叙事文体的合法性："叙事产生于我们关于世界的经验和我们用语言描述该经验的努力之间，它'不断用意义来替代被叙述事件的简单副本'。所以，叙事能力

---

① 王钦峰：《后现代主义小说论略》，北京：中国社会科学出版社2001年版，第123页。
② 〔德〕瓦尔特·本雅明：《讲故事的人》，见《本雅明文选》，陈永国、马海良编，北京：中国社会科学出版社1999年版，第296页。
③ 〔英〕马克·柯里：《后现代叙事理论》，宁一中译，北京：北京大学出版社2003年版，第3页。

的缺失或对它的拒斥,必然意味着意义本身的缺失或遭拒斥。"①

其次,后现代小说追求"纯文学性"的话语权冲动,"阉割"小说表征现实的宏大化能力,将小说变成自呓的、想象性的游戏。为区别于其他传播方式,为了在表征领域获得文学权力,小说必须强化自我主体性,即某种纯文学性。这种激烈的策略,也反过来加剧了小说的危机。小说对现实经验的放弃,以对个人的内心复杂空间无限的拓展为目标。它不是为了追求"理解"而存在,也不渴望读者与作者的沟通,而是为了成为展示个体复杂性的舞台,一个"可写的创作",一个没有确定答案的语言魔方游戏。如克罗德·西蒙的《弗兰德公路》,脱离故事时间束缚,通过叙述者角度变化、"时间点"的延留,以及时空线索的交叉融合,扩大时间容量,破坏线性时间因果链条,进而将"负载意义"的故事,变成一个个静态漂浮的、空间化的"叙事谜团",万花筒般变幻不定的图像。我们不能从一些确定的主题出发(人道主义、道德伦理等)来考虑人物与作品的内涵。一切都捉摸不定、光怪陆离,如同梦中的幻象与呓语。一方面,这种小说类型特点的出现,是原有现代小说宏大叙事分裂的产物,统一而严肃的叙事主题,不再出现在小说中;另一方面,它也不可避免地是现代人类追求主体性、塑造自我的必然选择。一个无所不在的现代性神话,带来的不仅是高度的物质享受,且是可怕的战争灾难和自然界的疯狂报复。人类利用现代小说表征现代性叙事征服外部世界的雄心,便会自然地转变至追求内在超越性。同时,消费社会的发展也是一个重要因素。那些追求认可的欲望,沉溺于想象性符号的消费,不但使"最后的人"(福山语)将宏大叙事的能指转化为漂浮在空中的碎片,且使

---

① 〔美〕海登·怀特:《形式的内容:叙事话语与历史再现》,董立河译,北京:文津出版社2005年版,第2页。

追求现代文学话语权力的努力,都在"纯文学性"消费陷阱之中坠入衰落的深渊。

然而,我们可以根据西方现代小说宏大叙事的解体,简单判断90年代后的中国小说不存在"宏大叙事"吗?显然,将后现代理论简单套用于发展中国家,即使是很多西方理论家,也对此持否定态度①。宏大叙事的冲动是人类"获得认可的欲望"的理性表达。人类渴望通过精神性来超越生存欲望,追求宏大而庄严的抽象命题。无论启蒙叙事,还是民族国家叙事,都是人类迈向现代社会必须经历的"精神性"冲动。为了获得认可,人类借助科技进步,不断创造出自由、民主、国家等诸多理性宏大主题,并甘愿为之付出生命。然而,当民主自由的政治体制与民族国家政权确立之后,"获得认可的欲望"就会衰退,并渐渐将人类变成没有抱负的"最后的人"——也是自私的、个体的人。

对中国而言,福山"历史已终结"的判断并不适合。革命叙事的影响仍然存在,统一大业也未最后完成。在人口庞大、地理广阔、历史悠久、工业化进程尚未完全实现的国家而言,宏大叙事的冲动,依然是强烈的"获得认可的欲望"。同样,针对90年代中国小说创作,后现代的宏大叙事解体论存在着某种理论错位。例如,不少学者曾试图运用解构主义理论对80、90年代中国先锋小说进行阐释,然而,他们的表述存在隐含矛盾。一方面,他们欣赏后现代主义远离政治的话语独立姿态,"这不仅是个人表白权利的更新,同时是文学和理

---

① 如佛克马指出:"但是,毋庸否认,后现代主义作家表现出对无选择性(non-selection)技法的偏好,而这一点似乎正是十分顺应经济兴盛的形势。西方文化名流的奢华生活条件似乎为自由实验提供了基础。但是后现代对想象的要求在饥饿贫困的非洲地区简直是风马牛不相及的,在那些仍全力获得生活必需品而斗争的地方,这也是不得其所的。"见〔荷〕佛克马、伯顿斯编:《走向后现代主义》,王宁等译,北京:北京大学出版社1991年版,第2页。

论话语更新的起点:话语经受了巨变,从被政治权力绝对控制的环境中移植出来,被解放的话语可以说是自存自在""就像摆脱政治的人将屁股对准了政治的父亲"。① 陈晓明指出:"本土的政治权力结构有足够的能量压制这种渗透,外来文化的影响所起到的政治功用可以忽略不计,因此,在这里的根本对立是个人写作与政治承诺之间的冲突。如果说这也是一种寓言的话,那么这是关于个人生存方式逃避政治承诺的寓言。"②这种解构本身蕴涵着建构成分。另一方面,这种焦虑不得不借助现代性宏大话语——即便对现代性的解构也是如此。无论远离还是批判,90 年代文学的后现代主义实践,都蕴涵着追求理论方法平等的焦灼,无法摆脱第三世界国家学术"他者化"的命运。

也许,这正是宏大叙事问题在中国文学中的症结所在。无法断裂的断裂性、个体与群体性对立的误读、理论和实践的错位、重建宏大叙事的冲动,都使得"中国式宏大叙事"建构成为可能。在现代性发育的历史过程中,中国正在经历与西方类似的现代性宏大化整合,对物质幸福与自由民主的追求,从没有因为地域差异而存在本质不同。而中国独特的现代性经验、宏大化的整合,却带有鲜明的中国烙印,甚至可称为"中国现代性"或"中国式宏大叙事"③。我们不能简

---

① 陈晓明:《解构的踪迹:历史、话语与主体》,北京:中国社会科学出版社 1994 年版,第 15、9 页。
② 同上书,第 14 页。
③ 如张未民提出"中国现代性":"现代性"话语体现了"宏大叙事"的偏好,一种无所不包、普遍主义的、抽象的"现代性"理念广泛弥散,传统理论的抽象人性概念的所有魅力……固然我们可以毫不犹豫地承认,现代性就其本性而言从来都是宏大叙事性质的,是带有普遍主义逻辑的全球化实践,它不是哪个国家和地域性的活动,乃是如布莱克所说的"一场人类伟大的革命性转变"……然而在这里承认普遍主义的"现代性",并不能导致我们给予现代性理论以过高的估价,因为我们遭遇的现代性往往都是现实性的、具体的、实践过程中的。张未民:《中国"新现代性"与新世纪文学的兴起》,《文艺争鸣》2008 年第 2 期。

单对"中国现代性"的复杂构成进行道德评判,"中国经验"使得中国小说的宏大叙事,没有出现与西方同步的"解体",而是沿着自己的轨迹继续生成新的"现代性宏大叙事"。生成与消亡共存,解构与建构并置,革命、启蒙、国家民族叙事的整合,都使得中国的宏大叙事表述,既有国家民族意志的强力合法性整合,又有后现代消费文化的消解,既有古怪的组合方式,又蕴涵着新的现代性活力。

  本书的分析中,20世纪90年代小说的启蒙叙事,在"反思"和"有限个体性原则"上,呈现出"悖反相合"状态。启蒙叙事不但继续反思中国文化封建性,且在个体立场上将之与"反思启蒙"结合。一方面,这些作品对宏大叙事无情反讽和解构;另一方面,它们也充斥着对革命、国族叙事、集体性启蒙的留恋和怀念。同时,小说的民族国家叙事则服务于建构"文化复兴现代中国"的形象。90年代主旋律小说虽然表现形态多样,但按照远近亲疏关系则可组成三个同心圆,依次将新改革小说、新军旅小说、新现实小说和新官场小说组织起来。各种主旋律小说内部也体现着这种结构性。这种"开放性权力关系"不但稳固树立了话语系统,反映了"文化复兴现代中国"主题,也表现了多声部合奏的有中国特色的"民族国家叙事"。民族国家叙事还在空间建构上不断丰富,阿来《尘埃落定》带来的边地想象与奇观,王安忆《长恨歌》、卫慧《上海宝贝》对"城市中国"形象的勾勒,以及《曼哈顿的中国女人》《扶桑》《乌鸦》等"异域中国形象"的构成,都拓展了我们的认知体验,共同服务于"多民族统一的现代中国"的国家形象定位。而在时间维度上,民族国家叙事则有效复活了传统文化记忆,重新审视了百年来的现代中国历史。

  这种悖论性的宏大生成状态,在21世纪的中国小说中表现得也非常明显。周梅森、张平、张成功、都梁、张宏森等主旋律作家的创作,掌握着越来越多的符号资源,成为主流政治合法性的证据。贾平凹、莫言、张炜、余华、王安忆、迟子建、铁凝等一大批作家都创作出一批有中国特色的"文化宏大史诗"。《秦腔》《生死疲劳》《兄弟》《笨花》《额尔古纳河右岸》等一系列作品,都似乎在印证"中国宏大叙事从未死亡"的说法。然而,新的宏大化却又面临诸多挑战,特别是网络文学的迅猛发展,已出现了大规模类型化倾向,玄幻、灵异、穿越、都市、校园等诸多类型的蓬勃生长,不但挤压了纯文学的生存空间、抢夺了文学读者,且深刻改变了人们对文学的看法。如"故事"不再是"宏大叙事"的支配性技法,而是作为独立的世俗性价值而存在,并以此凸现文学的消费功能。网络文学中,读者成为唯一的标准,"故事"成为最重要的文学品质。在对"故事性"的追求中,很多宏大化概念或被有效地加以规避,或化为引发观众共鸣的潜在背景,如很多网络穿越小说中对民族国家叙事的弘扬。这种做法带来了双重效应:一方面,导致现代性宏大叙事的发展;另一方面,宏大化的纯文学表述更难以为继。

同时,如果脱离当代中国的具体语境,宏大叙事的消亡也应引发我们警惕与深思。宏大叙事的消亡绝不是人类的福音。宏大叙事的消亡标志着人类"获得认可欲望"的丧失,进而标志着人类精神的萎缩。更可怕的是,当宏大叙事趋于消亡,人类就会为自己创造新的"宏大叙事神话",人类不是走向了终极幸福,而极有可能走向毁灭,甚至是"原始化"。正如福山表述:"人们从共同体生活的衰落中得到启迪,未来我们很有可能成为无忧无虑的、专心于自身利益的最后之人的危险,他们除了个人安乐外缺乏任何精神追求。但也存在着一种相反的危险,如可能回归到为毫无意义的名誉而进行血腥战斗的最初之人,尽管只能使用现代武器。实际上,这两种危险相辅相成,都是因为'优越意识'没有得到固定而且积极的宣泄渠道造成的,优越意识失去宣泄渠道就只会以一种极端的、变态的形式重新出现……历史告诉我们,如果人不能为了一项正义的事业而斗争,即使因为这项正义的事业在上一代已经取得了成功,那么他们也会与这项正义的事业做斗争。他们为了斗争而斗争。换言之,他们为了摆脱某种无聊而斗争:因为他们无法想象生活在一个没有斗争的世界中。"①在我们对20世纪90年代中国小说宏大叙事的考察中,可以发现,当人类的某种思维朝向了总体性、内在深度、历史性、普世性,就可能变成宏大叙事。

因此,无论是90年代中国小说,还是普世意义上的人类精神性追求,宏大叙事的相关问题都值得我们进一步深思。

---

① 〔美〕弗朗西斯·福山:《历史的终结及最后之人》,黄胜强、许铭原译,北京:中国社会科学出版社2003年版,第370、372页。

参考文献

1. 〔古希腊〕亚里士多德:《诗学》,陈中梅译,北京:商务印书馆,1996。
2. 〔德〕黑格尔:《历史哲学》,王造时译,上海:上海书店出版社,1999。
3. 〔法〕古斯塔夫·勒庞:《乌合之众——大众心理研究》,冯克利译,北京:中央编译出版社,2000。
4. 〔法〕让·弗朗索瓦·利奥塔尔:《后现代状态:关于知识的报告》,车槿山译,北京:生活·读书·新知三联书店,1997。
5. 〔美〕马歇尔·伯曼:《一切坚固的东西都烟消云散了——现代性体验》,徐大建、张辑译,北京:商务印书馆,2003。
6. 〔美〕伊恩·P. 瓦特:《小说的兴起》,高原、董红钧译,北京:生活·读书·新知三联书店,1992。
7. 〔法〕热拉尔·热奈特:《叙事话语 新叙事话语》,王文融译,北京:中国社会科学出版社,1990。
8. 〔日〕柄谷行人:《日本现代文学的起源》,赵京华译,北京:生活·读书·新知三联书店,2003。
9. 〔美〕海登·怀特:《后现代历史叙事学》,陈永国、张万娟译,北京:中国社会科学出版社,2003。

10. 〔美〕艾恺:《世界范围内的反现代思潮——论文化守成主义》,贵阳:贵州人民出版社,1991。

11. 〔法〕列维-斯特劳斯:《结构人类学:巫术·宗教·艺术·神话》,陆晓禾、黄锡光等译,北京:文化艺术出版社,1989。

12. 〔美〕马尔库塞:《单向度的人——发达工业社会意识形态研究》,刘继译,上海:上海译文出版社,2006。

13. 〔荷〕D.佛克马、〔荷〕E.蚁布思:《文学研究与文化参与》,俞国强译,北京:北京大学出版社,1996。

14. 〔美〕丹尼尔·贝尔:《意识形态的终结》,张国清译,南京:江苏人民出版社,2001。

15. 〔美〕本尼迪克特·安德森:《想象的共同体:民族主义的起源与散布》,吴叡人译,上海:上海人民出版社,2003。

16. 〔美〕马泰·卡林内斯库:《现代性的五副面孔:现代主义、先锋派、颓废、媚俗艺术、后现代主义》,顾爱彬、李瑞华译,北京:商务印书馆,2002。

17. 〔美〕华莱士·马丁:《当代叙事学》,伍晓明译,北京:北京大学出版社,2005。

18. 〔美〕戴卫·赫尔曼:《新叙事学》,马海良译,北京:北京大学出版社,2002。

19. 〔美〕格里德:《胡适与中国的文艺复兴——中国革命中的自由主义(1917—1937)》,鲁奇译,南京:江苏人民出版社,1989。

20. 〔美〕阿瑟·阿萨·伯格:《通俗文化、媒介和日常生活中的叙事》,姚媛译,南京:南京大学出版社,2000。

21. 〔英〕罗德里克·马丁:《权力社会学》,丰子义、张宁译,北京:生活·读书·新知三联书店,1992。

22. 〔英〕约翰·B.汤普森:《意识形态与现代文化》,高铦等译,南京:译林出版社,2005。

23. 〔英〕大卫·麦克里兰:《意识形态》,孔兆政、蒋龙翔译,长春:吉林人民出版社,2005。

24. 〔英〕安东尼·吉登斯:《社会的构成:结构化理论大纲》,李康、李猛译,北京:生活·读书·新知三联书店,1998。

25. 〔法〕保罗·利科尔:《解释学与人文科学》,陶远华等译,石家庄:河北人民出版社,1987。

26. 〔美〕汉娜·阿伦特:《论革命》,陈周旺译,南京:译林出版社,2007。

27. 〔法〕路易·加迪等:《文化与时间》,郑乐平、胡建平译,杭州:浙江人民出版社,1988。

28. 〔英〕格鲁内尔:《历史哲学——批判的论文》,隗仁莲译,桂林:广西师范大学出版社,2003。

29. 〔以〕艾米娅·利布里奇、〔以〕里弗卡·图沃-玛沙奇、〔以〕塔玛·奇尔波:《叙事研究:阅读、分析和诠释》,王红艳主译,重庆:重庆大学出版社,2008。

30. 〔英〕特里·伊格尔顿:《后现代主义的幻象》,华明译,北京:商务印书馆,2000。

31. 〔英〕霍布斯鲍姆:《极端的年代:1914~1991》,郑明萱译,南京:江苏人民出版社,1998。

32. 〔美〕莫里斯·迈斯纳:《毛泽东的中国及后毛泽东的中国》,杜蒲、李玉玲译,成都:四川人民出版社,1992。

33. 〔美〕弗朗西斯·福山:《历史的终结及最后之人》,黄胜强、许铭原译,北京:中国社会科学出版社,2003。

34. 〔美〕罗丽莎:《另类的现代性——改革开放时代中国性别化的渴望》,黄新译,南京:江苏人民出版社,2006。

35. 〔美〕安敏成:《现实主义的限制——革命时代的中国小说》,姜涛译,南京:江苏人民出版社,2001。

36. 〔英〕伊丽莎白·赖特:《拉康与后女性主义》,王文华译,北京:北京大学出版社,2005。

37. 〔美〕戴安娜·克兰:《文化生产:媒体与都市艺术》,赵国新译,南京:译林出版社,2001。

38. 〔美〕阿里夫·德里克:《后革命氛围》,王宁等译,北京:中国社会科学出版社,1999。

39. 〔美〕保罗·康纳顿:《社会如何记忆》,纳日碧力戈译,上海:上海人民出版社,2000。

40.〔法〕让·波德里亚:《消费社会》,刘成富、全志钢译,南京:南京大学出版社,2006。

41.〔英〕安东尼·吉登斯:《现代性的后果》,田禾译,南京:译林出版社,2000。

42.〔法〕居伊·德波:《景观社会》,王昭风译,南京:南京大学出版社,2006。

43.〔法〕让·波德里亚:《象征交换与死亡》,车槿山译,南京:译林出版社,2006。

44.〔美〕丹尼尔·贝尔:《资本主义文化矛盾》,赵一凡等译,北京:生活·读书·新知三联书店,1989。

45.〔美〕约翰·R.霍尔、〔美〕玛丽·乔·尼兹:《文化:社会学的视野》,周晓虹、徐彬译,北京:商务印书馆,2002。

46.〔美〕弗雷德里克·詹姆逊:《单一的现代性》,王逢振、王丽亚译,天津:天津人民出版社,2005。

47.〔法〕罗杰·法约尔:《批评:方法与历史》,怀宇译,天津:百花文艺出版社,2002。

48.〔法〕米兰·昆德拉:《小说的艺术》,董强译,上海:上海译文出版社,2004。

49.〔德〕卡尔·曼海姆:《意识形态与乌托邦》,黎鸣、李书崇译,北京:商务印书馆,2000。

50.〔荷〕米克·巴尔:《叙述学:叙事理论导论》,谭君强译,北京:中国社会科学出版社,2003。

51.〔荷〕佛克马、〔荷〕伯顿斯编:《走向后现代主义》,王宁等译,北京:北京大学出版社,1991。

52.〔美〕大卫·雷·格里芬:《后现代精神》,王成兵译,北京:中央编译出版社,1998。

53.〔苏〕M.巴赫金:《小说理论》,白春仁、晓河译,石家庄:河北教育出版社,1998。

54.〔英〕安吉拉·默克罗比:《后现代主义与大众文化》,田晓菲译,北京:中央编译出版社,2001。

55.〔法〕布尔迪厄:《文化资本与社会炼金术——布尔迪厄访谈录》,包亚明译,上海:上海人民出版社,1997。

56. 〔美〕刘禾:《跨语际实践——文学,民族文化与被译介的现代性(中国,1900—1937)》,宋伟杰等译,北京:生活·读书·新知三联书店,2002。

57. 上海师范学院中文系文艺理论教研室编:《文学理论争鸣辑要》,上海:上海文艺出版社,1983。

58. 中共中央文献研究室:《关于建国以来党的若干历史问题的决议》,北京:人民出版社,1985。

59. 陈平原:《中国小说叙事模式的转变》,上海:上海人民出版社,1988。

60. 庞朴:《文化的民族性与时代性》,北京:中国和平出版社,2005。

61. 曹文轩:《中国八十年代文学现象研究》,北京:北京大学出版社,1988。

62. 司马云杰:《文化悖论》,济南:山东人民出版社,1990。

63. 孟悦:《历史与叙述》,西安:陕西人民教育出版社,1991。

64. 王蒙、王干:《王蒙王干对话录》,桂林:漓江出版社,1992。

65. 李杨:《抗争宿命之路——"社会主义现实主义"(1942—1976)研究》,长春:时代文艺出版社,1993。

66. 王一川:《中国现代卡里斯马典型——二十世纪小说人物的修辞论阐释》,昆明:云南人民出版社,1994。

67. 中央编译局编:《马克思恩格斯选集》,北京:人民出版社,1995。

68. 张西平:《历史哲学的重建——卢卡奇与当代西方社会思潮》,北京:生活·读书·新知三联书店,1997。

69. 盛宁:《人文困惑与反思——西方后现代主义思潮批判》,北京:生活·读书·新知三联书店,1997。

70. 周宪:《中国当代审美文化研究》,北京:北京大学出版社,1997。

71. 刘纳:《嬗变——辛亥革命时期至五四时期的中国文学》,北京:中国社会科学出版社,1998。

72. 祁述裕:《市场经济下的中国文学艺术》,北京:北京大学出版社,1998。

73. 王毅主编:《不再沉默——人文学者论王小波》,北京:光明日报出版社,1998。

74. 兰兵、可人编:《首届鲁迅文学奖获奖作品丛书·理论评论》,北京:华文出版社,1998。

75. 南帆:《文学的维度》,上海:上海三联书店,1998。

76. 戴锦华:《隐形书写——90年代中国文化研究》,南京:江苏人民出版社,1999。

77. 陶东风:《社会转型与当代知识分子》,上海:上海三联书店,1999。

78. 刘再复:《性格组合论》,合肥:安徽文艺出版社,1999。

79. 陈建华:《"革命"的现代性——中国革命话语考论》,上海:上海古籍出版社,2000。

80. 吴士余:《中国文化与小说思维》,上海:上海三联书店,2000。

81. 王晓明:《半张脸的神话》,广州:南方日报出版社,2000。

82. 李欧梵:《现代性的追求:李欧梵文化评论精选集》,北京:生活·读书·新知三联书店,2000。

83. 戴锦华主编:《书写文化英雄》,南京:江苏人民出版社,2000。

84. 陆扬、王毅选编:《大众文化研究》,上海:上海三联书店,2001。

85. 李世涛主编:《知识分子立场:民族主义与转型期中国的命运》,长春:时代文艺出版社,2002。

86. 洪子诚、孟繁华主编:《当代文学关键词》,桂林:广西师范大学出版社,2002。

87. 格非:《小说叙事研究》,北京:清华大学出版社,2002。

88. 李泽厚:《批判哲学的批判——康德述评》,天津:天津社会科学院出版社,2003。

89. 李杨:《50~70年代中国文学经典再解读》,济南:山东教育出版社,2003。

90. 邵燕君:《倾斜的文学场——当代文学生产机制的市场化转型》,南京:江苏人民出版社,2003。

91. 包亚明主编:《现代性与空间的生产》,上海:上海教育出版社,2003。

92. 王蒙、郜元宝:《王蒙郜元宝对话录》,苏州:苏州大学出版社,2003。

93. 谢少波、王逢振编:《文化研究访谈录》,北京:中国社会科学出版社,2003。

94. 温儒敏:《文学史的视野》,北京:人民文学出版社,2004。

95. 孟悦、戴锦华:《浮出历史地表》,北京:中国人民大学出版社,2004。

96. 陈平原:《当代中国人文观察》,北京:人民文学出版社,2004。

97. 吴义勤:《长篇小说与艺术问题》,北京:人民文学出版社,2000。

98. 高小康:《中国古代叙事观念与意识形态》,北京:北京大学出版社,2005。

99. 程文超:《欲望的重新叙述——20世纪中国的文学叙事与文艺精神》,桂林:广西师范大学出版社,2005。

100. 朱国华:《文学与权力——文学合法性的批判性考察》,上海:华东师范大学出版社,2006。

101. 张文红:《伦理叙事与叙事伦理:90年代小说的文本实践》,北京:社会科学文献出版社,2006。

102. 王素霞:《新颖的"NOVEL"——20世纪90年代长篇小说文体论》,北京:光明日报出版社,2006。

103. 唐欣:《权力镜像——近二十年官场小说研究》,北京:社会科学文献出版社,2006。

104. 查建英:《八十年代访谈录》,北京:生活·读书·新知三联书店,2006。

105. 唐小兵编:《再解读——大众文艺与意识形态》,北京:北京大学出版社,2007。

106. 王鸿生:《叙事与中国经验》,上海:同济大学出版社,2008。